KB266533

최정희 소설 전집 2

끝없는 낭만
떼스마스크의 비극

최정희소설전집편집위원회

손유경 | 서울대학교 국어국문학과 교수
한경희 | 한국학중앙연구원 신집현전 태학사 과정생
나보령 | 국립한국해양대학교 동아시아학과 조교수
이병순 | 한국공학대학교 지식융합학부 교수
장영은 | 성균관대학교 동아시아학술원 초빙교수
유승환 | 서울시립대학교 국어국문학과 부교수

최정희 소설 전집 2

끝없는 낭만 | 떼스마스크의 비극

초판 인쇄 · 2026년 3월 25일
초판 발행 · 2026년 3월 30일

지은이 · 최정희
엮은이 · 최정희소설전집편집위원회
펴낸이 · 한봉숙
펴낸곳 · 푸른사상사

편집 · 지순이, 김수란
등록 · 1999년 7월 8일 제2-2876호
주소 · 경기도 파주시 회동길 337-16(서패동 470-6)
대표전화 · 031) 955-9111~2 | 팩시밀리 · 031) 955-9114
이메일 · prun21c@hanmail.net
홈페이지 · http://www.prun21c.com

ⓒ 최정희, 2026

ISBN 979-11-308-2364-5   04810
ISBN 979-11-308-2362-1 (세트)
값 40,000원

푸른사상
PRUNSASANG

끝없는 낭만
떼스마스크의 비극

최정희소설전집편집위원회 엮음

일러두기

1. 이 책의 원텍스트는 최정희, 『끝없는 浪漫』, 同學社, 1958.11.19 인쇄본과 최정희, 『떼스마스크의 悲劇』, 『평화신문』 1956.1.1–3.29이며, 원문 그대로 표기하는 것을 원칙으로 한다. 『끝없는 낭만』의 경우 오자를 판독하는 과정에서 연재본인 『廣闊한 天地』, 『希望』, 1956.1–1957.3와 『끝없는 浪漫』, 同學社, 1958.11.10 인쇄본을 참고하였다.
2. 원문에 ××로 표기되어 있는 부분은 ××로, 원문 상태가 몹시 불량하여 도저히 판독 불가능한 부분은 □□로 표기한다.
3. 문장의 끝에 온점(마침표)이 누락된 경우가 많은데 모두 온점을 넣어 표기한다.
4. 한자의 경우 한자와 한글을 병기하거나 한자만을 표기한 원문을 그대로 따른다.
5. 원문에 오류가 있거나 등장인물의 이름이 잘못 쓰인 경우, 오자인 경우는 각주를 달아 바로잡는다.
6. 대화 부분에서 사용된 원문의 낫표(「 」), 겹낫표(『 』)는 문맥에 따라 큰따옴표와 작은따옴표로 바꾸었다.
7. 한자로 표기된 숫자는 아라비아 숫자로 바꾸었다.

　　최정희 소설 전집 간행 의사를 접한 주변의 첫 반응은 '아직 없었느냐'는 것이었다. 전집이 없다는 것이 의아하다는 말은 전집이 있을 법한 혹은 있어야 할 작가를 향한 말이다. 20세기 전반을 가로지르며 작가, 배우, 기자로 활약한 최정희(1906~1990)는 역동적 한국 현대사의 충실한 기록과 그 이면에 대한 도발적 폭로를 수행한 프로페셔널한 전업 여성작가였다. 일제강점기 민중의 현실과 지식인의 고뇌, 해방기의 민족적 혼란, 전쟁과 분단이 야기한 젠더 구조의 재편성에 이르기까지, 최정희는 한국 현대사의 계급, 민족, 젠더의 핵심 이슈를 우회하지 않고 그대로 관통하면서 수많은 논란과 빛나는 문학적 성취를 낳은 우리 문학사상 최고의 문제적 작가이다.

　　"나는 이런 것을 보았다." 산문집 『젊은 날의 증언』(육민사, 1963) 한 챕터 제목이기도 한 이 문장은 작가 최정희의 치열한 글쓰기가 개인과 사회를 향한 그의 철저한 응시에 뿌리내리고 있었음을 암시한다. 그 시선은, 눈에 보이지 않는 인간의 내면이나 직관적으로 포착되는 영혼의 움직임에 가 닿기도 하고, 노골적 폭력이나 격정적 사랑을 향하기도 하며, 눈앞에 전개되는 처절한 인간사와 그 이면의 진실에 접근하기도 한다.

　　여섯 명으로 이루어진 최정희소설전집편집위원회는 최정희의 이러한 면모가 더 많은 독자에게 더 잘 이해되고 더 입체적으로 파악되기를 바라는 마음으로 전집 발간 작업에 임하였다. 이미 푸른사상사에서 최정희의 장편소설 『떼스마스크의 비극』과 『그와 그들의 연인』을 발행하신 이병순 선생님(3권 책임편집)은 흔쾌히 이번 전집에 두 작품을 그대로 포함시켜주셨다. 대학원 수업을 통해 확보한 귀한 pdf 자료를 사심 없이 공유해준 유승환 선생님(4권 책임편집)이 아니었다면 발간 작업은 훨씬 더디게 진행되었거나 아예 착수조차 되지 못했을 것이다. 원문 대조 등의 고된 작업과 시력·체력을 맞바꾼 한경희 선생님(1권 책임편집)과 나보령 선생님(2권 책임편집), 장영은 선생님(4권 책임편집)께 감사드린다. 손유경(5권·6권 책임편집)은 이 기획 전반을 조율하였다.

텍스트 입력이라는 더없이 고단한 작업을 맡아준 서울대학교 국어국문학과 대학원의 서욱희, 변하연, 민선혜 세 분 선생님의 노고에 각별한 사의를 전하고 싶다. 최정희 작가의 사진을 제공해주신 김채원 작가님과 세심하고 다정하게 일을 진행해주신 푸른사상사 편집부에도 깊이 감사드린다.

2026년 2월

편집위원들을 대신하여 손유경 씀

끝없는 낭만

숙명의 피안(彼岸)

나는 할빈에서 낳습니다.

아버지가 서양 사람이 경영하는 목장에서 일을 보신 관계로 어머니도 서양 사람 집에서 살다시피 하셨던 것입니다.

그 집에 빨래랑 다림이질 같은 것은 전부 어머니가 해 대셨읍니다.

우리가 조국에 돌아 오기는 일천구백사십오년 팔월 십오일 직후였읍니다. 조국이 해방되었다는 말을 듣자 부모님은 온갖것을 뿌리치고 부랴부랴 귀국할 준비에 바빴던 것입니다.

그때의 내 나이가 열두살이였읍니다. 나에게는 동생도 언니도 없읍니다. 무남독녀예요.

우리는 황해도 사리원에 여장을 풀었읍니다. 여기가 아버지의 고향이니까요.

아버지는 스물 두살 때 고향을 떠나셨다고 합니다. 혼자가 아니고 배형식 씨와 둘이서 떠나셨다고 합니다. 배형식씨는 아버지의 둘도 없는 친구였다는 군요.

그 당시엔 비운에 빠진 조국을 등지고 떠나는 남녀 노소가 적지않았다는거예요. 비운에 빠진 조국을 건져 보려고 해외로 떠나가는 애국투사 즉 망명객이 많았다는 거예요.

아버지는 애국투사로서 독립운동하러 떠난것은 아니고, 어디나 가서 마음 놓고 한번 살아 보고 싶었던 것이라고 합니다.

두 젊은 청년은 북만주로 남만주로 떠다니다가 할빈에 와서 겨우 자리를 잡게 되었던 것이라나요.

배형식씨가 먼저 결혼해서 아들을 낳았다고 합니다. 그 분 보다 사년 늦게 결혼한 아버지는 일년후에 나를 낳았다고 합니다.

배형식씨가 할빈서 상해로 떠나든 때의 일은 나도 기억하고 있읍니다. 내가 네살 먹었을 때였던가봐요. 기차를 탄 그의 가족들이 차창으로 머리를 내밀고 손을 오래 흔들었읍니다. 모두 울먹울먹한 얼굴을 짓고 있었읍니다. 그중에도 곤(坤)의 얼굴이 더 심했읍니다. 곤은 금방 울음을 와락 터뜨릴 것만 같았읍니다. 차가 스르르 움직이자 곤은 끝내 울고야 말았읍니다. 울면서도 손을 흔들었읍니다. 곤의 적은 모습이 아주 감감했을 때 나도 와앙 울음을 터뜨리고야 말았읍니다.

그렇게 떠나간 그의 가족들을 해방된 조국에 돌아와서 만났읍니다. 기쁘기 보다는 놀랐던 것입니다.

우리가 사리원에 도착하니까 배형식씨 가족들은 벌서 사리원에 와 있는것이 아니겠읍니까. 배형식씨도 다른델 가지않고 고향에 왔던 것입니다. 아버지와 배형식씨는 얼싸안고 마구 눈물을 흘리는 것이었읍니다. 어머니들도 치마자락으로 눈물을 씻었읍니다.

더욱 놀란 것은 곤의 달라진 모습입니다. 차창으로 목을 내밀고 작은 손을 흔들며 울던 곤이 아니었읍니다. 상고 머리라기 보다 하이칼라 머리¹로 제법 멋지게 갈라붙이고 키는 아버지를 닮아서 어른 같았습니다.

"곤 오빠."

하고 뛰어가서 손을 덥썩 붙잡고 싶었읍니다. 마는 워낙 키가 어른만 하니 그럴 용기가 생겨야지요.

이틀 뒤던가, 사흘 뒤에 우리집에서 곤네 가족들이 저녁 식사를 하게 되었어요. 혼자 사시는 아버지의 누님, 즉 내 고모님 집에서 우리는 살게 되었던 것입니다. 고모님은 해외에 갔던 사람들이 속속 돌아오는 것을 보시자 자기 동생도 돌아 오려니하고 사랑채를 말짱히 치워놓고 기다리고 계셨던 것입니

1　머리의 뒤와 양옆은 짧게 자르고 윗부분을 길게 남긴 근대 이후 남성의 머리모양.

　　　　　　　　　　　　　　　　　　　　최정희 소설 전집 **2**

다. 더구나 곤네 가족들이 돌아오면서 부터는 날마다 정거장에 나가 기다리셨
다고 했습니다.

　그날 저녁 고모님은 성의를 다 하여 저녁상과 술상을 차렸읍니다. 아버지와
배형식씨는 약주만 들면서 진지는 통이 들 생각이 아니었으므로 어머니들과
곤과 나와 고모님과 이렇게만 돌아앉아 저녁을 먹었읍니다. 그럴 때 곤이 비
로소

　"너 컷다."

하고 내게 말을 건니는 것이 아닙니까.

　"곤 오빠 얼머나 컷게요. 아주 어른인걸요."

　나는 속에서 뱅뱅 돌던 말을 해 버렸읍니다. 곤은 밥을 떠 넣으려다 말고 흰
잇발을 내놓고 웃었읍니다.

　그로 부터 곤과 나는 여러가지 이야기를 했읍니다. 곤은 나에게 어느 학교
에 다녔느냐고 물었어요. 내가 ××학교에 다녔노라고 대답했드니 곤이 검은
눈에다 빛을 띠우면서

　"나두 거기 다녔다. 거기 다니다가 이학년 때 상해루 갔어."

했읍니다. 곤은 할빈서 학교 다니던 일이 기억에 떠올랐던 가봐요. 눈에 빛을
더 띠우면서 생각에 잠기는 눈치였읍니다. 곤 오빠가 나하고 이야기 하는 게
좋지 이렇게 딴 생각하는 건 싫었읍니다.

　"나두 알아요. 떠날 때 일을. 기차가 떠날 때 울었지 뭐요."

　"어허. 너 그때 일이 생각이 나니? 너 아주 어린애였는데……."

　"그럼요. 곤 오빠의 아버지랑 어머니랑 모두 울상이던걸요. 난 다 알구 있어
요."

　"참 용쿠나. 그래 나 그때 상해 가는거 싫더라. 너랑 너 어머니랑 다 같이 갔
음 좋겠더라. 상해 가서두 너희집 생각을 많이 했다. 네가 엄마 손에 잡혀서
아장아장 걸어 우리집에 오던 일도 생각나더라."

　"재들도 그립던 회포를 푸는군 그래."

곤의 어머니가 우리들을 건너다 보시며 이런 말씀을 하자 어머니도 따라 우리들을 보시며 웃었읍니다. 어머니들의 이야기도 우리들과 비슷했던가 봐요.

"어머니들은 그립던 회포를 다 푸셨어요?"

곤이 어머니의 말씀을 본받아 회포라는 말을 그대로 쓰는것이 더 어른같아서 나는 곤을 한참 보고 있었어요.

술상에 마주 앉은 아버지들의 이야기는 더 많은 회포가 있는듯 싶었읍니다.

"인제 네활개 훨훨 치며 살아 보세나."

"그래. 그러세.

인제 무서울게 있나? 쪽발은 다 물러가고 우리만 남았는데. 우리 땅에 우리가 남았는데……"

"누가 아니래. 자네도 인젠 술도 덜 마셔야 하네. 그리구 우리 같이 힘을 합해 일을 하세. 할빈서 자넬 혼자 떼놓구 상해루 갈때의 심경이란 이루 말할 수 없었네. 거기 가서 편지 한장 없은건……"

곤의 아버지는 말을 끝이고 주위를 두루 살폈읍니다. 그러다가

"아, 참, 아무도 꺼릴게 없다는걸 알면서도 버릇이 돼서 주저한단 말이야. 지금이야 무슨 말인들 못하겠는가. 나는 상해에 가서 독립투사들과 같이 일을 했데.[2] ××씨도 모셔보고 ×××씨도 섬겨 보았데.[3] 그땐 자네 한테도 애기하기가 두려워서 자네 까지도 속이고 갔네. 장사차로 간게 아닐세. 자네한텐 장사차로 간다고 했지만."

하고 말씀을 다 해 버렸읍니다.

"이 사람 내가 이래 배두 눈치는 빠르네. 다 알구 있었어. 그래서 상해에 간 자네 행방을 알려구도 하지 않고 맘속으로 빌구만 있었네. 그리구 술만 처먹으며 서양놈의 종사릴하고 있는 내 신셀 부끄러워했네. 그렇지만 조국이 해방

---

2 '했네'의 오식.

3 '보았네'의 오식.

된 이마당에서야 내가 술을 그렇게 먹을 수야 있겠나. 자네 말대루 술을 끊구,
아주 끊는단 말이야……."

"아주사 끊을 수 없지만 작작 먹으란 말이네. 할일을 하면서 먹으란 말이
네."

"그럭하세. 그러나 오늘 저녁엔 실컷 마시잔 말이야. 해방된 조국에 돌아왔
는데 안마시구 될말인가."

아버지는 벌서 어지간히 취기가 돈 모양이었읍니다.

"인제 진질 잡수셔야죠. 그만 하면 실컷 드셨어요."

어머니가 약주상을 물리고 진지상을 드리려고 하시니까 아버지는

"아 이 예펀네가 정신없이 왜 이래? 해방된 조국에 돌아왔는데 술을 맘놓구
못 먹게 하다니…."

하시는 것이었읍니다.

"가만 되두게. 술을 모르던 나두 실컷 마셔보고 싶은 생각인데……."

고모님은 아버지가 술을 많이 마시는줄 모르고 이렇게 말씀 하시더군요.

어머니는 말씀 없이 웃어 버렸읍니다. 아버지가 술을 잡숫기만 하면 바가지
를 긁는 어머니였는데, 아버지 말씀 마따나 해방된 조국에 돌아 온 기쁨 때문
에 참으시나 봐요.

그날 저녁에 아버지는 참 많이 취하셨읍니다.

"자네…… 나 좀 보게. 내 딸 차래를…… 며느리로…… 삼아달란 말이야, 며
느리로 말이야……삼아 주게. 나는 자네 하구 더 가깝게 지내고 싶어……. 그
래서……하는 말일세. 곤이란 놈, 참 준수하게…… 자랬군 그래. 내 딸년 차래
두 귀엽게 자라고 있네. 자네두 외아들…… 나두 외딸이 아닌가. 우리 지금 이
자리에서…… 약혼식을…… 약혼식을 아주 해버리잔 말이야. 해방된 조국
에…… 돌아와서 좀 기쁜가? 우리 사돈을 맺잔 말일세. 둘도없는 친구가 사돈
이 된다는 게 오직 존 일인가?"

혀 곱은 소리로 아버지가 이런 말씀을 하시는걸 모두 긴장해 듣고 있었읍니

다. 곤은 얼굴이 붉어졌읍니다. 곤의 얼굴이 붉어지는걸 보자 나도 얼굴이 뜨거워져 오는 것을 깨달았읍니다.

어머니들은 그냥 긴장해서 귀를 기울이고 있었읍니다.

"다른 말 같으면 술 좌석에서 한 말이라 받아듣지 않겠네마는 그 얘기라면 명심해 두겠네. 사돈을 안 정한들 자네와 나와의 우의사 변할리 있겠나만 더 두터운 우의를 위해서라면 자네 말대로 해도 좋네."

아버지는 배형식씨의 이 말에 양손을 번쩍 들어

"만세"를 부르시는 것이었읍니다.

곤은 허공에 시선을 보내며 피시시 웃었읍니다. 곤이 왜 웃는지를 몰랐읍니다. 아버지의 "만세" 부르는 거동이 우습다는건지 약혼한다는게 좋아서인지 알수 없으나 나도 따라 웃었던 것입니다. 어머니들도 마주 보시곤 말없이 웃었읍니다.

아버지들의 조국에 돌아 온 기쁨과 흥분이 가시기도 전에 조국은 다시 비운에 빠지게 되었읍니다. 조국의 땅덩어리가 두동강으로 몽탕 잘렸던 것입니다. 그러자 이어 배형식씨는 투옥되었읍니다. 곤의 어머니는 남편이 투옥되자 심장마비로 돌아가셨어요. 곤이 혼자 달능 남았던 것입니다.

불안한 나날을 보내던 아버지는 어느날 밤 가족을 거느리고 삼팔선을 넘었읍니다. 물론 곤도 함께였어요.

우리는 서울에 머물었읍니다. 셋방을 얻고 어머니가 삯바느질을 해서 위선 끼니를 이어갔읍니다. 아버지는 고이 들앉아 게실 뿐 아니라 이 핑게 저 핑게로 술만 잡수셨읍니다. 그래도 곤과 나는 학교에 다녔어요. 어머니는 바느질 품파리를 하시면서도 우리들을 학교에 보내는 일에 게을리하지 않았읍니다. 곤이 '아루바이트'도 좀 하구요.

곤이는 대학 2년이 되고 내가 여학교 4학년이 되었을 때 6·25 사변이 터졌읍니다. 갑자기 터진 이 사태를 막아 낼 도리가 없었으므로 대한민국 정부는 남쪽으로 옮아 갔읍니다.

그러나 거의 전부라 할 수 있는 수(數)의 서울 시민은 고스란히 서울에 남아 있었던 것입니다. 남아 있으래서 남은 것이 아니었어요. 적은 이미 가까운데 까지 들어 왔고 한강 철교는 끊기어서 꼼짝 할 수가 없었으니까요.

사변 중에 고생한 말은 이루 할 수가 없어요. 곤과 아버지를 숨기는 일만해도 끔찍했어요. 다락도 지하실도 마루밑도 없는 단간 셋방에서 사람 둘을 숨긴다는 일을 상상해 보십시요.

처음엔 곤과 아버지는 구둘 고래속에 들어가 있었읍니다. 하루 이틀도 아니고 구둘 고래속에 업드려 있는 일이 죽기보다 어려웠든 것인가 봐요. 날씨는 찌는듯 덥기만 하지요.

주인집 인심이 흉하지 않아서 나중엔 주인네 아들이랑 손자랑 숨는 다락을 통해야 들어갈 수 있는 천정속에 숨을 수 있었어요.

그러다가 9월 28일. '유엔'군과 국군이 서울을 탈환하게 되었으니, 그때의 기쁨과 흥분을 말로 형언할 수 없었읍니다.

빗발 치듯한 형세로 적을 몰고 올라가는 군대를 따라 곤이 떠난다고 서두른 것도 이 흥분과 기쁨에서였을 것입니다.

"어머니 아버지 붙잡지 말아주십시요. 북한 감옥에 계신 아버지부터 구출해야 하겠어요."

어린 몸으로써 전쟁한다는 일이 불가능하다고 부모님이 완강히 말렸것만 곤은 끝내 자원해 나가고 말았읍니다.

"곤은 부친을 닮았어. 용감하고 철저해…… 형식이란 놈이 저랬거든. 내가 보는 눈이 다 있어서 사위를 삼자구 한거야."

곤이 집을 떠나가던 날 아버지가 한 말씀입니다. 아버지는 이때에도 술이 취해 계셨어요.

곤은 훈련소에서 훈련을 받고 있다가 전장으로 나갔읍니다. 곤이 나가던 날 일을 나는 잊지 않고 있읍니다. 곤이 할빈을 떠나던 때 일 보다 더 또렷이 남아 있읍니다.

그날은 눈이 막 휘날렸읍니다. 나는 어머니가 만들어 주신 음식을 싸서 들고 곤을 만나러 갔읍니다. 어머니는 어려운 중에서도 곤을 위해서 줄곧 이렇게 음식을 마련했읍니다. 나는 그것을 들고 하루건너나 이틀건너로 곤의 훈련소를 찾았읍니다.

면회를 시켜주면 문제 없이 싸 들고 간 음식을 곤에게 먹일 수 있었지만 면회를 허락지 않는 날은 싸 들고 간 것을 도루 가지고 오곤 했어요. 어떤 날은 이내 돌아오곤 했지만 어떤 날은 정문 앞에 오래 서서 훈련하는 곤의 모습을 바라보고 있었어요.

똑같이 검정 모자를 쓰고 똑같이 검정 복장을 입은 학생들이어서 어느게 곤인지 분간키 어려웠읍니다. 마는 곤이거니 짐작되는 학생을 살피느라고 나는 눈코뜰새 없이 분주했던 것입니다.

오래 이렇게 보고 있으면 나중엔 검정 복장과 검정 모자들이 한테[4] 범벅이 되어 뭐가 뭔지 모르게 되었어요.

그날도 음식을 마련해 가지고 갔었어요. 다행히 면회 승락을 얻었읍니다. 내가 보자기를 풀면서

"어서 식기 전에 먹어요."

하고 여니때와 마찬가지 말을 했더니 곤은 참 난처한 얼굴을 보이며

"오늘은 바빠서 안돼. 가지고 돌아 가서 어머님 아버님이랑 드리고 차래도 먹으라구. 자 어서……." 하는 것이 아니겠읍니까. 곤은 끌러 논 보자기를 도루 들려주는 것입니다.

"왜요? 간신히 면회승락을 얻었는데 그러지 말구 먹어요."

곤을 만나는 일도 기뻤지만 나는 곤에게 음식을 따근히 먹이는 일이 더 중요하게 생각되었는데, 글쎄 곤이 보자기를 도루 주니 얼마나 안타가웠겠어요.

"이십분 후면 출동해. 곧 전쟁터루 간단 말이야. 어먼님 아번님 모시고 잘

---

4 한곳이나 한군데를 뜻하는 '한데'를 '한테'로 표기한 것으로 보임.

있어. 무사히 잘 있어. 응 차래.”

곤의 말이 떨어지자 나는 그만 울음이 나오는 것입니다. 아무말도 못하고 두 손등으로 흘러 내리는 눈물을 씻고 있었읍니다.

“차래 울긴 왜 울어. 나 올때 까지 잘 있어요. 아번님 어먼님 말씀 잘 듣고 응. 아번님께 술을 덜 잡수시라구 여쭤 줘요. 어머님께도 당분간만 고생하시라구 여쭤 주고…… 그럼 나 갈테야. 잘있으라구 차래.”

어느새 곤은 물러가고 있었읍니다.

“정말 가는 거에요? 오늘 간단 말이에요?”

나는 눈물을 씻지도 못하고 저만침 뛰어가는 곤에게 소리를 던졌읍니다.

“간다니까. 오늘. 이제 곧 떠나간다니까.”

곤은 팔뚝 시계를 보며 이쪽으로 다시 걸어 오는 것이었읍니다.

“인제 십오분밖에 안남은걸. 지난 밤은 꼬박 새면서 총을 닦고 탄창을 손질하고 했어. 북한 감옥에 계신 아버지가 살아 계시기를 빌면서…… 자 어서 가봐. 어먼님 아번님께 잘 말씀해 줘. 응 차래.”

곤은 내 바루 앞에 까지 와 섰었서요. 내 뺨에 흘러내리는 눈물을 손바닥으로 씻어 주었어요. 그리고 나선 휙 가버렸어요.

나는 그자리에 서서 한참 울다가 나팔 소리에 깜짝 놀라 마당으로 나갔어요.

어느새 사전(舍前)엔 곤과 비슷한 군인들이 가뜩 모여 있는거에요. 검정 복장과 검정 모자가 아니고, 누런 군복을 입고 누런 외투에 털이 달린 벙거지 모자를 쓴것입니다.

나는 정문 밖에 나와 기다렸읍니다. 눈은 쏟아지기 시작하더군요. 모두 누렇기만 해서 가뜩이나 어느게 어느건지 분간할 수 없는데 눈까지 쏟아지고 보니 아물거리기만 할뿐 곤을 알아 볼 수가 없었어요.

일단 순서를 밟고 난 그들은 ‘츄럭’과 ‘스리코오탸’[5] 에 편승 되었어요. ‘츄럭’

5　3/4톤 중소형 군용 트럭.

과 '스리코오타'는 줄을 이어 움직이기 시작 했읍니다. 그들은 군가를 소리 높이 부르는 것이었읍니다.

어느 '츄럭'에, 어느 '스리코오타'에 곤이 탔는지 알 수 없었읍니다. 모두 곤과 비슷해 보여서 '츄럭' 위를, '스리코오타' 위를 모조리 살피는 수 밖에 없었어요.

"배곤의 누이동생 잘 있어. 잘 있어요오."

어떤 '츄럭' 위에서와 어떤 '스리코오타' 위에서 이런 소리가 들렸읍니다. 싸 가지고 간 음식을 곤과 함께 먹던 학생들일 것입니다. 곤은 내가 싸다 준 음식을 혼자 먹는 일이 없었읍니다. 여러 동료와 같이 먹었던 것입니다. 그리고 곤은 동료들에게 나를 누이 동생이라고 소개했던 것입니다. 나는 누이 동생이라고 소개하는 곤이 고마웠읍니다.

곤은 제일 마지막 '츄럭'에 타고 있었어요. 알아 보기 쉬우라고 그랬던지 벙거지 모자를 뒤로 제끼고 서 있었어요. 손을 들어 흔드는거예요. 할빈을 떠나던 때 흔들던 것보다 더 맹렬히 흔드는거예요. 결사적으로 흔드는거예요.

"차래. 잘 있어. 어머님 아버님 안부 여쭤줘어. 나 올때까지 무사히 잘 있어요오."

'츄럭'과 한가지로 곤의 소리가 멀어져 갔읍니다. 나는 눈을 뜰 수 없게 내려 퍼붓는 눈 속으로 눈을 벌려뜨며 쫓아갔읍니다. 그러나 '츄럭'이 모롱이[6]로 돌아서니 그뿐이었읍니다. 얼키설키 바퀴 자국들만이 길게 뻗친 아득한 길이 있을 뿐이었어요.

나는 눈에서 흘러내리는 눈물인지 하늘에서 내려 쏟아지는 눈물인지 구별할 수 없는 물을 손등으로 씻지 않고 손 바닥으로 씻었읍니다. 아까 곤이 손바닥으로 씻어 주던 것처럼. 그러면서 얼키설키 벋어 간 바퀴 자국을 밟으며 아득한 길을 걸었던 것입니다. 머얼리 그들이 부르고 가는 군가소리가 들렸읍니

---

6 산모퉁이의 휘어 둘린 곳.

다. 안개낀 것처럼 가슴 속이 답답 했읍니다.

캐리 죠오지의 출현

나는 어느 때까지 가슴 속 답답한 증세가 가시지 않았읍니다. 곤의 소식이라도 들었으면 나을지 모르겠는데 곤은 떠나 간 뒤에 소식을 들을 수가 없었어요. 어느 전선인지 그만이라도 알았으면 싶었으나 그것 조차도 알바가 없었어요.

1·4후퇴의 명령이 내리자 서울은 다시 철거하게 되었어요. 나는 동창생 상매의 호의로 부산에 내려 갈 수 있었읍니다. 상매는 부산 아이였읍니다. 6·25 사변 때 미처 집에 내려가지 못해서 우리집에서 같이 고생한 일이 있읍니다. 내 어머니 아버지는 그냥 서울에 남아 계셨어요.

아버지는 6·25 사변 중에 고생하신 탓인지 그렇지 않으면 음주의 여독인지 아무튼 '류우마지쓰'7 에 걸려서 운신할 수가 없었어요.

내가 남보다 서울에 먼저 올라온 것도 이때문이예요. 행여 곤의 소식을 알가 싶은 마음도 없지는 않았지만. 곤이 혹시 집에 왔는지도 모른다는 생각도 있었어요. 오지 않았으면 편지라도 왔을거라는 생각이었던 거예요.

하루바삐 서울에 가 보아야 하겠다는 마음이긴 하지만 한강을 넘을 수가 있어야지요. 한강은 또 하나의 삼팔선과 같은 것이었읍니다. 전쟁에 필요한 것 외엔 넘겨 주지 않았으니까요. 이런것을 번연히 알고 있으면서도 나는 영어로 말할 수 있으니까 검문하는 미군에게 애원하려는 생각이었읍니다. 미군이 검문하고 있었으니까요. 그것이 1952년 가을 이었읍니다. 서울에 사람이라곤 약간 밖에 없었읍니다. 거리는 아주 한산했읍니다.

내가 떠나던 날 상매가

7　류마티스 관절염.

“우리집에 있기가 싫어서 그런가부다.”

라고 불평스런 어조로 말했던 것입니다.

“아냐. 어머니 아버지가 굶어 돌아가신 것 같아서 그래.”

곤의 말은 비치지 않았지요.

“굶어 돌아가시는 데 네가 감 별 수 있냐 말이다. 괘니 큰 일 날 짓 말구 가만이 있거라.”

“아냐. 죽는 한이 있더라도 가 봐야 하겠어.”

상매 뿐 아니라 상매 부모님도 세월이 평온할 때까지 부산에 있으면서 학교에 다니라고 했읍니다. 상매 부모님은 고맙게도 상매와 똑같이 학교에 보내주었던 것입니다. 나는 간곡히 타이르는 그러한 말씀도 뿌리치고 떠났읍니다.

어머니 아버지를 만난 이 때의 슬픔을 나는 평생 잊을 수 없어요. 아버지는 그새 아주 페인이 되신 거예요. 어머니는 노파가 다 되셨어요. 키도 작아지고 몸집도 어린애만 했어요. 일년 남직한 세월 사이에 이렇게 변한단 말입니까.

내가 도착 하던 밤 어머니는 우시면서 내게 이야기 해주셨어요. 아버지는 그새 아편 중독이 들렸었다는 거 안예요.

“너의 아버지가 하두 술 잡숫는 일이 속상해서 내가 먹고 죽어버리려던걸 내손으루 대접해서 저지경을 만들었다.”

아버지는 주무시고 있었어요. 아니 혼수 상태에 빠져 있었어요.

어머니는 흑흑 숨을 삼키며 우셨읍니다. 나는 어머니가 우시는걸 처음 보았어요. 나 몰래 우신 일은 있는지 몰라도.

“뼈골이 쑤실땐 이를 바드득 바드득 가시는데 약이 있나 의사가 있나. 생각다 못해 숨겨뒀던걸 꺼내잖았니.”

흑흑 삼키는 숨결에 말소리가 감겨 들어 가는 것이 어둠 속에서도 알렸읍니다.

이튿날 아침 자리를 걷우면서 보니까 어머니의 벼개는 흥건이 젖어 있었어요. 내 벼개에도 그만 못하지않게 젖어 있었어요.

어머니는 미군의 빨래와 다림이질을 해서 생계를 이어가며 아버지의 병 시
중을 드셨대요. 바느질 품파리가 없었던 것입니다. 서울 시민의 구활이 떠나
고 없는데 바느질 품파리가 어디 있겠읍니까.

미군의 빨래와 대림질 감은 이웃에 와 사는 요배 부처가 주었읍니다. 요배
부처는 6·25 사변때 포천서 들어 온 피난민인데 요배 처의 사촌 오빠가 미군
부대에 있으면서 세탁물을 얻어 주었던 것입니다.

요배네는 미군에서 하루에도 다섯 자루나 여섯 자루씩 나오는 빨래감을 다
시 여러 사람에게 나누어 주었읍니다. 말하자면 요배네는 도매상(都賣商)인 셈
이지요.

내가 와서도 어머니는 이 일을 계속 했읍니다. 나도 어머니와 같이 이 일을
했어요. 손수건과 양말 빤스 같은 이런 자잘부레한 것은 한가지에 오환. 군복
상하(上下)엔 오십환이었어요. 손수건은 작은거라 말리기도 쉽고 다림질 하기
도 쉬웠으나 빨래가 아주 망해요. 말라붙은 누런 코가 물에 퍼지면 민들거리
는게 딱 질색이 아닐 수 없었어요. 좀체로 떨어지지도 않아요. 방맹이 끝으로
아무리 떼어도 떨어지지 않아요. 뻐터에 저려진 코이어서 그런지……. 그 누
런 코가 눈에 서언 해서 밥을 먹다가도 왈칵 올리밀곤 한 일이 몇번인지 몰라
요. 그것도 차츰 지나면서 삭전이 반감 되었읍니다. 일 할 사람이 많아져서 일
이 세가나니까[8] 그럴 수밖에 없었던 거예요. 요배 부처는 삭전을 덜 주기 위해
서 고향에까지 가서 사람을 모집해 왔던 것입니다.

날이 흐리거나 비가 오거나 하면 큰일이었어요. 말라줘야 말이지요. 다리미
로 말린다 부채질을 한다 숯불을 피워 말린다 야단벅석을 치지요.

할빈 있을 때에도 어머니는 서양 사람의 빨래와 다리미질을 하신 탓으로 미
군 것을 빨고 다리시면서

"한평생 노린내 나는 옷을 만지라는 팔잔가 보다."

---

8   세나다 : 물건 따위가 찾는 사람이 많아서 잘 팔리다.

고 한탄하셨어요.

캐리 죠오지가 나타난 것이 바로 이 무렵이 었읍니다.

그날, 나는 옷 다린것을 가지고 요배네게로 갔던 것입니다. 그런데 그 집 문전에 찦차[9] 한대가 머물러 있는게 아니예요. 좁은 문전에 찦차 까지 서 있고 보니 운신 할데가 없었어요. 조심하느라고 했는데 치마자락이 찦차 어디에 걸렸든지 찌익 찢어졌어요.

"아 찢어졌군요? 미안합니다."

찦차 안에서 미군이 뛰어 나오더니 찢어진 치마자락을 만져 주며 사과하는 것이었읍니다.

물론 영어로 말입니다. 그의 말을 나는 쉽게 알아 들었읍니다. 괜찮으니 염려 말라고 대꾸도 해줄 수 있었던 것입니다. 할빈 있을 때부터 나는 영어로 이야기 할줄 알았으니까요. 어머니 아버지가 일 해 주시던 서양 집 식구들이 하는 말을 어릴때 부터 알아 들었고 또 내가 그 사람들이 알아 들을 수 있게 말했던 거예요.

그 집 아이들의 말은 더 잘 알아들을 수 있었어요. 그 집 아이들과 줄곧 놀게 된 관계로 말을 더 쉽게 할 수 있었던지 몰라요.

이남에 와서 학교에 다닐 때에도 영어가 제일 재미 있고 성적이 우수 했읍니다. 선생님은 나만 보시면 영어로 말씀하시자고 했읍니다.

"야 참 놀라운 사실입니다. 당신은 영어를 할줄 알았군요."

찦차에서 내린 미군은 불이 활활 타는듯한 눈으로 나를 내려다 보는 것이었읍니다.

나는 그를 보지 않고 먼 데로 시선을 돌렸읍니다. 구름이 둥둥 떠 있는 하늘이 시야로 들어 왔읍니다. 하늘이 몹시 푸르렀읍니다. 나는 앞에 서 있는 미군에게로 시선을 돌렸읍니다. 그의 눈빛과 하늘빛을 비교해 보았던 것입니다.

---

9   지프차.

푸른 하늘에서 시선을 돌린 탓인지 그의 눈빛은 더 푸르고 더 활활 하고 있는 것이었읍니다.

나는 한참 아무 소리도 못하고 멍하니 서 있었어요. 자연 그렇게 되어지더군요.

그러다가

"난 어머니 심부름을 들어야 해요."

하고 안으로 달려 들어 갔읍니다. 전에 할빈 있을 때 서양집 아이들이 같이 놀자고 하는 때면 이 비슷한 말을 던지곤 바삐 도망 쳐 버리던 것처럼.

"아즘마 바늘 좀 빌려주세요. 저기 미군이 타고 있는 찦차에 치마를 찢겼어요."

안에 들어 가 나는 어느새 요배 처에게 말했던 것입니다. 요배 처의 사촌 오빠가 눈을 크게 뜨며 내쪽으로 얼굴을 돌렸읍니다.

"캐리 죠오지가 타고 있는 차 말이요? 저 문앞에 ─." 나는 그렇다고 댓구했읍니다.

"미안한데 캐리 죠오지가 미안해 하겠군. 나때문에 여기까지 왔는데……."

요배 처의 사촌 오빠가 불이낳게 밖으로 나갔읍니다. 내가 치마를 꿰매고 있는데 요배 처의 사촌 오빠가 다시 들어 온거예요.

"학생 이름이 뭐지? 캐리 죠오지가 학생한테 대단히 미안하다면서 이름과 집이 어딘걸 알려 달라는데."

"변상해 줄 작정인게지?"

요배 처가 사촌 오빠 말에 되물었읍니다. 다림이질 하던 사람, 빨래하던 사람들이 모두 밖에 서 있는 찦차 쪽에 얼굴을 돌리는 것이었읍니다. 이 사람들은 미군이 내게 상당한 변상을 치룰것이라고 짐작하는 눈치었읍니다. 이 사람들은 자기들이 그러한 일을 당했더면 하는 눈치가 보였읍니다.

내가 빨래할 것을 보자기에 싸 들고 나갈 때까지 그 미군은 거기 서 있었읍니다. 찦차를 저만침 내다 세우고. 그는 성큼성큼 내 앞으로 마주 와 보자기를

받아 들면서

"이렇게 무거운걸 약한 소녀가 어떻게 들 수 있어요."

하는 것이 었습니다.

그는 서슴치 않고 보자기를

찚차에 실었고, 나더러 타라고 했읍니다.

집에 까지 데려다 준다는 것이었읍니다.

내가 타기를 주저하니까 요배 처의 사촌 오빠가 캐리 죠오지는 얌전한 청년
이니 염려말고 타라는 것이었읍니다.

신(神)의 손길 악마(惡魔)의 손길

찚차에서 빨래 보퉁이를 들고 내리려니까 캐리 죠오지가 안된다고 하면서
빨래 보퉁이를 빼앗아 들었어요. 그것을 요배처의 사촌 오빠가 얼른 두손을
내밀어 받았어요.

다시 나는 그것을 요배 처의 사촌 오빠에게서 빼앗듯이 받아선 머리에 이고
집으로 줄달음 질을 쳤읍니다.

찚차에서 우리집 까지의 거리는 십미이터 가량 떨어져 있었어요. 사변 전
같으면 대문 앞 까지 차가 닿았을텐데 사변 중에 길이 망가져서 차가 통행하
지 못했던 것입니다.

빨래 보퉁이를 이고 줄달음질을 치면서 나는 찚차가 대문 앞까지 올 수 없
게 된 것을 다행으로 여겼읍니다. 대문 앞 까지 오게 되면 우리집 안 속 형편
을 알릴 염려가 있기 때문입니다.

툇마루에다 빨래 보퉁이를 동댕일쳐 내려 놓자

"왜 그러니?"

하시며 어머니가 미닫이를 바삐 여시었읍니다.

"아무것두 안애요."

"그런데 왜 그리 숨을 헐떡거리냐? 쫓긴 것처럼."

내가 무엇이라고 다시 어머니한테 댓구하려는데 "괜찮았느냐?"고 물으면서 캐리 죠오지가 대문 안에 들어서는 것이 아니겠읍니까.

미닫이를 여신채로 계시던 어머니 얼굴에 단순치 않은 파동이 이는 것을 보았읍니다. 처음엔 당황한 빛을 띠우다가 그 다음엔 그 당황한 빛속에 어떤 야릇한 표정을 더 보태는 것이었어요. 이 야릇한 표정을 무엇이라고 표현하면 좋을지 모르겠어요.

내게 슬픔과 분노를 던져준 표정인것만은 틀림 없읍니다. 내 치마가 찢긴데 대한 변상이 상당하리라고 부러워하던 사람들 얼굴에서 본 그러한 표정이었읍니다.

'어쩌면 어머니가 저런 표정을 하실 수 있을가?

나는 머리를 설레설레 젓고싶은 감정이 치받쳤읍니다.

"어머니 저 미군을 가라고 못하세요?"

나는 어머니한테 큰 소리로 이렇게 말한 다음 뒤를 이어 캐리 죠오지에게

"당신은 빨리 가 줘요. 내 어머니가 당신이 여기 온걸 매우 싫어하니까요."
했읍니다.

그랬더니 캐리 죠오지는 어머니한테 공손히 인사를 하고나서

"이렇게 무례하게 들어온걸 부끄럽게 생각합니다. 당신의 귀여운 따님이 무거운 짐을 이고 들어 온 뒤가 궁금했읍니다."
라고 말하는 것이 아니겠어요?

캐리 죠오지는 이렇게 말을 했으나 어머니가 알아 들으리라고는 믿지 않는 눈치였읍니다. 그것은 나를 들으라고 한 말임에 틀림없어 보였읍니다.

그런데 어머니는 매우 솜씨있는 영어로

"고맙읍니다."
라고 말씀 하시는 것이 아닙니까.

캐리 죠오지의 얼굴이 당장 밝아지는 것이었읍니다. 구름이 지나간 맑은 하

늘과 같이 ― .

"아이구. 당신도 당신의 딸과 마찬가지로 영어를 썩 잘 말할 수 있읍니까?"

캐리 죠오지의 이 말이 떨어지자 어머니는 또 무슨 말씀을 하시려고 입을 오물거리셨읍니다. 입속에서 말이 뱅뱅 돌기는 하는데 얼른 나오지않는 눈치 었읍니다. 이 틈을 타서 나는 다시 캐리 죠오지에게 빨리 가 달라고 재촉했읍니다.

나는 캐리 죠오지가 빨리 가 주기를 진실로 바랐던 것이애요. 우리 이웃에는 양부인 노릇 하는 여자들이 많이 살고 있어서 이런 외군들이 들락날락했던 것입니다. 양부인들이 많이 살게된 원인은 미 ×군단이 바로 가까운데 주둔한데 있읍니다.

이 양부인들은 집주인이 아직 돌아오지 않은 비인 집 중에서 가장 좋은 양옥을 점령하고 있었어요. 외군이 저녁 늦게 찦차를 몰고 오면 이튿날 아침 일찌기 또한 찦차를 몰아가곤 하는 것이었읍니다. 낮에 와서 낮에 금방 가 버리는 일도 있었읍니다. '찦'차 굴르는 소리에 온 동내가 떠나가는듯 울렸어요. 지대가 높은 까닭에 더했던 것입니다.

때로는 무엇인지 모를 물건을 싣고와서 부리우고 가는 일도 있었어요. 동네가 온통 비어 있을뿐만 아니라 우리집이 그중 높기 때문에 마당에 나가기만 하면 그 집들의 동정이 환히 보이는 것이었어요.

어머니는 빨래를 하시다가도 일 손을 멈추시곤 그들 집에 일어 나는 광경을 살피시는 것을 몇번이나 나는 보았어요. 그리고 어머니는 옆집 인자 어머니가 와서 그 관계의 이야기를 하면 매우 흥미있게 들으시는 것도 알고 있었어요.

그러면서도 인자 어머니가 돌아가고 나면

"딸이 양갈보질 하는 게 그렇게도 장한가 원!"

하고 흉을 보시는 것이었어요.

나는 이렇게 하시는 어머니의 태도가 옳다고 여겨지지 않았읍니다. 흉을 보실 생각이면 아예 인자 어머니하고 상종을 말아야 하실거안예요? 인자 어머니가 바느 질품같은 것을 갖다 주곤 하니까 상종 안할 수는 없겠지만 거기에 관한 이야길 하시지 말아야 하실거안예요. 그렇건만 어머니는 인자 어머니가 오기만 하면 줄곧 그런 따위의 이야기를 하시는 거예요.

캐리 죠오지가 내 말을 듣고나서

"당신의 말을 잘 이해합니다. 아름다운 소녀여, 잘 있어요. 그리고 소녀의 어머님도…." 하면서 어머니와 내게 인사를 고하는 참인데 어디 나가셨던 아버지가 돌아 오셨어요.

캐리 죠오지를 보시자, 눈을 크게 뜨시면서 그에게 손을 내밀어 악수를 청하는 것이었어요. '웰캄'을 연발하시면서.

캐리 죠오지의 파란 눈에 파란 불이 또 켜지는 것을 나는 보았습니다.

"나는 당신이 돌아오신걸 다행으로 생각합니다. 그렇지 않았으면 나는 섭섭하게도 당신 집을 떠나가야 했을 것입니다."

아버지는 캐리 죠오지의 이 말을 듣더니 아직 놓지않은 손을 더 다시 흔드시며

"내가 빨리 돌아오기를 잘 했다."

고 말씀하시는 것이었습니다. 영어로 말할 수 있다는 것을 그에게 단단히 알릴 작정을 하시는 눈치였습니다.

아버지는 늘 영어로 말할 수 있다는 것을 남에게 알리고 싶어 하셨습니다. 주인집 아들과도 영어로 이야길 걸곤 하셨는데 그럴 때면 나는 마음이 공연히 졸아드는 것 같았습니다. 솔직히 말한다면 아버지는 입으로 짓거리실 뿐이지 글은 통이 모르시거든요. 혹시 주인집 아들이 아버지 한테 문법같은 것을 묻기라도 하면 어쩌나 하는 마음이었던 것입니다.

아버지가 거리에 오고 가는 미군에게 말을 거시는 걸 보기도 했습니다.

아버지는 윗채 마루문을 열어제치시고 캐리 죠오지를 이층으로 안내하려고 서두시는 것이었어요.

"남의 방엔 왜 또 들어 가려구 그래요?"

어머니가 매짠[10] 소리로 아버지를 죽질러[11] 놓셨읍니다.

"딱장뗄[12] 좀 작작 부리라구 허허허."

아버지는 너털웃음을 널어 놓으시며 여전히 캐리 죠오지의 손을 이끌었읍니다.

"아니 그 자가 누군줄 알구 그래요. 차래를 쫓아 왔어요? 차래를. 알아보지도 않고 서드는 버릇을 제발 좀 말아요."

어머니의 강경한 태도에 캐리 죠오지는 멍청해 서 있었읍니다. 나는 마음이 후련해졌읍니다. 어머니는 아버지가 돌아오시자 태도를 고치시는 것이었어요.

끝내 캐리 죠오지는 아버지에게

"당신하고 이야기할 기회가 있기를 빕니다."

라고 말한 다음 우리들에게 정중한 인사를 남기며 훌훌히 나가 버렸읍니다.

캐리 죠오지가 돌아 간 뒤에 아버지는 내게 캐리 죠오지를 어떻게 만났었느냐고 물었읍니다.

나는 캐리 죠오지를 만나던 경과를 들려드렸읍니다. 그랬더니 아버지는 또

"그 미군이 먼저 말을 걸더냐? 네가 먼저 말을 걸었느냐?"

고 물으셨읍니다.

"제가 왜 싱겁게 말을 걸어요. 미군이 먼저 걸었다구 하잖았어요."

아버지가 캐리 죠오지의 이야길 열심히 물으시는 것이 나는 싫어서 쏘아 부쳤읍니다.

"저년이. 너두 에밀 닮아가는구나."

하고 아버지가 언성을 높이셨읍니다. 아버지가 내게 이처럼 언성을 높이시긴

---

10 '맵짜다(성미가 사납고 독하다)'의 방언.

11 '욱지르다'(윽박질러서 기를 꺾다)'의 의미로 보임.

12 딱장떼다 : 꼬치꼬치 캐어묻고 따져서 닦달질하다.

     최정희 소설 전집 **2**

처음 일입니다.

“걔두 괜히 그럴가 원. 주책망난이루 굴어대니 그런거야. 인제 그앨 양갈볼 만들 작정이지? 그렇지?”

어머니는 악에 받친 소리를 지르셨어요. 나는 “양갈보”라는 말에 몸이 공중 뜨면서 앞이 아찔해짐을 깨달았습니다. 내가 생각하는 걸 어머니가 말씀하신 탓도 있겠지만 어쩌면 어머니는 저런 말씀을 쉽게 하실 수 있을가 하는 놀라움에서였어요.

그리고 어머니가 아버지에게 어쩌면 저렇게도 말을 놓아가며 함부로 구실 수 있을가 하는 마음이었던 것입니다.

어머니는 분명히 아버지를 경멸하시는 언동이었읍니다.

전에는 아버지에게 이런 태도로 대하지 않으셨어요. 술을 지나치게 마시는 일이 성가셔서 싸우는 때에도 말을 막 놓아 하지는 않았던 것입니다. 자살을 도모하려고 아편까지 준비해 두시도록 속이 상하시면서도 — .

나는 아버지더러 누우시라고 말했읍니다. 아버지는 항상 누어계시고, 그래서 언제나 자리가 깔려 있었던 것입니다. 아버지는 누우셨어요.

“그렇게 사느니보다 차라리 없어지는 게 나아. 왜 곁사람까지 못살게 구는 거야 응.”

누우신 아버지 앞으로 주척주척 앉은 걸음을 해 가시며 어머니는 또 이렇게 소리를 지르셨어요.

“어머니두 그런 말씀은 너무 심하세요.”

나는 아버지 앞에 주척주척 다가오시는 어머니를 가로 막으며 말했어요.

“내가 늘 이런줄 아니? 한번은 큰소릴 칠때가 있겠지. 있어.”

아버지가 자리에 누우신채로 하신 말씀입니다.

“아이구 웃쭐대지나 말아요. 평생을 우쭐 대다가 마는구려.”

“글쎄 염려말아. 이영근이가 이대루 있을 줄 알아. 어림도 없다. 배형식군 을 보더라도 그럴수가 없지. 일선에 간 곤을 보더라도 더구나 그럴 수가 없지 없어."

"입으로만 지꺼리지 말구 실행을 해보지. 그 구역질 나는 소리나 하지 말아. 더러워서 원."

"두고 보지. 이영근이가 이대로 죽나?"

"아니 밤낮 하는 소리. 그거 못치워?"

어머니는 나를 밀치며 주척주척 또 앉은 걸음을 하시는 것이었어요.

"어머니 그만두세요. 어머니두 밤낮 똑 같은 소릴 하시잖아요? 정말 아버지가 늘 이러시겠어요? 늘 이러신담 우리 식구가 다 죽는거 안예요?"

"그래 그래 차래말이 맞는다. 늘 이러구서야 사나? 큰 소리 칠때가 있지. 아버지가 큰 소릴 칠때가 있단 말이다."

아버지는 다시 말씀이 없으셨어요. 코를 골기 시작하셨던 것입니다.

"이년의 팔자야. 더럽기두 하지."

어머니는 돌아앉으시며 절망적인 빛을 보였읍니다.

어머니가 절망적인 빛을 보이신 것이 이때 뿐이 아닙니다. 줄곧 어머니는 절망적인 빛을 보이셨던 것입니다.

아버지의 호통 치시는 말씀을 어머니는 조금도 믿지않으셨어요. 아버지는 그렇게 호통을 치시다가도 정말 처참해 볼수 없게 되는 때가 있었던 것이에요. 세상에 다시 없는 비참한 존재가 되시는 거애요. 코를 골며 주무시는 땐 또 나은 편이예요. 인이 몰리면[13] 하품과 기지개를 시작하는가 하면 눈물 콧물을 질질 흘리며 몸을 비틀고 떠시는 것입니다.

이렇게 되시면 '한대만' '한대만' 하고 손가락 한개를 내밀어 보이시며 어머니한테 애걸을 하시는 거예요.

어머니는 피해버리기도 하셨어요. 그러나 그래서 소용이 없는 것을 아신 다

---

13 인이 몰리다 : '인이 오다'(약물 따위에 중독된 사람이 약 기운이 떨어져 고통을 받다)를 의미함.

음엔 마약 한대에 해당되는 돈을 아버지에게 던져 버리는 것이었어요. 아버지는 그것을 줏어들고 밖으로 나가시는 것입니다. 눈물 콧물을 질질 흘리시며 몸을 비틀고 떠시면서 무슨 힘으로 나가시는지 알 수 없어요.

궁금해서 내가 뒤를 따라 나가보면, 아버지는 어느새 언덕길을 날르는 것처럼 달려내려 가시는 것이 아니예요.

캐리 죠오지는 그 후 한참만에 또 왔읍니다. 휴가를 얻어 일본에 다녀왔다면서 아버지에게 담배를 사다 드렸어요. 나 한테는 분에 심은 꽃을 주었어요. 꽃 이름이 무엇인지는 모르나 진보라빛 작은 송이는 눈물이 어려 있는 듯 보였읍니다. 그러나 결코 슬픈 인상이 아니었어요. 어질고 소박한 꽃이였어요.

"당신의 모습과 같은 꽃입니다."

캐리 죠오지는 이런 말을 하고나서 툇마루에 분을 내려 놓으며 나를 보았읍니다.

어머니한테는 '케잌' 상자를 드렸읍니다. 어머니는 두손으로 받으시며

"이렇게 받아서 미안하다."

고 말씀하시는 것이었어요. 아버지는 더 무엇이 없나 하는 눈치였읍니다.

아버지는 마침 밖에서 돌아오신지 얼마 안되시는 때여서 매우 성수가 나 하셨어요.¹⁴ 아버지는 밖에서 돌아오신 뒤에 얼마간은 늘 이렇게 성수가 나시는 것이었어요. 아버지는 자신있는 어조로 일본의 정치 경제를 비롯해서 여러가지 상황을 캐리 죠오지에게 물으시는 것이였어요.

캐리 죠오지는 쉽게 아버지의 말씀을 받아 넘겼읍니다. 그날은 툇마루에 앉은채 이십분쯤 이야기 하다가 돌아 갔어요.

어머니는 짜증을 내지 않으셨어요. 오히려 그가 문밖에 나가고 난 다음에

"미군치고도 잘 생긴 사람이야."

하고 칭찬을 하시는 것이었어요.

---

14 성수(가) 나다 : 일이 잘되어 신이 나서 기세가 오르다.

나는 어머니가 이렇게 칭찬하시는 말씀을 듣고도 싫다는 감정이 일지 않았읍니다. 어머니의 말씀 마찬가지로 캐리 죠오지의 인상은 좋은 편이라고 생각한 것만은 사실입니다. 몹시 푸른 눈에 빛나는 정기, 그것이 캐리 죠오지의 전부를 말해주는 것이라고 생각도 했던 것입니다.

그 사흘 뒤에 캐리 죠오지가 다시 왔읍니다. 이번엔 요배 처의 사촌오빠와 같이 왔읍니다.

"아주머니 김장 하셨어요?"

이것은 요배 처의 사촌 오빠가 들어오자 마자 한 말입니다.

"아직 안했어요. 어서들 오십시오."

어머니는 캐리 죠오지랑 한테 맞으면서 우리 말로 말씀하셨어요.

"해야죠. 배추 얼마쯤하면 돼요? 더 늦기 전에 하셔야죠."

캐리 죠오지는 눈치만 살피고 있었어요. 아버지는 또 외출하시고 안 계셨읍니다.

어머니는 대답을 못하고 우물쭈물 하시다가 캐리 죠오지를 쳐다 보셨읍니다. 캐리 죠오지가 빙긋이 웃었읍니다. 처음엔 어머니를 보고 그 다음으로 내게 시선을 돌리드군요.

나는 그의 시선을 받으면서 태연히 서 있었읍니다. 그가 내게 진보라빛 꽃분을 갖다 주던 때부터 나는 그를 태연히 대할 수 있는 것 같았어요.

옷이나 다른 딴것을 갖다 주었다면 결코 그런 감정을 지닐 수가 없었을 것입니다. 옷이나 다른 무엇이 아니었기 때문에 나는 그의 취미와 교양과 '쎈스'를 살필 수 있었던 것입니다.

그날은 배추 이야기만 하고 돌아 갔읍니다. 그것도 요배 처의 사촌 오빠가 한거예요.

무와 배추를 '트레라'[15]에 실어온 것은 그 이튿날 입니다. 이번에는 요배 처

---

15 트레일러 : 동력 없이 견인차에 연결하여 짐이나 사람을 실어 나르는 차량.

의 사촌 오빠와 운전수와 또 한사람의 한국인이 있었어요. 운전수와 한국 사람이 '트레라'에서 무 배추를 부리워 주었어요.

"이게 웬 겁니까?"

"아주머니네 김장감이죠."

요배처의 사촌오빠가 시침을 딱 떼고 말했읍니다.

"어디서 오는 거얘요?"

요배 처의 사촌 오빠는 대꾸대신에

"요배네두 갖다 준걸요."

했읍니다.

편지

김장을 못해서 걱정하던 어머니는 마음 속으로 무척 기쁘신 모양이었으나 표시하지 않으려고 노력하셨어요. 나는 꽃분을 받던 때와 같이 마음이 가볍지는 못했읍니다. 불안한 마음이 왈칵 들었던 것입니다. 요배 처의 사촌 오빠가 어디서 가져 오는 거라고 밝히지 않았지만 무와 배추는 틀림없이 캐리 죠오지의 호의에서 생긴 것이라고 알았던 거예요.

끝내 나는 부산에 있는 상매 한테 편지를 쓰고야 말았어요. 상매 한테는 부산서 온 뒤에 편지 한번 한 일이 없었어요. 내 비참한 환경을 남에게 알리기 싫었던 까닭입니다. 그러나 인제 와선 가만 있을 수가 없었읍니다. 내 생활에 큰 변혁이 생길 것 같은 두려움이 나를 엄습하는 것이었읍니다. 깊은 낭떨어지기에 뚝 떨어진것 같기만 했읍니다.

상매야 잘 있니? 부모님도 안녕하시고 네 귀여운 동생 상문이도 잘 있구? 늘 편질 해야 한다면서 한달이 넘도록 그냥 있었다. 용서해라.

나는 너의 집에서 너와 같이 지내던 일을 잊을 수 없다. 내 일생에 다시 없는 즐거운 타임일 것이다. 너의 집과 우리 집을 비교하면 너무나 차이가 심하다.

우리집 이야길 너에게도 하기싫다. 네가 목격할 때까지 가만 있겠다.

서울은 아직 사람이 얼마 없다. 자유시장에 가야 욱실욱실하다.

더구나 우리 동네는 한산 하기 짝이 없다. 비어 있는 좋은 몇 집에 양부인들이 들어 있을 뿐이다. 근처에 미군 ×군단이 있어서 양부인들이 많다. 시장에서 장사하는 사람들은 온통 시장 근처에 모여 산다는 것이다.

상매야 김장이랑 했니? 부산은 배추 값이 여기보다 비싸다고 하더구나. 여기는 폭격에 없어진 빈터에 무 배추를 심어서 배추가 아주 싸구려라는구나.

상매야 나는 인제 다시 너를 못만날 것 같구나. 어째 자꾸만 그렇게 생각이 든다. 눈물이 난다. 상매야 나를 버리지 말아다구. 너한테 이때 까지는 숨겨 왔지만 나는 올해스물두살 되는 배곤이라는 청년하고 약혼한 사이란다. 곤이[16] 대학 이학년에 다니다가 사변을 당했고 자원하여 싸움터에 나간 용감하고 정직한 청년이란다. 나는 이 용감하고 정직한 곤을 생각하며 굳세게 살려고 한다. 너도 나를 붙잡아 다구. 오늘은 이만 하겠다.

부모님께 안부 전해주기 바란다.

1952년 11월 13일   이 차래

나는 편지를 읽고 나서 무엇 때문에 무 배추 이야길 썼을가 하고 생각해 보았어요. 불안이 치미는 까닭에 이런 소리를 써야 했던가봐요. 그러나 나는 무 배추가 캐리 죠오지의 호의에서 였다는 말은 할 수 없었어요. 그리고 또 나는 하필 양부인 이야길 왜 했는지 몰라요. 편지를 찢어버리려고 걷어쥐었다가 그만두었읍니다. 이런 편지라도 보내야 할 것 같았어요. 거저 가만 있을 수는 도

16　'곤은'의 오식.

저히 없었어요.

실상은 상매 보다 곤에게 알리고 싶은 마음이 었어요. 곤에게라면 곧이곧게 있는대로 다 털어 놀 수가 있는 거에요. 곤에게야 무슨 말을 못하겠어요. 아버지의 처참한 생활도 이야기할 수 있고 캐리 죠오지의 이야기도 할 수 있는거예요.

나는 아무 소식 없는 곤의 일이 안타갑고 원망스러웠읍니다. 그러다가도 한편으로는 곤이 무사하기만 하면 어떻게라도 소식을 알려줄 수 있을 것이라고 생각했읍니다. 그리고 곤이 만약에 불행한 일이라도 당했다면 우리 식구는 온통 멸망하는 것이라고 생각했읍니다.

우리 식구를 이 비참한 경지에서 구출해 낼 사람은 오직 곤밖에 없다고 생각했기 때문입니다. 아버지도 곤만 돌아 오는 날이면 전과 같은 생활로 돌아 오리라고 믿어저요.

해방이 되어 조국에 돌아 오신 뒤의 얼마동안은 술을 마시지 않으셨어요. 곤네 가족과 우리 가족이 함께 저녁을 나누고 나선 입에 대지도 않으셨어요. "해방된 조국에 돌아와서 술을 먹어서야 쓰겠느냐?"고 말씀하신 아버지였어요. 이제 곤이 돌아 오면 아버지는 그때처럼 정신을 차리실 것이라고 믿어져요.

원통하고 분한 일이 아닐 수 없읍니다. 아버지가 이렇게된 것을 따져 본다면 아버지의 잘못만도 아니예요. 삼팔선이 가로 막히지 않았던들, 곤의 아버지가 옥에 가지 않으셨던들 그리고 6·25 사변이 터지지 않았던들 아버지는 그대로 계셨을 것입니다. 이런 생각을 하면 할 수록 아버지가 가엾어서 견딜 수 없는 것입니다.

상매한테선 곧 회답이 왔어요. 상매는 내 편지를 읽고 말할 수 없는 불안이 일어났노라는 말을 쓰고 그 다음으로는 쭉 양부인 문제에 관한 것을 썼던 것입니다.

소위 양부인이라는 건 해방의 부산물이라고 하고 나서 우리 사회가 아직 정

돈되어 있지 않기 때문에 직업여성 통계란에 팔십 '파—센트'를 그들이 차지하고 있다는 것을 말 했읍니다. 그리고 상매는 어른 처럼 동방예의지국을 자랑하던 우리 나라 여성들이 왜 이다지도 맥을 못추고 흘러가는지 모르겠다고 한탄 했읍니다.

상매는 사회부에 요직을 맡아 보시는 아버지 한테서 이런 소리를 늘 듣기도 했지만 본래 그는 남달리 사회문제에 흥미를 가지고 있었던 것으로 보아 어른 같은 소리를 할 수도 있으리라고 짐작 했읍니다.

상매는 편지 맨 끝에 가서 다시 양부인 문제를 들추곤 양부인이 되는 여성들의 대부분이 허영심에서 출발한 것이라고 지적 했읍니다.

여성들이 허영심 때문에 자기를 파멸시키고 국가와 민족을 좀 먹는 일이 많으니 더 분발하여 우리들이 어려운 이현실을 뚫고 나가는 여성이 되자고 강조했던 것입니다.

상매의 이러한 굳센 의지를 나는 부러워하며 내 약한 마음을 부끄럽게 여겼읍니다. 그와 동시에 나는 상매와 같은 굳은 의지를 갖추려는 결심을 했던 것도 사실입니다.

캐리 죠오지가 다시 오면 오는 걸음에 쫓아 보내리라 마음 먹었고, 또 어머니한테도 캐리 죠오지가 다시 오거들랑 알은체를 말고 즉시 보내라고 말을 했어요.

"새삼스레 왜 그런 말을 하냐?"
고 어머니는 내 얼굴을 들여다 보며 의아해 하시는 것이었어요.

"미군이 자꾸 옴 인자네랑 저희들하구 같은 양갈본줄 알잖아요."

나는 일부러 양갈보란 말을 썼어요. 양부인이란 말보다 "양갈보"란 말이 따게[17] 오기 때문이었어요. 또 어머니도 따겁게 들을 수 있으리라고 알았기 때문이었어요.

---

17 '따겁게'의 오식.

"담배랑 과자랑 받아 먹구 어떻게 그러냐. 저 꽃이랑…." 나는 목이 꽉 맥혀 말이 안나왔읍니다. 가까수로

"화분을 도루 주면 되잖아요?"

했읍니다.

"화분을 도루 줘? 이제 어떻게 도루 준단 말이야? 과자랑 담배는 어떡하구?……."

나는 또 말 없이 있었어요. 식은 땀이 등곬으로 흘러내리는 것을 알았읍니다.

"양갈보짓을 안함 되잖니? 미군이 온다구 양갈보루 알까?"

어머니도 분명 등곬으로 식은 땀이 흘렀으리라고 믿어졌어요.

우리 모녀가 이렇게 하고 있는데, 대문 밖에서 위즈러니[18] 영어로 말하는 소리가 들리더니 아버지와 캐리 죠오지가 마당으로 들어오는 것이었읍니다.

하늘은 해빛[19]으로

"저비러먹을 것"

어머니가 캐리 죠오지와 함께 들어 오시는 아버지를 내다 보시며 한 말씀이였읍니다. 어머니는 툇마루에 가 철썩 주저 앉으셨읍니다.

나도 어디 앉든지 무엇을 붙잡아야 할것 같았어요. 어느 절벽위에 서 있는 것 같은 착각을 일으켰던 것입니다. 발 하나만 잘못 디디면 낭떠러지기에 떨

---

18 워즈런하다 : 왁자하다, 요란하다.

19 '잿빛'의 오식. 『광활한 천지』에서 이 장의 제목은 '하늘은 재빛으로'이다. 1958년 11월 10일 인쇄본은 '하늘은 잿빛으로'인데, '잿'자만 글자체가 다르다. 본래 오식이 있었으나, 인쇄 이후 손으로 고친 흔적으로 추정된다. 전집에서 참고한 1958년 11월 19일 인쇄본의 경우 오식을 교정하지 못한 것으로 보인다. 11월 19일 인쇄본을 저본으로 삼은 까닭은 해제 참고.

어질것만 같았읍니다. 다리가 덜덜 떨렸읍니다. 그러나 나는 낭떨지기[20]에 떨어 안지려고 떨리는 다리에 무한히 힘을 주었읍니다.

이때 뿐이 아니 었읍니다. 캐리 죠오지를 만나던 날 부터 늘 이러한 심리상태(心理狀態)였어요. 요배네 집 앞에서 캐리 죠오지를 만나던 날부터 줄곧 그랬던 것이예요. 내가 부산 있는 상매에게 부랴 부랴 편지 한것도 낭떨어지에 떨어질것 같은 위험을 막아보자는 마음에서였던 것이에요.

어머니와 나의 마음을 알아채리셨든지 아버지가 정색을 하시면서

"왜들 이래? 캐리 죠오지씬 훌륭한 사람이야. 훌륭한 집 자손이야. 아버지는 '칼리포니아주'에서도 몇째 안가는 재산가야. 유명한 의사래. 왜들 이래?"

하시는 것이 었읍니다.

"그렇담 어쩔 셈야? 이 거지꼴아지야. 재산가면 어쩔셈이구 유명한 의사면 어쩔셈이야? 왜 '양키이'를 자꾸 데리구 오는 거야? 남 창피하게. '양키이'가 드나들믄 남이 다 양갈보 집인줄 알잖아? 양갈보 집인줄……."

어머니는 퇴마루에서 일어나 가지고 아버지에게로 달려 드시며 퍼부으셨읍니다. 절망과 공포의 빛이 뒤섞인 어머니의 얼굴, 그 중에서도 눈은 더구나 보아낼 수 가 없을 정도 였읍니다. 어머니의 눈이 아니고 그것은 사나운 짐승의 것이였읍니다.

"아니 이게 왜 기가 나서 야단이야? 남 창피스런 짓은 제가 하면서 그래. 차래야 너 어머닐 방에 데리구 들어가. 들어가 눕혀라."

아버지는 이 말씀을 마치기도 전에 캐리 죠오지를 이끌어 윗채 이층으로 들어가려고 하시는 것이었어요.

"차래야 애 중독잘, 뭐라구 하니. 아편중독잘 영어로 뭐라구 하느냐 말이다? 어서."

이것은 아버지가 이층으로 올라 가신 뒤에 어머니가 내게 하신 말씀입니다.

---

20 '낭떠러지'의 의미.

어머니는 캐리 죠오지에게 아버지가 아편중독자라는 걸 알릴 작정이었던 것이예요. 나는 기가 꽉 막혔읍니다. 아무리 아버지가 주책없이 구시더라도 외국인에게 아버지의 아편중독을 이야기할 수야 있읍니까. 어머니가 너무 심하시다는 생각이 치밀었읍니다.

"어머니가 그걸 아셔서 뭘 하게요?"

내가 어머니를 쏘아 부쳤읍니다.

"왜 필요가 없단 말이냐? 저 '양키이'한테 아편중독자란걸 알려야 해. 그래야 저 '양키이'두 너의 아버지 말을 곧이 듣잖는다. 얘 어서 모르거든 책을 찾아봐라."

어머니는 더 바삐 서둘었읍니다. 『콘사이쓰』[21]를 찾아서라도 아편중독자를 알아 내라는 것입니다. 어머니는 내가 모르는 단어를 『콘사이쓰』에서 찾아내는 것을 알고 계셨던 것입니다. 나는 그마큼 영어 공부에 열중 했던 것이예요. 영어뿐 아니라 다른 학과도 게을리 하지 않았던 것이예요. 낮에는 어머니를 도와 빨래를 한다 대림질을 한다 밥을 짓는다 시장엘 간다 하기에 바빠서 책을 들고 앉았을 새가 없지만 밤에는 늦게 까지 공부에 열중 했던 거예요. 쓰래기통 같은 환경을 물리칠 수 있는 것도 열심히 공부하는데 있다고 생각했고 훌륭한 사람이 되어 곤을 맞이 하자는 마음일 때에도 책을 들곤 했던 거예요. 나는 방에 들어가 『콘사이쓰』를 둘쳐 들고 '아편중독자'를 찾아 보았읍니다. 아편중독은 없고, '아편 상용'이란 단어만 있었읍니다. 내가 단어를 찾은 것은 어머니한테 일러드리려고 해서가 아닙니다. 공부하고 싶은 의욕(意慾)에서였읍니다. 말하자면 어머니의 책을 찾아 보라는 말씀에서 공부에 대한 의욕이 머리를 들었던 거예요.

어머니가 『콘사이쓰』를 덮고 나온 나를 쳐다 보셨어요. 그러나 나는 어머니한테는 아무말도 하지않고 '오우피엄 이이터'(아편 상용자[常用者])를 입속으로

되씹어 외왔읍니다. 다른 단어를 외우는 때 보다 가슴 밑바닥에 슬픔이 깔리는 것을 알았읍니다. 한마디를 외우면 한겹의 슬픔이 두마디를 외우면 두겹의 슬픔이 가슴 밑바닥에 깔리는 것이었읍니다. 그래서 숨이 막히게 되는 것이었어요.

기다리고 계시던 어머니가 끝내 내게 물으셨읍니다. 나는 『콘사이쓰』에 그런 단어는 적혀 있지 않더라고 대답했읍니다.

"에익 비러먹을!"

누구에게 보내는 욕설인지 모르겠읍니다. 『콘사이쓰』에 적혀 있지 않더라는 나에게 보내는 욕설인지 그렇지 않으면 『콘사이쓰』에겐지 또는 아버지에겐지, 캐리 죠오지에겐지 아무튼 어머니는 "에익 비러먹을!" 이 말씀을 내뱉으시곤 윗채로 뛰어 올라 가셨읍니다.

층계를 뛰어 올라 가시는 어머니의 발소리가 요란이 들려 왔읍니다. 올라가신 뒤 일분도 못되어 원채 이층에서 어머니의 소리가 들려 내려왔읍니다.

"모르히네"[22]라는 말이 연거퍼 들리고 "차래 아버지라는 말"도 몇번 나오고 "저 사람이라는 말"도 나왔읍니다.

어머니는 아버지가 아편중독자라는 걸 설명하시는 모양이었어요. 발짓 손짓 하실 어머니의 초라한 모습이 눈에 서언 했읍니다. 나는 말뚝 처럼 우뚝 버쳐 서서 이층에서 내려오는 소리를 듣고 있었읍니다. 아버지의 말씀은 들리지 않았읍니다. 캐리 죠오지도 잠잠 했읍니다. 아버지의 처참한 얼굴, 어머니의 절박한 얼굴, 캐리 죠오지는 난천[23]할 밖에 없을 것이겠지요.

나는 하늘을 처다 보았읍니다. 비가 오려는지 눈이 오려는지 하늘 조차 잿빛이었읍니다.

어머니 소리만 요란하던 이층에서 아버지의 소리도 들리고 캐리 죠오지의

22　모르핀을 뜻하는 일본어 モルヒネ.
23　'난처'의 오식.

소리도 들리더니, 발소리가 나고 그 발소리가 충계를 밟는다고 여기는 사이에 어머니가 먼저 내려오시고 뒤를 따라 캐리 죠오지와 아버지가 내려 오셨읍니다.

예상하던 바 대로 어머니 얼굴은 절박했으며 아버지는 처참 했읍니다. 캐리 죠오지는 내 쪽에 시선을 보내며 고개를 숙였읍니다. 무표정하였읍니다. 나는 고개를 숙여 인사를 했읍니다.

캐리 죠오지가 나간 뒤에 이어 인자 어머니가 왔읍니다. 인자 어머니가 안 왔더면 어머니와 아버지는 틀림 없이 싸왔을 것입니다. 아버지는 이어 들어 눕는다 치시더라도 어머니가 빡빡 달려드실 테니까요. 인자 어머니가 오신게 여간 반갑지 않았어요.

인자 어머니는 어머니 한테 김장 이야기 부터 물어 보겠지요. 김장을 어디서 샀느냐? 한포기에 얼마씩 먹었느냐? 하고.

어머니는 입안 소리로 대강 대꾸 하셨어요. 무엇이라고 하셨는지 들리지 않았읍니다.

"'트레라'에 실어 왔더라면서. 애들이 그러던데. 난 그새 오빠네게 갔다 오느라구 몰랐구만……."

인자 어머니가 '트레라'를 알고 있었읍니다. 딸 덕분에 '트레라'를 알고 있는 것이라고 생각하니 공연히 화가 나겠지요. 아니 그렇다기 보다 남의 일을 굳이 알려고 드는 그의 행세머리가 미웠는지 몰라요. 변변치도 않은 위인이 ― 양갈보 에미 따위가 ― .

"남이사 아무러면 댁에서 무슨 상관예요?"

나는 가만 있을 수가 없었던 것입니다. 인자 어머니는 내 말에 성이 몹씨 난 모양이 었어요. 금방 붉으락 푸르락 야단이었어요.

"아니 이웃간에 그런것 물어 봄 어떠냐? 개가 우습다. 야 '양키이'가 가져 왔다구 누구 말했나? 그러지 말아 애. 양갈보 에미년이 남의 흉 볼가 원……."

"'양키이'가 가져왔든 안왔든 남의 일에 왜 참견 얘요? 그러실라 거든 우리

집에 오지 마세요.”

“야 관둬라. 장히 도저하구나. 인제 ‘양키이’덕이나 보나 보구나. 난 너희가 고생하는게 안돼서 바느질감이랑 가져다 주군 한 죄 밖에 없다. 없어. 너의 집에 못와서 주깐.”

인자 어머니는 치마 바람을 휘날리며 나가는 것이었읍니다. 어머니가 인자 어머니를 말리려고 했읍니다. 그리곤 어머니는 나를 나무램 하시는 것이었읍니다.

“너 미쳤니? 어른한테 빡빡 달려들게. 배왔다는 게 그래? 우리가 인자 어머니 덕을 얼마나 봤게 그러니?……”

인자 어머니가 들으라고 크게 말씀하셨어요. 나는 어머니 말씀에 거짓이 섞여 있음을 알았읍니다. 사실 인자네 덕을 보았다면 바느질 삯 받은 것뿐인데 어머니는 바느질 삯 받은 일 같은 것을 덕으로 알지는 않으시니까요. 당연히 받을 걸 받았다고 생각하시니까요. 오히려 이쪽에서 덕을 뵈이는 것으로 알고 계시는 거예요.

어머니는 왜 이렇게 비굴해 지셨는지 모르겠어요. 전 부터 어머니가 이렇게 비굴하지는 않은 것 같아요. 전엔 내가 어려서 그점에 눈치를 채지 못했던지 모르나, 나는 어머니처럼 깨끗하신 분도 없다고 알았는데 —.

실상 나는 어머니의 비굴성을 처음 안것은 아닙니다. 캐리 죠오지를 처음 만나던 날 벌써 그것을 안것입니다.

아머니²⁴가 오늘 기를 써서 캐리 죠오지를 쫓아 보낸 것은 결백성에서 나온 행동이라고 보지 않습니다. 캐리 죠오지가 혼자 왔더라면 어머니는 결코 캐리 죠오지를 그렇게 쫓지 않았을 것입니다. 아버지가 미워서 쫓은 것입니다.

똑 바루 이야기한다면 어머니 가슴 한 구석엔 캐리 죠오지와 가깝게 지내고 싶은 마음이 숨어 있는 것입니다. 그래서 그의 도움을 받고 싶었던 것입니다.

---

24 ‘어머니’의 오식.

이렇게 말하면 어머니를 너무 혹독하게 평하는게 되고 맙니다 마는—. 그러나 이것은 결코 어머니의 잘못만이 아님을 나는 알고 있읍니다. 처참한 환경이, 생활이 오늘날 내 어머니를 이렇게 만든 것이었읍니다.

그러면서도 어머니는 처참한 환경에서 헤여날려고 애를 쓰십니다. 그 생활 속에 빠져 버리지 않으려고 발버둥을 치십니다.

아까 캐리 죠오지를 쫓은것도 발버둥이였던 것입니다.

—가엾은 어머니 불상한 아버지—.

나는 속으로 흐느껴 울지 않을 수 없었읍니다. 어머니가 인자 어머니를 따라 나갔다 돌아 오셨을 때 나는 참으로 엄숙한 얼굴을 지어 어머니 한테 말했어요.

"어머니 곤 오빠만 돌아옴 우리가 이렇게 살진 않아요. 나 오늘 나가서 곤 오빠 소식을 알아보고 올테예요."

내 마음 속에 항상 자리잡고 있는 생각이였기에 말했던 것입니다.

그날 나는 곤의 소식을 알고자 병사구사령부로, 헌병대로 아무튼 군인이 있는 곳엔 다 들려 보았읍니다. 그러나 나는 곤의 소속부대도 알지못하고 곤의 군번도 몰랐으므로 아무 소득 없이 돌아 오는 수 밖에 없었읍니다. 나는 병사구사령부 계원에게 곤이 9 · 28 이후 이어 용산훈련소에 들어가 훈련을 받고 있다가 작년 11월 말일께 전장으로 나간것을 말할 수 있을 뿐이었어요. 계원은 극력 알아보아 주겠노라고 말하면서 주소를 적어놓고 가라는 것이었읍니다. 주소를 적으면서 나는 마음 속으로 부디 곤의 소식이 날라오는 날이 있기를 빌었던 것입니다.

캐리 죠오지에게서 편지 온 것은 다음 날 아침이었어요. 편지의 내용은 아래와 같습니다.

캐리 죠오지의 서신

귀여운 소녀와 좋은 어머니와 친절한 아버지를 위해서 나는 이 서신을 올리지 않을 수 없습니다. 당신 집에서 돌아온 후 나는 아무것도 하지 않고 진실로 오래 동안 당신들을 위해서 생각 했던 것입니다. 생각을 했다기 보다 완전히 나는 신에게 나를 의탁하고 있었던 것입니다. 이때 까지 신을 이마큼 의탁해 본 일이 없었읍니다. 신은 나에게 사명을 제시해 주셨읍니다. 위선 당신에게 서신을 보낼것을 일러 주셨고 다음으로 귀여운 소녀와 좋은 어머니와 친절한 아버지를 나의 누이 동생과 같이, 어머니와 같이, 아버지와 같이 사랑 할 것을 가르쳐 주셨읍니다.

똑 바루 말씀한다면 이것은 더 오래전에 벌써 맡겨 준 사명이 아닌가도 생각합니다. 한달 전 고향 나의 집을 떠날 때 부터였던지 모릅니다. 떠나는 날 나의 조모님은 몹시 슬퍼하시면서 "한국이란 땅엔 호랑이가 나온다는데 그런 미개지에 너를 어떻게 보내느냐?"고 말씀하셨읍니다. 나는 조모님 말씀을 곧이 듣고 정말 호랑이가 나오는 미개지로 알았던 것입니다. "할머니 그럼 아주 잘 됐어요. 공산주의자들과 싸우는 일 외에 또 한가지 할 일이 있구만요. 나는 한국에 가서 호랑일 많이 잡겠어요. 가죽을 얼마든지 베껴가지고 와서 할머님께 보여 드릴께요. '캐리'가 얼마나 용감했던가를 보여 드릴께요. 조모님은 더 많은 눈물을 흘리시면서 "공산주의자를 처부시기 전에 호랑이를 잡기 전에 네가 만약…."하시는 것이었읍니다. 마지막 말씀은 참아 입 밖에 못내셨읍니다. 뒤에 나올 마지막 끝말을 알고 있었읍니다. "네가 만약 죽으면 어쩌느냐?"는 것이겠지요. 나는 또 조모님께 말씀했읍니다. "할머니 염려마세요. '캐리'의 별이 '캐리'를 지켜주고 있을테니까요."하고 말했읍니다. 나는 이 별의 이야기를 조모님 한테서 어릴 때 들었던 것입니다. 사람마다 자기의 별을 가지고 있다는 이야기였읍니다. 조모님은 한번만 해 들려주시는 것이 아니고 별이 지독히 총총한 여름 밤이면 잊지 않고 들려 주셨읍니다. 나는 목을 잔뜩 재끼고 하늘을 쳐다 보면서 조모님의 이야길 들었읍니다. 나와 같이 별의 이야기를 들으며 별을 쳐다보던 누이동생은 으례이 한번씩 자기 별을 가르쳐 내라고 조모님을 조르곤 했읍니다.

귀여운 소녀여! 당신은 자기의 별을 찾아내라고 조르던 나의 동생같이 여겨지는 것입니다. 나는 여기 온지 오래지 않아서 여기의 인정 풍속에 아직 익숙하지 못합니다. 그 때문인지 고향에 계신 조모님과 부모님, 동생 생각을 잊을수 없었읍니다. 그러던 중 귀여운 소녀를 만났고 좋던 어머니와 친절한 아버지를 만나 뵈였던 것입니다. 더구나 그들은 나의 모국어를 알고 있었읍니다. 나의 기쁨은 말할 수 없이 컸던 것입니다. 나는 호랑이를 잡는 대신 한국에 와서 이 선량한 가족들과 친하는 일을 신이 나에게 맡겨 준 것이라고 깨달았읍니다. 나는 조금도 잘못 생각하지 않습니다. 당신과 당신의 어머니를 잘 이해하고 있읍니다. 내가 서틀게 당신 집엘 찾아 가곤 한데 대해서 깊이 사과를 드립니다. 위에서도 말했지만 내가 여기와서 얼마 되지 않기 때문에 이곳 인정 풍속을 모르고 한 일이오니 널리 양해하여 주시오. 마지막으로 나는 당신의 친절한 아버지를 위해서 나의 힘을 다 할것을 약속합니다. '모루히네' 중독을 두려워 할 일이 아닙니다. 근래엔 좋은 약품이 발명되어서 걱정할 필요가 없이 되었읍니다. 또한 그런 일을 부끄럽게 여기실 필요도 없다는 것을 말씀하겠읍니다. 세계적으로 이름을 떨친 '쟝 콕토'[25]도 마약 중독자 였읍니다. 시와 소설을 쓰고 그림을 그리고 영화 까지 제작한 유능한 분이 마약 중독으로 치료소에 감금되어 해독(解毒)시킨 일이 있읍니다. 그의 저서(著書) 『아편』[26]이 바루 치료소에서의 기록이였던 것입니다. 지금은 이 책을 가지고 있지 않읍

---

25 쟝 콕토(Jean Cocteau, 1989~1963).

26 원제는 *Opium: Diary of a Cure*(1930).

니다만 손에 들어 오는대로 보내 드리겠읍니다. 읽어 보십시요.

귀여운 소녀에게. 캐리 죠오지

　―추신― 참 나는 소녀의 이름을 모르고 있었읍니다. 유감스럽습니다.

　캐리 죠오지의 편지를 읽고 난 나는 곧 이것을 어머니 한테 번역해 읽어 드렸어요. 다읽고 나니까 어머니는 "아이구 고마와라."를 수십번 연발 하시며 눈물을 흘리시는 것이 었어요.
　어머니는 또 이런 말씀도 하셨어요.
　"괜스레 지래 짐작해 가지구 그랬구나. 존사람인걸 모루구 그랬구나. 양갈보집을 찾아다니는 미군하곤 다른걸 그랬구나. 이걸 어쩌나?……."
　나도 어머니와 같은 감정이었어요. 캐리 죠오지는 나를 자기의 누이동생과 같이 생각하고 있는데 미리 겁내 가지고 야단벅석을 떤 일이 부끄러웠어요. 그리고 아버지를 구해 주겠다는 그의 마음이 너무 고마워서 눈물이 나왔어요. 아버지만 구해 준다면 굶는 한이 있더라도 문제 없을것 같았던 것입니다. 아버지를 구하는 일이 우리 가족 전부를 구하는 일인 것입니다.
　편지를 가지고 온 요배 처의 사촌오빠의 말을 들으면, 캐리 죠오지는 훌륭한 군인으로 동료들에게 모범이 된다는 것이예요. 캐리 죠오지의 편지에도 그랬지만, 진실로 캐리 죠오지는 나에게 대해서 누이 동생과 같은 감정을 가지고 있다는 거예요. 내가 빨래 보퉁이를 이고 돌아오던 날 부대에 돌아가서 여러번 나의 이야길 하면서 가엾다고 하더라는 거예요. 그리고 자기 힘으로 도울 수 있는 일이 없겠느냐고 요배처의 사촌 오빠에게 묻더라는 거예요.
　요배 처의 사촌 오빠의 말이 도울 수 없는 것은 아니겠지만, 저쪽의 감정을 타진 하지않고선 안된다고 했더니 캐리 죠오지는 또 "나는 이 선량한 가족들을 위하여 내 힘을 기우릴 수 있는 기회를 기다린다."고 하더라나요. 그리고 캐리 죠오지는 호랑이 가죽을 갖다 드리기로 한 조모님한테 우리집 이야길 써서 보냈다는 것입니다. 조모님은 곧 회답을 보내왔는데 편지와 함께 내 외투 어머니의 장갑 아버지의 담배 '케이쓰'를 보냈더라는 거예요. 캐리 죠오지가 우리 가족과 더불어 즐겁고 복되기를 바란다는 문구가 편지에 세번이나 씨어 있더라는 거예요.

요배 처의 사촌오빠는 캐리 죠오지에게 그 물건을 우리 가족에게 주어선 안된다고 말했다는 군요. 이 말을 하는 요배 처의 사촌 오빠는 자기의 공로를 내세우려는 셈인지 몇번씩 이말을 곱씹어 하는 것이예요. 맨 마지막엔

"글세 아주머니 생각해 보십시요. 미군이 뭘 준다구 함부로 받아야 될 말입니까? 받는 쪽에서도 그렇지만 주는 쪽에서도 함부로 받는 걸 이상하게 여길까 겁난단 말입니다. 양갈보 모양으로 준다고 받아선 안되거던요. 김장감도 아주머닌 그 사람이 보낸건가 해서 의심 하지만 사실은 찦차만 그 사람의 걸 빌렸죠. 요배내걸 주는데 제가 좀 더 얹어 가지고 온겁니다. 캐리 죠오지가 하두 아주머니네 일에 뇌심 하기에 그랬죠."
하고 긴말을 느려 놓았어요.

그 후 사흘만에 요배 처의 사촌 오빠가 아버지를 모시러 왔어요. 아버지는 밖에서 돌아오신지 얼마 안될 때여서 매우 심명[27]이 나셨읍니다.

"캐리 죠오지씨가 날 오라고 한단 말이지? 왜 오라고 하나? 당신이 짐작을 못하겠소?"

요배 처의 사촌오빠가 짐작을 못한다고 하는데도 아버지는 자꾸 물으셨어요. 요배 처의 사촌오빠는 나의 어머니에게만 아버지를 병원에 모시는 거라고 알려 주었어요. 어머니와 나는 서로 마주 바라보며 감격했읍니다. 아버지는 캐리 죠오지의 편지도 모르고 계셨던 것입니다.

아버지가 병원에 가신 뒤에 요배 처의 사촌 오빠가 책 두권을 갖다 주었읍니다. 한권은 캐리 죠오지가 편지로서 약속한 '쟝 콕토'의 『아편』이고 다른 한

---

27 '신명'의 오식으로 보임.

권은 영국 동화집이었어요.

죠오지 캐리는 책과 함께 편지도 보냈어요. 편지의 내용은 아버지에 관한 이야기가 대부분이었어요. 아버지는 지금 병원에서 독을 풀고 계시다는 것, 한달 후이면 아주 완전히 나아서 한층 더 친절한 아버지가 될 수 있다는 것을 말해 주었어요. '쟝 콕토'의 『아편』보다 영국 동화집을 먼저 읽고 다음으로 『아편』을 읽으라는 것도 지시해 주었어요. 『아편』이 읽기 어려운 때문이라고 말하고 읽기 어렵더라도 끝까지 읽으라고 했어요.

나는 캐리 죠오지의 말대로 그날부터 영국 동화집을 읽기 시작 했어요. 아버지가 누워계시지 않으니, 방이 조용하고 깨끗하고 어머니가 짜증을 안 내시고 참으로 살것 같은 명랑한 분위기였읍니다. 빨래랑 다림질도 얼마던지 할 수 있을것 같은 기분이었어요.

어머니도 나와 같은 기분이었어요.

"너의 아버지만 성한 몸으로 돌아 온다면 굶어도 한이 없을게다."고도 하시고

"캐리 죠오지의 은헬 무엇으로 갚느냐."는 말씀도 했읍니다.

영국 동화집을 읽고 나니 어리던 실력이 좀 자랐읍니다. 마는 『아편』을 읽는데는 무한한 고생을 했던 것입니다. 도중에서 그만 둘가도 생각 했으나 그러다가도 아버지를 생각하고 끝내 읽었어요. 캐리 죠오지의 말과 같이 이처럼 훌륭한 '쟝 콕토'가 아편 중독자로서 '싼 쿠루'[28] 요양원에 있었다는 것을 알고는 아버지의 중독이 부끄럽게 여겨지지 않았어요. 뿐만 아니라 아편 중독자는 버린 사람이라는 절망적인 생각도 없어지던군요. '쟝 콕토'가 완전히 산 표본이 되어 있음을 알기 때문에 ―.

『아편』을 다 읽고 나서 어머니 한테 '쟝 콕토'의 이야길 해드렸더니 어머니는

28　생클루(Saint-Cloud)를 가리키는 일본어 サンクルー.

 최정희 소설 전집 **2**

"그러냐? 그렇구나. 아이구 캐리 죠오지의 은헬 뭣으로 갚냐?"
고 하시면서 펄쩍 뛰시는 거예요. 아버지가 돌아 오시던 날 우리들의 기쁨은 말로 이루 할 수가 없는 것이 었읍니다. 하늘에 있는 모든 것과 땅의 있는 모든 것이 우리와 함께 기뻐해 주었읍니다.

아버지는 캐리 죠오지의 차를 타고 오셨읍니다. 아버지는 마당에 들어 오시며 캐리 죠오지의 양팔을 번쩍 들어 올리고 "만세"를 부르시는 것이었읍니다. 캐리 죠오지는 아버지의 하시는대로 있으면서 웃었읍니다. 바른 쪽 뺨, 뺨이라기 보다 입언저리에 볼우물이 옴푹 들어 갔읍니다. 나는 그의 뺨에 볼우물이 들어가는 것을 이때에사 발견했던 것입니다.

툇마루 아래 바삐 내려서면서 그에게 허리를 많이 굽혀 인사를 했어요.

"당신의 은헬 잊지 않겠읍니다."

어머니도 같은 말과 같은 동작을 하셨읍니다. 어머니는 다정한 어조로 그에게 방으로 들어 가자고 하셨어요. 그의 등어리에 손을 거진 얹을 정도였어요. 나는 바삐 먼저 들어 가서 대림이질 하던것을 주섬주섬 한쪽에 몰아 놓았읍니다. 그는 사양 없이 방안에 들어왔어요. 우리들이 하던 일감을 그는 언짢은 표정으로 살피고 있었읍니다.

"캐리 죠오지씨 앉으세요. 우리들 방은 이렇습니다."

그는 어색한 앉음새로 앉았어요. 그러나 도무지 어색스러워 하지 않는 얼굴이었어요. 오래전 부터 알던 친구의 집에 온것 같은 얼굴이었어요.

"캐리 죠오지씬 훌륭한 인물이야. 위대한 인물이야. 나는 그동안 이양반의 행동에 감동한 바 많아…… 나를 소생 시킨 은인이야. 내게 광명한 천지를 보게 한 은인이야."

아버지가 영어와 우리 말을 섞어가며 말씀하셨어요. 캐리 죠오지는 말없이 웃고 있었읍니다. 역시 볼우물이 폭 패였읍니다. 나는 그것을 살피기 위해서 그의 다른데는 보지 않았던 것입니다.

어머니는 손을 마주 잡고 캐리 죠오지에게 연방 절하는 시늉을 하셨어요.

나는 그에게 책을 읽은 이야기를 몇마디 해들렸어요. 책을 돌리려고 한즉 그는 그대로 두라고 말했읍니다. 그리고 소용 되는 책이 있으면 말하라고 했읍니다. 내가 아무 말 없이 우물주물 하고 있으니까 아버지가 먼저

"책이람 사죽을 못쓴다오. 우리 차래는."

하셨어요. 아버지 말씀에서 그는 내 이름이 '차래'라는 걸 알고 눈을 크게 뜨면서

"차래? 차래."

두번 곱씹어 보던군요. 그리고 나서

"귀여운 이름이군. 차래! 차래!"

하는 것이었어요.

그는 반시간 가량 그렇게 앉았다가 돌아 갔어요. 우리들은 문밖에 까지 전송을 나갔읍니다. 그때 나는 아랫집 담장안에 몇사람의 머리가 숨었다 나타났다 하는 것을 보았어요. 인자네 집이였어요. 인자 어머니랑 동내 아낙들이랑 우리를 살피고 있던거예요. 불쾌 했지만 쉬 잊어버릴 수 있었어요. 그 사람들이 그러거나 말거나 하등 상관이 없다고 생각했던 것입니다. 우리는 그냥 기쁘기만 했던것입니다.

그러나 그 기쁨 속에 다시 없는 슬픈 소식이 날라 들었읍니다. 그것은 곤의 소식이었어요. 곤은 전장터에 나가 이개월만에 원산 전투에서 전사했다는 거예요. 이 소식을 전하러 온 병사구사령부 계원은 아버지 어머니한테 정중한 어조로

"훌륭한 최후를 마치신 아드님 영령에 묵념을 하십시다."하고 마당에 선채로 머리를 숙였읍니다. 내가 오빠라고 한 소리를 그는 기억하고 있었던 것입니다. 나도 숙이고 아버지도 어머니도 숙였어요. 나의 감은 눈에선 눈물이 줄을 지어 흘러 내렸읍니다. 다리는 감각을 잃었읍니다.

병사구사령부 계원이 돌아 가고 나서

"곤이란 놈까지 죽었구나! 아버지를 닮아서 용맹스럽드니 죽었구나."

아버지의 이 말씀뒤에 어머니는 흑흑 느끼며 우셨읍니다.

"아버지를 감옥에서 내놓겠다더니 평양까지 채 가지두 못하구……"

눈물 속에 곤의 떠나던 마지막 모습이 지나 갔어요. 곤은 제일 마지막 '추럭'에 타고 있었어요. 알아 보기 쉬우라고 그랬던지 털벙거지 모자를 뒤로 제치고 서 있었어요. 손을 들어 흔들었어요. '할빈'을 떠나 상해로 가던 때 차창 밖에 손을 내밀어 흔들던것 보다 더 맹렬히 흔들었어요. 결사적으로 흔들었어요.

"차래. 잘 있어. 아버님 어머님께 안부 여쭤어. 나 올 때까지 무사히 잘 있어어?"

'추럭'과 한가지로 곤의 소리가 멀어져 갔읍니다. 나는 눈을 뜰 수 없게 내려 퍼붓는 눈 속으로 눈을 벌려뜨며 쫓아 갔읍니다.

그러나 '추럭'이 모퉁이[29]로 돌아가니, 그뿐이었어요. 얼키설키 바퀴 자죽[30]들만이 길게 뻗친 아득한 길이 있을 뿐이었어요.

나는 눈에서 흘러내리는 눈물인지 하늘에서 내려 퍼붓는 눈물인지 구별하기 어려운 물을 두 손등으로 훔치면서 얼키설키 벋어 나간 바퀴자죽을 밟으며 걸었던 것입니다. 머얼리선 그들이 부르고 간 군가 소리가 들렸읍니다. 안개 낀것 처럼 가슴이 답답했읍니다.

지금도 나는 그때 처럼 가슴이 답답합니다. 그 보다 더 합니다.

파열이 될 것 같읍니다.

"나 올때까지 무사히 잘 있으라"고 하던 곤은 인제 다시 볼 수 없는 것입니다.

곤의 그 어질게 큰 눈을 이제 다시 볼 수 없는 것입니다.

---

29 '모퉁이'의 오식.
30 '자국'의 방언.

봄은 땅 위에도

세월은 그대로 가는 것입니다. 모질게도 얼엇던 땅덩어리가 스르르 녹더니 어느 틈엔지 꽃이 피었읍니다.

답답하던 내 가슴도 차차 풀리기 시작했어요. 곤으로 해서 꽉 찼던 내 가슴이 차차 풀리기 시작 했다는 말씀입니다.

아무튼 나는 겨울에서 풀려 난 것을 다행이 여겼읍니다. 지난 겨울엔 눈이 또 왜 그렇게도 내렸던지 몰라요. 제일 못견딜 것이 눈이 였읍니다.

그것은 두 말할것도 없이 곤과 마지막 작별을 고하던 때의 기억 때문인 것입니다.

꽃이 피니까 새가 더 많이 울었어요. 사람들은 꼭꼭 닫혔던 문과 창을 열어 제꼈읍니다.

우리 동내의 양부인들도 문과 창을 활짝 열어 놓았읍니다.

캐리 죠오지가 우리집에 오는 날이면 그들은 열린 문으로, 혹은 제긴 창으로 캐리 죠오지에게 '헬로오'를 연발하며 손짓하는 것이였어요.

캐리 죠오지뿐 아니라, 언덕길을 걷고 있는 외군이 보일라치면, 여자들은 이와 같은 행동을 했읍니다. 외군들은 여자들이 있는 눈치를 알고서 이 언덕길을 걷는것인지 산으로 올라가느라고 이 언덕길을 걷는것인지 알 수 없으나 아무튼 봄이 되면서 이 언덕길을 걷는 외군들이 버쩍 는것만은 사실입니다. 언덕길은 산과 연결되어 있었읍니다. 여자들이 '헬로오'를 연발하며 손짓하면 외군들은 그쪽으로 돌아 서서 응수하든가, 그렇지 않으면 산으로 올라가든 발을 그쪽으로 돌리던가 하는 것이였어요. 여자들은 대게 이층에서 소리를 치기 때문에 썩 잘 들렸으며 그들 방에 친 선동적인 '커어텐'의 색채도 유감없이 들어나 보였던 것입니다.

'헬로오'를 연발하며 손짓해도 못들은체 산으로 곧장 올라가는 자들도 있었어요. 그런 사람은 여자들 보다 산이 좋은가 보더군요. 휘파람을 불어가며 올라가는 것이었어요. 그런 사람들의 외모는 대계 캐리 죠오지처럼 깨끗해 보였어요. 캐리 죠오지처럼 깨끗하게 생긴 사람들이기 때문에 여자들 보다 산을 더 좋아 하는거라고 나는 그들을 좋게 생각했던 것입니다.

캐리 죠오지가 한번도 여자들에게 응수하지 않은 것도 깨끗하고 고상하게 생긴 탓이라고 생각했던 것입니다.

정말이지 캐리 죠오지는 빗발치듯 하는 그들 소리에 한번 응수하는 것을 본 일이 없읍니다. 캐리 죠오지는 여자들이 그러는 때면 얼굴이 붉어지면서 그쪽에 귀를 기우리지 않으려는 기색을 보이는 것이었어요. 그리고 거름을 빨리 옮겨놓는 것을 알았어오.[31] 캐리 죠오지는 자기를 위해서라기 보다 나를 위해서 그랬던 것입니다.

어느날 캐리 죠오지는 이 여자들이 본래 부터 이 동내에 살고 있었느냐고 물었읍니다.

"아뇨. 난 한번도 본 일이 없는 사람들이예요."

하고 내가 댓구해 주니까

캐리 죠오지는 또

"다른데서 떠들어 온 여자들인가 보지요?"

하는 것이였읍니다.

"당신네 군단이 근처에 있기 때문에 몰려든 여자들이예요. 전에 있던 주인들은 한사람도 있지 않은 것 같아요."

"예, 그래요."

캐리 죠오지는 참 난처한 표정을 짓고 있다가

"할 수 없는 일입니다. 전쟁이 있는 곳엔 어쩔 수 없이 일어 나는 현상일 것입니다."

라고 하던군요.

---

31 '알았어요'의 오식.

"본래 있던 주인들은 어디 가 있는지 몰라요. 그 사람들 중의[32] 북쪽으로 넘어간 사람들도 있을거예요. 6·25 때 부역을 하구선 그대로 넘어 갔을 거예요."

나는 인자네가 들어있는 집 주인들이 이북으로 갔다는 걸 알고 있으므로 이렇게 말했던 것입니다.

"아 그런 사실도 있구말구. 그렇지. 있을 수 있는 일이지요."

캐리 죠오지가 처음엔 놀라다가 다시 생각을 돌리더니 나의 말을 긍정 하는 것이었어요.

그러나 이 여자들이 어느 때까지나 그 이층에서 '헬로오'를 연발할 수는 없었어요. 서울 시민은 해동과 함께 그리운 고향 옛집을 찾아들기 시작 했던 것입니다. 도강을 엄금하건만 용케 서울로 찾아드는 것이었어요. 주인들은 그들에게 방을 비어 달라고 말했던 것입니다. 양부인들은 주인의 요청대로 쉽게 방울[33] 비어낼 수는 없었읍니다.

서울 시민이 자꾸 붙어만 가는데 마음에 드는 방이 그리 쉽게 있을 리가 있겠읍니까. 그들은 이때 까지 가장 좋은 주택을 자기들 마음대로 골라서 사용했던 까닭에 웬만한 집은 눈에 차지 않았던 것입니다. 그들 눈에 차는 집에선 그들에게 방 세를 놓으려고도 하지 않았고 — .

이래서 '양갈보'와 집주인과의 싸움이 우리 동내에선 그치지 않았어요. 그 중에서도 인자네가 더욱 심했어요. 인자 어머니와 주인 부인과는 머리끄뎅일 끌어가면서 싸왔으니까요. 한두번이 아닙니다.

인자 어머니 말은 이 집이 부역자의 집인데 사는 사람이면 임자지 너희가 무슨 권리가 있다고 우리를 쫓느냐는 것이고, 주인들은 9·28 이후에 자기들이 살다가 피난내려 갔으니까 자기 집이라는 것이었어요.

---

32 '중에'의 오식.

33 '방을'의 오식.

주인 부인은 인자 어머니가 미군을 믿고 버틴다고 욕하고 인자 어머니는 주인네가 군인이라고 뻐긴다고 욕설을 퍼부었읍니다. 주인 부인은 남의 집을 도깨비굴 같이 만들어 놓았다고도 욕설을 퍼부었어요. 깡통 깎대기[34]랑 왜 내버리지 않고 집구석에 채워놓았느냐. 집에다 칠을 하겠으면 고상한 색갈로나 할게지 꼭 귀신딱지 같이 알락달락 하게 하는건 다 뭐냐고 나무래기도 했읍니다. 그러면 인자 어머니는

"이년아 내집을 내 맘대로 하는데 너깐 년이 무슨 상관이냐? 귀신딱지건 도깨비 굴이건 너깐년이 참예 할게 없어. 왜 남의 집에 달려들어 이 성화냐?"
고 소리소리 질렀읍니다.

주인 부인은

"이년아 아무리 딸을 양놈에게 팔아 먹는 년이기로 서니 남의집까지 아주 홀라당 먹을 작정이냐?"
고 대여드는 것이 었읍니다.

인자네 뿐이래도 좀 낫겠는데 이집 저집에서 이 비슷한 싸움이 벌어지다 보니, 동내가 소란하기 짝이 없었어요.

어떤 집에선 꽃나무를 왜 절단했느냐고 양부인들에게 대어들었어요. 아닌게 아니라 양부인들은 꽃나무를 함부로 꺾었던 것입니다. 목련이 피는 때면 목련을 그냥 함부로 꺾었고 찔래꽃이 피면 그것도 함부로 막 꺾었던 것입니다. 보는 사람이 참을 수 없을 정도로 그들은 무지하게스리 꽃나무를 함부로 꺾었던 거예요.

그들은 꽃을 화병에 꽂는 것만 알았지 꽃을 사랑할 줄은 모르는 모양이었어요.

어떤 집에선 양부인에게 그냥 방을 쓰게 하기도 했읍니다. 그들에게서 많은 셋돈을 받기 위해선지 모르지요. 셋돈도 그렇지만 ×군단에서 전기를 끌어다

---

34 '깝대기'의 의미로 보임.

쓰는 것만해도 대단한 일이라나요. 혹 운수가 좋아서 자녀들을 미국유학이라도 시킬 기회가 생길지도 모른다는 이유도 있다는군요.

캐리 죠오지가 우리에게 집을 사 준 것이 이 무렵입니다. 캐리 죠오지는 본국에 있는 '출정가족동지회'에서 우리를 위하여 돈을 타 내 왔읍니다. '출정가족동지회'는 자선사업단체는 아니라고 했읍니다.

이 회에서 돈을 타 내 보낸 사람은 캐리 죠오지의 조모 였읍니다. 캐리 죠오지의 조모는 캐리 죠오지의 편지로서 우리들 사정을 참작하고 여기다 호소한 모양이라고 합니다. 돈 뿐이 아니 었읍니다.

많은 의류(衣類)도 왔읍니다. 캐리 죠오지는 우리에게 그것들을 주면서

"친절하신 어머니, 아버지, 그리고 귀여운 차래양, 나의 적은 성의를 받아 주십시오. 안 받아 주시면 나보다 나의 조모가 슬퍼 하실겁니다."
라고 말했읍니다.

우리는 그것들을 받기로 했읍니다. 오직 감격과 감사 하는 마음 뿐이 었읍니다.

캐리 죠오지에게 대하는 우리 가족들의 마음은 전과 달랐던 것입니다. 벌써 그는 우리들 식구 중의 한 사람과 같이 여겨졌던 것입니다. 그에게 가졌던 불안감 같은 것은 사라진지 오래 되었던 것입니다.

주위의 사람들도 이상한 눈으로 보아주지 않았읍니다. 인자 어머니는 줄곧 우리와 캐리 죠오지와의 사이를 부러워하고 있었어요.

"털끝 하나 다치지 않고 돈을 물쓰듯 해주니 천하에 그런 고마운 일이 어디 있어. 그런 진국이 어디 있어."
하는 것이었어요.

우리는 주인네가 부산서 올라오자 집을 곧 비어 주었어요. 주인네가 올라오기 전에 우리들이 이사 갈 집이 기다리고 있었으니까요.

집 수리도 말장하게 되어 있었어요. '커어텐'까지도 처 놓았어요. 아랫체에 들어 있던 사람들이 그냥 있으면서 든 일 같은 것을 해 주겠다고 함으로 우리

가 이사 가기까지는 그 사람들이 집을 보아 주었읍니다.

집은 명륜동에 있었읍니다. 크지는 않지만 우리 식구로선 넓을 정도였어요. 이층에 방 두개와 아래층에 온돌방 세개와 목욕깐이 있고 지하실이 있어서 좋다고 어머니는 줄곧 외우셨어요.

아래체는 조선식 기와집 입니다. 똑 따루 떨어진 아래채는 무엇 때문에 조선식으로 지었는지 모르겠다고 캐리 죠오지가 말했읍니다. 캐리 죠오지는 이 조선식 아랫채가 더 정이 간다고 말했읍니다.

그는 처음부터 조선식 기와집이 좋다고 말했읍니다. 어딘가 모르게 마음을 가라앉게 하면서도 멋이 있어 보인다고 했읍니다.

내 방은 이층에 정했읍니다. '커어텐'을 하늘색으로 쳤읍니다. 도배도 하늘색으로 했읍니다. 본래 나는 자주빛 계통을 즐기지만 하늘이 한껏 들어미는 방이길래 그렇게 했던 것입니다.

이것은 순전이 나의 뜻만도 아닐찌 모릅니다. 하늘을 한껏 받아들일 수 있는 방으로 꾸미고 싶다는 내 말에 캐리 죠오지가 맞장구를 쳐 주어서 된 일입니다.

"오. 됐어. 됐어. 하늘을 한껏 받아드리는 방. 멋진 말입니다."
라고 하고나서 캐리 죠오지는 나에게 하늘빛으로 도배하고 하늘빛으로 '커어텐'을 치는 것이 좋지 않겠느냐고 물었읍니다.

두말 할 것 없이 나는 이 말에 찬동 했읍니다.

창을 열기만 하면 하늘 아래 바람이 온통 이 방으로 들이치는듯 하늘빛 '커어텐'은 '아드바룽'[35]처럼 부풀었읍니다.

나는 이 방에서 공부를 했읍니다. 신록이 짙어 갈 무렵 해서 모교가 서울에 분교를 두게 되었고 나 모양으로 서울에 미리 올라 온 동창들은 모두 등교하게 되었던 거예요.

---

35 애드벌룬.

혹은 서울 분교가 생기니까 쫒아 올라오는 학생도 있었어요. 부모들은 서울
에 올라와 있으면서도 학교 때문에 부산에 남아있는 학생들이 었어요.

나는 일년을 쉬게 된 관계로 삼학년에 다녀야 했으며 한반 아래이던 이학년
생들과 같이 배우게 되었읍니다. 나와 한반이던 동창들은 지난 봄에 졸업하고
대학에 간 사람, 결혼한 사람, 직업을 가진 사람, 각양각색의 길을 걷고 있었
읍니다.

상매는 Y대학에 진학 했다고 편지가 왔어요. 입학식 하던 날에도 편지를 했
고 졸업식하던 날도 그는 내가 저와 함께 졸업장을 못타는 일이 안타깝노라고
했던 것입니다.

Y대학 분교도 서울에 왔으나 상매는 부모들이 상경할 때 까지 부산에 있어
야 했어요. 아버지가 고관으로 계시니까 정부가 환도하기 까지는 움직이지 못
할 모양이 였습니다.

캐리 죠오지는 일주일에 한번씩 놀러 왔어요. 나도 쉬고 그도 쉬는 일요일
을 택했던 것입니다.

오는 때면 그는 자기가 그동안 읽은 책을 가져다 주었어요. 대개는 소설 이
었읍니다. 철학 서적은 어려워서 갖다 주지 않는다고 말했읍니다. 대학에 가
게 되면 읽을 수 있을 것이라고 말했읍니다.

그는 미술에 관한 책도 많이 읽는 모양 같았어요. '로댕'[36]의 유언집(遺言集)
이며 '레오날드 다빈취'[37]의 것이며 '부로네루'[38] 등을 줄곧 이야기해 들려주기
도 했어요.

캐리 죠오지가 다녀가고 나면 나는 무척 많이 지식이 는것 같은 흐뭇한 느
낌을 가지게 되었어요. 그의 높이 풍기는 기품에 저절로 고개가 숙으러저가는

---

36 오귀스트 로댕(Auguste Rodin, 1840~1917).

37 레오나르도 다 빈치(Leonardo da Vinci, 1452~1519).

38 필리포 브루넬레스키(Filippo Brunelleschi, 1347~1446)로 추정.

나를 발견했읍니다.

우리들은 언제나 방 밖에 나가지 않았읍니다. 그의 성격은 쓸데 없이 나돌아 다니기 보다 조용히 책을 읽고 생각하는데 즐기는 편이었어요.

그리고 남의 눈을 두려워 하는 나의 눈치를 알아 채고 있는 그는 나에게 밖에 나가자는 말은 커녕 우리 집에 드나들 때에도 조심조심 하는 것이었어요.

찦차를 타고 오는 일이 없었읍니다. 언제나 조용이 걸어 와 주었읍니다. 아버지 한테 담배를 갖다 드리는 일이 있더라도 손에 들고 오지 않았읍니다. 언제나 그의 손에는 책만이 쥐어 있었읍니다.

선물은 요배 처의 사촌 오빠를 시켜서 보냈읍니다. 요배 처의 사촌 오빠도 캐리 죠오지의 뜻을 알고 있으므로 또 우리들과 캐리 죠오지와의 사이를 잘 알고 있음으로 대단히 정중하고 친절한 태도로 전하고 가는 것이었어요.

아버지는 ×군단 소속부대에 근무하게 되었읍니다. 요배 처의 사촌 오빠랑 비슷한 일을 하는 것이예요.

통역 비슷한 일이었어요.

그런데 아버지는 글을 모르시고 말만 하시는 관계로 완전한 통역관은 못되고 노무자들의 통역을 미군에게 해 들리고 미군의 말을 노무자들에게 알려주는 일이었어요.

캐리 죠오지는 아버지가 글을 읽는 줄 알았던지 처음엔 상당한 자리에 앉히실 작정이었으나 나에게서 아버지의 실력을 알곤 아무 말 없이 노무자들과 미군 사이의 통역을 하시게 했던 거예요.

캐리 죠오지는 아버지가 직업을 가져야만 한다고 주장 했읍니다. 일에 취미를 붙여야 한다는 거예요. 그래야만 다시 아편에 대한 미련을 가지지 않게 되는 것이라고 말했읍니다.

어머니는 미군 빨래를 그만 두셨어요. 아버지와 나의 뒤추배[39]를 하시기에

---

39 '뒷바라지'의 의미로 보임.

도 바쁘셨어요. 어머니는 집을 거두는 일에 제일 많이 주력을 넣으셨어요. 쓸고 닦고 하는 일이 그렇게도 재미가 나신다는 거예요.

내가 학교에 갔다 돌아올쩍이면 언제나 빗자루를 들고 계시던가 걸레질을 하고 계셨어요. 유리창은 말짱했어요. 그래서 하늘이 우리 집에만 들어미는 것 같이 여겨 졌어요.

환도와 함께

정부가 환도하자 서울 장안은 웅성웅성 했읍니다. 상매도 상경했고 그의 부모들도 상경했읍니다.

상매네 집은 폭격에 없어져서 상매네는 집을 마련하기 까지 외가에 가서 살게 되었읍니다. 상매네 외가는 마포인 까닭에 상매가 통학에 지장이 있었읍니다. 집을 마련하기 까지라곤 하지만 상매 어머니 말씀을 듣는 다면 삼년이 될지 십년이 될지 영영 못 마련할지도 모르는 일이라는 거예요. 상매 아버지는 그만큼 주변이 없다는 거예요.

다른 사람들 같으면 그만한 자리에 앉아 있으면서 집 한채 마련 못할 배 아니라고 상매 어머니는 이런 소리를 하시며, 상매 아버지한테 바가지를 긁으시는 것이 었어요.

상매는 그대로 아버지 편이라고 했어요. 고관이라고 해서 잘 살고 잘 먹는 일을 부끄럽게 생각해야 한다는 거예요. 폭격에 집을 잃은 사람들 중에는 허지에 사는 사람도 있고 판자집에서 사는 사람도 있는데 방 한칸이라도 얻어 들 수 있다는 일이 고마운거라고 말하는 거예요.

이것은 상매가 그의 아버지의 말씀을 듣고 한 말이겠지만 아버지가 좋은 생각을 가지고 계시기 때문에 상매는 언제나 좋은 말만 하는 것입니다.

학교에 갔다 오던 길에 들린 상매에게 나는 우리 집에 같이 있자는 말을 했읍니다. 물론 부모님의 승락을 미리 얻어 놓고서 한 일입니다.

처음엔 부모님이 반대하셨어요. 더우기 아버지는 안될 말이라고 우기셨어요.

"제가 그집에 가 있던 생각을 하셔야지요. 상매는 말할 것도 없고 상매 아버지 어머니가 얼마나 고맙게 해 주셨다고……."

"하긴 그렇다. 어려운 때 고맙게 보살펴 준걸 생각함……."

어머니의 마음이 먼저 누구러 지셨읍니다.

"같이 있게 해 주세요. 아버지. 저 같이 있겠어요."

"글쎄. 지나간 일은 그렇다만……."

아버지는 눅으러지실 기색이 아니었어요.

"오라구 할테예요. 네. 아버지."

"어떻해요. 저렇게 간절하니."

어머니가 아버지를 쳐다보고 하신 말씀입니다.

아버지는 아무 말씀 없이 권연을 부끔부끔 빨고 계셨어요. 나는 그렇게 하고 계신 아버지에게 다시

"상매 오게 하겠어요. 아버지."

말했읍니다.

아버지는 잠잠 하셨읍니다. 잠잠하신 것이 승락이라 알고 이튿날 학교에서 돌아 오든 길로 상매를 데리고 왔던 것입니다.

상매가 우리 집에 오던 날이 토요일이 었어요. 이튿날이 캐리 죠오지가 오는 날이구요. 물론 나는 상매에게 캐리 죠오지의 이야길 했던 것입니다. 캐리 죠오지의 편지도 보여 주었읍니다.

캐리 죠오지 때문에 우리 가족이 구원된 이야기도 들려주고 집을 사게 된 경로까지 모조리 말해 주었읍니다.

상매가 캐리 죠오지를 만나기 전엔 의아심을 품고 있었읍니다.

"얘 조심해라. 널 믿긴 하지만, 그게 그사람에 수단일지 누가 아니?"

내가 절대로 그런 사람이 아니라고 주장하면서

"캐리 죠오지의 편질 보고도 그런 소릴 하느냐?"

고 말했어요. 그러니까 상매는 편지는 그렇게 쓰고도 속엔 엉큼한 생각이 있는지 누가 알겠느냐는 것이었어요.

캐리 죠오지는 열두시가 거진 되어서야 왔읍니다. 여니때보다 퍽 늦었읍니다. 여니땐 오전 열시 전으로 왔는데 기다리니까 그렇게 늦게 오던군요.

나는 상매에게 캐리 죠오지를 보여 주고 싶었읍니다. 캐리 죠오지에게 상매를 자랑하고 싶었읍니다.

상매에 인물이 곱다기보다 그의 건실한 성격이 자랑스러웠던 것입니다. 상매가 말이 능숙하기만 하다면 캐리 죠오지와 얼마던지 이론을 전개 할 수 있을 것인데 상매는 영어를 능숙히 하지못하는 것이 유감이었읍니다.

상매는 미리부터 캐리 죠오지에게 관한 지식을 갖고 있지만 캐리 죠오지는 상매에게 관해서 전연 백지 었어요.

나는 한번도 캐리 죠오지에게 상매의 이야길 한 일이 없었으니까요. 그러한 이야기를 할 기회가 없었던 것입니다.

캐리 죠오지가 오면 어머니 아버지와 한자리에서 이야기하게 되던가 그렇치 않고 그와 나만일 때엔 그는 항상 책을 이야기하게 되었던 것입니다. 말하자면 그는 나에게 지식을 주입시키려 했읍니다.

"나의 친구 한상매예요."

캐리 죠오지에게 먼저 상매를 소개하고 나서

"캐리 죠오지씨다. 앞으로 친밀하게 지나도록 부탁한다."

고 내가 상매에게 말 하니까 상매는 아주 익숙한 어조로

"반갑습니다. 차래한테서 얘길 많이 들었어요."

하는 것이 아니겠읍니까.

"얘. 너 영어 썩 잘 하는구나."

내가 놀라며 우리 말로 이렇게 말했더니 상매는 나에게 역시 우리말로 캐리 죠오지씨와 인사하기 위해서 미리 준비해 두었던 말이라고 했어요. 그리곤 캐

리 죠오지에겐 그런 말을 알리지 말라고 말했읍니다.

캐리 죠오지는 우리끼리 말을 하고 있으면 밖을 내다보고 있었읍니다.

"우리끼리 얘기해서 미안해요. 캐리 죠오지씨도 우리 말을 배우십시오."

상매가 곁에 있는 까닭인지 나는 캐리 죠오지에게 가벼운 마음으로 말하게 되더군요.

"그렇잖아도 한국 말을 배우고 싶단 생각을 가지고 있었읍니다. 선생님을 물색하는 중입니다."

"내가 가르쳐 드릴까요?"

상매가 말했읍니다.

"고맙습니다. 선생님이 되어 주시겠읍니까?"

"원하신다면 얼마든지 가르쳐 드릴 용이가 있어요. 그대신 제게 영어를 가르쳐 주세요."

상매는 떠듬 떠듬 해가며 이렇게 말했읍니다.

"그래도 좋습니다."

"그럼 언제부터 시작할까요?"

"먼저 일주일에 몇번씩 할 것을 결정 지어야 하지 않습니까?"

"그렇지. 몇시간씩 할까요?"

"상매양의 형편은 어떻습니까? 난 일주일에 두시간 쯤을 낼 수 있어요. 수요일 저녁과 토요일 저녁이면."

"나두 그렇게 하도록 하지요."

상매와 캐리 죠오지의 어학 공부 시간이 결정되었읍니다. 이 이야기는 여기서 끝나고 우리들은 점심을 먹어야 하겠다고 생각 했읍니다.

"점심을 잡수십시다. 뭘루 하시겠어요?"

내가 캐리 죠오지에게 물으니까 상매가

"한국말만 배울게 아니라 한국 음식도 먹을줄 알아야 하잖느냐고 내 대신 말해라."

하고 말했읍니다.

나는 상매가 하라는 대로 말했어요.

"좋습니다. 뭣이든지 먹으란대로 먹겠읍니다."

캐리 죠오지가 한쪽 입가에 볼우물을 지으며 웃는 것이예요.

"얘 그렇커들랑 냉면을 시켜다 먹을가?"

상매는 캐리 죠오지를 골려보자는 속심인지 모릅니다.

아무리 무엇이던 먹으란대로 먹겠노라곤 하지만 냉면이야 먹어낼 수 있으랴 싶은 생각이 들더군요.

"얘 냉면은 못먹을거야."

"못먹는걸 좀 보자쿠나."

상매 앞에 나는 웃고야 말았읍니다. 상매가 나를 따라 웃었읍니다.

캐리 죠오지가 우리들에게 왜 웃느냐고 물었읍니다.

내가 웃는 이유를 설명하니까 캐리 죠오지도 우수운 모양으로 입이 벙긋이 벌어지는 것이었읍니다.

상매가 냉면을 시키려 나갔어요. 상매가 나간 뒤에 캐리 죠오지는 상매를 퍽 명랑한 소녀라고 칭찬했읍니다.

"녜. 그래요. 명랑하고 건실한 소녀예요. 지금 Y대학 정치학부에 다니고 있읍니다."

"정치학?"

캐리 죠오지가 내가 한 말을 되씹으며 나를 보았어요.

"왜요? 정치학이 안됐다는 말입니까?"

"안요. 재미 있어서 하는 말입니다."

"아버지가 현재 장관이십니다. 정부의 고관이랍니다."

"아 그래요? 가정환경이 좋아서 그렇게 명랑한가 보군. 좋은 소녀야……"

캐리 죠오지는 상매를 무척 칭찬 했읍니다. 가정 환경이 좋아서 라는 그의 말에서 나는 야릇한 심정이 치받치는 것을 알았읍니다.

“난 하나도 좋다고 안하내. 나두 좋다고 그래봐요. 응.”

내 말에 캐리 죠오지는 굉장히 놀라는 것이었습니다. 왜냐 하면 나는 한번도 캐리 죠오지 한테 이런 어조로 말해본 일이 없었고 더구나 이런 따위의 말을 하리란 생각을 꿈에도 못해 보았던 것입니다.

말을 하고 보니 부끄럽기 짝이 없었어요. 나의 얼굴은 홍당무가 되었던 것입니다.

“좋아요. 차래양한테는 칭찬할 말이 없어요. 너무 좋기 때문에……”

“괜이 그러지. 뭐. 다 알구 있는걸요.”

캐리 죠오지는 나의 얼굴을 건너다 보며 크다랗게 웃음을 터 뜨려놓는 것이었어요. 나는 이렇게 웃는 캐리 죠오지를 본 일이 없습니다. 웃고 나서 캐리 죠오지는 나의 손을 꼭 잡아 주는 것입니다.

“귀여운 요 손. 난 차래양이 귀엽기만 해서 견딜 수 없는걸.”

그에게 잡힌 나의 손엔 캐리 죠오지의 체온이 스며드는 것을 깨달았습니다. 그것은 손에서만 머물지 않고 전신에 퍼지는 것이었습니다.

나는 아무 말 없이 고개를 숙으리고 앉아 있었어요. 오래 오래 그렇게 앉아 있었으면 싶은 마음이었습니다.

그는 다른 한 손으로 나의 턱을 치껴들어 주었습니다. 턱을 치껴들자 제일 먼저 그의 푸른 눈이 보였습니다. 창으로 들이미는 하늘빛 보다도 푸르러 보였습니다. 하늘도 푸르고 ‘커어텐’도 벽도 모두 푸르기만 하니 정신을 차릴 수가 없었어요. 나는 그만 그의 무릎에 얼굴을 파묻고야 말았어요.

그는 자기 무릎에 파묻은 나를 그냥 두어두고 머리칼을 쓰다듬어 주었습니다. 한참 그러다가 그는 나를 안아 이르켜 주었습니다.

상매가 층계를 올라오는 소리를 듣고서 한 일인지 그건 모르겠습니다. 그날은 냉면을 먹고서 돌아 갔습니다. 그가 돌아 간 뒤에 우리들은 캐리 죠오지의 이야기로서 시간을 보냈습니다.

상매가 먼저 캐리 죠오지를 멋쟁이로 생긴 남자라고 말하던군요.

“멋쟁이라기보다 생각하는 남자란 편이 낫겠지.”

“아하. 생각하는 남자. 영화나 소설 제목같단 말이다. 그러구 보니 캐리 같은 남자는 소설의 주인공같아 보이잖어?”

“그래? 넌 아주 캐리군에게 반했구나.”

나도 ‘캐리’라고 불렀어요. 상매가 ‘캐리’라 부르는 것이 좋아 보였기 때문입니다. 그리고 이제 다시 오는 때면 내가 먼저 그에게 ‘캐리…’ 라고 부르리라는 마음이 생겼읍니다. 이때까지 뭣때문에 캐리 죠오지라고 그길 다란[40] 이름을 그대로 불렀던지 모른다는 생각도 들었읍니다. 저녁을 먹으면서 상매가 또 캐리 죠오지의 말을 끄집어 내었어요.

“그사람은 보통 미군하군 다르다. 그 아버지는 ‘칼리포니아’ 주에서도 유명한 의사로 재산가란다. 또 독실한 신자라는군. 좋은곳에 태여나서 그런지 보통 미군하군 아주 달르다. 차래야 너 상매한테 이야기했니? 캐리 죠오지씨가 우리들한테 고맙게 해 줬다는 말 말이다?…”

아버지는 분주히 서들며 이런 말씀을 하셨읍니다.

“네. 죄다 했어요.”

“얘기도 듣고 오늘 만나 보니까 훌륭한 사람 같아요.”

“나는 지금 차래와 결혼 시킬 작정을 하고 있다. 캐리 죠오지하구…….”

아버지는 어쩌자고 이런 말씀을 하셨는지 모릅니다. 나는 더말할것 없고 어머니의 당황한 낯빛이란 말로 할 수가 없었어요. 상매도 기가 질렸는지 아무 말이 없었읍니다.

“아버지두. 그런 말씀을 어떻게 하세요?”

나는 확확 닳아 오는 얼굴을 아버지 쪽에 돌려대고 아버지를 원망했읍니다.

그러나 아버지를 원망하는 나의 입가에 미소가 떠 도는 것을 감출 수가 없었읍니다.

---

40 ‘그 길다란’으로 띄어 읽기.

"왜 어떠냐? 그 사람이 널 좋아 하구 네가 좋아 함 결혼하는 거지 뭐."

아버지는 이렇게 까지 말씀하시는 것이 었읍니다.

상매 얼굴에 실망의 빛이 떠도는 것을 나는 보았읍니다. 실망의 빛은 내가 캐리 죠오지와 같은 미국사람과 결혼운운 하는데서 생긴 것이 아니고 그와는 다른데서 오는 것임을 알았읍니다. 아버지는 벌써 부터 상매의 실망한 빛을 보고 계셨는지 모릅니다. 벌써 보셨기 때문에 이 자리에서 이런 말씀을 해 버리신게 아닌가고 생각했읍니다. 아니 아버지는 상매를 집에 오게 한다고 할 때 부터 이런 말씀을 하려고 계획하고 계셨던지 몰라요.

별의 전설(傳兌)

저녁을 먹고 방에 올라 오자 상매는 내게

"너 정말 캐리와 결혼할 생각이냐?"

고 묻는 것이 아닙니까.

"쟨. 미군하고 어떻게 결혼하니. 그럼 양갈보가 되란 말이냐? 아버지가 괜히 그러는 거야……."

"아니. 네가 캐리를 좋아하구 캐리가 널 좋아 한다면서?"

"너두 캐리를 좋아하잖니? 캐리두 널 좋아하구……."

"내가 캐리를 좋아하는건 달러. 결혼할 생각 같은건 없어."

"나두 그런 생각은 없대두 그래. 미군하구 결혼함 양갈보라구 할거 아냐?"

상매는 묵묵할 뿐이 었읍니다. 나는 두번이나 '양갈보'란 말을 했건만 상매는 아무 댓구가 없었어요. 캐리 죠오지 하고 결혼하는건 '양갈보'가 아니라고 상매가 댓구해 주었으면 하는 마음이 가슴 속 한구석에 숨어 있었는지도 모릅니다.

이 때 뿐 아니라 캐리 죠오지를 알게 되던 시각 부터 나의 가슴 속엔 이런 마음이 기뜰어 있는 것 같았어요. 그러면서 캐리 죠오지를 멀리 하려는 마음도 강렬했던 것입니다. 캐리 죠오지를 멀리 하려는 마음과 캐리 죠오지를 가까이 하려는 마음, 이 두 마음은 그를 알던 시각부터 늘 싸우고 있던 것이 아닌가 생각 됩니다.

"상매야. 넌 외국 사람과 결혼하는걸 어떻게 생각하니?"

끝내 나는 이렇게 묻고야 말았어요.

"국제 결혼말이지? 글쎄…… 국제 결혼을 난 찬성할 수 없어."

"왜?"

"너 캐리하구 어지간히 결혼하구 싶은 모양이구나?"

상매는 댓구을[41] 하지 않고 나의 안색을 살피면서 이렇게 말했던 것입니다.

"넌 왜 딴 소리만 하니? 묻는 말 대답하잖구……."

"하구싶어 하는거지. 제삼자가 좋다 나쁘다 하는 말에 신경을 쓸 필요가 뭐 있냐?"

"누가 하구싶대? 그런 말이 나왔으니 하는 말이지."

"난 국제결혼을 찬성 안해. 우리 아는 사람이 독일 여자하구 결혼했는데 그 사람 말을 들으면 고향을 잃어 버린 것 같은 서운함이랄가 허전함이랄가 이런 감정이 늘 가슴에 서려 있다는 거야."

나의 댓구가 있을 리가 없었읍니다. 어쩐 일인지 상매 말에 나는 가슴이 써늘해 졌던 것입니다.

"그러니까 외국 사람하곤 연애관곌 맺지 말어야 해."

"그렇지만 저두 모르는 사이에 좋아진다면 어떻할가?"

"좋아지더라도 의지의 힘으로 눌러야지."

"눌러도 안되는 경우엔?"

"눌러서 안될게 어디 있어? 누르면 되는거야. 캐리가 좋더라도 사랑해선 안된다 안된다 하구 눌르란 말이야"

---

41 '댓구를'의 오식.

최정희 소설 전집 **2**

“너 지금 눌르고 있는 참이지?”

“뭣을?”

“네 맘 말이다.”

“내 맘? 내 맘을 어째서 누르냐?”

“캐리 죠오지를 좋아하는 맘?”

“얘 관더라. 캐리는 나의 친구야. 어디까지나 친구로서 대할 작정이다. 차래. 너두 그러란 말이야. 결혼이니 사랑이니 하는 생각은 일체 하지말구…….”

“너 그런데 왜 캐리가 좋다구 야단이야?”

“얜 좋단 말이사 못하겠니? 캐리는 정말 좋은 청년이야. 외모도 잘 생기고 생각도 좋아. 그렇지만 난 어디까지나 친구로서 대할테다.”

“나두 그럴테야.”

말은 이렇게 하면서도 가슴 속에는 또 다른 하나의 마음이 있음을 속일 수 없었읍니다.

상매는 이야기 도중에 잠이 들었어요. 나는 좀체로 잠이 오지 않았어요. 이리 뒤치락 저리 뒤치락 하면서 잠을 청했으나 캐리 죠오지의 푸른 눈이 감은 눈 속으로 기어 들어서 견딜 수 없었어요. 눈을 뜨면 푸른 눈은 어디론가 사라지다가도 눈을 감으면 푸른 줄 붉은 줄을 타고 기어 드는 것이었어요.

벌떡 일어나서 유리창을 열고 바같[42]을 내다 보았읍니다. 낮이 청명했기 때문에 밤 하늘이 맑았나 보아요. 맑은 하늘엔 수억만의 별이 반짝이고 있었어요.

반짝이는 별을 쳐다 보다가 나는 문득 캐리 죠오지의 조모님이 말씀 하셨다는 별의 이야기를 생각해 내곤 저 무수한 별 중에 나의 별은 어느 것이며 캐리 죠오지의 별은 어느 것일가 하는 생각을 해 보았어요. 캐리 죠오지의 조모님 말씀은 사람은 저마다 자기의 별을 가지고 있다는 거예요. 그 말씀이 틀림없다면 행운의 별을 가진 사람은 행복할 것이 아니 겠읍니까. 또 불우한 별이거

42　‘바깥’의 오식.

나 악마의 별을 가진 사람은 불행할 것이구요.

별을 쳐다보며 이런 생각을 하고 있으려니까 어쩐지 나의 별은 행운의 별이 아닐 것 같은 생각이 들었어요.

별 하나가 기인 꼬리를 느리며 어느 지점으로 흘러 가는것이 보였습니다. 나의 시선이 흘러가는 별을 딸았습니다.

그런데 그 별이 어디로 숨어 버렸는지 알 수가 없이 되었어요. 아무리 찾아도 보이지 않았어요. 보이지 않는 별을 찾아 헤매다가 나는 그 별을 곤의 별인가보다고 생각했습니다. 지상(地上)에서 없어진 사람이라 별의 세상에서도 자취를 감추는 것이라고 생각했습니다.

이런 생각을 하고 있으려니까 저절로 눈물이 흘러 내리는 것이 있었어요. 나는 별들이 모두 한테 범벅이 되어 흐늘거리도록 꽤 많이 울었던 것이예요. 나중엔 곤의 생각만 하지 않고 전쟁통에 사라진 많은 사람들의 별은 다들 어디로 숨어 버렸을가 하는 생각도 하면서 울었어요.

내가 자리에 누웠을 땐 거리의 소음도 아주 멎었어요. 두루 버성긴[43] 탓인지 잠은 여전히 오지 않고 말똥 거렸습니다.

야공(夜空)에 꼬리를 길게 느리며 별 하나가 이리로 흘러 왔습니다. 그 별은 화살처럼 나의 가슴에 와 백히는 것이 었습니다.

가슴에서 피가 흘러 나왔습니다. 그래도 나는 가슴에 와 백힌 별의 화살을 뽑으려 들지 않았습니다. 창턱에 서서 어느 지점으로 숨어 버린 별이거니 하는 생각을 하면서 오히려 그 별의 화살을 두손으로 꽉 부둥켜 안았던 것입니다.

"애 차래야. 차래야."

상매가 흔들어 깨웠고 그 소리에 나는 눈을 뜨자 가슴을 어루만져 보았던 것입니다.

꿈이 었습니다.

43　버성기다 : 분위기 따위가 어색하거나 거북하다.

그렇게 말뚱말뚱 잠이 오지 않아서 애를 썼는데 어느 틈에 꿈을 꾸엇던지 모릅니다.

밤이 어느 때 쯤 되었는지 모르나 열어 논 창으로 들이치는 바람이 무덥지 않은 것으로 미루어서 새벽이 가까워 옴을 알았읍니다.

"너 꿈 꿨니?"

"응."

나는 상매에게 간단히 댓구하며 흘러내린 눈물을 손으로 씻었읍니다.

"캐리하구 이별이라도 했나 보구나?"

"차라리 그런 꿈이면 좋겠다. 정말 캐리가 멀리 떠나 줬으면 좋겠어."

"뭐? 너 왜 갑자기 그런 소릴 하니? 캐리를 그처럼 좋다면서……"

"졸것두 없구 싫을 것두 없어. 캐리하구 나하구 무슨 상관이야. 미국 사람하구 나하구 무슨 상관이냐 말이다."

나는 상매가 캐리 죠오지의 이야길 꺼내는데 역증이 났던 것입니다.

"응 알았어. 내가 어제 저녁에 국제결혼을 반대한다는 말을 해서 그러는구나? 그래서 고민하고 있었구나?"

"아니야. 그런건 안야. 아무 것도 안야."

"그럼 뭐야?"

"차차 얘기할께. 나 좀 자야겠어."

나는 아무 말도 하기 싫었읍니다.

우울한 일과(日課)

상매는 다시 말이 없었어요. 이튿날 아침 늦게 일어 난 탓으로 학교엔 한시간 지각이었어요. 숫제 결석할가 하다가 학교에 나가 열심히 공부라도 해야 하겠다는 마음이어서 흐리멍덩한 머리를 가다듬으며 나갔던 것입니다.

두째 시간이 영어 였어요. 영어 시간이면 활기를 띠우곤 했지만 도무지 입을 열기가 싫었어요.

"이차래 읽어봐요."

젊은 영어 선생은 수집음을 감추면서 나에게 명령 했읍니다. 나는 싸답잖은[44] 태도로 읽어내려 갔읍니다.

"끈."

영어 선생은 이렇게 한마디 던지곤 나를 보았읍니다. 영어 시간이면 활기를 띠우던 나의 솜씨를 젊은 선생은 알고 있었던 것입니다.

시간이 파하자 운동장으로 나가는 아이들, 음악실로 가는 아이들, 음악실에 가는 아이들은 피아노를 치거나 노래를 부를 것이고 운동장에 나가는 아이들은 테니쓰나 '빠쓰켙 뽈'[45]을 하겠지요. 나는 운동장이 보이는 창쪽으로 갔읍니다. 창턱에 팔을 고이고 밖을 내다 보았읍니다.

하늘이 푸른 위에 또 나무들이 푸르렀어요.

그 짙은나무 사이로 소녀들은 바다 속의 생선 처럼 푸들거리며 뛰어 다녔읍니다.

테니쓰를 치는 아이들도 그러 했고, 빠쓰켙 뽈, 바레 뽈[46]을 하는 아이들도 그러했읍니다.

나혼자 만이 낙오자가 되었다는 생각이 가슴 복판을 꽉 막아 놓았읍니다.

운동장에서 뛰노는 저 속엔 나와 같이 이렇게 머리가 흐리멍덩한 아이는 하나도 없을 것이다. 나와 같이 별의 화살을 받은 아이도 없을 것이며, 외국 군인 무릎에 업드려 버린 아이도 없을 것이다.

나는 그냥 그 자리에 서 있을 수 없었읍니다. 음악실로 달려내려 갔읍니다. 음악실에서 '피아노'와 노래가 끊치지 않았던 까닭이었는지 모릅니다.

---

44 '시답잖다'의 의미로 보임.

45 바스켓볼.

46 발리볼.

하급생이 〈바이엘〉을 치고 있는 앞에 가서

"나 좀 치게 해 줘. 삼분만……."

하고 간청했읍니다.

하급생은 악보를 걷어 쥐며 생긋 웃고 일어 났읍니다. 나는 무슨 곡을 치겠다는 생각도 없이 건반위에 손을 달리고 있었읍니다. 그렇다기 보다 '피아노' 위에서 몸부림을 쳤던 것입니다.

내가 피아노에 손을 얹어 본 것은 피난 내려갔었을 때의 일입니다. 상매 언니가 피아노를 치는 때면 곁에 가서 구경도 하고 피아노가 비이면 처 보기도 했었어요.

상매 언니의 말을 들으면 나에겐 피아노를 칠만한 소질이 있다는 것이예요. 상매 언니는 나에게 피아노를 배우라고 줄곧 권유했으며 손수 나에게 피아노를 가르쳐 주기도 했읍니다.

그때 나는 계통적으로 배우기 보다 상매 언니가 치고 있는 '쇼팡'[47]의 〈망향〉이니, '베에토벤'[48]의 〈월광곡〉이니 하는 것을 흉내내어 쳤던 것입니다. 상매 언니는 내가 첫솜씨가 아니라고 욱였지만 나는 피아노에 손을 얹을만한 기회가 한번도 없었어요.

"뭐냐? 지금 '피아노' 연습시간이야?"

언제 와 계셨든지 학생 감독 선생님이 축 처진 눈고리에 살을 세우고 야단을 치셨읍니다. 그리고 보니 내가 정신 없이 피아노를 두들기고 있었던 것을 알았어요.

"잘못 했어요."

"너 삼학년 B반이지?"

"네."

---

47 프레데리크 쇼팽(Frédéric Chopin, 1810~1849).

48 루트비히 판 베토벤(Ludwig van Beethoven, 1770~1827).

“너 왜 공부는 안하고 피아놀 치는 거야?”

“종 치는 소릴 못들었어요.”

“원 ‘피아노’에 열중해도 분수가 있지. 다들 공부하는 시간에 죽자쿠나 내려 두들겨댐 어떡하잔 말이야?”

“다신 안그러겠어요.”

“어서 가서 공부해.”

“네.”

고개를 들지 못한채 교실에 돌아와 보니 교실은 잠잠 했읍니다. 시간표를 살피고 나서야 미술 시간인 것을 알았어요. 화구를 갖추어 들고 사생하려 갔을만한 곳을 찾아 나갔읍니다 마는 어느 쪽에를 갔는지 얼른 눈에 뜨이지 않았읍니다. 이리 저리 찾던 중 백양이 서 있는 언덕에 이르렀더니 반 아이들이 백양이 멀쑥하게 서 있는 아래에서 화필을 놀리고 있는 것이었어요. 미술 선생님의 기인 머리카락이 스치는 바람에 흩날렸읍니다.

나는 선생님 앞에 가서 말 없이 절을 꾸뻑 했읍니다.

“차래. 왜 지금사 왔어?”

“……”

“어서 그려요.”

반 동무들과 좀 떨어진데로 갔읍니다. 그림이 그려질상 싶지 않기 때문에 미리 그렇게 한 것입니다.

백양이 높이 솟은 저편엔 구름이 대렬을 지어 흐르고 있고 어느 나무에선지는 매아미가 울었어요.

나는 화필을 들지 못한채로 가만이 앉아서[49] 지대(至大)한 공간(空間) 속에 초점도 없는 시선을 던지고 있었읍니다.

“차래 어디 아파? 왜 그러고 있소?”

---

49 ‘앉아서’의 오식.

미술 선생님이 옆에 와 서 있었던 것입니다.

"선생님. 뭘 그렸으면 싶은 것 없어요."

"이리 줘 봐요."

나는 선생님한테 가진것들을 드렸어요.

잠시 손을 놀리시더니 선생님은 '끝없는 낭만'을 한장 그리셨읍니다. 백양이 깊이 뿌리박고 올라간 저편 하늘엔 흰 구름이 두어장 떠 있고 그 아래 언덕 푸른 잔디밭 위엔 소녀들의 뒷모습만이 바람에 나풀거리는 것이었어요.

"선생님. 왜 '끝없는 낭만'이라구 붙이셨어요?"

굵게 쓰여진 화제(畵題)를 내려다 보며, 이렇게 물었읍니다.

"한 아이도 이쪽으로 얼굴을 돌리지 않았어. 모두 저쪽으로 향해 있어. 앞모습 보다 뒷모습이 이런 경우엔 무척 낭만적으로 보이거든. 앞모습이란 뒷모습보다 늘 복잡한거요. 단순한 저 뒤통수들만이 이쪽으로 향해 있기때문에 '끝없는 낭만'이 성립 되었다구 보구 있소. 저속에 한 아이라도 이쪽으로 돌렸다면 백양과 구름이 저렇게 좋지 않았을거고 또 하늘이 저렇게 넓어 보이질 않을거요. 그리고 저 속에서 바람은 얼마나 흔들거리고 있냐 말이오?"

"……선생님……."

선생님의 말씀이 너무 지당한 것 같아서 나는 선생님을 불렀읍니다.

"선생님! 늘 이런 아름다운 세계에서만 살 수 없을가요."

나는 왜 이런말을 했는지 모르겠어요. 선생님은

"살려고 하면, 살 수 있는거지."

라고 지나가는 말처럼 대꾸하시는 것이었어요. 마는 나 같은 건 아무리 그런 아름다운 세계에서 살려고 애를 써야 틀려먹은 것 같은 생각이 들면서 울음이 터지려 드는 것이 아니겠읍니까.

곤의 부친의 투옥. 6·25 사변. 아버지의 마약 중독. 곤의 전사. 그리고 캐리 죠오지의 출현 — . 아! 나는 왜 그의 무릎에 업드렸단 말인가? 그의 무릎에 업드리지 않았더면 천길 벼랑대에 서게 되지 않을 것이 아닌가? 꿈에 화살을 맞은 것도 그것 때문이다. 숨어버린 곤의 별이 내가슴에 화살이 되어 와서 꽂힌 것은 캐리 죠오지의 무릎에 업디린 까닭이라고 생각되었읍니다.

두성격

그 날 학교에서 돌아온 나는 여늬 때나 다름없이 저녁 식탁에 마주 앉았어요. 그러나 도무지 음식이 목구멍으로 내려가지 않았읍니다.

"너 어디 아프냐?"

"얘가 밤에 무슨 꿈을 꾸고 나더니 이래요."

상매가 앞질러 어머니한테 대답했어요.

"무슨 꿈을 꾸었게?"

아버지는 불안이 잔뜩 찬 어조로 무르셨어요.

"전 이집이랑 다 팔고 전대로 살았음 좋겠어요."

"이건 무슨 뚱딴지 같은 소리냐? 집을 팔다니? 남의 덕에 겨우 생긴 집을 팔아?"

"남의 덕으로 산 집이니깐 싫다는 거예요."

"괜이 아이한테 허튼 소릴 해서 그래요. 캐리 죠오지하고 결혼하라느니 어쩌하라니 그러잖어요?"

어머니가 아버지를 나무램 하셨읍니다.

"아내요. 그래서 그런거 아내요. 내가 와 있는 게 싫어서 그러는가봐요. 차래! 너 바른대로 말해봐라."

상매가 숟가락을 던지며 나에게 대어 들었어요.

"상매야. 넌 아무 말두 말어 줘. 너하군 천천히 얘기할게…아버지 어머니한테 얘기해야 하겠어. 난 지금 천길 낭떨어지기에 서 있는거야. 낭떨어지기에 서 있어요. 떨어지면 죽어요. 어머니 아버지 날 여기서 떨어 안지게 해 주세요. 날 떨어안지게 구원해 주세요."

나는 어느새 울고 있었어요. 방울방울 떨어지던 눈물이 좌알좔 흘러 내리면서 통곡이 터졌읍니다.

"애야. 울지말고 말해봐라. 속씨원히. 무슨 곡절이 있느냐?"

어머니가 곁에 닥아 앉으시며 말씀하셨어요.

"글쎄 … 전 옛날대루 대루⁵⁰……."

"남의 덕에 인제 살만하니 너 방정을 떠는구나. 방정을….'

아버지가 화를 버럭 내셨어요.

"차래야. 좌우간 올라가자. 방에……."

상매가 나의 손을 끌어 이르켜 세웠읍니다. 나는 상매에게 이끌려 방에 올라 가서도 울기만 했읍니다.

"인제 그만 울고 얘기해바라. 너 아까 얘기하겠다고 하잖았어?"

"나하고 캐리가 알구 지나는게 싫어서 그러지?"

"아냐. 그런게 아냐."

"그럼 왜 갑자기 그러냐? 왜 그러는지 까닭을 모르겠구나!"

"까닭을 말해 줄께."

나는 눈물을 닦으며 상매를 쳐다 보았어요.

"그래. 위선 눈물부터 닦아라. 난 우는건 질색이야. 울지않구라도 얼마던지 일을 처리할 수 있잖니?"

"눈물이 나는걸 어떡하니?"

"눈물을 내지않음 되잖니?"

"넌 울 일이 없으니까 그런 소릴 하는거야."

"있더라도 난 울긴 싫어."

"네가 만약 나와 같은 경우에 있다면, 그래두 울잖겠니? 울잖구 백일 수 있단 말이냐?"

50　활자가 중복 입력된 오식.

"난 어떤 악조건 앞에서라도 울지는 않아."

"네가 만약 캐리 죠오지의 도움을 받았다구 하면?…… 그리고 그에게 가는 마음이 달라져간 다면?…… 그래도 울지 않겠단 말이지?"

"울 수 있는 일은 아예 처음부터 하지않아."

"어쩜. 그렇게 자신있게 장담할 수 있니?"

"왜 못해. 제일을 제가 장담 못함 누가 하냐?"

"네가 만약 캐리 죠오지의 도움을 받게 되구 또 그에게 가는 마음이 달라지게 된다면 어쩔테야? 고민을 하게 될거 아냐?"

"고민을 할 일이면 첨부터 아예 맞서지 않어."

"만약에 말이다. 네가 이제라도 캐리의 도움을 받게되고 그를 사랑하게 된다면 말이다?"

"글쎄 긴 말 할것 없이 난 내가 한 일엔 책임을 진다니까. 나중에 찔찔 울구 불구 하진않어."

"외국 사람에 도움을 받게 되구 외국 사람을 사랑하게 돼두 울지 않을테란 말이지?"

"글쎄 외국 사람의 도움을 받고 외국 사람을 사랑하게 되더라도 내가 한 일이면 내가 책임진다니까."

"만약에 상매가 캐리 죠오지를 사랑하더라두 고민이 없겠단 말이지?"

"사랑하고 싶어서 사랑했는데 왜 고민을 하느냐 말이다."

"국제결혼을 반대한다면서 외국 청년을 사랑하는게 괴롭잖을가?"

"괴로운 일이면 처음부터 하지 말 일이지."

"세상 일이 그렇게 맘대로 되는거냐? 사랑하지 말자면서두 맘이 끌린다면 어떻게 할테야?"

"사랑해선 안될 사람이라면 끌리는 맘을 붙잡아 매야지."

"그래두 안된다면."

"안될게 어디 있어? 넌 세상 일이 맘데루 안된다구 하지만 안되는 일이란 없다구 봐요. 하고저 하는 일이 안되는 법은 없어.”

“세상 사람이 모두 너 같으면 불행하다든가 슬프다든가 하는 일은 절대로 없게?…….”

“그래. 난 그렇게 생각한다. 행, 불행도 자기 손으로 좌우 할 수 있다고 본다.”

“그럼 운명이라는걸 넌 부정한단 말이지?”

“그렇다. 무서운 불행이더라도 운명이거니 하고 받아 드리는건 싫어. 그렇게 약하게 살고 싶잖어. 닥아오는 운명을 휘여잡아 쥐고 채찍질 해 가며 살구 싶어.”

나는 상매의 굳센 의지에 탐복하며 연약하기 짝이 없는 나의 성격(性格)을 부끄럽게 여기지 않을 수 없었습니다.

캐리 죠오지는 약속한대로 수요일 저녁 여섯시 반가량 하여 집에 왔습니다. 상매가 그에게 먼저 우리 말을 가르치기로 했습니다. 캐리 죠오지는 국민학교 일학년용 국어독본을 준비해 가지고 왔었어요. 노오트도 준비되어 있었어요.

일곱시 반까지 캐리 죠오지가 배우는 시간이 었고 그로부터 여덟시 반까지 상매가 캐리에게서 배우는 시간이었어요. 영어독본은 실화(實話)를 모은 책이 었어요.

캐리는 그 중에서 ‘아부라함 린컨’[51]의 『꿈』을 배워 주었습니다. ‘아부라함 린컨’이 암살당하기 며칠 전에 꾼 꿈 이야기였어요.

캐리 죠오지는 가르치기를 끝내고 나서 위인은 자기의 주검을 예측한다는 말을 비롯하여 ‘아부라함 린컨’ 같은 사람을 죽이고 싶은 마음이 왜 생기는지 모르겠다는 말도 하고 그래서 정치하는 사람들이 구미에 안 맞는다는것, 그러나 ‘린컨’ 같은 사람은 정치인이지만 존경할 수 있다는 말도 했습니다.

캐리 죠오지의 이 말에 상매는 좀 흥분한 어조로

51　에이브러햄 링컨(Abraham Lincoln, 1809~1865).

"나도 '아부라함 린컨'과 같은 정치가가 돼야지. 돼야지!"

하고 영어로 지꺼렸읍니다.

"그러면 상매양을 내가 더 존경할 수 있읍니다."

"'미스터 캐리'한테 존경을 받기 위해서라도 전 정치가가 돼야겠어요."

상매의 이 말은 매우 더듬거렸어요. 그 어의(語意)를 알아채이지 못할 정도로—.

그렇지만 캐리 죠오지는 이내 알아 듣고

"고맙습니다."

고 머리를 숙였읍니다.

"차래양은 왜 아무 말두 없을가?"

한쪽에 시무룩해 앉아 있는 나에게 캐리 죠오지가 말했읍니다.

"차래양은 오늘 매우 우울해요."

상매의 이 말에 캐리 죠오지는 얼굴에 놀라는 빛을 띄우는 것이었어요.

"왜요? 무슨 일이 있었던가요?"

그는 나의 얼굴을 유심히 드려다 보았읍니다.

"아무것두 안예요. 아무것도 아녜요."

나는 그의 시선을 피하면서 부르짖었어요. 정말은 그에게 가 달라고 여기 있지 말아 달라고 말하고 싶었읍니다. 이 말은 아까 그가 여기 들어 서는 때부터 하고 싶었고 하려고 했던 것입니다.

그랬는데 어머니 아버지가 나의 눈치를 보시면[52] 초조러워 하시는 까닭에 참고 있었어요. 나의 부모는 왜 그렇게 쉽게 초조해 하고 또 쉽게 기뻐하고 슬퍼하고 하는지 모르겠어요. 희노애락의 정을 너무도 쉽게 표시하는 일이 불만이 아닐 수 없읍니다.

상매 부모님은 그렇지가 않아요. 무슨 말을 하는 경우에도 한참씩 있다가

---

52 '보시면서'의 오식으로 보임.

대답해 주든가 그렇지 않으면 좀 두고 보자던지 하시는 거예요. 그런 점에 있어선 상매 아버지 편이 더해요.

행복한 사람들이[53] 언동 거취는 그처럼 무거운 것인 모양이지요. 나는 언동 거취가 무거운 상매 부모님이 부럽고 그런 부모님 슬하에 자라는 상매가 부럽지 않을 수 없읍니다.

"아무것두 아니라면 울 까닭이 없잖을가?"

캐리 죠오지는 염려스러운듯 무거운 표정으로 말했어요.

"날 가만 놔둬 주세요. 가만히……."

"주위에 사람이 없는 게 좋겠다면 가겠읍니다."

캐리 죠오지는 이 한마디를 남겨 놓고 일어 섰읍니다.

슬픈 반항(反抗)

상매가 캐리 죠오지의 뒤를 따라가더니 한참만에사 들어 왔어요.

"애두. 그렇게 쫓아버릴게 뭐냐? 캐릴 사랑한다면서 그게 뭐냐? 아주 기운이 하나없는 얼굴을 해 가지고 돌아갔어. 날더러 널 잘 위로해 주라면서."

상매가 들어 와서 나에게 한 말입니다.

"캐리 얘긴 하지 말어 줘. 그 사람 얘긴 제발 고만 둬요. 인제 오지두 말라구 할테야. 아주 인연을 끊어달라구 편지 할테야."

나의 어성이 자못 높았던 것을 알았읍니다. 아랫층에서 아버지가 올라 오셨으니까요. 아버지는 노기(怒氣)띤 얼굴로 나를 한참 노려 보시다가

"너 미쳤니? 배은망덕해두 분수가 있지. 우리 집안에 은인을 그래 인연을 끊어버릴 작정이냐? 죠오지씨한테 편지만 했다 봐라. 당장 목아질 비틀어 놓는다……."

고 버럭버럭 소리를 지르셨읍니다. 왼 동내가 다 듣게스리…….

"왜 이리 소릴 크게 치세요? 동네가 부끄럽게. 아버진 제발 좀 가만 계세요. 오늘날 이렇게 된건 모두 아버지 때문이예요. 왜 날 이렇게 만들어요? 날 왜 천길 낭떨어지기에 떨어지게 하려는 거예요?"

울음 나는 것을 참았읍니다. 상매가 하던 말을 명심하고 있기 때문입니다. 정말이지 상매는 울 일이 있어도 울지않고 굳세게 나가니까 행복한지 모른다는 생각이 들었던 것입니다.

"이놈에 계집애가! 이게 왜 빡빡 달려들어 가지구 지랄이야? 응 네 이년 어디다 대구 이래 응! 애비한테 이러기야?……."

아버지는 주먹을 들어 때리려고 덤벼드시는 것이었어요. 상매가 새중간에 나서 막았으니 망정이지 그렇지 않았더면 아버지는 나를 어떻게 하셨을 거예요.

층계에 통통 굴르는 소리가 분주 하더니 어머니가 또 올라오셨어요. 매우 숨찬 어조로

"왜들 이래? 동내가 소란하게…… 내려가세요. 내려가요……."
하시면서 아버지의 팔을 잡았읍니다. 아버지는 어머니에게 잡힌 팔을 뿌리치시곤

"저놈의 계집애가 하는 소릴 좀 들어보지. 죠오지씨한테 편질 한다잖아! 저걸 그래 가만 둬 응!"
하시는 것이었어요.

"글쎄 그러면 낮은 소리로 타일르지 못해요? 동내가 창피하게 소릴 버럭버럭 질러야 맛이람! 차래야. 너두 잘못이다. 아버지한테 빡빡 달려드는 게 어디 있어! 참 원."

어머니는 아버지와 나를 점잖게 나무램하셨읍니다. 상매가 보는데니까 전에 없이 점잖이 구시는 어머니도 나는 비위에 거슬렸읍니다.

"다 싫어요. 다 싫어요. 날 왜 이렇게 만들어 놓세요? 날 왜 이렇게 못쓰게

만드느냐 말이예요? 어머니두 아버지두 다 싫어요. 내려가 주세요. 저어리 내
려가 주세요. 날 가만 놔두구 내려가 주세요. 날 가만 놔두구 가 주세요. 가 주
세요.”

이 뒤의 일은 통이 모르겠어요. 내가 눈을 떴을 땐 방안은 캄캄하고 성당에
종소리가 울려 오던군요.

나는 고만 울기 시작 했습니다. 울지 않고 굳굳이 지내보려고 그처럼 애를
썼는데 “따앙땅” 울리는 종소리를 듣고보니 서러움이랄가? 슬픔이랄가? 그러
한 감정이 복받치는 것이었어요. 그렇다기 보다 나는 그 전에 벌써 울고 있었
던지 모릅니다. 울다가 깬 모양이었어요. 의식을 잃은 뒤엔 줄곧 울고 있었던
모양이었어요. 의식이 있을땐 울어서는 안된다고 상매의 말을 명심하고 상매
처럼 울지않아 보자고 마음을 먹었지만 의식을 잃고 나선 본래의 이차래로 돌
아 왔던 모양이었어요. 벼개가 푹 젖어 있었으니까요.

창이 훠언해지자, 층계를 밟는 발소리가 들렸어요. 어머니었읍니다. 어머니
는 부납문⁵⁴ 밖에 발을 멈추고 서 계시다가 부납문을 조심스레 열고 방안을 살
피는 눈치였읍니다.

나는 “어머니” 하고 부르려다가 코를 고는 시늉을 해 보였어요. 왜 그랬느냐
하면 어머니는 내가 어떻게 되었나 해서 올라 오셨을 것이라고 알았기 때문입
니다.

“어머니.” 하고 불렀더라면 어머니는 좋아 했을지 모릅니다 마는 그러기가
싫어서 코만 골아 보였어요.

코만 골아 보였어도 어머니는 안심 하시는 눈치였어요. 숨을 내쉬는 소리가
들렸던 것입니다.

아침에 일어나 세수만 하고 조반도 먹지 않고 학교에 나갔읍니다. 어머니가
조반을 안먹고 간다고 대문밖에까지 따라나오시며 걱정 했읍니다. 나는 먹고

---

54 분합문 : 주로 대청과 방 사이 또는 대청 앞쪽에 다는 네 쪽 문.

싶지 않다는 대꾸만 남겨놓고 골목길을 빠져 나왔읍니다.

일른 탓인지 학교는 조용했읍니다. 푸른 숲에 둘러 싸인 넓은 교정엔 '라켙'을 들고 공치는 두서너 학생이 있을뿐이었어요. 그것도 기숙사생들이었어요. 그들도 식사 전이었나봐요. 식사 종이 울리니까 기숙사로 들어가는 것을 보면서—.

나는 어저께 미술을 그리던 동산으로 올라 갔읍니다. 캐리 죠오지에게 편지를 쓰려는 생각이었어요.

'노오트'를 찢어 썼읍니다. 누가 보더라도 영어 공부하는 줄 알게끔 나는 그러한 차부새[55]를 갖추었던 것입니다.

×　　　　　　　×

캐리 죠오지씨 당신이 아니라면 차래는 얼마나 행복할지 몰라요. 저 한 없이 푸르고 넓은 하늘 시원한 바람, 싱싱한 이 아침의 내음새와 그리고 나의 등뒤에 서 있는 느티나무와 나의 앞에 서 있는 백양나무가 모두 즐겁기만 할턴데 당신이 항상 가슴에 걸놓여 있기 때문에 이 모든 아름다운 것들이 온통 귀찮아보이는 것입니다. 당신이 나를 진정 생각해줄 수 있는 심정이라면 나를 모르는척 해 주십시오. 나를 만나 주지도 말고 나의 집에 오시지도 말아 주십시오. 이것이 나의 가장 큰 소원입니다. 차래는 저 아름다운 자연속에 생선처럼 마구 뛰노는 학우들과 함께 거침 없이 뛰놀고 싶습니다. 당신 무릎에 머리를 파묻은 일을 부끄럽게 여깁니다. 양갈보나 하는 짓을 쉽게 해 버렸어요. '잘못'을 용서하시고 차래와 차래 주위에 있는 사람들을 당신 머리 속으로부터 털어던져주십시오. 행복을 빌고 이만 합니다.　　1953년 6월

55　'차림새'를 뜻하는 말로 보임.

　　　　　　　　　　　　　　　　최정희 소설 전집 **2**

캐리 죠오지에게 편지를 써 놓고 나니 개운 했습니다. 싱싱한 아침의 냄새, 시원한 바람. 출렁거리는 나무와 푸른 하늘을 향락해도 괜찮을상 싶었읍니다.

가방을 든채 언덕위로 왔다 갔다 했읍니다. 바람이 나를 기분좋게 밀어 주는 것이 었읍니다. 조회 종 소리가 나서야 교정 쪽으로 향했읍니다. 그새 넓은 교정이 그득 차게 학우들이 모여들었읍니다.

하얀 '부라우쓰'에 일제히 깜안 '스카-트'를 입은 제복의 소녀들이 싱싱하기만 했읍니다. 동산 위에서 체험한 싱싱한 아침의 냄새와 시원한 바람과 출렁거리는 나무와 같은 느낌을 주는 것이 었읍니다.

하얀 '부라우쓰'와 그 푸들푸들 뛰는듯한 몸뎅이 전체엔 주위에 둘러선 숲들이 푸른 얼룩을 지어주는 것이 었어요.

국기 배례 다음 교가를 불렀어요. 교가가 끝나자 교장선생님이 단에 올라 섰었어요. '마이크' 앞에 나가 서시는 교장 선생님은 전에 없이 침통한 얼굴이었읍니다.

"여러 학생들!"

교장 선생님은 여러 학생들을 불러 놓고 한참 말씀이 없었읍니다. 학생들은 다음 말씀을 기다리고 있었읍니다.

"공산군의 공격으로서 한국전란이 일어났음에도 불구하고 쏘련의 '유엔' 대표 '야곱 마리크'[56]는 '레이크썩세쓰'[57]에 있는 '유엔' 방송을 통하여 지난 23일 하오 9시19분에 한국정전을 제의했읍니다.

이 '마리크'의 소위 평화 제안에 대하여 우리 대통령 이승만 박사께서 공보처를 통하여 정식으로 성명을 발표하신걸 신문지상을 통하여 학생들도 알고 있으리라고 믿소.

---

56 야고프 말리크(Yakov A. Malik, 1906~1980).

57 미국 뉴욕주 동남부 롱아일랜드에 있는 마을.

국회에서도 '정전반대 결의문'을 채택하였고, 7월 1일 부터는 삼팔선 철폐 정전반대 국민 총궐기대회가 전국 방방곡곡에서 성화처럼 일어나고 있습니다. 남녀 노소를 불문하고 뙤악볕을 쪼여가며 혹은 폭우를 마셔가며 매일 같이 '휴전반대' '북진통일'을 절규하는 거족적인 시위운동이 거센 파도처럼 전개되어 가고 있습니다. 그렇건만 판문점에선 우리의 이결사적인[58] 반대의사를 무시하고 공산측에 유리하도록 휴전회담이 전개되고 있습니다. 미국이 이처럼 굴욕적이며 패배적인 양보를 하고 있습니다. 최악의 경우엔 우리 국군이 단독으로 북진작전을 결행할지도 모를 일입니다. 이만큼 전국민이 자위권(自衛權)행사를 부르짖고 있는 것입니다.

울분을 참지 못한 남녀학생들이 도처에서 집단으로 손가락을 끊어 혈서를 쓴다, '단독북진'을 주장하고 있습니다.

우리학교 학생들도 오늘부터 이 거족적인 시위운동에 참가하게 되는 것입니다.

공산당에 굴복하기 보다 차라리 주검을 주는 것이 낫겠다는 투지를 가지고 우리학생들은 이 운동에 참가해야 할 것입니다.

한시간 수업을 마치고 각반은 단임의 지시대로 따라 주기를 바라오."

체육 선생의 호령에 경례를 마치고 난 학생들은 흥분한 얼굴이었어요. 그 중에서도 더욱 흥분한 사람이 나 자신이 아니었던지 모르겠어요.

미국이 이처럼 굴욕적이며 패배적인 양보를 하고 있다는 대목이 나를 말할 수 없게스리 흥분 시켰습니다.

똑바루 말씀 한다면 실상 나는 공산당에게 가는 분노 보다 미군에게 가는 분노가 치밀어 올랐습니다.

교장 선생님 말씀대로 한시간의 수업이 끝나자 우리들은 각기 단임 선생님의 지시대로 행렬을 지어 거리로 향했습니다.

---

58 '이 결사적인'으로 띄어 읽기.

‘휴전반대’ ‘북진통일’의 ‘푸랑카드’[59]를 내가 들었읍니다. 기수(旗手)의 임무를 맡으면서도 무슨 행사가 있어서 행진할 쩍이면 기(旗)를 들지 않으려고 허리가 결린다느니 몸이 아프다느니 핑게하던 내가 이날 만은 ‘푸랑카드’를 자원하다시피 하여 들었던 것입니다.

우리의 행렬은 미국대사관을 향해 움직였읍니다. ‘푸랑카드’가 바람을 타고 펄펄 날렸읍니다. 호국단 단장이 ‘휴전반대’를 크게 웨치면 선두에 선 행렬이 받아 웨치고 선두에 선 행렬이 웨치고 나면 다음의 행렬, 또 다음의 행렬이 받아 웨치곤 하는 것이었어요.

우리의 기는 충천 했읍니다. 전장으로 달리는 군대와 같은 감이 었어요.

거리에는 우리와 같은 ‘데모’대가 끝이 없었읍니다. 우리들과 똑 같이 그들도 ‘푸랑카드’를 들고 ‘휴전반대’ ‘북진통일’을 부르짖었읍니다. 남학생들은 우렁찬 소리로 웨쳤읍니다. 여학생들의 웨침이 하늘을 찌를듯 올라가는 반면에 남학생들의 웨침은 폭을 넓히며 퍼지는 것이 였읍니다.

미국대사관 앞엔 ‘데모’군중이 꽉 차 있었으며 군중 사이에 바람에 부풀은 ‘푸랑카드’가 펄럭이고 있었읍니다. 군중 속에 상이군인들 까지 진을 치고 “잃어버린 팔을 달라, 다리를 달라, 눈을 달라.”고 웨치는 것이 었읍니다.

대사관측에선 이 어마어마한 ‘데모’에 대비하고자 ‘바리케에트’를 축조하고 경비하는 것이었읍니다.

미군이 무기를 휴대하고 ‘바리케에트’ 속에 긴장해 서 있었읍니다.

파아란 눈에 공포의 빛이 서리운듯 보였읍니다.

“비굴한것들!”

나는 나도 모르는 사이에 이렇게 배알아 버렸어요. 아까 교정에서 “미국이 이처럼 굴욕적이며 패배적인 양보” 운운 하신 교장 선생님의 말씀과 비슷한 소리지만 교장 선생님의 말씀을 흉내내서 한 소리가 아니었어요.

59　플래카드.

공포에 빛이 서리운 파아란 눈을 보고 있는 사이에 나는 무뚝 캐리 죠오지의 눈이 생각 났던 것입니다. 이때 까지 어질고 순하다고 생각되던 캐리 죠오지의 눈이 갑자기 비굴하게 생각 되었던 것입니다.

“키 크고 싱겁잖은게 없다드니 미국사람들은 키가 커서 뒷심이 없나보지!”

내가 분개하는 눈치니까 옆에 선 학우가 이렇게 말하던군요. 그는 나와 같이 ‘푸랑카드’를 들고 있었읍니다. 그는 교장 선생님이 하신 말씀을 생각해 냈던지 모릅니다.

여기서 저기서 웨치는 뇌성벽력 같은 소리 때문에 나와 같이 ‘푸랑카드’를 들고 섰던 학우는 더 다른 말을 하지 않고 목을 길게 빼어 이쪽 저쪽을 살피는 것이고 나는 그대로 묵묵히 나의 생각을 거듭하면서 파아란 눈의 주인공을 살피고 있었던 것입니다.

“비겁한것들! 비겁한것들!”

이번에 좀 더 큰 소리로 웨쳤읍니다. 다른 아우성 소리에 휩싸여서 멀리선 들리지 않았으나 가까운데 있는 사람들은 내쪽으로 고개를 돌리는 것이 었읍니다.

나는 그들을 향해 “당신들은 울분도 없고 원통함도 모르느냐”고 소리를 치고 싶었읍니다.

약 한시간 동안 여기에 진을 치고 있던 우리들은 다시 행진하여 미국 공보원과 반도 ‘호텔’ 앞을 지나고 을지로 사가로 해서 대학병원 앞에 이르렀읍니다. 여기서도 미군들이 삼엄한 경계를 하고 있는 것이었어요. 여기의 미군들은 캐리 죠오지와 같은 푸른 복장을 입고 있었읍니다. 복장이 푸른 탓인지 눈이 더욱 파랗게 보였어요.

‘데모’ 군중은 창경원 앞까지 올려 뻗쳐 있었어요. 파수를 담당하고 있는 외국 군인들은 가시쇠줄 안에서 이쪽을 내려다 보고 있었읍니다. 여학생들을 보고 히죽히죽 웃는축도 있있어요.

가시쇠줄을 넘어가지는 않으리라는 얼굴들이 었어요.

긴장해 있는 축 보다 히죽 히죽 웃고 있는 축들이 더 미웠어요. '휴전반대' '북진통일'을 목이 터지도록 웨쳐도 히죽히죽 웃고 있는 축들은 그래도 웃고 있는 것이 었어요. 외치다 못해 통곡을 터뜨리는 여학생들도 있었어요.

우리들은 약 다섯시간 가량 '데모'에 참가하고 학교에 돌아 왔으나 공부는 하지 않고 파했읍니다.

돌아 오는 길에 '노오트'장에 쓴 편지를 캐리 죠오지에게 부쳤읍니다. 집에 돌아 가 다시 써서 보낼가 하는 생각을 하다가 가개에 들어 갔읍니다. 봉투를 사 가지고 캐리 죠오지의 주소를 쓴 다음 '노오트'에서 찢은 편지를 넣었던 것 입니다.

'곤'의 사진

캐리 죠오지가 나의 편지를 받은 모양이었어요. 약속한 토요일에 나타나지 않았읍니다.

상매는 약속된 시간이 가까워 오니까 책과 '노오트'를 책상 위에 내 놓는다, 못에 걸린 옷을 바로 잡아 놓는다 하는 것이 있어요.

"캐리가 오늘 안 올걸."

나는 비로서 캐리 죠오지의 이야기를 입밖에 내었던 것입니다. 상매 한테는 미리 이야기해 두려는 마음이 없지도 않았읍니다. 나는 어쩐지 그의 이름을 입 위에 올리기가 싫었던 것입니다.

그를 입 위에 올리기 싫어하는 나의 심리상태(心理狀態)를 분석한다면 두 갈래로 갈릴것은 틀림 없는 사실입니다. 즉 캐리 죠오지를 멀리 하고 싶은 마음이고, 다른 한 갈래는 그를 가까이 하고 싶은 마음 그것입니다.

이 두 갈래의 마음 때문에 나는 그에게 편지를 부치고 나서 부터는 이어 마음이 무거워졌던 것이예요.

학교 동산에서 편지를 쓸 때라든지, 편지를 쓰고 나서의 기분은 참으로 개운

하기만 했는데 정작 편지를 우체통에 넣고 나니까 가슴이 설레어 오는 것이었어요.

'내가 너무 했어. 인제 다시는 캐리를 못만난다. 캐리 죠오지가 나의 편지를 받아 읽고나면 얼마나 분해 할가. 괘씸해 할가. 내가 잘못했어. 아버지를 구해준 사람도 캐리 죠오지요, 우리를 살게 만든것도 캐리 죠오지가 아니야. 인제 캐리 죠오지와 인연을 딱 끊는다면 우리 집은 어떻게 될 것이냐.

아버지와 어머니가 이 일을 아신다면 그 절망이 얼마나 크랴!'

이러한 생각으로 나의 머리는 꽉 차 있었읍니다. 걸음을 옮겨 놓는 다리가 후둘후둘 떨리기 까지 했던 것입니다.

그러나 또 다른 한 갈래의 마음이

'나는 정신을 차려야 한다. 지금 나는 천길 낭떨어지기에 서 있다. 한발 자칫하면 떨어지고 만다. 정신을 차리자. 정신을 차리자. 발뿌리를 고추 세워가면서 정신을 차리자.'

고 부르짖었던 까닭에 나는 쓰러안지고 있었읍니다.

"웬일일가? 오늘은 늦으려나?"

상매는 팔목을 내들고 시계를 보았읍니다.

"오늘은 안와요. 캐리가 안와요."

나는 어느 때 까지 가만 있을 수가 없었어요.

"왜? 너 캐릴 만냈냐?"

"아니. 만나지 않았어."

"그럼 어떻게 알고 있어? 안온다는 걸."

"오지말라구 편질 했어."

"언제?"

"벌써."

"회답이 왔니? 안 오겠다고."

"아니. 회답이 올 편지가 아니야."

상매가 무릎을 고쳐놓으며 나의 앞으로 다가 앉았읍니다.

"애 똑바루 좀 얘기 해라. 무슨 편질 어떻게 했니?"

"인제 나와 우리 집과 인연을 끊어달라구 편지 했어."

"토요일……어학공부 시간에도 안오니?"

"안온다고 안했어."

나는 짜증난 소리로 말했읍니다. 캐리 죠오지의 이야기를 하고 있으니까 갑자기 짜증이 나더군요.

"애! 넌 참 알 수 없어. 금방 국제결혼이니, 마음이 가느니 하고 야단벅석을 치더니 왜 또 그러냐?"

"그건 괜한 소리였어. 미군하구 누가 결혼해. 그 비굴한 것들하구……."

나는 일전 미국대사관 앞에서, 대학병원 앞에서 본 미군들을 눈 앞에 떠 올리며 이렇게 말했던 것입니다.

"천해. 천하기 짝이 없는 것들이야."

여학생들을 내려다 보며 히죽히죽 웃던 미군의 모습도 떠 올리곤 재차 부르짖었읍니다.

"차래야. 너 너무 한다. 싫음 그냥 싫다지 남을 비굴하다느니 천하다느니 할 거야 없잖아? 캐리에겐 천하다느니 비굴하다느니 하는 말을 보낼 수가 없어. 위선 외모도 잘 생겻고, 지식이 있고 교양이 있겠다, 이해가 깊겠다, 캐리 같이 사람을 속속 드리 이해하는 미군이 다시 없을지 몰라. 너한테나 너의 부모님한테 하는걸 봐도 알잖아……."

상매가 긴 말로 설명해 들려 주었읍니다.

"상매야. 인제 그런 얘긴 고만 하자. 다른 얘길 하자. 얘긴 고만 두구 자릴 깔구 자자."

나는 이렇게 말하면서 일어서서 자리 깔 준비를 했어요. 상매도 따라 일어서서 자기 자리를 깔았읍니다. 자리에 눕자, 나는 누비 이불을 머리 까지 뒤집어 썼읍니다. 상매가 다시 말을 꺼낼가 두려웠던 까닭입니다. 층계에 발소리가 쿵쿵 들렸읍니다. 상매가 벌떡 일어 났읍니다. 캐리 죠오지의 발소린줄 안 모양이예요. 그렇지만 그것은 아버지였어요.

나는 머리 까지 덥허 썼어도 알고 있었읍니다. 아버지의 발소리가 전과 같지 않은것도 알았읍니다.

아버지는 캐리 죠오지를 기다리다 못해 올라 오신 거예요. 그래서 발소리가 크고 또 허둥 거렸던 거예요.

아버지의 음성도 달랐읍니다.

"얘 차래야. 죠오지씨가 안오니 웬 일이야? 응."

"어디 아프다나봐요."

상매가 내바다[60] 대답 했어요.

"아파? 그래서 요새 통 안 보이는구나. 부대서두 며칠새 통 못봤어. 아 아프구나. 낼 아침 가봐야겠는데……."

아버지는 더 다른 말씀을 안하고 내려 가셨읍니다.

이튿날 아침, 조반을 지난 뒤에 아버지가 캐리 죠오지를 찾아 떠나시고 상매와 나는 상매 집으로 갔어요.

상매는 처음에 교외로 나가 기분 전환을 시켜 보자고 했어요. 그러나 내가 아무데도 가기 싫다고 말하니까 자기집에라도 갔다 오자는 것이예요. 그저께 어머니가 오셔서 일요일에 나랑 같이 데리고 집에 나오라고 하더라나요.

일요일이어서 거리엔 사람이 많았읍니다. 마포선 전차도 꽉 차 있었어요. 모두 교외로 나가는 산보객들인가 보았어요.

상매 어머니는 무척 반가워 하셨어요. 우리들이 방에 들어서자 '캔디'이랑 내놓며 먹으라고 권했으며 상매 동생들은 제가 먹지 않고 상매와 나에게 집어 주는 것이었읍니다.

상매 아버지와 언니는 외출하고 안 계셨읍니다. 상매 이종사촌 오빠가 와

---

60 '맞받아'의 의미로 보임.

있었어요.

만나기는 처음이지만 상매 한테서 이 사람의 이야기를 많이 들어서 잘 알고 있던 터입니다. 논산 포로수용소에서 석방되어 돌아 오던 날도 상매는 그의 마중을 나갔던 것입니다.

“차래하고 인사하세요. 오빠.”

상매가 ‘캔디’를 집다 말고 말하자

“참, 첩 뵙겠읍니다. 말씀은 늘 듣구 있었지요. 현영훈이라고 불러 주십시오.”
하고 현영훈은 머리를 숙이는 것이었어요.

“저두 말씀을 늘 들었어요.”

나는 겨우 이렇게만 하고 말았어요. 맞대면에서 통성명하는 인사 범절을 치루어 본 일이 없기 때문입니다.

“이차래라고 불러 주십시오.”

상매가 웃으면서 나의 말 뒤를 이어 주었읍니다.

“알구 있어……상매가 늘 ‘차래’ ‘차래’하는 소릴 들어서 성함두 잘 알구 있어요.”

현영훈은 상매와 나를 번갈아 보며 웃었읍니다. 인사가 끝나자

“광선이 좋은데 사진이나 찍을가?”

현영훈은 사진기를 내 놓며 서두루는 것이었어요.

“참 오빠 사진 잘 찍지? 차래. 우리 사진 찍을가?”

나는 찍자는 말도 안 찍겠다는 말도 없이 잠잠히 있었어요.

“나 일선에 있을 때 찍은거 한장 뵈 줄까?”

현영훈은 ‘포켙’을 뒤지더니 ‘패스포드’[61]와 한테 들어 있는 사진을 꺼내는 것이었어요. 상매가 먼저 받아 들었읍니다.

“멋쟁인데. 오빠 이 사람 누구야? 아주 멋쟁인걸……”

---

61 패스포트.

상매가 손에 든 사진을 들여다 보고 머리를 개웃 거리는 것이었어요.

"내 친구야. 잘 생겼지?"

"응. 참 잘 생겼어. 서양 사람같은데 매력이 있군 그래……."

상매는 사진을 내게 주면서 말했습니다. 상매 손에서 사진을 받아 든 나는 쇠망치에 얻어 맞은것 처럼 아찔 했습니다.

상매가 말하는 멋쟁이가 틀림 없는 곤이 었어요.

"이걸 어디서? 어느 전선에서 찍으신거예요?"

손이 떨리기 때문에 소리까지 떨렸어요.

"동부전선에 있을 때 껍니다. 멋쟁이 친구는 지금 어떻게 됐는지 모르겠군요. 아아하…."

현영훈은 말끝에 한숨인지 영탄인지 모르게 숨을 내 쉬었습니다.

"죽지 않았을가요?"

나의 음성은 여전히 떨렸던 모양이예요.

"너 왜 그래? 아는 사람이야?"

상매가 유심이라기 보다 놀라는 눈으로 나를 보는 것이었어요.

"글쎄, 그동안 통 소식을 모르구 지냈으니까요. 내가 저쪽으로 잡혀 갈 때까진 살아 있었어요."

상매 말에 대꾸 없이 앉아 있는 나에게 현영훈은 이와 같은 곤의 소식을 전해 주었읍니다.

"그게 어느 때 쯤 됩니까?"

"그게 재작년 여름입니다. 벌써 만 이년 되지요."

"그럼. 그 뒤에 죽었나봐."

나는 혼잣소리로 부르짖었읍니다.

"차래야. 곤이구나? 그렇지?"

상매가 침통한 얼굴로 물었읍니다.

나는 고개도 끄떡거릴 수 없었읍니다.

싸움터 이야기

“어머나. 정말 곤이냐?”

상매는 나의 손에서 사진을 뺏어다가 자세히 들여다 보는 것이 었읍니다.

“이리 좀 줘. 다시 한번 보자.”

이번엔 현영훈이가 상매 한테서 사진을 뺏어 갔읍니다.

“그러구 보니 더 잘생긴것 같아. 오빠 이사람이 차래 약혼자예요.”

이 말에 현영훈이가 나를 얼핏 건나다 보는 것이었어요.

“가족이 네분 계시단 말은 들었어요. 엄친이 이북 감옥에 계시단 말씀도 듣구요…… 그래두 차래씨 애긴 안하던데. 죽지말구 돌아가야 한다는 말은 늘 했어요. 이북에 계신 엄친을 구출하겠다는 말과 함께 죽지말구 돌아가야 한다는 말을 젤 많이 했어요.”

“가엾서라.”

상매가 사촌 오빠 손에서 또 다시 사진을 뺏어 오면서 중얼거렸읍니다.

“배곤군의 약혼자라서 더 반갑습니다. 배곤군 하군 젤 가깝게 지냈어요.”

“그런데 오빠 이 분이 전사했다니 어떡함 좋아.”

“확실한 통보가 있었어요?”

현영훈이가 나를 건너다 보고 물었어요.

“제가 병사구사령부에 가서 알아봐 달랬어요. 나간 뒤엔 전혀 소식이 없어서…… 그랬더니……얼마후에 거기 있는 분이 알아다 줬어요.”

“전사한게 사실이라구?”

“네.”

“유[62] —”

현영훈이 아무말 없이 숨을 길게 내뿜는 것이 었어요.

---

[62] ‘휴’의 오식으로 보임.

"오빠, 이 사진을 차래한테 주세요. 사랑하는 이의 사진 한장도 없다니까."

상매가 이런 말을 하면서 자기가 쥐었던 사진을 나에게 주었어요. 나는 눈으로 현영훈에게 가져도 좋으냐고 물었습니다.

"드리겠어요. 유일무이한 전우기 때문에 그걸 늘 간직하고 있었어요. 놈들에게 잡혀가서까지도 그걸 지니구 있었어요. 놈들 편에 서서 아군을 향해 접전하면서도 지니구 있었어요. 몰래 꺼낼때마다 — 곤군 쉬이 만나세. 피차 죽지말구 살아보세. 하고 속으로 빌었지."

"그런데 저쪽 포로가 되었다가 어떻게 이쪽으로 오시게 되셨어요?"

"저쪽에 잡혀 갔다가 저쪽 편이 돼서 아군하고 접전하게 되니 이번엔 아군에게 포로된 거지요."

"예. 그래요?"

"오빠 처럼 저쪽에 잡혀갔다가 이쪽 포로로 잡힌 사람들이 많대."

"적의 편이 돼서 이쪽과 싸운게 아니지. 이쪽으로 돌아오기 위해서 놈들 편인척 한거지."

"곤두 혹시 저쪽에 잡혀 갔을지 누가 알아?"

상매가 한 소리었습니다. 나도 이러한 생각을 하고 있던 터이므로 상매 말에 기만[63] 있지 않았습니다.

"그랬음 오죽 졸가……."

"그렇게 됐을꺼야. 저렇게 훌륭한 인물이 죽다니 말이 되나."

상매 말이 나는 얼마나 고마웠는지 모릅니다.

"그러니 우리 슬픈 생각을랑 말짱히 버리구 명랑해 집시다. 곤씨의 돌아 올 날을 위해서…."

"그래. 사진이나 찍지. 광선 졸때."

"오빠. 여전히 사진광이야. 곤씨 사진두 유일무이한 친구라서 찍은게 아니

---

63 '가만'의 오식.

고 '모델'이 멋쟁이로 생겼으니까 찍어 본건지 모르지. 흐흣."

상매가 사촌 오빠를 놀렸습니다.

"유일무이가 아님 이때까지 지니구 있었을가 원."

"그건 오빠 기술을 자랑하려고 그랬는지 누가 알아요?"

"그래. 그래. 그렇다구 해두자. 자 사진이나 찍지."

이래서 침울한 분위기가 어느 정도 완화 되었던 것입니다.

사진을 무작정 찍었습니다. 상매 말과 마찬가지로 현영훈은 사진광이라 부를만 했습니다. 상매네 마당에서 시작한 사진이 어느새 어느 산위에 까지 이르게 되었던 것입니다.

이 산 위에서도 열장 이상 찍었을 것입니다. 상매가 혼자 찍기도 하고 상매와 둘이서 찍기도 하고 혹은 현영훈이 까지 셋이 찍는 수도 있었어요. 사진기를 조종해 놓고 현영훈은 우리들 옆에 달려와 앉았던 것입니다.

내가 혼자 산봉우리에서 찍을 때 었어요. 봉우리 아래 얼마쯤 떨어진데서 사진기를 눈에 들여대고 있던 현영훈은 사진을 찍다 말고 봉우리를 향해 올라 오는 것이 었어요.

"이게 바루 그 고지(高地) 같아. 불모고지(不毛高地) 같단 말이야."

하면서 현영훈은 혼잣소리를 하는 것이었어요. 그는 연신 사방을 두리번 거렸어요.

무엇을 찾는 것처럼.

"뭐가 바루 그거예요? 불모고지가 뭐얘요?"

상매가 현영훈에게 닥아서며 물었습니다. 나도 그의 대꾸를 기다리지 않을 수 없었습니다.

사방을 두리번 거리며 혼잣소리로 하던 현영훈은 우리들 앞에 뚝 벋쳐 서는 것이었어요. 우리들은 침을 삼키고 그의 입을 쳐다 보았어요.

그의 호흡이 고루지 않음을 알았어요. 그는 눈을 부릅 떠 허공을 응시하는 것이었어요. 그리고 그는 묵묵했어요.

그가 입을 열게 된 것은 한참 뒤 였었요.[64]

칠흑 같이 캄캄한 밤이었더면 좋았을 것이다. 달이 유난히 밝았다. 그러나 낮과 같이 밝을 수는 없었다.

우리 소대는 불모고지 넘어의 또 하나의 고지를 점령할 목적으로 그날 밤 이동했던 것이다. 아홉시 가량 되었을 것이다. 불모고지의 적이 다 퇴격한줄만 알았다. 그랬는데 비탈길을 올라가던 우리 전우들은 적의 기습을 받게 되었다.

"뚜루루 ……… 따당."

따발총 소리가 풀섭에서 나는 것이었다.

"기습이다앗."

앞에 걷던 전우의 고함 소리가 나자 동시에 M · I 소총 소리가 '타앙탕' 터졌다.

뒤를 따르던 전우들이 일제히

"누구얏!"

고함을 치며 적을 향해 지녔던 무기를 빼어 들고 달렸다. 한참 동안 치열한 전투가 계속되었다. 눈코 뜰새 없이 총탄이 쏟아진 뒤에 전투가 멎었다.

적이 물러 간 것이었다. 봉우리엔 한층 달빛이 째듯 했다. 소대는 다시 전진을 시작 했다.

산 중턱에 이르렀을 때었다. 두 그림자가 봉우리 위에서 꿈틀거리고 있는것이 보였다. 적과 천우[65] 임을 확인하게 되었다.

둘이 서로 맞붙어서 육박전을 하는 것이었다. 아군이 물러간 적의 한놈을 끌고 넘어 온 것이었다. 적의 쪽으로 끌려 넘어가서 보이지 않기도 했다. 그러

---

64 '였어요'의 오식.
65 '전우'의 오식.

 최정희 소설 전집 **2**

다간 또 어느새 봉우리 이쪽으로 끌고 넘어 왔다. 이렇게 수십차를 했다. 끌려 넘어 갔다간 끌려 넘어 오고 넘어왔다간 끌려 넘어가곤 했다. 끝내 아군이 끌고 넘어온 적은 골짜구니에 몰아넣어 버렸다. 적을 골짜구니에 몰아 넣은 용사가 바루 배곤 이었다.

배곤은 불모고지 너머에 도망쳐 버린 단 한명의 적을 죽이지 않고 생포하려는 생각이었던 것이다. 내가 배곤과 유일무이한 친구가 된 것은 이날 밤 이후의 일이다. 달이 밝기도 했지만 나무가 없기 때문에 모든 것이 또렷 했다.

현영훈은 지쳤던지 풀위에 풀썩 주저 앉는 것이 었읍니다.

"휘유 — 이게 바루 그 고지 같아. 불모 고지같단 말이야."

그는 이야기를 시작하기 전에 하던 말을 중얼거리며 두리번 두리번 사방을 살피는 것이었어요.

"어유. 그렇게 용맹하기도 하군요?"

상매가 감격한 어조로 말했읍니다. 나는 눈물만 흘리고 있을 뿐, 말한마디 못했읍니다.

그로 부터는 사진을 찍지 않고 상매 집으로 내려왔어요. 상매 집에서 저녁을 먹고 상매와 함께 집에 돌아 왔더니 아버지가 참으로 험악한 표정으로 대어드시는 것이었어요.

"너 죠오지씨한테 어떡했길래 그러냐? 응. 바른대루 말해라. 바른대루 말 안함 죽여 버릴테야. 사람의 속을 썩이는 년을 둬선 뭘해."

나는 아버지가 죠오지씨 한테서 그동안의 경로를 들은 것이라고 짐작 했읍니다. 마는 아무런 대꾸도 없이 이층으로 올라가려고 했던 것이예요.

"너 죽어보려구 그래? 거기 섰거라. 내 말 좀 들어봐라."

아버지는 나 한테로 닥아 오시는 것이 었어요. 앞을 서서 올라가려던 상매도 발을 멈추었읍니다. 상매는 아버지가 나를 어떻게 하지나 않을가해서 나와 위치를 바꿔 서는 것이었어요.

"글쎄 왜 이래요? 천천히 할 말을 못한담. 상매 이층으로 올라가거라. 차래만 이리 오구…….”

어머니가 아버지를 잡아 끌면서 하신 말씀 입니다.

“나두 올라 가겠어요. 내게 또 무슨 말씀을 하려고 이러세요. 동부전선에 곤이 살아있어요. 불모고지의 용사로서 살아 있대요.”

나는 이런 소리를 부르짖으며 층계를 뛰어 올라갔읍니다.

이층에 올라 오자 불이낳게 자리를 깔고 누어 버렸읍니다. 아무것도 말하고 싶지 않았으며 생각하기도 싫었읍니다. 아버지와 어머니는 다시 소리가 없었어요. 곤이 살아 있다는 말을 듣고도 아무 소리 없는 일이 야속하게 생각 되었읍니다. 마는 그들이 나를 건드리지 않는 일만은 다행 해서 가만 있었읍니다.

이튿날 아침 나는 일어 날 수가 없었어요. 열이 나면서 전신이 후둘후둘 떨리는 것이예요. 상매는 학교에 가고 혼자 누워 있었어요. 아버지도 일터에 나가신 모양이었어요. 한참만에 어머니가 올라 오셨어요.

“애야, 뭘 좀 먹어야지.”

어머니 말 소리가 층계에 들리자 나는 누비 이불을 뒤집어 썼어요.

“안먹어요. 안먹어요.”

이불 속에서 나는 크게 소리를 쳤던 것이예요.

“차래야. 곤의 소식은 어디서 들었니? 확실히 살아 있다더냐?”

어머니가 조심조심 물었읍니다.

“그래요. 살아 있대요. 불모고지의 용사래요.”

나는 이불을 벗어 버리며 말했읍니다. 순순히 하지 않고 악을 써가며 한 말입니다.

“살아 있다고 누가 그러냐?”

나는 이불을 차버리며 벌떡 일어났읍니다.

“죽었더면 좋겠죠? 살아있다니 겁나죠? 그래두 멀쩡하게 살아 있다니, 어떡해요.”

“글쎄 애가 왜 이러느냐? 아무것두 먹지 않아서 이러나부다. 가만이 누어 있거라. 글쎄 어쩌자구 이러느냐?”

어머니는 치마폭을 걷어들고 나의 얼굴을 씻어 주셨읍니다. 땀과 눈물과 콧물이 흘러내리는 얼굴을 — .

“누워라. 몸이 불덩이구나.”

어머니는 나를 안아 눕혀 주셨어요. 그리고 아랫층으로 내려 가시더니 죽 끓인것을 가지고 올라 오셨어요. 어머니는 미리 부터 내가 밥을 못먹으리라는 것을 알고 있었던 모양입니다.

“이거라도 좀 떠 먹어라. 속이 비면 열이 더 난다. 네가 어제 저녁도 안먹은 게지?….”

어머니는 죽냄비를 훅훅 불어 가시며 서두르셨어요.

“안먹는다는데 왜 이래요? 가지구 내려가 주세요. 어서…….”

나는 다시 이불을 뒤집어 썼읍니다. 뜨근뜨근한 죽냄비가 곁에 놓이니까 메시꼬와서 견딜 수 없었어요.

어머니는 죽냄비에 숟가락을 받쳐 놓나 보았어요. 그 소리로서 어머니가 얼마나 내 앞에서 조심 하고 있다는 것을 알았어요. 어머니는 무슨 말씀을 한마디 더 하려다가 그냥 내려가시는 눈치 었어요. 나는 이불 속에서도 그것을 알고 있었어요. 그것은 어머니의 숨소리로서 알 수 있었던 거예요.

어머니 발 소리가 층계에 사라지자 나는 이불을 벗었읍니다. 그래도 답답해서 북쪽 창을 열어 놓았읍니다. 우뚝 솟은 북악(北岳)이 시야(視野)속으로 들이밀었읍니다.

봉우리 위에 적을 끌고 넘어 왔다간 적에게 끌려 넘어 가곤 했다는 곤의 모습이 보이는듯 했읍니다. 그리고 곤은 절대로 죽지 않았으리라는 신념이 생기는 것이었어요.

“곤. 용서해 줘요.”

나의 입에서는 모르는 사이에 이런 소리가 흘러 나왔읍니다. 그것은 신음 소리에 가까웠읍니다.

밤새도록 나는 이와 비슷한 소리를 중얼거리며 잠을 이루지 못했던 것이예요. 캐리 죠오지에게 그동안 애정을 느낀것, 그의 무릎에 업드려 버린것을 생각 하면 금방 목을 졸라매어 죽고 싶었어요.

오후가 되어도 신열이 내리지 않았어요. 어머니는 그동안 몇번 올라 오셔서 "죽을 먹어라." "미음을 먹어라." "밥을 먹으려느냐?"고 물었어요. 악을 쓰면서 안먹겠다고 하면 어머니는 조용히 내려가시는 것이었어요. 맨 나중엔 댓구가 없으니까 먹으려나 보다고 짐작하셨던지 숟가락을 손에 쥐어 주며 서두르는 것이었어요.

"나 이렇게 함 죽을 테요."

나는 허리띠를 끌러들고 목을 맬 시늉을 했어요.

"관둬라. 먹으란 말 안할게."

어머니도 화를 내시며 죽그릇에 숟가락을 받쳐 놓아 들고 내려 가셨어요. 그러나 어머니는 이어 층계를 조심조심 밟아 올라오시는 것이었어요. 분합문을 사르시[66] 여시고 나의 거동을 살피시는 것이었어요.

일터에서 돌아 오신 아버지는 그렇지가 못했읍니다.

층계를 분주히 굴르며 올라오신 아버지는 다짜고짜로

"너 캐리 죠오지씨한테 어떡 했길래 집에 오지도 않구 날 만나서 풀이 없어 하느냐? 말해봐라!"

하고 졸라 대셨읍니다.

머리에 까지 쓴 누비 이불을 마구 잡아 끌어 내리면서 야단 벅석이었읍니다.

"아버진 너무 하세요. 곤이 살아 있다는데 캐리 죠오지 얘긴 왜 자꾸 꺼내는 거예요?"

나는 아버지를 쏘아 부쳤읍니다.

66　'살며시'의 방언.

“아 이년이 이 오두방정을 떠는 것 좀 보지. 아니 그래 남의 물질을 그만큼 축을 내구두 이러기야? 응.”

아버지의 어성이 높아지자 어머니가 굴르며 올리 달리셨어요.

“아니 주책 없이 왜 앓는 애더러 버럭버럭 소릴 지르고 야단이요? 야단이……”

어머니는 아버지의 팔을 잡으셨던지

“이걸 놓지못해? 모두 한몽둥이에 없애 버릴가부다.”

고 소리를 지르시며 일어나더니 어머니를 방 한구석에 들어 메어치는 소리가 들렸읍니다.

내가 이불을 와락 벗어 던지고 일어 났어요. 한구석에 메어 치운대로 운신을 못하시는 어머니 한테로 달려 갔어요.

“왜 어머닐 때리세요. 어머닐 때리심 가만 안있을테요.”

나는 아버지한테 빡빡 달려 들었어요.

“이년이 이게 암만해두 미쳤지, 예사롭지 않어, 허허.”

아버지는 어처구니 없다는듯 턱을 치켜들고 이렇게 말씀하시는 것이었어요.

상매가 돌아 오는 소리에 우리들의 싸움은 멈췄던 것입니다. 어머니가 메어 치운대로 엉거주춤이 앉아서

“상매가 와요. 상매가…….”

하고 속사기듯 말씀 하자 아버지는 치켜 들었던 턱을 제자리로 옮기시는 것이었어요. 그러나 아버지는 가만 계시지 않고

“저 상맨지 먼지 하는년 드려놓지 말아야 해. 집안이 온통 이 꼬라지 되는건 저것 때문이야.”

아버지의 소리가 높지 않았으니 망정이지 그대로 소리를 지르셨던들 상매가 들었을 것이 아니겠어요? 상매는 충계를 올라오고 있었으니까요.

꿈·꿈

일주일만에 나는 병석에서 일어 났읍니다. 내가 일어나자 상매가 나에게 집으로 돌아가야 하겠다고 말하는 것이었어요.

벌써 갔을 텐데 내가 앓고 있기 때문에 못갔다는 것이었어요.

"왜 갑자기 가려구 그래? 노여운 일이라도 있냐?"

"갑자기가 아니야. 벌써부터 가려고 했어. 아버지 친구되시는 분이 집을 한 채 사 주셨어. 그래서 이번 공일날 이살 하게 된대."

"그러커들랑 이번 공일날까지 여기 있다 감 되잖아?"

"아냐. 가야해. 어머니도 그러시고 아버지도 커다란 계집애가 남의 집에 가 있게 해서 맘이 안놓인다구 그러셔. 언니가 집에서 착실히 일이랑 할땐 안그러시더니……요새 언니가 줄곧 밖으로 나돌아 다닌다나. 그래서 어머니 아버지는 무척 걱정이셔."

"너 우리 집이 싫어서 그런건 아니지?"

나는 아버지가 일전에 하신 말씀을 들었나 해서 상매에게 물어 보았던 것입니다.

"아니야."

"캐리 죠오지랑 안오니까 재미가 없어서 가는 거 안냐?"

"그런것도 아니야."

"난 너까지 가구 없음 어떡하니?"

"차래야. 낙망은 하지 마라. 낙망은 금물이야."

"이지경 돼가지고 어떻게 낙망을 안할 수 있니? 너 같이 굳굳하게 살아가는 사람이라도 이런 경우에 이르면 낙망 하게 될것 같아."

"그런데 차래야. 너 정말 캐리하고 안 만날래?"

"그래. 다시는 안 만날 작정이야. 상매야 넌 곤이 살아 있을 것 같은 생각이 안들어?"

“글쎄.”

“난 살아 있을 것만 같다. 금방 저벅저벅 들어올 것만 같다. 살아만 있담 얼마나 좋겠니? 곤이 살아서 돌아온담 난 바른 길을 갈것 같다.”

“돌아오지 않음?”

“돌아오지 않음 타락하구 말것 같아.”

“타락하고 안 하는건 자기에게 달렸지, 왜 곤에게 달리냐?”

“난 자꾸만 그렇게 생각되는 걸… 곤이 전사했단 소식만 듣지 않았서두 캐리 죠오지와의 사이가 그처럼 가까워 안졌을거야.”

“차래야. 낙망말구 살자. 나 집에 가더라도 자주 올께. 무슨 일이 있던지 뚫고 나가도록 하자.”

나는 상매 말에 댓구를 못했읍니다.

상매는 그날 저녁으로 이부자리와 책상을 싣고 갔어요. 아버지는 매우 만족해 하시는 기색이 었어요.

사람이 들어오는 줄은 몰라도 나간 줄은 안다더니 상매가 가고 나니 집이 빈것 같다고 하시는 어머니 말씀에 아버지는

“좀 더 둘걸 그랬지. 미친소리 좀 작작해.”

하곤 통박을 주셨읍니다.

상매네가 이사한 집은 가회동이었어요. 학교에서 돌아오는 길에 들리기에 적당한 위치여서 나는 돌아 오는 길이면 줄곧 들리곤 했어요.

때로는 상매와 함께 자고 바로 학교에 나가는 일도 있어요. 어머니 한테 미리 말씀 드렸기 때문에 집에서도 별 걱정을 아니 하셨어요.

“너희들은 못떨어질 인연이 있나부다.”

상매 어머니도 이런 말씀을 하셨고 우리 어머니도 같은 말씀을 하시는 것이었어요.

내가 또 병석에 드러눕게 된것은 졸업시험 기일도 박두해 오는 이월 중순께였어요. 이때까지 앓아 보지 않던 병이었어요. 아침이면 정신이 나는 것 같다

가도 오후가 되면 아슬아슬 오한이 들면서 열이 났습니다. 처음 얼마 동안은 그런대로 학교에도 나가고 상매 집에도 부지런히 다니곤 했으나 아주 몸저 누우면서 부터는 꼼짝을 못했습니다.

밤이면 꿈만 꾸었읍니다. 곤의 꿈이 아니면 캐리 죠오지의 꿈이었어요. 곤의 꿈을 꾸는것은 당연할지 모릅니다. 어느 때나 곤이 살아 있기를 바라고 또 곤 이외의 사람은 생각지 말자는 생각 뿐이었으니까요.

그런데 캐리 죠오지의 꿈은 무슨 까닭으로 꾸게 되는지 알 수 없었읍니다. 그에게 만나지 않겠다는 편지를 낸 뒤엔 만나려는 생각도 해 본 일이 없었는데 —

일터에서 돌아오신 아버지가

"오늘 죠오지씨를 만났지."

하고 그의 이야기를 끄집어 내는 때에도 되도록이면 귀를 다른데로 돌리곤 했던 것입니다.

어느 날 밤 꿈엔 캐리 죠오지에게 안겨서 잠이 들려는데 부르릉 부르릉 하는 비행기 소리가 났어요. 눈을 떠 하늘을 쳐다 보았더니 비행기는 이제 곧 폭탄을 내려뜨릴 자세를 취하고 있는 것이 아니겠어요.

"캐리. 저것 좀 봐요. 비행기가 폭격하려고 해요."

캐리 죠오지도 하늘을 쳐다 보았어요.

"참 그렇군. 어서 저 숲속으로 들어가야 해요."

캐리 죠오지가 나를 안은채 숲이 자욱한 속으로 들어 갔읍니다.

"여긴 괜찮을거야."

캐리 죠오지가 안도의 숨을 내쉬며 말했읍니다.

"폭격을 맞더라도 캐리하구 같이 맞음 아프지도 않고 무섭지도 않을것 같아요."

나의 이 말에 캐리 죠오지는 나를 꽉 껴안아 주면서 입을 맞췄읍니다. 그의 높은 코가 나의 코를 압박하는 우에 그의 입이 나의 입을 꽉 막아 놓아서 숨을 쉴 수가 없었어요.

"오 캐리. 캐리."

이렇게 부르면서 그를 밀쳐 냈으나 그는 더 한층 숨 막히게 하는 것이 었어요.

하는 수 없이 나는 사지(四肢)를 버둥거리며 그를 밀쳤읍니다.

"차래야. 차래야."

하는 어머니의 소리에 깨였을 땐 전신에 땀이 흘러 내렸읍니다.

이 날 밤 뿐 아니라 나는 이와 비슷한 꿈을 줄곧 꾸었던 것입니다. 어머니가 내 방에 올라와 주무시게 된 것도 이러한 꿈을 꾸기 시작한 뒤의 일이 였읍니다. 꿈을 꾸면서 소리를 지르는 때가 많아서 아랫층에 까지 들렸던 것입니다.

곤 꿈을 꾸게 되는 경우에도 소리를 지르는 때가 있었어요. 캐리 죠오지의 꿈과는 정반대의 꿈을 꾸면서도 소리는 마찬가지로 질렀던 것입니다.

곤은 언제나 나에게 무서운 쟁기를 들고 대어 들었읍니다. 식칼인 경우도 있고 권총이 아니면 도끼나 창인 경우도 있었읍니다. 이런 쟁기를 가진 그에게 나는 언제나 쫓기우는 것이었어요. 소리소리 지르면서 ─ .

꿈을 꾸고 나면 열이 올랐어요. 열이 뜬 속에서도 나는 꿈에 본 곤의 생각을 하며 캐리 죠오지를 잊어 버리려고 애를 쓰는 것이었어요.

그런데 웬일인지 그러면 그럴수록 곤은 한층 더 무서워만지고 캐리 죠오지가 그리워지는 것이었어요. 캐리를 꼭 한번만 보았으면 하는 생각이 간절해 갈뿐이 었읍니다.

나의 눈치를 아버지가 채신 모양이었어요. 혹시 어머니가 아버지 한테 나의 마음을 이야기 하셨을지도 모릅니다. 내가 어머니 듣는데서 캐리 죠오지의 이름을 부른 때가 여러번 있었으니까요. 어머니가 곁에 있는 것을 전연 잊어 버리고 한 일입니다. 꿈속에선 사리를 분갈[67] 할 수 없었으니까요.

---

67 '분간'의 오식으로 보임.

"얘 차래야. 죠오지씨 오라구 했다. 너 이대루 있다간 죽는다 죽어. 주사두 맞구 약두 고끼[68] 약을 먹어야 한다."

어느 날 아버지는 이런 말씀을 하시곤 나의 댓구를 기다리지도 않고 밖으로 나가 버리었어요.

전에도 이와 비슷한 말씀을 몇번 하셨으나 번번히 막아 버렸던 것이예요. 캐리 죠오지를 데려오는 날은 죽어 버리겠다고 위협했던 것이예요.

캐리 죠오지가 아버지를 따라 집에 온 것은 그 이튿날 저녁 해 질 무렵이었어요.

캐리 죠오지는 방에 들어 오자 나에게 목례를 했어요. 나도 자리에서 일어나면서 머리를 숙였읍니다. 머리를 숙였다가 얼는 들지 못한 것은 눈물 때문이 었어요.

"앉으세요."

아버지가 캐리 죠오지에게 자리를 권했읍니다. 캐리 죠오지는 그대로 서 있었읍니다. 머리를 숙이고 있어서도 그의 발이나 몸이 조금도 움직이지 않는 것을 알고 있었읍니다.

"앉으세요."

머리를 숙인체 나는 아버지와 같은 말을 그에게 했읍니다. 캐리 죠오지의 아랫다리가 움직이더니 털석 주저앉는 것이 였읍니다.

캐리 죠오지가 자리에 앉자 아버지는 일어 서셨어요. 아버지가 나가신 뒤에 나는 얼굴을 들어 캐리 죠오지를 쳐다 보았어요. 그의 눈에도 눈물이 고여 있는 것이 었어요.

"차래."

그는 나의 이름을 조용히 부른 다음 자리에 누으라고 말했읍니다. 잠깐 망서리다가 나는 그의 말대로 했읍니다.

---

68 고가(高價).

“이렇게 되도록 알려주지 않다니…….”

그는 누은 나의 얼굴 가까이 다가와서 말했읍니다. 고였던 눈물이 쭈르르 흘러 나의 얼굴에 뚝뚝 떨어지는 것이 었어요.

이상동몽(異床同夢)

나의 눈에 고였던 것도 귀밑께로 쭈루루 흘러 내렸읍니다. 혹 그것은 캐리 죠오지의 것이었든지도 모르겠읍니다. 아니 그것은 둘의 것이 합쳐진 것이었는지도 모릅니다.

아마 꽤 오래도록 우리들은 그렇게 하고 있었읍니다. 먼저 캐리 죠오지가 입을 떼었읍니다.

“차래양. 난 당신을 누이동생같이 생각하는데 차래는 왜 날 미워할까?”

눈물을 흘리던 뒤끝이라 캐리 죠오지의 음성엔 애조가 떠어 있었읍니다. 음성에 뿐 만이 아니 었읍니다. 그의 깊고 푸른 눈에도 슬픔이 가득 서려 있었던 것입니다.

“캐리. 아무래도 좋아요. 아무렇게래두…….”

나는 이렇게 외치면서 그의 목에 나의 두팔을 걸어서 마구 끌어 내렸읍니다. 그 찰나에 어느새 둘의 입술이 맞닿았읍니다. 누가 먼저 갖다 대었는지 모릅니다. 그의 높은 코가 나의 코를 육박했고 그의 입술이 나의 입을 콱 막아 놓는것이 었어요. 도무지 숨을 쉴수가 없었읍니다.

“캐리?”

나는 호흡의 부자유를 깨달으면서 그를 밀쳐 냈읍니다. 꿈에 해 본 체험이 있으므로 수월히 할 수 있었던 거예요.

캐리 죠오지도 숨을 화알 내쉬면서

“차래. 나는 꿈속에서 늘 이렇게 차례를 포옹할 수 있었소.”

라고 말했어요.

놀라지 않을 수 없는 사실 앞에 나는 무뚝 행동을 멈추고야 말았던 것입니다.

"어머나. 캐리가? 캐리두 그럼 내가 꾼 꿈같은 걸?"

삽시간에 캐리 죠오지의 그 깊고 푸른 눈에 경이(驚異)의 빛이 서리는 것이었어요.

"그럼 차래두 그런 꿈을 꾸었던가요? 차래. 말 해주오. 그런 꿈을 꾸었소?"

나는 고개만 끄덕여 보이고 그의 가슴에 콱 묻혀 버렸읍니다. 그러자 캐리 죠오지는 참으로 민속한 행동으로 그것도 무척 꽉 나의 몸둥아리를 껴 안는 것이었어요.

그리곤 나의 입술을 더듬는 것이었어요.

"캐리. 숨이 막혀요. 꿈속에서도 늘 이렇게 숨이 막혔어요."

내가 그의 입술을 입술로 밀어 내며 한 말입니다.

"오! 그래요. 차래. 나두 차래가 한 말을 할 수 있어요."

캐리 죠오지는 얼굴을 제끼면서 벙긋 웃었읍니다. 그런데 나는 웃지 않았읍니다. 서창으로 들어민 석양(夕陽)이 그의 얼굴을 찬란하게 물들여 주었던 까닭에 나는 황홀한 눈으로 캐리 죠오지를 쳐다 보고 있었을 뿐입니다.

"차래. 왜 그런 눈으로 보고 있어요?"

석양이 비친 탓으로 캐리 죠오지는 눈을 가늘게 뜨는 것이었어요.

"캐리. 당신은 매우 잘 생겼어요. 지금까지 캐리가 이처럼 미남자인걸 모르고 있었네요."

나는 약간의 어리광을 부리며 말했읍니다.

"차래양은 곧장 내가 하려는 말을 해버리는구만. 내가 지금 차래양의 아름다움을 찬양하려고 하던 참이라오. 차래양의 미모에 일찌기 감탄한 바 있었지만 지금 이 시각같이 아름다워 보긴 처음이오."

캐리 죠오지가 나를 물끄럼이 내려다 보며 이런 말을 하곤 '포켙'에서 수건을 꺼내어 이마에 내솟은 땀을 씻어 주는 것이었어요.

“난 미울거예요. 아주 무척 마르잖았어요?”

“참 많이 파리했어요. 파리하니까 더욱 아름다워요.”

캐리 죠오지는 나를 어린애 다루듯 해서 품안에 껴안는 것이었어요.

“캐리두 많이 여윈것 같아요.”

나는 그의 턱을 어루만지면서 말했읍니다. 손끝에 수염의 감촉이 껄그러웠읍니다.

“당신 꿈을 꾸느라고 말랐지. 차래양의 꿈을 꾸고나면 언제나 식은 땀이 퍼붓는듯 흘렀으니까요. 요새 같이 추워 견딜 수 없는 때에두…….”

캐리 죠오지가 나의 눈을 들여다 보며 말했읍니다. 나는 공연히 눈물이 글성 고이겠지요. 캐리 죠오지는 눈물이 고인 나의 눈을 조용히 지키고 있다가

“괴로웠어. 일선에 가버릴가 하는 생각도 했어요.”

하는 것이 었어요.

“일선에? 일선에요?”

나는 몸을 일으켜 캐리 죠오지의 곁을 떠나면서 부르짖었어요.

“왜 그래요? 차래양.”

캐리 죠오지가 심상찮은 어조로 물었읍니다. 그의 깊고 푸른 눈은 휘둥그래졌었고 석양과 함께 찬란하던 그의 얼굴이 삽시간에 흐려지는 것이었어요.

“캐리. 용서하세요. 나 누워야 하겠어요.”

전신의 힘이 모조리 빠져 나가는 것이었어요. 짚오래기 한올 추세울 근력도 나에게는 없었읍니다. 몸둥이 전체가 방바닥으로 빨려들어 가는듯 했으며 식은 땀을 흘리고 있었던 것이예요.

“차래. 차래양. 까닭을 말해줘요. 갑자기 눈빛이 달라지는 까닭이 어디 있어요?”

“아무것도 안예요. 캐리씨. 아무것도 안예요.”

“아무것도 아니란건 공연한 소리같은데. 차래양의 눈은 지금 공포에 떨고 있는데…….”

캐리 죠오지가 잘 보았던 것입니다. 진실로 나의 눈 앞에는 무서운 무기를 휘둘으는 곤의 모습이 보였던 것입니다.

"나 어떡함 좋아? 어떡함 좋아?"

나는 이렇게 부르짖으며 눈을 딱 감았습니다.

"차래. 뭘 어떡함 좋단 말입니까? 차래양. 당신은 무얼 고민하고 있는 것이요? 전부 나한테 말해 주시오. 당신은 내가 곁에 있는걸 고민하는 거 아닙니까? 그렇다면 나는 가두 좋아요. 당신이 괴로워 할 일은 하지않을 작정입니다."

"캐리. 가지말아요."

나는 감았던 눈을 재빨리 뜨면서 캐리 죠오지를 붙잡았습니다. 그가 가서는 안될것 같았습니다. 그가 곁에 없으면 더 할 수 없이 괴롭고 무서울 것 같았던 것입니다.

"가지 않을게. 가지 않아요. 당신의 원이라면. 아니 당신곁에 있는 것이 나의 최대의 원인 까닭입니다."

캐리 죠오지가 누워있는 나의 몸둥아리를 휩싸 안는 것이었어요. 그는 내가 자기 더러 "가지말라."고 한말에 마음을 놓는 것이었어요. 나의 신변에 어떠한 일이 있더라도 자기가 곁에 있기만 한다면 해결 할 수 있으리라는 자신을 갖는듯한 낯색이었어요.

"캐리. 난 지금 무척 무서워요. 나의 약혼자 곤이 무서운 무기를 휘두르며 나에게로 다가오고 있어요. 나는 무서워요. 캐리."

캐리 죠오지의 가슴을 파고 들며 나는 이와 같이 말했습니다. 캐리 죠오지는 파고드는 나를 더 바싹 안을 뿐으로 댓구는 하지 않았습니다.

나의 몸에서는 식은 땀이 자꾸 흘러 내렸습니다. 이마의 것만은 캐리 죠오지의 수건으로 씻기웠어요.

"차래. 약혼은 언제 했어요?"

나의 이마의 땀을 씻어주며 묵묵하던 캐리 죠오지가 한참만에 묻는 말입니다.

“조국에 돌아오던 날 저녁이에요. 곤이 열네살이구 내가 아홉살이었어요. 그때의 곤은 무섭잖았어요. 애국자인 곤의 아버지와 나의 아버지가 우리들의 약혼을 결정지었을 때 곤이 웃고 있는걸 나는 보았어요. 나와 등을 지고 앉아 있었지만 벽에 크게 출렁이는 그의 그림자는 썩 잘 보였어요. 곤이 전선에 가던 일도 나는 기억하고 있어요. 눈이 마구 쏟아지고 있었어요. 그런 중에서도 곤은 나에게 참으로 샹냥스런 어조로 어머니 아버지를 모시고 잘 있으라고 소리를 쳐 주었어요.”

“어느 전선에 있지요?”

“그걸 몰라요.”

“편지 없었어요?”

“한번두 없었어요.”

“전선에 나간건 언제지요?”

‘9 · 28 수복 직후 였어요. 나간 뒤에 한번두 소식이 없었어요. 병사구사령부에 가서 알아 봤더니 전사했다는거에요.”

“그래요?”

캐리 죠오지는 낮은 소리로 웨쳤읍니다.

“그런데 지난 여름 상매 사촌 오빠한테서 소식을 들으니깐 그분하고 같이 있을 때까진 건재했다구요. 그분이 곤의 사진을 가지고 있었어요. 그걸 지금 내가 가지고 있어요. 사진에도 웃고 있었어요. 떠나 갈때 보다 아주 어른이 돼 있겠지요. 사진은 참으로 상냥해요. 조금두 무서운 티가 없어요. 그런데 꿈에는 무섭게만 나타나요. 언제나 무서운 무기를 들고 나를 위협하는 거에요. 죽이자고 덤벼드는 거에요. 나는 언제나 고함을 치며 쫓겨다니다가 깨군 해요. 깨고나면 전신이 푹 젖어요. 땀에 말입니다.”

나는 거진 무의식중에 이런 소리를 했던 것입니다. 나의 이야기를 듣고 난 캐리 죠오지는 나의 뺨에 자기의 뺨을 들려대고 한참이나 잠잠히 있다가

“차래양은 빨리 병이 나아야 하겠어요. 병이 나면 그런 꿈을 안꾸어요.”

하는 것이었어요.

그날 저녁 늦게사 캐리 죠오지는 돌아 갔읍니다. 그는 몇번이나 꿈을 꾸지 말고 푹 자도록 하라고 당부 했읍니다. 나는 그의 말대로 꿈을 꾸지않고 잠을 자려고 노력 했읍니다. 그의 꿈도 곤의 꿈도 꾸지 않으려고 했읍니다. 마는 여니 밤이나 마찬가지로 그의 꿈을 꾸다간 곤의 꿈을 꾸고 곤의 꿈을 꾸다간 그의 꿈을 꾸곤 하는 것이었어요. 그런데 그의 꿈이나 곤의 꿈을 꾸고나서 식은 땀을 흘리지 않는 것은 이상했읍니다. 언제나 꿈을 꾸고나면 식은 땀이 철철 흘렸는데. 그것은 그의 꿈이나 곤의 꿈을 여니 때 모양으로 심각하게 꾸지 않은데 원인이 있을지 모르겠읍니다.

캐리 죠오지와는 상당한 시간을 보내면서 이야기도 하고 노래도 부르고 화집(畵集)도 구경하고 했지만 곤은 잠간 나타났다가 사라지는 것이었어요. 그것도 어느 어둠컴컴한 골목길이 었어요. 내가 이쪽에서 나가려는데 곤이 저쪽에서 마주 들어오고 있는 것이 었어요. 늘 같이 지내던 사람들 처럼 우리는 서로 웃고 지나쳐 버렸던 것입니다.

이튿날 아침 어머니는

"지난 밤은 좀 자더구나."

하시곤 나의 얼굴을 찬찬히 들여다 보시는 것이 었어요.

"네. 무서운 꿈만 안꾸면 잠두 잘 잘 수 있을건데……."

"병이 차차 나으면 꿈두 안꾸겠지. 캐리 죠오지가 또 오겠다더냐?"

어머니는 내가 잠을 잘 잔 까닭이 캐리 죠오지가 다녀간데 있다고 생각 하시고 이렇게 물으셨어요.

"안요. 아무 말 없었어요."

"아래 내려 와선 또 오겠노라고 하던데?"

"또 오겠나 보지요."

나는 캐리 죠오지에게 아주 무관심한 것처럼 보이려고 노력 했읍니다.

"너의 아버지더런 군의관을 데리구 오겠다고 하더라는데."

“군의관? 미국사람을?”

“미국사람이면 어떠냐? 아무렇면 병이 나아야 하잖니.”

“의살 안뵈두 병이 나아요. 하필 왜 미국의살 뵈요.”

“미국 의사가 병을 더 잘 볼거 안야? 너 아버진 미국의사만 뵈면 병이 당장 날게라구 그러신다.”

“그런 소리 좀 마세요. 미국사람이람 모두들 사죽을 못쓰구 야단이예요.”

내가 소리를 빽 지르니까 어머니는 더 다른 말을 못하고 내려가셨어요. 어머니한테 빽 지른 소리는 나 자신에게 지른 소리 일지도 모른다는 생각을 이어 나는 했던 것입니다.

태풍지대(颱風地帶)

그날은 마침 일요일이어서 캐리 죠오지가 아침 일찍 군의관을 데리고 왔었읍니다. 군의관은 진찰을 다 마치고 나서 극도의 신경과민증이라 말하고 산장(山莊)이나 바닷가 같은 조용한데 가서 휴양하는게 좋겠다는 것이 었읍니다.

창가에 가서 밖을 내다 보고 있던 캐리 죠오지가 이쪽을 향하지 않고

“다른덴 나쁘지 않아요? 좀더 자세히 보아주십시오.”
했읍니다.

“자세히 보았읍니다. 몸이 몹시 파리하셨길래 폐가 침범되지 않았을가 염려를 했는데 폐는 나쁘다고 할 정도가 아닙니다. 지금 잘 조섭하면 걱정 없겠읍니다.”

군의관은 캐리 죠오지에게 정중히 대답해 주었읍니다. 캐리 죠오지는 내가 옷을 바로 입기 까지 그냥 창밖을 향해 서서 군의관의 말을 듣는 것이었어요.

“감사합니다.”

옷을 바로 잡은 뒤에 나는 군의관에게 인사를 했읍니다. 이 소리에 캐리 죠오지가 이쪽으로 돌아서며

"수고 하셨읍니다."

라고 공손히 인사 했읍니다. 그것은 군의관에게 하는 인사도 되고 나에게 하는 인사도 되었던 것입니다. 나와 군의관을 번갈아 보며 했으니까요.

"차래양. 땀을 씻으십시요."

캐리 죠오지가 자기 손수건을 꺼내 주었읍니다. 그러나 나는 고맙다는 인사만 했을 뿐 수건을 받지 않았읍니다. 군의관 앞에서 캐리 죠오지와 가깝다는 눈치를 보이기 싫었던 것입니다. 나는 그저 땀만 철철 흘리고 있었어요.

땀을 흘리게 된 원인이 다른데 있지 않았읍니다. 내가 큰 뒤에 나의 육체를 남에게 보인 일이 없었는데 생전 보지도 못한 젊은 군의관에게 가슴 전부를 들어내 보인 일이 부끄러웠던 것입니다. 나는 이상하게 남보다 가슴이 불룩해서 평소에도 이것을 좀 적게 하려는 노력을 해 온 터 입니다.

"누우십시오."

군의관이 권했읍니다. 캐리 죠오지가 베개랑 고쳐 놓으며 서둘어 주었읍니다.

"어떻습니가?"

어머니는 밖에서 기다렸던 모양으로 내가 자리에 눕자 미달이를 열고 조심스레 물어 보았읍니다. 아버지는 아랫층에 계신 모양으로 기침 소리만 쿨룩쿨룩 들려 왔읍니다.

"조금도 염려스런 병이 아닙니다. 잘 휴양하면 곧 낫겠읍니다."

군의관이 어머니한테 정중한 태도로 보고했읍니다.

군의관과 캐리 죠오지는 이어 일어 섰읍니다. 아랫층에 내려가서 아버지와 무엇을 이야기 하는 캐리 죠오지의 음성이 들렸읍니다. 그리고 그들은[69] 전송하는 아버지와 어머니 소리가 나더니 부르릉 찦 차 소리가 났읍니다. "그들은 갔구나." 이렇게 중얼거리며 나는 기인 한숨을 쉬었읍니다. 말 할 수 없는 고

---

69 '그들을'의 오식.

독감이 나를 마구 휩싸고 달려드는 것이었어요.

"캐리는 뭣땜에 그렇게 빨리 간담."

캐리 죠오지의 일이 야속스럽게 여겨졌어요.

나는 어머니를 불렀어요. 어머니가 올라 오시지 않고 아버지가 바삐 올라 오셨지요. 아버지는 내가 어머니를 부르기 전 부터 올라 오려고 하셨던가 봐요.

"죠오지씨가 이제 약을 가지구 온댔어. 너를 경주나 마산같은데 보냈으면 좋겠다구 그러더라. 너 그런데 좀 가서 병을 고쳐가지구 오너라. 비용이야 죠오지씨가 담당해 줄게 아니냐."

아버지의 이런 말씀을 듣자 나는 그냥 그 자리에서 죽어버리고 싶은 생각 뿐이었어요.

"난 아무데두 안가요. 가구싶지 않아요. 여기서 죽어 버릴테요."

나는 한줄에 이런 말을 쏟아 놓았읍니다. 아버지는 어처구니 없다기 보다 울화가 치미셔서 눈을 뚝 부릅뜨시고 나를 내려다 보시는 것이었어요.

"이 개같은 년아. 애비가 말함 딱딱 맞서 가지군……죽겠음 죽구, 뒈지겠음 뒈져라. 난 모른다."

아버지가 미닫이를 꽉 닫치고 내려가신 뒤에 나는 그냥 목을 놓아 울었읍니다. 캐리 죠오지가 온 뒤에도 울고 있었읍니다.

캐리 죠오지는 아무 말 없이 내가 끄치기를 기다리고 있었어요.[70] 혹은 울고 싶은대로 울라고 가만 놓아 두었는지도 몰라요.

"용서하세요. 캐리씨."

한참만에사 나는 울음을 끝이고 말했어요.

"언짢은 일이 있었던가요?"

"안예요. 괜이 울었어요."

70　'있었어요'의 오식.

“신경과민 에서 오는 증세예요.”

캐리 죠오지가 이와 같은 말을 하며 씩 웃었읍니다. 그의 말을 듣고 보니 그렇기도 한 것 같았읍니다. 아버지를 탓할 것도 없었던 것입니다. 내쪽에서 어머니를 부르지 않았더면 아버지가 올라 오시지 않았을지도 모르는 일이고 혹시 아버지가 올라 오셨더라도 아버지의 말씀을 듣고만 있을 것을 그랬다는 생각이 들었읍니다.

“캐리. 내가 이러다간 멸망하고 말것 같아요.”

“그건 또 무슨 소리요?”

“이렇게 내 마음을 내가 걷잡을 수 없으니 말입니다. 약을 먹어 가지곤 병이 안나을 것 같아요. 내가 내 마음을 걷잡을 수 있어야 병이 나을 것 같아요.”

“그렇다면 맘을 걷잡는 방법을 강구해 봐야지.”

“나는 학교에 나가야 하겠어요. 그래야만 병이 나을 것 같아요.”

“그래두 우선 어느정도 움직일 수가 있어야잖아요?”

“맘 먹기 탓이예요. 쓰러지지 않겠다고 이를 악 물면 될것 같아요.”

“그렇더라도 우선 주사부터 맞아 보십시요. 약도 먹구요.”

캐리 죠오지가 상자곽에서 약과 주사를 끄집어 내놓았읍니다.

“주살 누가 놓습니가?”

“내가 놓지요.”

“놔 보신 일이 있어요?”

“지금 가서 배웠지요.”

“지금 금새 배워가지고 돼요?”

“군의관도 그런 말을 했읍니다 마는 몇번 안해서 아주 익숙해 졌어요. 군의관이 놀라리 만큼⋯⋯.”

“정말 괜찮겠어요?”

“내가 놔야 차래양의 병이 속히 나을 것이라는 신념을 가지게 되니까 이내 익숙해 지더군요. 이것봐요. 내 팔을……."

캐리 죠오지가 왼팔을 내밀어 보였읍니다. 그의 왼 팔에 주사 바늘 꽂힌 자국이 있었읍니다. 팔 목에서부터 팔꿈치 사이를 오르내린 자국이 쉰곳도 넘는 듯 했읍니다.

"왜 이렇게 많이 맞으셨어요?"

"그래야만 잘 놀 수 있으니까."

"누가? 캐리가 손수 논거예요?"

"그래요."

"어머나. 어쩌나."

나는 벌린입을 다물 수가 없었읍니다.

"아프지 않으셨어?"

"안요."

캐리 죠오지는 미소와 함께 머리를 흔들었읍니다.

나는 아무 말 없이 바른 팔을 그의 앞에 내밀었읍니다.

그는 아주 익숙하게 주사기에 약을 넣었고 주사 바늘을 나의 혈관에 꽂았읍니다. 깜붉은 피가 주사기안으로 들어 갔읍니다. 캐리 죠오지가 재빨리 팔에 매인 고무줄을 끄르는 것이 었읍니다. 나는 단단히 쥐었던 주먹을 폈읍니다. 캐리 죠오지가 주사기를 조심스레 누르는 것이 었어요. 주사약이 천천히 전신에 퍼지는것을 감각할 수 있었어요. 몸둥아리의 일부분이 후꾼해지는 것이 었어요. 나는 캐리 죠오지의 체온(體溫)이 나에게로 이동(移動)되는듯한 따사로움을 느끼지 않을 수 없었읍니다.

"캐리."

나는 그의 깊고 푸른 눈을 들여다 보며 이렇게 불렀읍니다. 그의 눈은 언제나 정을 느낄 수 있었읍니다. 주사기에 전부를 집중시키고 있는 그 순간의 그의 눈은 무엇에 비길 수 없으리만큼 좋고 아름다운 것이 었읍니다.

"왜. 아파요?"

그는 바늘 끝에서 눈을 떼지않고 물었읍니다.

"안요. 아프잖아요."

"그렇거던 좀 참아요. 이제 곧 다 돼가요."

여전히 바늘 끝에서 눈을 떼지않고 말했읍니다. 몸이 울릴것을 염려해서 캐리 죠오지는 조용히 낮은 음성으로 말하는 것이 었어요. 그래도 그의 음성은 굵고 궁글어서 옆에 있는 사람에게 까지 파동이 오는듯 했던 것입니다.

주사가 끝난 뒤에 캐리 죠오지는 약을 먹여 주었읍니다.

"고마워요. 캐리."

긴장하고 난 뒤여서 그런지 그는 상기되어 있었읍니다. 콧등에 땀방울까지 송송 솟아있었어요.

"오늘밤은 아무 꿈도 안꾸고 잘 잘 것 같아요. 그리고 내일쯤은 병이 말짱히 나을것 같구요. 그리고 모래부턴 학교에 나가겠어요. 졸얼시험[71]은 못쳤지만…."

"그렇게 빨리 나을라구……. 웬만함 조용한데 가서 두어달 있다 오는 것이 어때요?"

"그건 안됩니다. 졸업을 해야하겠어요. 모래부터 학교에 나가겠어요."

"나도 차래양이 학교에 갈 수 있게 되는 날을 기다리고 있읍니다."

"고맙습니다. 캐리, 캐리."

캐리 죠오지는 말 없이 대신에 나의 이마에 그의 입술을 갖다 대었읍니다. 아까 주사 약이 혈관을 통하는 때와 같은 따사로움이 전신을 와락 휘덮는 것이었어요.

이것이 계기가 되어 그와 나는 또 맹렬히 포옹 했읍니다. 한낮을 그렇게 지나고 밤이 깊어서도 그렇게 계속 했읍니다. 끝내 캐리 죠오지는 영문[72]으로 돌

71　'졸업시험'의 오식.

72　영문(營門).

아가지 못했읍니다.

그와 나는 우리 자신도 모르는 사이에 어떤 일을 저지르고 말았읍니다.

처음엔 캐리 죠오지가 서들었읍니다.[73] 그러나 나는 강력히 그를 뿌리쳤던 것입니다. 그는 내가 뿌리치면

"차래. 용서해. 잘못했어. 다시는 이런 짓을 안할께."

하고 애원하는 것이었어요. 그러나 또 얼마 안가서 캐리 죠오지는 똑같은 짓을 되풀이하려 들었읍니다. 다섯번 까지는 강력한 힘으로 그를 뿌리칠 수 있었읍니다. 마는 그 다음번의 것은 어찌할 도리가 었없읍니다.[74]

힘이 지친것이 아니었어요. 힘은 더욱 더 솟아 났어요. 나의 몸둥아리 어디에 그런 힘이 숨어 있었는지 모를 일입니다.

머언 동네에서 닭우는 소리가 들리기 까지 우리들은 잠을 잘 수가 없었읍니다.

이튿날 아침 깨어서야 밤에 눈이 온것을 알았어요. 캐리 죠오지는 아침 일찌기 돌아갔읍니다. 캐리 죠오지는 아무도 밟지 않은 흰눈을 밟고 돌아 갔읍니다. 나는 창을 열고 그를 내다 보았어요. 그는 몇번이나 쳐다보며 손짓을 했어요. 어머니 아버지는 모르는척하고 있었어요. 그는 점심시간을 타서 다시 나왔다 갔읍니다. 아침에 주사 놓는것을 잊어버리고 갔기 때문이라고 말했으며 그는 일이 손에 잡히지 않고 우리 집에만 오고 싶더라는 말을 했읍니다.

저녁이 지난 뒤에 상매와 현영훈이가 와서 놀았어요. 상매는 내가 앓는 동안에 여러번 왔다 갔읍니다. 현영훈은 마산있는 외가에 가 있다가 며칠전에 올라 왔다는 것이었어요.

지난 여름에 찍은 사진이랑 가지고 왔읍니다.

---

73 '서둘었읍니다'의 오식으로 보임.
74 '없었읍니다'의 오식.

“너 참 잘 됐더라.”

상매가 여러 장 속에서 나의 사진을 골라내며 말했읍니다.

“기술이 그만이니까요. 허허허!”

현영훈이 나의 사진을 골라내며 익살을 부렸읍니다.

과연 사진이 썩 잘 돼 있었어요. 그중에도 나의 것은 훌륭했어요.

“이거봐. 이런건 꼭 여배우 같잖어?”

나는 상매 손에서 사진을 받아 들었읍니다.

“옳지 그사진 말이지? 그건 ‘에리자베스 테일러’[75] 같더라.”

현영훈이 나의 손에 들린 사진을 넘겨다 보며 한 말입니다.

나도 그것이 제일 마음에 들었어요.

캐리 죠오지에게 보여주고 싶다는 생각이 났어요.

그리고 상매에게 캐리 죠오지를 만났다는 이야기를 하고 싶었어요.

“상매야. 캐리가 왔다 갔다.”

“뭐? 그래? 언제?”

상매는 놀라기까지 하는 것이었어요.

“어저께 왔었어. 또 올지도 모른다.”

“그래? 그럼 좀 만나고 가야겠어.”

“그래라.”

나는 상매에게 캐리 죠오지를 만나게 하고 싶었읍니다. 그것은 상매가 캐리 죠오지를 무척 좋아 하는 탓인지도 모르겠어요. 나는 캐리 죠오지가 상매한테 환영받는 일이 유쾌했읍니다.

“캐리가 누구야?”

현영훈이가 상매에게 물었읍니다.

“캐리 죠오지라는, 참 좋은 청년이 있어요. 인제 올지 모른다니까 오빠두 만

75　엘리자베스 테일러(Elizabeth Rosemond Taylor, 1932~2011).

나보세요.”

이런 말을 하고 있는데 미닫이에 ‘녹크’ 소리가 났읍니다.

번뇌(煩惱)와 희열(喜悅)

“캄인.”

상매가 댓구를 하면서 미닫이 쪽으로 일어서 나가는 것이었어요. ‘녹크’[76] 소리가[77] 나도 캐리 죠오지가 온줄 알고 ‘캄인’을 외치려던 참임으로 먼저 서둘어 주는 상매의 일이 고맙고 흡족하지 않을 수 없었던 것입이다.[78]

미닫이가 열리고 상매가 손을 내밀어 캐리 죠오지의 손을 잡아 흔들고 그리고 캐리 죠오지는 벙실벙실 웃으며 상매에게 말하는 것입니다.

“만나 뵈서 반갑습니다. 안녕하세요?”

열린 미닫이 저쪽엔 눈을 떠 이고 섰는 나무가 바람에 약간씩 흔들리고 있었읍니다. 어느 영화에 한 장면을 보고 있는듯한 착각을 느꼈읍니다.

그만큼 캐리 죠오지와 상매는 나의 눈에 좋게 보였던 것입니다.

“오빠예요. 미스터 캐리.”

상매는 돌아서면서 현영훈을 캐리 죠오지에게 소개했어요. 현영훈은 묵묵히 일어나 캐리 죠오지의 손을 잡아 흔들고 나서

“지금 마악 당신 이야길 했지요.”

했읍니다.

“제 이야기요? 부족한 인물이라고 평하였읍니까?”

“안요. 대단히 좋은 청년이라고 나의 누이 동생이 말해 줬어요.”

76　‘녹크’의 오식.

77　‘소리가 들리자’의 오식.

78　‘것입니다’의 오식.

캐리 죠오지는 상매를 건나다 보고 목례를 하고나서

"행복합니다."

라고 말하는 것이었어요.

캐리 죠오지가 '행복'하다고 하는 말에서 나 자신도 캐리 죠오지가 느끼고 있는 행복감을 느끼게되는 것을 깨달았읍니다.

나는 캐리 죠오지의 조용한 눈을 물끄럼이 응시하고 있었읍니다. 캐리 죠오지가 물끄럼이 응시하는 나의 시선을 감각했던지 나에게로 시선을 돌리는 것이었어요. 나는 눈을 감아버리고 말았어요.

그의 시선이 나에게 돌리자 그가 나의 이마에 입을 대었을 때와 같은, 또 그가 나에게 행동한 모든 애무의 표시와도 같이 나를 견딜 수 없게 했던 것입니다.

그를 와락 껴안고, 또한 껴안 기우고 싶은 충동에 나의 몸은 경미하게 떨리기까지 했던 것입니다.

"한국에 오신지 오래 됩니까?"

현영훈이가 캐리 죠오지와 나와의 시선이 부딛친것을 보았던지 그것은 모르겠읍니다. 아무튼 현영훈의 물음으로 해서 캐리 죠오지와 나와의 시선이 갈라진 것만은 사실입니다.

"녜?"

캐리 죠오지가 당황히 되물었읍니다.

"한국에 언제 오셨느냐 말입니다?"

"녜. 일년반가량 되나봐요. 아니 이태가 가까워 오는군오.[79] …인제 한국을 완전히 안것 같읍니다."

캐리 죠오지는 이말 끝에 나를 훌쩍 보았어요.

---

[79] '오는군요'의 오식.

“그다지 존 인상은 아아닐걸요.”[80]

흘쩍 보는 캐리 죠오지에게 내가 한 말입니다. 그의 머리 속에 들어 있는 한국은 씨원치가 않을 것 같은 불안이 떠 올랐던 것입니다. 위선 우리 아버지로부터 받은 인상만 하더라도 싫은 편에 속할 것이니까요.

“천만에. 나는 한국처럼 존데가 없으리라고 생각됩니다. 처음 인정풍토가 낯설 땐 다소의 불안정감 같은걸 가졌지만 차차 지나는 사이에 그런 불안정감이 일체 말소되고 인젠 아주 조국과 같은 푸근함을 느끼게 됩니다.”

“고마워요. 미스터 캐리.”

상매가 펄쩍 뛸 것처럼 반가워 했어요.

“다 여러분의 덕택이지요.”

이렇게 말하면서도 캐리 죠오지는 나에게로 뜨거운 시선을 돌리는 것이었어요. 이것을 현영훈이가 보아 버렸습니다. 현영훈의 기색이 달라지는 것이 아니겠습니가. 캐리 죠오지와 나와의 오고가는 시선이 범상치 않은것을 현영훈이가 알게 되었다는 말씀입니다.

“미스터 캐리. 냉면 또 잡수시겠어요?”

상매가 캐리 죠오지의 텁텁한 면을 보여주려고 한말인지 몰라요.

“냉면? 네. 먹겠습니다. 맛이 있읍니다.”

캐리 죠오지가 한국어로 말했읍니다. 상매와 나는 방안이 흔들리게 웃었읍니다. 그러나 현영훈은 웃지 않았읍니다. 캐리 죠오지는 현영훈이가 웃지 않는 눈치를 알아채었던지 웃음을 무뜩 멈추었어요.

“한국어가 아주 익숙하군요?”

현영훈은 캐리 죠오지가 나한테서 배운줄 알았던 모양으로 이렇게 비꼬듯 해물었어요.

“부대에서 배웠읍니다.”

---

80 ‘아닐걸요’의 오식.

이것도 캐리 죠오지는 한국어로 말했읍니다.

캐리 죠오지는 나를 만나지 않은 사이에 한국어를 열심히 공부하고 있었음을 알았읍니다.

"오빠. 어때요? 우리 머리 속에 들어와 있는 미국사람 하고는 다르잖아요?"

상매가 현영훈을 돌아다 보며 우리 말로 캐리 죠오지를 자랑 했읍니다.

"왜들 이리 열중해 가지고 야단이야?"

현영훈의 말투는 퉁명 했어요.

어떤 적의(敵意)를 가지려고 하는듯한 눈초리였어요.

"오빤, 괜히 그러셔. 오빠 보단 내가 사람 보는 눈이 나아요. 더욱이 차래양의 날카로운 눈이란 따를 사람이 없을거야요."

캐리 죠오지는 세사람의 눈치를 살피고 있었읍니다. 다 알아 듣지는 못하지만 현영훈의 기색을 보아서 그가 자기를 탐탁지 않게 여기는 것을 알고 있는 듯 했읍니다.

"미스터 캐리. 냉면 외에 한국 요리중에서 다른걸 디려도 좋아요?"

"예. 좋습니다. 무엇이든지 다 먹어보고 맛을 알아두지요."

이 말 역시 한국어로 했읍니다. 상매가 음식을 시켜 오려고 외투를 입는 것이었어요.

"상매 네가 가지말구 어머니더러 좀 시켜다 달라구 그래."

나는 상매가 나간 뒤의 방 분위기를 염려했던 것입니다. 상매는 내 말대로 어머니한테 말씀 드리고 이어 올라 왔어요.

"애 차례야. 너 아버지가 한턱 하신다고 그러시더라. 미스터 죠오지랑 오셨다고……."

한참만에 어머니가 상을 채려들고 올라 오시고 아버지가 어머니 뒤를 따라 들어 오셨어요. 아버지 손에는 양주병이 들려 있었어요. 아버지는 일터에서 가끔 양주를 들고 돌아오셨어요.

"이걸 한잔씩 나누시요."

아버지가 캐리 죠오지와 현영훈을 번갈아 보아가며 말씀했습니다.

"고맙습니다."

캐리 죠오지는 아버지에게 머리를 약간 숙으렸읍니다. 현영훈은 잠잠히 앉아 있었어요. 나는 그가 그렇게 앉아있는 것이 마음에 걸려서

"현선생. 우리 아버지 어머니예요."

하고 부모님을 소개하려고 했어요. 그러나 내 말에 현영훈은 그냥 그대로 있고 상매가

"얘. 벌써 아까 소개 했어. 들어 올때 말이야……."

하는 것이었어요.

"그래? 용케 잊어버리지 않았구나."

"애두. 그런걸 왜 잊어 버리니? 어른한테 인사 여쭤야지."

상매는 본래부터 매사에 면밀했으며 더욱이 누구에게 인사드리는 일 같은 걸 빠뜨리지 않았읍니다.

"어서들 들어요. 죠오지 군 자네두 먹게."

아버지는 어느새 캐리 죠오지에게 '군'이라고 붙였으며 '자네'라고까지 붙이면서 말을 놓았읍니다. 아버지와 캐리 죠오지와의 사이는 늘 긴밀하게 이어간다는 것을 추측 할 수 있었어요.

내가 캐리 죠오지를 만나지 않은 사이에도 아버지는 늘 그와 연락이 있었다고 짐작이 갔읍니다. 어머니도 캐리 죠오지에게 전보다도 한결 따뜻하게 대하시는 것 같았읍니다.

음식은 중국 요리였어요. 저까락을 집으면서 현영훈이 캐리 죠오지에게 한국요리가 아니어서 섭섭하겠다고 한마디 빈정거려 주는 것이었어요. 그러나 현영훈은 캐리 죠오지가 잔에 따라주는 술을 순순히 받고나서 자기도 캐리 죠오지 잔에 따라주는 것이었어요.

상매와 나에게는 캐리 죠오지가 권했읍니다마는 현영훈의 한마디 말로 인해서 캐리 죠오지는 얼굴을 빨갛게 물드리며

"용서해 주십시요."

라고 사과 했읍니다.

현영훈은 여학생에게 술을 권하는 건 실례라고 말했던 것입니다. 그리고 덧붙여서

"창부나 양갈보 따위면 몰라두……."

했읍니다. 이 말에서 분위기는 더욱 험악해 졌읍니다.

상매와 나와의 식사가 끝난 뒤에도 두사람은 술을 따라주고 받고 해가며 마시는 것이 었어요. 어둠이 짙어 오면서 전등의 윤곽이 뚜렷해져 오는 것이 알렸읍니다.

"전등이 밝아서 술맛이 나는데."

현영훈이가 내게도 아니고 상매에게도 아니고 캐리 죠오지에게도 아니고 혼잣 소리처럼 말하는 것이 었읍니다. 마는 이말에서도 나는 가슴이 뜨금 해 짐을 깨달았던 것입니다.

우리집 전등은 캐리 죠오지를 알게 된 후 얼마 안 되어 근처 ×군단으로부터 끌어들인 특선이 었어요. 나는 이 전등불로 해서 일찌기 괴러워[81] 해 본 일이 있기 때문에 현영훈의 말에 한층 가슴이 뜨금해 졌던지 모릅니다. 그 이유를 밝힌다면 소위 양부인이라는 별칭을 받는 사람들 집에는 죄 다 ×군단의 전기를 끌어다 켰던 까닭입니다.

캐리 죠오지와 현영훈은 한잔 두잔 거듭 할 수록 얼굴이 붉어 갔어요. 평소에 창백하기만 하던 캐리 죠오지의 붉그레한 얼굴은 말 할수 없이 나를 흔들어 놓았읍니다.

"미스터 죠오지, 지금 당신은 연앨 하고 있잖소?"

현영훈이 유창한 영어로 캐리 죠오지에게 물은 말입니다. 짐작컨대 현영훈은 캐리 죠오지에게 이 말을 하기 위해서 한참 벼른 것 같았어요. 그는 한참동

---

81 '괴로워'의 오식.

안 아무 말 없이 술잔만 비우곤 했던 것입니다.

“그렇게 뵙십니까?”

“당신은 연애 결혼으로 ‘꼴인’ 시킬 자신이 있나요?”

현영훈이 캐리 죠오지의 대꾸는 하지 않고 이렇게 되 물은 것이 었어요.

“그럼요. 있구말구. 사랑하는 사람하고 떨어져 살수는 없는 일입니다.”

“만약 당신이 한국 여성과 연애한다고 하더라도 결혼에까지 ‘꼴인’ 할 자신이 있단 말이죠?”

“그렇읍니다. 생명과 바꾸는 한이 있더라도……”

캐리 죠오지가 이와 같은 간단한 대꾸를 던지면서 나의 표정을 살폈읍니다. 전신이 온통 뻣뻣해지는 것을 깨달았읍니다. 나는 아직 캐리 죠오지와 결혼한다는 생각에 까지는 이르러 본적이 없었던 것입니다.

그와의 넘지 못할 선을 넘긴했으나 그것은 어떤 계획이 있은 것도 아니고 준비가 있은 것도 아닙니다. 저도 모르는 사이에 아무 의식없이 그만 그렇게 되고 말았던 것입니다. 참 그야 말로 맹목적이었던 것입니다. 내처 보고 싶고 그립고 하다가 만났기 때문에 이루어진 결과 인지도 모릅니다.

그러나 이제 캐리 죠오지의 말을 듣고 그의 결심을 알고 나니 정말 그의 말과 같이 생명과 바꾸는 한이 있더라도 우리의 애정을 결혼에까지 이끌어 가야 하겠다는 결심 같은 것이 가슴 복판을 차지하고 들앉는 것이었어요. 그와 동시에 상매한테 위선 나의 결심을 알려야 하겠다는 생각을 하게 되었읍니다. 주저로울것도 없었고 두렵지도 않았읍니다.

나는 상매를 이끌고 책상 앞으로 갔읍니다.

“상매야. 나 캐리하고 결혼할테야. 그러기로 결심했어.”

“언제?”

“지금 마악.”

“그건 또 어디서 불어 온 바람이냐?”

“불어 온 바람이 아니야. 사랑하는 사람들끼리 왜 결혼을 못한단 말이냐?

물론 언어 풍토가 다른 나라 사람들 끼리니만치 불편한 점도 있기야 하겠지만 그만한 것은 애정의 힘으로 극복할 수 있을 것 같아. 불꽃처럼 피어 오르는 애정의 힘 앞에선 불가능이란게 없을 것 같구나. 네가 얘기 해 준 독일여자와 결혼한 한국 남자의 말두 기억하구 있어. 김치 깍뚝일 안먹으면 먹고 싶을 때와 같은 그런 감정이 늘 가슴 한구석에 서리워 있다는 걸…… 김치 깍뚜기 아니라 밥을 못먹는 한이 있더라도 굶으면서라도 사랑하는 사람하고 결혼해야 할 것 같아. 난 내가 캐리 죠오지를 무척 사랑하고 사모하고 보고 싶어하고 있었다는 걸 알았어. 내가 앓지 않고선 백일 수 없도록 그를 사랑하고 사모하고 보고 싶어하고 있었다는 걸 알았어. 상매야 너두 우리 결혼을 찬성해 줘. 응. 상매야."

나는 어느새 상매의 팔목을 덥썩 끌어다 안고 있었읍니다.

"알겠어. 아무튼 병부터 나아라. 네가 지금 생각하고 있는 건 모두 병적인 것 같다. 이렇게 흥분하고 나면 열이 오를지 모른다. 가 누워라."

상매는 나에게 눕기를 권하며 자리를 보살펴 주었읍니다. 마는 나는 누워있을 생각이 아니었읍니다. 밖에 나가 한바탕 눈위에 마구 딩굴었으면 씨원할 것 같이 가슴이 부풀어 오르기만 했어요. 웬일인지 나는 힘이 뻗치면서도 또 가슴이 답답해지고 울렁거리기도 했던 것입니다.

"상매. 난 지금 아프지 않다. 인제 다 나았어. 내게는 캐리를 사랑하는 일만이 남아있는 거야. 그와 결혼하는 일만이 남아 있는 거야."

"앤 참 이상하구나. 그러면서 왜 캐릴 안 만나겠다고 편지까지 했니? 그게 무슨 변덕이냐?"

상매는 나의 얼굴을 찬찬히 들여다 보며 약간 짜증을 내는 것이 있어요. 상매는 내가 캐리 죠오지에게 만나지 말자는 편지를 해서 자기 어학공부에 지장이 생기게 된 것을 늘 불만하게 여겨 온것 만은 사실이 었으니까요.

"사랑해선 안될 사람이기 때문에 그런거야. 그렇지만 인제 그런 감정의 테두리 속에 갇쳐있을 땐 지났어. 난 벌씨 캐리 죠오지와 넘지못할 선까지 넘고

야 말았어. 이건 내 잘못도 캐리의 잘 못도 아니야. 아무런 후회나 회한이 없
는 곳엔 잘못이란 있을 수 없는거라구 믿어. 이건 내가 처음 한 말이 아니야.
벌써 누차 해온 말이야.”

상매는 둥그래지던 눈을 차차 내려 감으며 머리를 숙이는 것이었어요. 그의
얼굴은 분명코 절망의 빛이 서리워 있었읍니다.

“그렇지만 난 넘지못할 선을 넘었다고 해서 결혼을 결심한건 아니야. 그와
나와의 결혼은 벌써 일찍부터 마련됐던지 모른다. 내 운명인지도 모른다.”

“너희들 미국인의 발밑에 고귀한 정신문명이 짓밟히기만 하는거야. 너희들
발자욱이 나있는덴 어디라 없이 그렇게 되어 있어.”

이것은 우리와 별도로 앉아 술을 마시고 있던 현영훈이가 캐리 죠오지에게
고래 고래 지른 소리 입니다. 나는 이소리에 나의 이야기를 종단[82]하고 말았어
요. 상매와 내가 말하고 있는 사이에 그들도 어떤 이야기에 열중하고 있었던
가 봐요. 내가 들은데 까지는 연애문제를 이야기 하던 그들이 어느새 이런 방
면으로 흘렀던 것입니다.

“그 말씀 부인하지는 않습니다. 그러나 한 개인에게 책임추궁 하는건 졸렬
한 방법입니다.”

캐리 죠오지의 어성에도 노기가 띠어 있었읍니다. 그러나 결코 그는 소리를
높이지는 않았읍니다. 마는 어간에 떠도는 공기가 심상치 않았읍니다.

“오빠. 왜 이러세요?”

상매가 그들 사이에 다가 앉으며 완화시키려 들었읍니다. 현영훈은 매우 못
마땅한 얼굴을 지어가지고 있었읍니다. 나는 현영훈의 소행이 미웠읍니다. 아
까부터 제가 코를 세워가지고 나설 이유가 어디 있느냐 싶었읍니다.

“공연히 남을 제압하려는건 졸렬한 방법이예요.”

내가 훌쩍 내받은 말이 캐리 죠오지의 말을 본받은 것 같이 되었읍니다. 그

---

82 ‘중단’의 오식.

렇지 않아도 견딜 수 없던 현영훈은 '졸렬'하다는 내 말에 어지간히 부화가 났던 모양이었어요.

"졸렬? 말을 함부로 하지 말아요. 웨들 이래? 정신을 차려. 몰체면하고 무지한 양갈보 축에 한목 끼고 싶어서 그래? 배곤이 하던 말이 기억에서 사라지지 않았어. 살아서 돌아온다던 말을……"

"배곤의 말을 꺼낼건 없잖어요? 그건 더 비겁한 행동이예요. 남이사 양갈보가 되던 말던 당신이 웬 참견이예요?"

나의 목청은 한껏 높았습니다. 아래서 어머니 아버지가 올라 오시고 상매가 중간에 가루막아 서서 말리고 캐리 죠오지는 일어나 모자를 쓰는 것이 었어요.

"캐리. 어디 가려고 그래요? 왜 가려고해요? 가지말고 여기 있어줘요."

현영훈과 상매는 더 말 할것 없고 어머니 아버지 조차 눈이 휘둥그래졌던 것입니다.

"차래야. 왜 이러니? 너 왜 이러니? 가만 누어 있거라. 응 차래야."

어머니는 캐리 죠오지에게로 다가 가는 나를 안아 눕히려고 하는 것이 었어요. 어머니의 몸이 덜덜 떨리고 있음을 알았습니다.

캐리 죠오지를 막잡는다고 해서가 아닌 것 같았어요.

"상매야. 걸어라.[83] 저게 그래 네 동무야? 더럽구나. 욕지기가 나는구나. 학생의 몸으로서 저게 무슨 행동이람…… 아까부터 실내 분위기가 눈에 거슬렸지만 설마했지. 넌 뭘 가지고 저 여잘 자랑했니. 가자. 가……."

현영훈은 집이 흔들리게 층계를 밟고 내려갔습니다. 아버지는 캐리 죠오지의 손목을 붙잡고 있고 상매와 어머니가 나를 부축해 눕혔습니다.

"캐리. 여기 앉아 주세요. 차래는 지금 매우 흥분된 상태에 있어요."

상매가 캐리 죠오지를 향해 말 했습니다. 캐리 죠오지가 나의 앞에 조용히

---

83 '거두어라(그만둬라)'의 의미로 보임.

최정희 소설 전집 2

앉았읍니다. 어머니 아버지가 내려가신 뒤에 상매는 또 한번 캐리 죠오지에게 나를 진정하도록 해 달라는 부탁을 하고나서

"캐리. 차래를 행복하게 해 주세요."

라고 또 한번 했읍니다. 그리고 상매는 캐리 죠오지에게 손을 내밀어 악수를 청했읍니다. 캐리 죠오지가 상매의 손을 잡자 힘 있게 마주 잡아 흔들며

"미스터 캐리. 부탁해요. 부탁해요."

두번 반복한 뒤에 손을 놓고 밖으로 나갔읍니다. 층계에 상매의 발소리가 끝나기를 기다리고 있던 캐리 죠오지는 나를 조용히 보아 주었읍니다. 내가 그에게로 다가 가려고한즉 그는 조용히

"누워 있어요. 그대로……주살 놔 드릴께."

캐리 죠오지가 엉거주춤히 앉아있는 나를 눌러 눕히곤 주사기 소독을 시작 했읍니다. 휘발유 '곤로'에 성냥을 긋자 파란 불꽃이 일었읍니다.

캐리 죠오지는 소독기에 물을 담고 주사기를 넣어 '곤로'에 올려 놓았읍니다. 캐리 죠오지는 무엇이나 전혀 잊어 버리고 소독에만 전력을 기우리고 있는듯 보였읍니다. 방안은 오직 고요하고 불꽃 이는 소리만이 파다닥거렸읍니다. 아랫층도 조용 했읍니다. 윗층의 고요를 다치지 않으려함에서 기침 한번 짓지 않고 있나 보았읍니다.

소독을 끝마치고 주사기의 약을 기울이는 캐리 죠오지는 얼굴을 잔뜩 찌프리고 어떤 중대한 일에 착수한 것처럼 신중하고 침착 했읍니다.

"캐리. 주살 그만두고 이리와요."

나는 엉석을 부리며 그를 불렀읍니다. 그렇게 하고 있는 캐리 죠오지가 어느 때 보다도 좋았던 까닭입니다.

"조금만 참아요. 다 돼가요."

캐리 죠오지는 나를 돌아다 보지 않고 대꾸하는 것이었어요.

"캐리! 캐리는 내가 미운게지요?"

"아니."

“그럼?”[84]

“아니.”

“캐리. 어느 쪽이에요?”

“아니.”

“난 몰라요. 캐리! 밉다는거예요? 곱다는거예요?”

“자. 다 됐어요”

캐리 죠오지는 나의 말을 알아듣지 못할 정도로 전력을 주사기에 집중했던 것입니다.

주사를 다 놓고 나서야 그는 나의 흩어진 머리카락을 이마에서 걷어주며 이마에 입술을 대어 주었어요.

“난 갈테니 차래 잘 자요. 오늘밤 잘 자고 내일 밤을 잘 자고 나면 병이 나아요. 병이 나면 모래는 학교에 가야지……”

캐리 죠오지는 애기를 타이르듯 했습니다.

“아녜요. 캐리가 있어야 나 잠을 자요. 가면 안돼요.”

조금도 거짓말이 아니었어요. 캐리 죠오지가 내 옆에 있어야 나는 잠을 잘 잘 수 있을 것 같았습니다. 캐리 죠오지 이외의 사람은 아무도 필요치 않았습니다. 어머니도 필요치 않았습니다.

“머언 행복을 위해서 가야해. 안가면 영창.”

캐리 죠오지는 일어서려 들었습니다. 나는 그를 붙잡았습니다.

“어제 밤은 왜 괜찮았는데?”

“괜찮은게 아니고 들키지 않은것 뿐이지. 뒷곁 가시 쇠줄을 들고 보초 몰래 들어갔으니까.”

하고 그는 씩 웃었습니다.

“어머나. 그걸 좀 봤더면…….”

84　연재본 참고 시 “그럼 고와요?”의 오식.

　　나도 캐리 죠오지가 쇠줄 밑으로 기어 들어가는 모양을 눈 앞에 떠 올리고 웃었읍니다.

　　캐리 죠오지는 다시 한번 이마에 입술을 대어 주곤

　　"차래. 무서운 꿈을 꾸지말구 잘 자요."

하면서 밖으로 뛰어 나가는 것이 었읍니다.

잠 안오는 밤

　　"으흥!"

　　한숨인지 신음인지 분간 못할, 일종 절규에 가까운 소리를 치면서 나는 이불을 푹 뒤집어 썼읍니다. 눈을 딱 감고 몸을 몇번 달달 구을렸읍니다. 도저히 그냥은 있을 수가 없었던 것입니다. 그러는데 창문이 덜커덕 덜커덕 흔들리는 소리가 들렸읍니다. 공중 뛰어 일어나 창문을 냅다 열었읍니다.

　　아! 캐리 죠오지가 다시 들어 온줄 알고 한 일인데 바람이 었어요.

　　바람은 언제 부터 불었던지 몰라요. 캐리 죠오지가 있을 때 부터 였는지 혹은 가고 난 뒤 부터 였는지 모르지만 눈을 휘몰아 치며 세차게 부는 것이 었어요.

　　바람이 창문을 타악 닫아 버렸읍니다. 나는 두팔을 쭉 뻗쳐서 바람이 닫쳐 버린 창문을 열었읍니다. 바람이 또 창문을 닫쳐 버렸읍니다. 나는 또 두팔을 쭉 펴서 창문을 열어 제쳤읍니다. 두번 세번 네번 다섯번 수 없이 나는 바람과 대결하는 것이 었어요.

　　"차래야. 얘가 왜 이러니? 차래야."

　　어머니가 뒤에 와서 나의 허리를 끌어 안았읍니다. 어머니는 내가 바람 하고 대결하는 중에 올라오셨던 가 봐요.

　　나의 허리를 끌어 안았으나 나는 창문에서 떨어지려고 하지 않았어요. 문턱을 꽉 부둥켜 안고 밖을 쏘아 보았어요. 무한으로 펼쳐진 공간, 백설로 해서 엷어진 밤을 쏘아 보았던 것이예요.

“얘가 암만해두 무슨 일을 내려구 이래. 너 왜 이러니? 차래야. 어서 눕자. 어머니 하구 같이 자자.”

어머니는 나의 허리에 힘을 보내다 못해 사정을 하셨어요. 나의 흩으러질 때로 흩으러진 머리카락을 바루 잡으셨습니다. 하지만 바람이 그렇게 씽씽 불어오는데 바루 잡아져야 말이지요.

“가만 놔 둬요. 왜 날 못견디게 구는거예요. 난 어머니하구 같이 안잘래요. 난 아무두 싫어요. 날 가만 놔 둬요. 가만 놔둬요.”

나는 어머니를 털어 버리면서 투정을 부렸습니다.

“글쎄 가만 놔 둘께. 내가 안잘께 저리 가 누워라. 너 이럭함 못쓴다. 병이 더친다.”

어머니는 창문을 닫으셨습니다. 문턱을 꼭 부둥켜 안았던 나의 두 팔은 어머니를 끌어안았던 것입니다.

“나 어떡함 좋아요? 어머니. 나 어떡함 좋아요?”

어머니는 나를 끌어다 자리에 눕히려고 했어요.

“죠오지가 네 병을 고치려구 그렇게 애쓰는데 이래서야 쓰겠니?……”

“누가 고쳐요? 캐리가 병을 고쳐요? 그것땜에 골탕을 먹는 거예요. 생명을 걸구라두 결혼한다던 것이 왜 날 혼자 두구 가느냐 말이예요. 왜 혼자 두구 영창이 무섭다구 가는 거예요.”

어머니의 부축을 받아 자리에 누으면서 나는 소리소리 질렀습니다.

“차래야. 죠오지군이 영창이 무서워 간줄 알구 있구나? 그게 아니야. 죠오지군은……”

어느새 아버지가 방안에 들어 서시며 하신 말씀 입니다. 아버지는 문밖에서 엿듣고 계셨던지 모릅니다. 나는 아버지의 이런 행동이 싫었어요.

“아버지는 왜 또 올라 오셨어요? 아버지는 아무 말씀두 말어 주세요. 남의 아버지들은 웬만한 일은 모르는척 하시던데 ─ 상매 아버진 챙견을 통 안하시던데 아버진 가랑잎만 바싹 해두 삐치시는거예요! 아버진 제가 캐리 죠오지하구 결혼

했음 만족하시겠죠? 그게 소망이시죠? 그래서 덕을 톡톡히 보았음 좋겠죠?”

“저년이 내 말이람 길 쓰고 뎀비지. 나하군 무슨 웬술 졌게 저래? 저런 지랄 좀 보겠나 원…….”

“왜 밤중에 소리를 버럭버럭 질러요? 어서 내려 가세요.”

어머니가 아버지에게 대어 드셨읍니다.

“이년들 한방맹이에 맞아 죽으려구 이래? 응 이년들. 얘 이년의 계집애야. 죠오질 내서 데리구 자래드냐? 야 이년…….”

아버지 입에서 이런 소리가 나오자 어머니는 아버지 앞에 다가 서시며

“이게 그래 부모가 자식 앞에서 할 소리람. 아이구 아이구 저리 좀 내려가지 못해? 아니 그런 말 하면서 왜 어제저녁엔 그럭하구 있었어? 아니 왜 날더러 올라가게두 못했어? 죠오지를 보내야 하겠다구 내가 이층으로 올라 가려는 걸 왜 붙잡았느냐 말이야?”

어머니가 기를 펄펄 쓰며 아버지 한테로 달려 들었읍니다. 나는 “으왕!” 소리를 치며 이불 위에 탁 쓸어 졌읍니다. 어머니와 아버지는 한참 동안 서로 자기가 옳다고 주장하다가 나의 울음 소리가 커지는 것을 알고선 아버지가 먼저 내려가시고 어머니는 나의 곁에 와서 조용히

“눈을 딱 감고 자라. 차래야.”

하시는 것이었어요.

“자겠어요. 어머니두 내려 가셔서 주무세요.”

나는 울음을 그치면서 어머니 한테 말했읍니다.

“정말 자야 한다. 아무것두 생각지 말구 자라.”

어머니는 다시 당부하시곤 내려 가셨읍니다. 어머니가 내려가신 뒤에 어머니 말씀대로 눈을 딱 감고 자려고 했읍니다. 마는 잠이 오지 않았어요.

기지개를 쭈욱 처 보았어요. 물론 눈을 감은채로 였어요. 눈을 꼬옥 감고 기지개를 쭈욱 치고 나면 전신이 노근해지며 잠이 온다는 이야길 어느 책에서 읽은 일이 기억 되었기에 한 노릇인데 잠은 오지 않았어요.

하나, 둘, 셋, 넷.

이렇게 셈을 헤어 보기 시작 했읍니다. 열을 헤이고 스물을 헤어도 여전히 휘몰아치는 바람 소리가 들려 올 뿐, 잠이 오지 않았어요.

무진 애를 쓰다가 그래도 어느 틈에(실상 내 만음[85]엔 눈을 붙쳐본것 같지 않은데) 잠이 들었던가 봐요. 캐리 죠오지가 영창에 들어 간 꿈을 꾸었던 것이 예요. 아무리 기다려도 오지 않아서 캐리 죠오지의 일 터를 찾아 갔더니 그의 상관은 나에게 캐리 죠오지가 영창에 들어 갔다는 것을 알리는 것이 있었어요. 눈을 뜨고 보니 예사롭지 않은 꿈이어서 가슴이 막 뛰놀기 시작하는 것이 었어요.

날이 얼른 밝아 주었으면 하는 초조로운 마음밖에 없었어요. 어쩌면 그다지도 밤이 더디가는 것 일까요. 창문이 어느 때 까지 흰해 오지 않더군요. 그리고 바람만 여전히 휘몰아 치더군요.

날이 밝으면서 부터는 캐리 죠오지를 기다리기에 여념이 없었읍니다. 대문이 약간씩 삐걱거려도 귀를 그리로 돌리며 숨을 죽이고 있었읍니다.

휘몰아치던 바람은 너무 고요하다고 할 정도로 잠잠 했읍니다. 바람이라도 마구 불어서 대문이라도 자꾸 삐걱 거려 주었으면 하는 생각이 였습니다.

정오의 '싸이렌'이 불고나서 좀 있다가 대문 열리는 소리가 났읍니다.

"아, 인제사 오는구나."

나는 펄쩍 뛰고 싶었으나 마음을 잔뜩 짓눌르고 그대로 누워 있었어요. 그리고 캐리 죠오지가 방에 들어서면 끔찍히 노한척 해 보이려고 준비를 하고 있었어요. 즉, 뾰로퉁한 표정을 짓고선 인제서 오는거 몰라요, 몰라요, 하려고 입안에 잔뜩 말을 물고 있었어요.

어머니와 아버지와의 주고 받는 이야기도 없이 층계에 발자취 소리가 났으며 곧 문이 열렸읍니다. 그러나 그것은 캐리 죠오지가 아니 었어요. 내가 뾰로

---

85 '마음'의 오식.

통한 표정을 지으며 "인제사" 소리를 발하려는데 상매가 엄숙한 얼굴로 들어서는 것이 아니겠읍니까. 나는 입에다 밥을 가뜩 물었을때 처럼 말을 못하고 상매를 멀뚱히 처다 보고 있었요.[86]

"차래야. 아프잖았어? 궁금해서 학교에서 오는 길에 들렸지."

"일찍 파했구나."

나는 겨우 한마디를 내 뿜었읍니다.

"오늘 두시간 뿐이야. 어제 저녁 영훈 오빠가 그럭하고 갔으니 맘이 뇌야지. 오빠가 술이 취하기도 했지만 오빠 사상이 까다롭기 때문에 그만……"

상매는 매우 미안해 하는 얼굴이 었어요. 마는 실상 나는 현영훈과 캐리 죠오지와의 언쟁에 관해선 그다지 마음을 썩이지 않았던 것입니다.

"있을 수 있는 일이 아니겠니? 현영훈씨가 잘못이라고 생각지 않는다. 오히려 고맙게 생각한다. 나두 전엔 현영훈씨만 못하잖게 미국 사람을 미워하고 싫어했어. 캐리 죠오지를 만나지 않으려하고, 그를 멀리 하려고 한것이 그가 미국 사람인 까닭이었어. 다시 말하면 전쟁하러 한국에 들어 온 외군이었단 말이다. 수 만명의 한국여성에게 '양갈보'라는 명칭을 덮어 씨워준 외군의 한 사람이기 때문이다."

"그래. 차래 너 참 용케 아는구나. 오빠가 미워한 것이 캐리가 아니야. 네 말과 같이 전쟁하러 온, 그래서 수 만명의 한국 여성을 양갈볼 만들어 놓은 그 사람들이야. 그 외군들이란 말이다. 그러면서도 오빤 또 그 사람들을 나쁘다고만 생각지 않는다. 어쩔 수 없는 일이란 말을 한다. 오빠가 어제저녁 여기서 화를 낸건 네가 곤의 약혼자라는것, 그리구 내 친구라는것, 좀 더 큰 의미에서 네가 한국의 '인데리'[87] 여성이라는데서 일꺼다."

"알았어. 상매야. 다 알구 있다. 그렇지만 인젠 어쩔 도리가 없어. 난 캐리를

---

86 '있었어요'의 오식.

87 인텔리.

사랑하지 않구선 견딜 수 없다. 그가 미국사람이건 불란서 사람이건 그런것 헤아릴 시기는 이미 지나갔다. 인젠 그를 사랑하는 일 뿐이다. 누가 뭐라건 그런것에 구애되진 않을꺼다."

"나도 알고 있어. 어저께 저녁의 네 태도를 보아서도 알수 있었고, 너의 이야기로서도 인젠 네가 캐리 죠오지의 아내가 돼야 하겠다고 생각했다. 현 오빠 지금이라도 너와 캐리 죠오지의 사이를 갈라 놓는 역할을 내게 부탁했지만 나로선 그와 반대의 역할을 하는 수 밖에 없겠다. 어떻게 캐리와 네가 훌륭히 이 환경을 뚫고 나가서 행복하게 사느냐는데 힘을 기우리고 싶다. 캐리는 확실히 존 사람이다. 그가 외국 청년이 아니라면 결혼 상대로서나 연애 상대로서나 만점이야. 인젠 주저할것 없이 '풀랜'을 딱 짜가지고 진행하자. 얘 그런데 캐리가 언제 온다고 했어?"

상매는 긴 말 끝에 캐리 죠오지가 언제 오느냐고 물었읍니다. 다른 말도 모두 반갑고 고마웠지만 이 한마디는 나를 몹시 격동시켰어요.

"글쎄 아직 안오는구나. 주사 놀러 올텐데……."

"언제 돌아 갔는데?"

"어제 저녁 너랑 나간 뒤에 곧 갔어. 안가면 영창이라면서…… 난 영창이란 말이 싫더라. 생명을 던져서라도 결혼한다던 말과는 딴 판 아냐?"

"그건 문제가 달르지. 생명을 던져 결혼하려는 의사(意思)니까 영창에 들어가는 일 같은 걸 피해야만 하겠지."

상매의 이 말도 고마웠어요. 나는 상매의 손을 덥썩 잡으며

"상매야. 넌 어찜 캐리 죠오지와 똑같은 말을 하니? 캐리두 머언 행복을 위해선 일시의 괴로움을 참아야 한다는거야. 영창에 들어가는게 무서워서가 아니래."

라고 말 했읍니다.

"됐어. 캐리는 역시 존 청년이야. 널 행복하게 해 줄수 있을거야. 국제결혼의 결함같은 것도 능히 물리칠 수 있을거야."

“고맙다. 상매야. 네가 그처럼 캐리를 이해해 주니 든든해 진다.”

나는 상매의 잡았던 손을 흔들며 그에게 치하 했어요.

“그런데 캐리가 빨리 와야 할텐데……. 위선 캐리에게 부모님과 조모님의 승락서를 받아 오게 할 것. 결혼한 뒤거나 결혼하기 전이거나 아무튼 캐리가 귀국하게 되는 경우엔 동행한다는 언약을 할 것 등등을 오늘 이야기하자. 물론 캐리 죠오지 쪽에서 이런걸 더 먼저 생각하고 있고 실행하려고 할 꺼야.”

나는 상매의 이 말에서 더 한층 큰 힘을 얻게 되었어요. 상매는 진종일 캐리 죠오지를 기다리다가 저녁 늦게사 돌아 가면서 내일 오후 다섯시에 오겠으니 캐리 죠오지에게 시간 약속을 해 놓으라는 것이 었어요.

그러나 캐리 죠오지는 끝내 나타나지 않았읍니다.

하는 수 없어 이튿날 아침 부대에 나가시는 아버지 한테 캐리 죠오지를 만나 달라는 부탁을 했어요. 아버지는 순순히 “그러마”고 대꾸해 주셨고 점심 시간에 뛰어 오셔서 캐리 죠오지가 영창에 들어 갔다고 알려 주셨어요.

“어떡함 좋아요. 꿈이 맞았어요.”

나는 자리에서 후닥닥 일어났읍니다. 전신이 마구 떨렸읍니다.

“웬만 하거든 네가 가서 자세히 알아봐라. 왜 영창에 들어 갔는지 알 수 없구나.”

“왜겠어요? 외박했다구 그렇겠죠.”

“죠오지군의 상관이 오하라 대위라고 하더라. 오하라…… 퍽 존 사람이래. 이해심이 많다구 그러더라. 좀 가서 사정해 봐라.”

내가 일어나 옷을 갈아 입는데 어머니가 올라 오셔서

“그래가지구 어딜 간다구 이러니? 못간다. 밖에 나감 쓸어지구 만다.”

고 야단을 치셨어요. 마는 도저히 그냥 있을 수가 없으므로 나는 아버지가 알려 준 오하라를 입속에 외우며 그를 찾아 갔던 것입니다. 이때만은 어머니 말씀 보다 아버지의 말씀대로 움직였어요. 가만이 따져 본다면 나는 언제나 아버지의 의사 보다 어머니의 의사를 쫓는 편이 었는데 ― .

오하라 대위

　오하라 대위는 사무실에 있었읍니다. 약간 구석진 쪽 '테이블'에서 열심히 '포오타불타이프라이터'[88]를 치고 있었어요.
　"오하라 대위님 계세요?"
하는 물음에 그는 열심히 놀리던 손을 문뜩 멈추고 '타이프라이터' 앞에서 일어서는 것이었어요. 이마가 넓은 것이 먼저 눈에 뜨이고 그 다음에 약간 놀라는 듯한 눈에 표정을 볼 수 있었읍니다. 나이가 얼마쯤 되었는지는 모르나 캐리 죠오지보다 5, 6년 연장인듯, 몸이 부대했읍니다.
　"놀라실것 없읍니다. 알아 볼 말씀이 있어서 찾아 뵈려 왔어요."
라고 말한 다음 나의 이름을 알리고 캐리 죠오지의 약혼자라고 말했읍니다. 처음으로 내 입에서 나오는 '약혼자'라는 말이 도모지 어색하지 않음을 스스로 깨달았읍니다.
　오하라 대위는 좀 더 놀라는 얼굴에 웃음을 띠우고
　"오오 그래요? 그렇던가요?"
했읍니다.
　"그런데 캐리 죠오지가 영창에 들어 갔다고 들었는데 사실인가요?"
　나는 단도 직입적으로 묻지 않을 수 없었어요.
　"미안합니다. 맘이 무척 아프시지요? 그렇지만 단 사흘 동안이니까 걱정할 것 없어요."
　오하라 대위는 미안하다는 표정과 동정하는 표정, 그리고 사흘동안이니 걱정할게 없다는 말에 가선 아주 서늘한 표정을 지으며 벙싯 웃었어요.

---

[88]　포터블 타이프라이터 : 여러 장소를 이동하면서 사용할 수 있도록 만든 타자기.

“영창엔 왜 들어 갔대요?”

“조금도 염려할 일이 아닙니다. 차래양 — 차래양이라 하셨지요?”

오하라 대위는 말을 중단하고 나의 이름을 확인하는 것이었어요. 내가 고개를 끄떡여 그렇다는 표시를 하자 그는 곧 이어서

“차래양과의 애정의 깊이를 재는 존 ‘챤쓰’가 왔으니 오히려 축하 할 일이군요.”

하곤 소리를 내어 웃었읍니다.

“무슨 말씀인지 못 알아 듣겠어요. 캐리 죠오지가 영창에 들어간 이유가 저하구 관계있는 일입니까?”

“분명한건 모르겠읍니다. 죠오지군이 말하지 않으니까……그저께 아침 저 울타리 가시쇠줄 밑으로 기어 들어 왔다는 사실이 알려졌읍니다. 그러니까 외박하고 이튿날 아침에 들어 왔다는 게 알려졌지요. 외박 했다는 것도 규률에 저촉되지만 가시쇠줄 밑으로 기어들어 왔다는건…… 으하핫!”

오하라 대위는 크게 소리를 내어 웃고야 말았어요. 나도 웃음이 날번 했읍니다. 일전 캐리 죠오지로 부터 들은 이야기가 생각났기 때문입니다.

“쇠줄 밑을 기어 들어온 걸 알게 된건 눈 때문이지요. 눈만 오지 않았더면 아무도 몰랐을지 모르지요. 눈 위에 자욱이 났으니 어떻게 해요? 순시병이 발견하고 보고 했어요. 그래서 문제가 났으니 하는 수 있어야지요. 미안합니다. 차래양.”

오하라 대위는 말을 다 하고 나서 머리를 숙여 미안 하다는 표시를 했읍니다.

나는 아무 말 없이 머리를 숙여 그에게 답례를 했읍니다.

“그런데 캐리 죠오지가 그랬다는걸 어떻게 알았던가요?”

“문제가 생기자 캐리군이 제가 그랬노라고 나섰으니까요.”

오하라 대위는 또 한번 웃었읍니다. 그리고 나선

“죠오지군은 아주 존 청년입니다. 말이 없고 실행만 하는 양심인입니다. 차

래양과의 사이를 알았더면 이번 일 같은건 용서할 수도 있는데……. 그렇지 않을 사람이 외박을 한다, 가시쇠줄 밑으로 기어다닌다 하니까 혹시 타락하는 과정이 아닌가 해서 그만……."

오하라 대위는 미안한 얼굴 색을 보이더니 말을 끊었어요.

"잘 알았읍니다. 대위님. 제가 잘 못한 탓이예요. 캐리 죠오지한텐 조금도 잘못이 없어요. 캐리를 용서해 주세요. 캐리를 내놔 주세요. 캐리가 가엾어 못 견디겠어요."

진실로 나는 미안하다는 생각과 함께 캐리 죠오지가 가엾다는 생각이 가슴을 파고 들었던 것입니다.

"염려하실것 없읍니다. 죠오지군은 내일이면 나옵니다. 내일 나오거든 사흘 동안 만나지 못했던 회포를 싫것 푸십시요. 하하하!"

"전 괜찮어요. 얼마던지 참을 수 있어요. 캐리가 가엾어서 그러죠. 얼마나 춥겠어요."

"죠오지군은 지금 다른 일보다 차래양이 보고 싶어서 못견딜 겁니다. 그게 제일 큰 고통일겁니다. 그렇게 되면 춥다거나 배고프다거나 한것쯤 아무것도 아니죠. 핫하하."

오하라 대위는 또 한바탕 웃고나서

"그럴줄 알았더면 한달가량 가둬 두는걸 그랬구만……."

하는 것이었어요. 이 말을 끝내고도 오하라 대위는 웃었읍니다. 말을 끝내고 웃었다기 보다 웃기 위해서 말을 중단 했는지 모릅니다.

나도 웃고야 말았어요.

"내일 다시 오십시오. 죠오지군의 얼굴을 보여 드릴테니……."

내가 일어서려고 하니까 오하라 대위가 나에게 이렇게 말했읍니다. 나는 이 꿈같은 소리에 눈을 크게 뜨고

"정말이예요? 대위님."

하고 되 물었읍니다.

"정말이고 말고요. 내일 다섯시면 죠오지군이 나옵니다. 내일 다섯시면 만 사흘이 되는 셈이니까……."

"고맙습니다. 그럼 내일 또 오겠어요."

사무실 문턱을 넘는 나의 다리가 건둥 들리는 것을 깨달았습니다. 나는 다시 한번 오하라 대위를 돌려다 보며

"당신의 하는 일을 오래동안 방해 해 드려서 죄송합니다."

라고 인사 했어요. 그랬더니 그는 벌쭉 웃으면서

"오늘 내가 하고 있는 일은 당신의 약혼자가 할 일이었어요."

라고 대꾸해 주었어요.

오후 다섯시에 상매가 왔어요. 상매에게 캐리 죠오지가 영창에 들어 갔다는 소식을 전했더니 상매는 깜짝 놀라며

"왜 그랬대?"

하는 것이었어요.

"가시쇠줄 밑으로 들어 갔다는군 그래."

"가시쇠줄 밑이 뭐야?"

"울타리 가시쇠줄 밑으로 캐리 죠오지가 기어 들어 갔는데 들켰다잖어 흐흐 훗!"

"얜. 뭐가 우수우냐? 캐리가 영창노름 했다는데 걱정도 안되냐?"

"글쎄. 생각해 봐라. 우습잖으냐. 꾸부정 해 가지구 그 느린보가 울타리 가 시쇠줄 밑으로 기어들어 갔다니 말이다. 그런데 재수가 없게스리 눈 때문에 들켰다는거 아냐? 기어들어 간 자욱이 눈 위에 뚜렸이 나 있었다는거야. 흐후 훗."

나는 또 웃었습니다. 그랬더니 상매가 화를 내면서

"글쎄. 캐리가 영창에 안 들어 갔다면 웃음거리가 될 얘길지 모르지만 너 참 이상하다. 어떻게 웃음이 나느냐 말이다?"

"낼 나온대. 괜찮어. 걱정할거 없어. 나 오늘 오하라라구 하는 캐리의 상관

을 만났어. 낼 다섯시면 캐리가 영창에서 나오니까 날더러 다시 자기 사무실
에 오라는거야. 만나게 해 준다구. 그런데 오하라라는 이가 아주 멋쟁이 아냐.
캐리가 추울걸 걱정했더니 추운건 문제 아니라는거야. 캐리에게 있어서의 가
장 큰 고통은 날 보고 싶은 일이라는거야. 그 고통 때문에 다른 고통을 깨달을
수 없다는거야. 얼마나 멋쟁이야. 그리구 생기기두 잘 생겼어. 캐리보다 뚱뚱
하긴 하나 명랑하더라. 너 오하라하구 사랑해라. 응 참 좋더라……."

"차래야."

상매가 나의 말을 중단 시켰읍니다. 그는 아주 분명하고 침착한 어조로 나
의 이름을 부르는 동시에 나의 옷자락을 꽉 틀어 쥐는 것이 었어요. 그리고 나
의 얼굴을 뚫어지게 들여다 보았어요. 그러다가 한참만에

"너 미쳤니? 너 아무래도 정상이 아닌것 같다. 무슨 말이나 함부로 하는구
나."

했읍니다.

나는 상매가 나의 이름을 부르며 옷자락을 틀어 줄 때 부터 상매가 왜 그러
는가를 알아채었읍니다.

"네가 날 나무래는 이유를 잘 알겠다 마는 상매야. 네가 오하라씨하고 좋아
진다면 너하구 나 사이는 더 밀접해질 것 같이 생각된다. 그리고 네가 정말 날
이해할 수 있으이라고[89] 알기 때문에 한 말이다. 또 한가지는 오하라 대위 같
은 사람하구 사랑한다면 아주 멋질것 같은 생각두 들더라."

"차래야. 차래야. 그만 해."

상매는 나의 이름을 두번 연거퍼 부르고 나서 나의 말을 중단 시켰어요.

"너의 의사를 잘 알겠다. 그렇지만 네 말을 받아 드릴수는 없다. 왜냐하면
네 생각이 틀렸기 때문이다. 난 우리 한국 여성이 한 사람이라도 미군과 가까
운 사이가 아니기를 원하는 바이다. 다시 말하면 우리 한국 여성 중에 양갈보

89　'있으리라고'의 오식.

가 한사람도 없기를 바란다는 말이다……”

“상매야!”

이번엔 내가 상매의 말을 중단시켰어요.

“넌 그러니까 날 양갈보로 아는구나? 캐리 죠오지와의 결혼을 찬성한다구
한 말두 허위였구나. 맘 속으로선 양갈보 취급을 하고 있었구나?………”

“차래야.”

상매가 나의 손목을 쌔려다 잡으면서 나를 불렀읍니다.

“너 만은 합리화 시키려고 한다. 네 경우만은 신성하게 보려고 노력한다.
노력한다기 보다 보고 있는거야. 네 인품을 알고 있고 캐리 죠오지의 교양과
인격을 믿기 때문에 ― 그러면서도 캐리 죠오지가 외국인이 아니었으면, 우
리 나라에 들어와서 전쟁하는 미군이 아니었으면 하는 생각은 늘 있다. 그 생
각 때문에 난 항상 안타까운거야. 차래야. 알겠니? 너 하나만 미군하고 연앨
하고 결혼하고 그 외의 사람은 아무도 연애도 결혼도 하지 말았으면 하는 생
각이다.”

“상매야. 네가 그러하니까 난 외롭구나. 우주 밖에 뚝 떨어져 나간것 같구
나.”

“넌 그게 존 점이요 또 나쁜 점일지 모른다. 물불을 헤아리지 않고 서둘다가
도 또 괜이 폭싹 주저 않는거. 네가 어떤 경우에 있던지 난 네 친구다. 불행한
경우이건 행복한 경우이건……”

“고마워. 상매!”

나는 상매 손을 덥썩 잡았읍니다. 상매는 잡은 나의 손을 얼른 한손으로 잡
으면서

“인제 아무것도 생각할것 없어. 더 좋고 나은 방법을 선택하는데 머리를 쓰
잔 말이야. 다시 말함 건설적인 면으로 머리를 돌리잔 말이다. 밤낮 걱정하고
고민하고 해야 소용있니. 어떻게 하면 지금 보다 나은 위치에 놓여질가 하는
걸 연구해야 된다.”

라고 타일러 주었읍니다.

끋끋하게 아무 꺼리낌 없이 술술 이야기하는 상매의 입을 처다 보면서 상매가 부럽다는 생각을 나는 하지 않을 수 없었어요.

그렇게 꺼리낌 없이 술술 이야기하고 있는 상매의 얼굴엔 영채가 번들번들 했읍니다. 구김살 하나 없이 — . 상매의 환경이 좋기 때문에 상매는 남을 타일르는 자리에 앉아 있는 것이라고 생각 했어요. 그와 동시에 보잘것 없는 — 처참하기 까지 한 나의 환경을 비관하게 되었읍니다. 캐리 죠오지를 알게 된 것도 그를 사랑하게 된 것도 온통 나의 환경이 끌어다 준 불행이라고 생각했읍니다.

이런 생각이 들자 그만 나는 통곡을 터뜨리고 말았읍니다.

"아무렇게나 사는 수 밖에. 나같은 건 아무렇게나 마구 살아두 괜찮어."

옆에 있던 상매가 이 돌발적인 사건 앞에 당황했을 것은 정한 이치입니다. 마는 상매는 조용히 나의 얼굴을 그의 양손으로 받들어 들면서 또한 조용한 어조로 나에게 긴 말을 해 들려 주는 것이었어요.

"차래야. 왜이러니? 너 왜 아무렇게나 산다구 그래? 널 행복하게 하려고 애쓰는 캐리가 있는데…… 그리고 미약하지만 내가 있지않니? 어끄저께 저녁 현 오빠랑 왔을 땐 그처럼 용기가 백 '퍼센트'더니 또 어저께만해도 명랑하더니 왜 이러는 거야? 이게 네 성격이야. 달팽이가 대가릴 내밀고 춤을 추다가도 닫치면 쏙 들어 가듯이…… 지금도 말했지만 인제 어쩌니 저쩌니 할것 아니라 존 앞날을 위해 분투 노력할것 뿐이야. 낼 다섯시를 기다려 캐리 죠오지를 맞는 일, 그러곤 결혼으로 '꼴인'할수 있는 모든 준비를 착착 진행시킬 일 뿐인거야. 알겠어? 차래야."

나는 상매의 기인 이 말을 눈물을 닦을 새도 없이 다 듣고나서 고개를 끄덕이는 수 밖에 없었던 것입니다.

캐리 죠오지는 그 이튿날 다섯시에 영창에서 나왔어요. 상매와 나는 캐리 죠오지를 맞기 위해서 오하라 대위 방에 갔었읍니다. 오하라 대위가 밖으로부

터 캐리 죠오지를 데리고 들어 서면서 캐리 죠오지의 바른 팔을 번쩍 들고

"부라보 —"

를 소리 치는 것이었어요.

상매가 의자에서 일어서 그를 맞으며 오하라 대위와 같은 소리를 마주 웨쳤어요.

상매는 캐리 죠오지의 손을 덥썩 잡곤 무수히 흔드는 것이었어요.

"죠오지 하사. 여기 또 한사람 기다리고 있잖은가?"

오하라 대위가 상매와 손을 마주 잡고 흔드는 캐리 죠오지에게 이런 말을 하면서 싱글벙글 웃었읍니다.

상매는 제가 잡고 흔들던 캐리 죠오지의 손을 그냥 이끌고 와서 나에게 쥐어 주었읍니다.

"용서하십시요."

"용서하십시오."

우리 두사람의 입에선 똑같이, 참으로 일초의 틀림도 없이 같은 소리가 나왔던 것입니다.

그는 무엇을 용서하라고 하는건지 모르지만 나는 그가 영창에 들어 간 것이 나 때문이라는 생각에서 한 말이었어요.

"나도 용서를 청합니다."

우리들의 '용서하라'는 말을 들은 오하라 대위가 벙글벙글 웃으면서 말했읍니다.

캐리 죠오지가 나의 손을 잡은채로 오하라 대위 쪽으로 얼굴을 돌리며 고맙다고 말해 주었읍니다.

"죠오지 하사. 기인 세월이 흘러간것 같지?"

"그렇습니다."

오하라 대위와 캐리 죠오지는 이렇게 주고 받으면서 웃는 것이었어요. 오하라 대위는 참 잘 웃는 사람이었어요.

오하라 대위가 잘 웃는 사람이기 때문에 방안에 분위기는 부드럽기만 했어요.

"죠오지군의 출영을 축하하기 위해서 우리 저녁식사나 같이 하십시다."

오하라 대위가 상매와 나를 여까람[90] 보아가며 한 말입니다.

"댕큐. 오하라 대위님."

상매가 얼른 오하라 대위의 말 뒤를 이어 감사의 뜻을 표했어요.

오하라 대위는 사무실에 있는 사병에게 몇 마디의 말을 하고선 우리들에게 손짓을 했어요.

밖으로 나가자는 것이었어요. 우리들은 오하라 대위의 '찚'차를 타고 '국제 그릴'로 향했어요. 오하라 대위는 휘파람이랑 불면서 무척 명랑했어요.

'그릴' 문안에 들어서니 뽀이가 구석진데 놓인 식탁으로 안내해 주었어요.

"행복한 사람들. 거기 나란히 앉으시오. 나와 미쓰 김은 이쪽에 앉읍시다."

오하라 대위는 손을 들어 자리를 가르키며 웃는 것이었어요.

우리들은 오하라 대위의 지시대로 자리에 앉았어요. 물수건이 나오고 냉수가 나오고 맥주가 나오고 요리가 나오곤 했을 때 나는 음식 먹는 법을 몰라서 땀을 몹시 흘렸어요.

세상에 나서 이처럼 으리으리한데 와 보기도 처음이고 또 이러한 요리를 구경해 본 일도 없었던 것이예요. '할빈'서 서양사람의 집 일을 해 주면서 그집에 드나들기는 했으나 그들이 음식 먹는것을 본 일은 없었던 것이예요.

상매는 서슴치않고 앞에 놓인 요리 접시에 소금을 치고 후추가루를 뿌린 다음 (사실 나는 그것이 소금이요 후추가루인것도 나중에사 알았어요.) 바른 손에 '나이프' 왼손에 '포오크'를 들고 소리 하나 안나게 조용조용히 먹기 시작하는 것이었어요. ('나이프'와 '포오크'의 명칭도 나중에 알게 되었어요.)

"어서 드십시오. 차래양."

---

90 '번갈아'의 의미로 보임.

오하라는 내가 쭈볏 쭈볏하는 눈치를 못채었던가 봅니다. 나는 오하라 대위의 말을 받아 '나이프'와 '포오크'를 들고 상매 모양으로 음식에 대었으나 도무지 상매 처럼 되지 않았습니다.

접시의 요리가 잘 썰어지지 않았어요. 음식을 입에 넣으려면 입에 들어 가는 것 보다 떨어지는 것이 더 많았습니다.

어떻게 어떻게 겨우 한접시를 먹고 나니까 또 한 접시를 가져 오는 것이 아니겠습니까. 이번의 것은 더한층 썰어 안지더군요.

전력을 다하여 썰어도 고기는 질깃 질깃 하기만 했어요. 캐리 죠오지나 오하라 대위의 것은 도무지 질긴상 싶지않게 그들은 쉽게 썰어선 왼손에 든 '포오크'로 찍어 넝큼 넝큼 잘도 먹는 것이었어요. 상매도 쉽게 썰어서 냉큼 냉큼 먹는 것이었어요.

'내것만 질긴가부다'고 여기면서 고기덩어리와 씨름이라도 하듯하고 있는데 캐리 죠오지가 손을 내밀어 나의 '나이프'와 '포오크'를 달래서 고기덩어리를 써는 것이었어요. 씨름하다 시피해도 안되던 고기가 캐리 죠오지 손에서 참으로 쉽게 썰어지는 것이 아니겠습니까.

나는 무안스러워서 쥐구멍에라도 들어가고 싶었던 것입니다. 그런 생각으로 꽉 차 있었으니까 나의 얼굴이 붉어졌을 것은 정해논 이치일 것입니다.

"내가 처음 냉면 먹을 때 만침 고생하는군요. 처음 냉면을 먹는데 저까락에 집혀야지요. 입에 넣으려고 하면 쭈루루 미끄러져 떨어지군 했지요."

캐리 죠오지가 나를 위로하고저 한 말인줄 알면서도 나는 이 말에 한결 얼굴이 붉어졌습니다.

상매는 썩 잘 먹을 수 있고 나만 먹을줄 모르는 일이 나로서는 한없이 부끄러웠던 것입니다. 그리고 슬프기 까지 했던 것입니다. 늘 말하지만 상매는 좋은 환경에서 자라는 탓으로 어디에 가나 무엇을 하나 꺼리김 없이 척척 잘 하는 것이라고 생각되었어요. 상매는 '국제그릴'에 들어설 때 부터 매우 익숙했으며 '뽀이'들과도 안면이 있는듯 보였어요. 가족끼리 상매네는 이런데도 종종 오는 일이 있었을 것이라고 짐작되었어요.

아무튼 '국제그릴'에서 나오니까 무서운 악몽에서 깨었을 때처럼 가슴이 퉁퉁 굴르는 것을 깨달았읍니다.

우리들은 다시 차에 올라 탔읍니다.

"'땐쓰 홀'에 갈가? 죠오지하사."

'찦'차가 움직이자 오하라 대위가 말했읍니다.

"고맙습니다 마는 땐스 홀에 안가겠읍니다."

캐리 죠오지가 말했읍니다.

"사랑하는 사람과 둘이만 어딜 가려나?"

오하라 대위가 농조로 캐리 죠오지의 말을 받는 것이었어요.

"둘이만 가지 않겠어요. 상매양과 셋이 함께 가 보려고 하는데 상매양 시간 빌려 줄 수 있읍니까?"

"어딜요?"

"차래양 집에 가 이야기나 했으면 — ."

"좋습니다."

"나는 그럼 행복한 사람들을 위해 차를 운전해 드리지요."

오하라 대위가 운전수와 자리를 바꿔 앉았읍니다. 오하라 대위는 운전대를 돌리며 연신 휘파람을 불었어요. 거기 맞쳐서 캐리 죠오지도 휘파람을 불었어요. 캐리 죠오지의 휘파람 소리는 구성지게 들렸읍니다.

오하라 대위는 우리집 대문 앞에 우리들을 내려준 다음 캐리 죠오지에게

"내일 아침엔 가시쇠줄 밑으로 들어오지 말고 정문으로 들어와. 헛허허."

하고는 차를 부르릉 몰아 달리는 것이 었읍니다.

우리가 대문 안에 들어서니 아버지 어머니는 캐리 죠오지의 손을 붙잡고 어떻게들 반가워 하시는지 몰라요. 아버지가 그러시는 것은 이야기꺼리가 될게 없지만 — (아버지는 늘 그렇게 하셨으리라고 믿기 때문에) 어머니가 캐리 죠

오지를 이처럼 정답고 사랑스러워 하며 맞아주기는 아마 처음일 것입니다.

캐리 죠오지는 방에 들어 오자마자

"차래양. 주살 맞아야지? 퍽 피곤하셨지?"

하며 주사기를 꺼내는 것이었어요.

"아뇨. 아프지도 않은걸요. 인젠 주살 안맞아도 돼요. 다 나은 걸요."

그래도 맞아야 한다고 주장하는걸 나는 맞지 않고도 나을 자신이 있다고 우겼읍니다.

우리들은 다른 이야기는 하지않고 결혼에 관한 문제만을 논의 했으며 상매가 캐리 죠오지에게 세가지 제안을 정시했어요.

첫째. 캐리 죠오지의 부모님과 차래 부모님의 승락을 받을것.

둘째. 결혼식을 서울서 거행할것.

세째. 본국으로 돌아갈 때 차래와 함께 떠날것.

캐리 죠오지는 어느것이나 자기가 생각하고 있던 일이요, 또 벌써 부모님한테 승락해 달라는 편지까지 띠었다고 말 했어요.

"고마워요. 캐리."

상매는 캐리 죠오지의 손을 잡는 것이었어요.

"고맙긴. 내일을 내가 하는데 뭣이 고마워요."

캐리 죠오지가 상매 손을 잡아 흔들며 이와같이 말했읍니다.

나는 그들의 하는 양을 물끄럼이 보고 있으면서 아까 오하라 대위가 "행복한 사람들"이라고 하던 말을 입속으로 곱씹어 보았읍니다.

열시 가까이 까지 이야기 하다가 캐리 죠오지와 상매는 돌아 갔읍니다.

혼자 남았으나 외롭지도 무섭지도 않고 그저 마음이 후련하고 든든 했읍니다. 아프지도 않았읍니다. 또 힘들지 않고 이어 잠이 소르르 왔읍니다.

캐리 죠오지의 조모님과 어느 높은 산위에서 별을 쳐다 보며 조모님한테 캐리 죠오지의 별과 나의 별을 찾아 달라고 졸르는 꿈을 꾸다가 이튿날 아침 방안에 해가 쫙 펴졌을 때사 깨었던 것입니다.

이런 꿈을 꾸게 된 것은 캐리 죠오지가 한국에 나올 때 조모님이 캐리 죠오지에게 별의 전설을 들려 주셨다는 이야기가 머리 어느 한귀텅이에 남아 있었기 때문인지 모르겠읍니다.

캐리 죠오지는 아침 아홉시가 좀 넘어서 왔었어요.

"왜 이렇게 일찍 오셨어요?"

"차래양이 아퍼하는 것만 같아서 오하라 대위 있는데 걱정 비슷이 했더니 오하라 대위가 얼른 가 보고 오라면서 자기 차를 빌려 주더군."

"조금도 아프잖어요. 캐리. 이것봐요. 기운이 막 나는걸요."

나는 자리에서 일어나 핑그르르 한바퀴 돌았읍니다. 맴돌듯이. 나의 치마폭이 바람에 부풀어 마치 낙하산 모양으로 짝 펴지는 것이 아니겠읍니까.

"그래도 주사 한대 맞읍시다."

캐리 죠오지는 입가에 미소를 금치 못하면서 주사기를 갖추려고 했읍니다마는 내가 굳이 마다고 해서 그만 두기로 했던 것입니다.

"그럼 가봐야겠어. 차래."

캐리 죠오지가 일어서 나가려고 했읍니다.

"캐리. 잊어버린 것 없어요?"

이것은 지극히 어리광스런 나의 소리었어요.

"뭐?"

캐리 죠오지가 문을 열려고 하다가 돌아다 보았어요. 돌아다 보는 캐리 죠오지에게 나는 또 한번

"아무것도 잊어버리지 않았어요?"

하고 독촉 했읍니다. 뿐만 아니라 나의 양팔을 짝 벌려 포옹할 자세를 갖추고 있었던 것입니다.

캐리 죠오지가 달려들었을 것은 두말 할 것도 없는 일. 우리들은 포옹으로서 우리들에게 저장(貯藏)되었던 정열을 쏟아 놓았읍니다.

"왜 잊어버리고 가려고 했어요? 캐리."

한참만에 원망스런 어조로 캐리 죠오지에게 내가 물었어요.

"뭐가 뭔지 분간할 수 없어. 어리벙벙 하기만 해서 그래. 너무 행복해서 그런가봐."

이 말 끝에 또 우리는 포옹했던 것입니다.

"퇴근 후에 다시 올께. 누워서 편안히 쉬어요. 주사 한대만 놓고 갔음 좋겠는데."

"괜찮대두 그래요. 주사 놓는 대신 한번만 더."

나는 그에게 매달려 다시 또 포옹을 청했던 것입니다.

캐리 죠오지는 약속한대로 퇴근 시간이 되자 이어 왔었어요. 어머니 아버지한테 선물을 갖다 드리고 두분에게 정식으로 나와의 결혼을 허락해 달라고 말씀 드렸다는 것이었어요.

"그러니까 뭐라구 그러셨어?"

"어머님께선 눈물을 흘리시며 이왕 그렇게 됐으니 내딸을 행복하게 해 달라고 말씀하시고 아버지께선 그럴줄 알고 계셨다고 하시면서 별 말씀이 없으셨어. 인제 우리집에서만 승락의 편지가 오면 고민이야. 차래."

캐리 죠오지가 와락 달려 들어 나를 안아 주었습니다.

캐리 죠오지의 부모님으로 부터 승락의 서신이 온 것은 며칠 뒤의 일입니다. 이날 우리들은 얼마나 기뻤는지 모릅니다. 나의 부모님도 무척 기뻐하셨고 상매도 어쩔줄을 몰라했습니다. 상매한테는 내가 전화로 알렸더니 상매는 그냥 뛰어 왔었어요.

"인젠 꺼리낄거 하나도 없어. 인젠 착 착 진행만 할 뿐이야."

상매는 숨이 차서 헐떡거리며 이런 말을 했습니다.

정말 우리들은 날마다 결혼 준비를 착 착 해 나가고 있었습니다. 오하라대위도 우리들을 위해서 적잖은 편리를 보아 주었습니다. '찦'차를 빌려 주기도 하고 양복장 의거리를 운반할땐 추럭 까지 빌려 주었습니다. 오하라대위 자신이 직접 집에까지 와 보아 주기도 했습니다.

우리들의 결혼식은 양력 4월 27일로 결정했읍니다. 두달이나 사이를 둔것은 캐리 죠오지의 부모님을 결혼식에 참석하도록 하자는 의견에서 그랬던 것입니다. 캐리 죠오지의 의견이었어요.

그랬는데 배곤의 편지가 4월 19일에 온 것이 아닙니까. 이 운명의 작난을 어떻게 표현해야 합니까?

편지 받던 순간엔 내가 정신을 잃었으므로 이야기 할 수 없으나 깨어 났을 때의 이야기는 할 수 있읍니다.

나는 몇시간을 의식없이 있었는지 그것도 모르겠어요. 눈을 뜨니까 전등불이 켜 있었고 캐리 죠오지와 상매와 부모님이 곁에 쭉 둘러앉아 있었어요.

"차래야. 뭘 좀 먹어야잖니?"

어머니가 조용한 속에 한 말씀입니다.

나는 다시 눈을 감아 버렸읍니다. 먹는다는 일은 생각할 수가 없었읍니다. 그외의 무슨 일이건 생각할 수 없었던 것입니다. 나에게 남은 일이란 죽엄 밖에 없다는 생각이었어요.

그렇게 생각하면서도 죽지는 못했읍니다. 나는 자리에 누워서 일어나지 못할 뿐이 었읍니다. 캐리 죠오지는 날마다 부지런히 와서 나에게 주사를 놓아주었읍니다. 마는 주사의 효력은 조금도 나타나지 않았읍니다.

"캐리. 미안해요. 암만 주사를 맞아두 낫지 않으니…"

어느날 아침에 와서 주사를 놓아주고 있는 캐리 죠오지에게 내가 한 말입니다.

"이제 곧 나아요. 안나을수가 없어요. 내 정성 다 하는데 어찌 안낫겠오."

이것은 캐리 죠오지가 우리 말로 대꾸한 것입니다. 나의 눈에선 뜨거운 눈물이 좌르르 흘러 내리기 시작했읍니다. 캐리 죠오지는 수건을 꺼내어 흘러 내리는 눈물을 씻어주었읍니다. 씻어도 또 흐르고 흐르고 하는 눈물을 그는 끄침 없이 씻어주고 있었읍니다. 그의 눈에서 흘러 내리는 눈물도 그는 씻고 있었읍니다.

배곤의 편지

차래양.

오늘 처럼 기쁜 날은 없었오. 지금 이 편지를 쓰고 있는 손이 떨리오.

차래. 살아 있다구? 부모님께서도 생존해 계시다구? 다들 어떻게 된 줄 알았어요. 작년 7월에 이곳에 와 가지고 그때 부터 수십차나 성북동 집으로 편지를 했는데 편지 마다 되돌아 오기에 나중엔 지쳐서 중지했지요. 지쳤다기 보다 어떻게 된줄 알았어요. 벌써 이세상 사람이 아닌줄 알았어요.

나의 낙망이란 표현할 길이 없었오.

그러다가 오늘 우연히도 전우를 통해서 차래양 소식을 들었오. 차래가 나를 찾아 달라고 병사구사령부에 가서 울며 호소 했다는 말을 들었오.

바루 그때의 그 전우가 일선에 다시 오게 되어서 차래 소식을 듣게 된 것입니다.

우연히 오늘 아침 전우 김중위와 이런 이야기 저런 이야길 하다가 차래 이야기 부모님 이야기를 하게 되었는데 김중위는 무엇이 생각난 것처럼 얼굴을 번쩍 치켜 들면서

"아! 배 중위, 배 중위 차래? 곤곤? 곤? 곤? 배중위가 바루 그사람이구나? 차래? 차래를 내가 봤어. 병사구사령부에 와서 배중위의 행방을 알아 달라구 하면서 울었어. 바루 그이가 배중위 누이동생이구나."

하며 펄쩍 뛰었어요.

나도 모르게 나는 또 펄쩍 뛰고 있는 김중위를 얼싸 안고 울었읍니다.

"다들 살아 있구나. 살아 있었구나."

이런 소리를 웨쳐 가면서.

나는 훈련소에서 일선에 와 가지고 석달만에 적에게 붙잡혀 갔다오. 그리하야 적진에서 이쪽을 향하여 총을 겨누고 있었오. 정말 나는 겨누

고 있은 것이었지 쏘지는 않았오. 쏘았다고 하더라도 바루 적중시켜 보겠다는 생각이 없었으니까. 마음의 총구는 항상 공산당 쪽으로 향해 있었오.

나의 아버님을 구출하겠다는 일념 밖에 없었으니까.

이런 이야기는 차츰 하기로 하고 어떻게 생계를 이어 가시는지? 아버님께선 아직도 약주를 많이 하시오? 차래양은 학교에 다니오? 차래양도 인제는 어른이 되었겠구려? 보고 싶소.

여기는 향로봉(香盧峰) 꼭대기라오. 해발 2천척이나 되는 높이를 이루고 있어서 이 꼭대기에선 밥을 지으면 밥이 설어요.

이런데서 나는 짐승처럼 작년 7월부터 지금까지 살고 있오. 겨울엔 눈이 많고 여름엔 비가 많은 곳이라오. 개인 날에도 이슬이 비오듯 하는 곳이요.

해가 쨍쨍 쪼이는 날이면 여기서 비로봉이 건너다 보이고 거기 몰려 있는 적들도 망원경으로 볼 수 있오.

산 중턱엔 해골이 수없이 있어서 지난 날의 격전을 이야기 해주어요.

내가 이곳에 왔을 땐 총성 한발 들리지 않고 고요한 때였오. 휴전 회담이 성립된 뒤었으니까. 나는 바루 휴전회담이 성립되기 며칠전에 적진에서 빠져 나왔어요.

운이 좋았던지 내가 처음 있던 부대의 부대장을 만나게 되어 단 한마디의 심문이나 조사도 없이 무사히 아군부대에 편입되었던 것입니다. 부대장은 과거 나를 잘 알고 있으니까요. 그는 나의 용맹을 몇번이나 상관과 부하에게 자랑했던 것입니다. 그때는 그렇게 용맹했읍니다. 아버님을 구출하겠다는 일념과 서울에 내버리고 온 차래양 가족을 생각하면 힘이 부쩍 부쩍 났던 것입니다.

인제 또 다시 용기를 내겠읍니다. 전쟁도 없고, 차래양한테 보낸 편지가 돌아오기만 하고 해서 그동안은 실상 죽는 것이 차라리 났다는 생각까지 한 일이 있었오.

쉬이 휴가를 얻어 가지고 만나러 가리다. 몸 조심하며 부모님을 받들기 바라오. 남은 이야기는 만나서 하기로 하고 위선 이것으로 소식을 알리는 바입니다.

곧 회답해 주십시오.

단기 4277년[91] 3월 10일

향로봉에서　배 곤 상

추신.

편지를 접어 봉투에 넣려는데 김중위가 들어 왔오. 김중위가 또 차래양의 이야기를 하는 구려.

"한국 여성으로서 그렇게 인상적인 여자는 처음인걸. 배중위는 행복야. 그런 누이 동생을 두어서…" 하는 것이었오. 차래양은 인제 아주 어른이 된 모양이지? '여성'이라는 명사가 붙을만큼. 내 눈 앞엔 눈송이 날리는 날 손을 흔들며 나를 보내 주던 때의 차래양, 나이 어린 소녀인 차래양밖에 나타나지 않는데 ― .

'얼마나 컸을가?' '머리는 어떻게 했을가?' '옷은 무엇을 입었을가?' 하고 상상해 보나 도무지 모르겠구려.

"한국 여성으로서 그렇게 인상적인 여자는 처음이라."는 말을 미루어 보아서 차래양의 모습이 초라하지 않으리라는걸 짐작하게는 되오.

이 편지가 차래양한테 무사히 가기를 빌면서 붓을 놓습니다. 김중위가 병사구사령부에 있는 친구에게 보내면 틀림없이 차래양을 찾아 줄것이라는 말을 나는 믿고 있오. 김중위의 친구도 차래양을 안다고 하오. 혹시 집을 옮겼더라도 서울에 있기만 하면 틀림없이 전해주리라는 것이었오.

91　'단기 4287년'의 오식으로, 1954년을 의미.

꽃이 필 무렵에 서울에 닿도록 진력해 보겠오. 만나기까지 평안하시오.

사랑하는 차래양에게

스튜어드 죠오지씨의 내한

스튜어드 죠오지씨는 캐리 죠오지의 부친이예요. 캐리 죠오지하고 다르다면 이마가 넓은것 뿐이고 그외엔 캐리 죠오지와 같았읍니다. 이마가 넓은 것은 나이를 거듭하는 사이에 머리털이 빠진 탓일지 모르겠어요. 아무튼 20년이나 30년 후이면 캐리 죠오지가 꼭 그러리라는 짐작을 갖게 하는 인물이었어요.

그는 아들의 결혼식에 참석하고자 멀리 '캐리포니아'에서 온 것입니다.

그는 나를 ××호텔로 불렀읍니다. 그것이 4월 25일 저녁이 었어요.

이 불음에 응하느냐? 응하지 않느냐? 하는데 대해서 나는 무척 오래 생각하고 고민 했읍니다. 아니 그가 오기 전부터—곤의 편지를 받은 뒤로 쭈욱 나는 캐리 죠오지와의 결혼을 어떻게 해야 할 것인가에 대하여 고민하고 있었던 것입니다.

그러므로 캐리 죠오지의 부친의 불음에 응한다는 것은 곧 캐리 죠오지와 결혼할 것을 결정하게 되는것임에 틀림없는 일인 것입니다.

하기야 그와 결혼하기로 완전히 약속이 되어 있고 결혼준비에 분주하던 우리들이므로 이제 와서 결혼을 중지하겠노라고 할 수는 없었지만— 더구나 캐리 죠오지의 부친까지 먼 길을 돌보지 않고 오게 된 이 마당에 이르러 무조건 약속대로 시행해야 될 것을 번연히 알면서도 나의 몸과 마음은 천근 만근 무겁기만 하고 나의 마음 속에서는 '캐리 죠오지와 결혼해선 안된다' '곤을 기다려라' 하고 무시로 웨치게 되고 보니 선뜻 스튜어드 죠오지씨의 불음에 응하기가 주저될 밖에 없었던 것입니다.

그날 저녁 상매가 아니었더면 어찌 되었을지 모르는 일입니다.

"네 고민을 충분히 이해한다 마는 인제 와서 이렇게 하는건 모든 사람을 다 불행에 빠뜨리는것 밖에 안돼. 우리 아버지도 캐리의 부친이 왔다는 얘길 들으시고는 깜짝 놀라시며 "진실한 사람들인가 부다. 아들이 하는 일을 부모들은 무조건 믿나 부구나. 인제 결혼하는수 밖에 없겠다."고 하시는거 아냐. 나도 걱정 돼서 곤의 편지가 온 뒤에 네 사정을 아버지께 죄다 얘기 했었다. 아버지께선 내 얘길 듣기만 하시고 아무 대꾸 없으셨지만 캐리의 부친이 왔다는 얘길 들려 드렸더니 비로서 결혼 하는수 밖에 없겠다고 말씀하시는거야. 인제 뒤에 오는 일은 차차 당할셈 치고 위선 당면한 문제를 가장 옳다고 생각하는 길로 이끌어 가잔 말이다."

이때 까지도 상매가 나에게 용기와 힘을 북돋아 준것만은 사실이었지만 이 경우의 상매는 등불과도 같은 것이었읍니다. 부친의 심부름을 와서 부친의 말만 전달하고 묵묵히 지키고 있던 캐리 죠오지에게 나는 조용히

"가십시다."

하고 말했읍니다.

이 한마디의 말이 캐리 죠오지에게 생기를 주었던 것은 더 이야기 할 필요가 없는 것입니다.

캐리 죠오지는 참으로 황홀한 것 앞에, 그리고 무척 그립다가 만난 반가운 사람을 문득 만났을 때와도 같이 호흡에 곤란까지 느끼면서

"차래양."

하고 웨치면서 나의 손을 잡아 주었으며 다음으로 상매의 손을 잡아 힘껏 흔드는 것이었어요.

캐리 죠오지와 둘이서 나가는 것을 본 부모님의 얼굴에도 안도의 빛이 떠도는 것을 보았읍니다.

곤의 편지가 온 뒤의 우리 집안은 무덤과 같았다고나 할까요? 아무튼 누구 한 사람 입밖에 말을 내지 않았읍니다.

나는 누워 있고, 누워 있는 나에게 캐리 죠오지가 아침 저녁으로 와서 주사

를 놓고 가고 할 뿐이 었읍니다. 캐리 죠오지도 그동안 입을 열었다면 두서너 번 있었을 것입니다.

상매가 '택시'를 불러다 주어서 우리들은 '택시'를 타고 ××호텔로 향했읍니다. 상매는 나에게 몇번이나 명랑한 얼굴을 지으라고, 새무룩한[92] 그 표정을 제발 좀 버리라고 일러 주었읍니다.

××호텔은 물론 처음 가보는 곳이었어요. 그 근방을 지나다닌 일은 있지만 이 건물 안에 들어 가 보리라는 생각은 한번도 해 보지 않았으며 그 건물은 나하고 인연이 멀거니만 알고 있었던 것입니다. 그 보다도 이때까지는 관심의 대상이 안되었다는 편이 옳을 것입니다.

8층 'No. 7'라고 쓰인 '또어' 앞에서 캐리 죠오지가 '녹크' 했더니 '또어'가 열리며

"캄인."

을 소리치며 웃는 스튜어드 죠오지씨의 얼굴이 나타났던 것이예요. 스튜어드 죠오지씨는 나를 곧 알아 보고 손을 내 밀어 나의 손을 잡으며

"와 주어서 고마워요."

하고 말하는 것이었어요.

그는 또 말을 계속하여 캐리 죠오지의 모친이 오지 못한데 대하여 여러 말을 했읍니다.

"꼭 같이 오려고 했는데 불행하게도 여기 올 준비를 하다가 층계에서 발을 삔것이 종시 낫지 않아서 혼자 왔오. 유감스런 일이오."

하고 아들과 나를 번갈라 보는 것이었어요. 아들 보다 내편에 더 많이 시선을 보내는 것이었어요.

스튜어드 죠오지씨는 '트렁크'에서 진주 목거리를 위시하여 반지와 시계등속을 내어 나의 앞에 논 다음, 또 다른 큰 '트렁크'에서 의류등속을 꺼내 놓는

---

92 새무룩하다 : 마음에 못마땅하여 별로 말이 없고 얼굴에 언짢은 기색이 있다.

것이었어요.

"이 진주목거리는 조모님, 즉 내 어머님이 결혼하실 때 쓰시던 거요. 캐리의 신부될 사람을 위해서 아껴 두었던 것이오. 그리고 반지는 캐리 어머니가 보내는 것이고 시계는 내가 주는 선물이야. 이옷은 우리 친척들이 캐리의 신부에게 주어 달라고 부탁해서 가지고 왔오. 맞을지 모르겠어. 캐리가 보내준 사진을 보고서 짐작해 만든 옷이라 안맞을지도 모르지만 받아 주기 바라오."

나는 한마디의 말도 못하고 머리만 숙여 감사의 뜻을 표했읍니다. 말이 나오지 않았기 때문입니다.

"조모님이 캐리의 신부를 속히 보고 싶다고 해요. 십년만 젊었으면 여기 와서 캐리의 귀여운 신부를 보고 갈것이라고 이런 말씀도 해요. 캐리가 보내 준 차래 사진을 조모님이 품에 품고 계시면서 늘 내어 보시군 하는데 요새는 사진 보시는 일 외에 별로 하시는 일이 없으시지. 하하하."

스튜어드 죠오지씨는 긴 이야기 뒤에 한바탕 웃음을 터뜨려 놓았읍니다.

캐리 죠오지 보다 이마가 넓은 것과 말이 좀 많은것, 웃음을 크게 웃는것이 다른 점이라고 하겠읍니다.

"아버지. 우리들이 돌아가는 것이 어떻겠읍니까?"

캐리 죠오지가 부친에게 물었습니다.

"왜 벌써 가려구 그래? 점심이랑 같이 먹고 천천히 가거라."

스튜어드 죠오지씨는 나의 얼굴을 들여다 보며 말했읍니다.

"차래. 점심을 여기서 먹어도 좋아요?"

캐리 죠오지가 나에게 물었읍니다. 나는 고개를 푹 숙이고 말았읍니다. 찬성하는 것도 싫다는 것도 아닌 표현이었읍니다. 마는 실상 나는 호텔에서 캐리 죠오지의 부친이랑 한테서 점심을 먹는 일이 싫었던 것입니다. 얼마전 오하라씨들하고 '국제그릴'에서 저녁을 먹을 때 일을 생각하면 어느 때나 등곬에서 땀이 났으니까요.

"차래양. 우리 점심을 같이 합시다. 우리집 식구중에서 나 혼자 캐리의 신부와 식사랑 하게 된 걸 행복하게 생각하오.”

스튜어드 죠오지씨는 진실로 행복한듯 한 얼굴이었어요. 나는 캐리 죠오지를 쳐다보았어요. 캐리 죠오지는 또 나의 얼굴을 들여다 보는 것이었어요. 말 없이 들여다 보기만 하는 것이나

“너 점심을 여기서 먹어도 좋냐?”

고 묻는 얼굴이었어요.

나는 가만이 돌이를 흔들어 보였어요. 점심을 먹지 않겠노라는 대꾸였던 것입니다.

“아버지. 우리들은 인제 할 일이 많습니다. 점심은 앞으로 얼마던지 먹을 수 있지 않읍니까?”

캐리 죠오지는 나의 마음을 알아서 부친에게 말씀 드렸어요.

“그래? 그럼 이 다음으로 할까? 가 보아라.”

스튜어드 죠오지씨는 순순히 아들의 말을 받아 주었으며 자기가 가지고 온 것들을 제대로 싸고 ‘트렁크’에 넣고 해서 캐리 죠오지에게 들려주는 것이 었어요.

우리들이 집에 돌아 왔을 때 어머니 아버지의 기쁨이란 말로서 표현 할 수 없었으며 식에 입을 나의 옷 때문에 양장점에 다녀 온 상매는 황홀한 빛을 감추지 못하며

“차래야. 이 ‘다이야’가 아마 십 ‘캐로트’가량 되나부다. 상당히 큰거야.”

하고 말하는 것이었어요.

상매는 스튜어드 죠오지씨가 나에게 준 옷을 뒤적거리면서도 상당히 고급 품이라는 것을 말하고 이러한 것으로 미루어 보더라도 캐리 죠오지의 가문이 어느 정도라는걸 짐작할 수 있는 일이라고 말했읍니다.

“인젠 딴 생각할 것 없어. 그 사람들이 이렇게까지 너를 위해 주는데 네가 딴 생각을 한다면 가엾잖어? 한국 여성들 중에 미군하고 결혼하는 사람들이 있다고 들었지만 이처럼 대접받은 사람들은 하나도 없었을 거다.”

상매는 이런 말도 들려 주었습니다. 상매는 시시로 나에게 용기를 북돋아 주었던 것입니다.

그리고 상매는 나에게 스튜어드 죠오지씨가 가져 온 드레쓰를 입혀 보았읍니다. 이 '드레쓰'는 분홍 바탕에 바탕 보다 좀 더 진한 분홍 장미가 송이 송이 달려 있는 것이었어요.

"어쩌면 '싸이즈'를 잰것 같구나. 아니 캐리가 네 '싸이즈'를 보낸건 아니냐?"

너무도 '드레쓰'가 몸에 똑 맞으니까 상매는 캐리 죠오지와 나를 번갈라 보며 이렇게 말했읍니다.

캐리 죠오지는 말없이 '드레쓰'를 입고 섰는 나를 황홀한 눈으로 쳐다 보아 주고 있을 뿐이었어요.

"캐리. 당신의 신부가 얼마나 아름답다는 걸 지금 보고 있지요? 당신은 행복하다고 생각 합니까?"

상매가 떠듬 떠듬 영어로 말하니까 캐리 죠오지는 우리 말로

"잘 보고 있읍니다. 차래양은 꼭 어느 여왕님의 모습을 닮은것 같습니다."

라고 하며 기뻐 했읍니다. 이말이 떨어지자 상매가 나의 앞에 와 납죽이 업들여 절하며

"오 — 여왕님 당신도 행복하다고 소리치고 싶지 않으십니까?"

하는 것이 었읍니다.

나는 비로소 웃고야 말았읍니다. 여기서 비로서 웃고야 말았다고 말 하게 된 것은 그동안 내가 웃어 본 일이 없었던 까닭입니다. 곤의 편지를 받던 날 부터 웃음의 신은 나에게서 웃음을 온통 걷어가 버린것이 아닌가 생각 되었어요. 캐리 죠오지도 빙그레 웃었읍니다. 캐리 죠오지도 오래간만에 웃었던 것입니다.

4월 27일, 이날은 끝내 오고야 말았읍니다. 식은 오전 열한시. 우리들은 교

외(郊外)의 적은 교회당(敎會堂)에서 예식을 치루었읍니다.

하필 교외의 적은 예배당을 찾아 예식을 이루게 된 이유는 캐리 죠오지가 잘 알고 있는 목사님의 주례를 받고자 했기 때문입니다.

예식장에는 우리 부모님과 상매의 어머니와 오하라씨, 스튜어드 죠오스[93]씨 외에도 캐리 죠오지의 동료 몇사람이 참석 했으며 상매 어머니는 은수저 두벌을 우리들에게 축하의 선물로 주었읍니다. 한벌은 상매 어머니, 한벌은 상매 아버지가 보내는 것이라고 말씀 했읍니다. 상매는 제가 여학교 때 부터 수 놓아 만든 수저집을 주었읍니다. 은수저는 그 속에 넣어 주었던 것입니다.

다른 분들도 적당히 선하의 선물을 주었으며 오하라씨는 춘향과 이도령이 같이 서 있는 인형을 선사해 주었읍니다.

검은 예복을 입은 목사님 앞에서 캐리 죠오지는 나를 아내로 맞아 백년해로 할것을 맹세 했고 나는 또 캐리 죠오지를 남편으로 섬길 것을 맹세 했읍니다. 식이 끝나고 우리들이 식장에서 나올 때 캐리 죠오지의 동료들과 상매와 오하라씨는 우리들 머리 위에 '테에푸'와 꽃송이를 던져 주었읍니다. 우리들은 던져 주는 '테에푸'에 한테 엉키었던 것입니다.

캐리 죠오지의 부친을 위시하여 오하라씨와 캐리 죠오지의 동료들은 벚꽃이 만개한 교회당 마당에서 우리 두 사람을 세워 놓고 무수히 사진을 찍어 주었읍니다.

식을 거행하고 난 다음 '국제 그릴'에서 피로연을 마치고 캐리 죠오지와 나는 경주로 신혼 여행을 떠났읍니다. 이것은 스튜어드 죠오지씨가 주장 했던 것입니다. 스튜어드 죠오지씨는 우리들을 먼저 보내 놓고 사흘 늦게 자기도 경주에 오기로 했읍니다. 우리들을 보낼 적 부터 스튜어드 죠오지씨는 이렇게 하리라는 걸 우리들에게 일러 주었읍니다.

---

93 '죠오지'의 오식.

우리들은 '찦'차로 떠났어요. 스튜어드 죠오지씨는 기차로 가는 편이 좋지 않겠느냐고 했으나 한국의 사정을 알고 있는 캐리 죠오지는 부친에게 기차가 덜 좋을 것이라고 말해서 오하라씨의 '찦'차를 빌리게 되었어요. 빌렸다기 보다 오하라씨 쪽에서 자원하여 빌려 준 것이예요.

나 자신도 기차보다 '찦'차가 좋다고 생각 했습니다. 만약에 기차를 타게 된다면 그 많은 승객들과 정거장의 사람들과 '푸랟홈'에서 전송하는 사람들의 시선을 어떻게 감당해 낼 것 입니까.

시선뿐이 아닐 것입니다. 그들 중에는 나를 비방하는 소리를 칠 사람이 있을지도 모르는 일이예요. 아무리 보아야 내가 양부인의 티가 나지는 않고 옷이나 머리 매무새가 여학생 티를 벗지 못했으니까요. 옷은 식에 입었던 '드레쓰'를 벗어 놓고 한복으로 갈아 입었습니다. 검정치마에 모란꽃색의 저고리를 입었어요. 호화찬란한 양장보다 한복을 입는 편이 마음이 편하기 때문이 었어요. 경주엔 일부러 어두워서 도착 했어요. 주위의 시선을 피하려는 생각에서 였어요.

"우리들은 당당히 결혼한 부부가 아니냐?"고 속으로 주장하면서도 주위를 두려워하게 되는 자신을 어쩔 도리가 없었어요.

캐리 죠오지도 나의 눈치를 채고 있는 듯

"차래, 공연히 왔다고 후회가 되지 않어요?"

하며 호텔에 여장(旅裝)을 풀어놓자 나에게 이런 말을 하는 것이 었어요. '호텔'의 '뽀오이'나그외의 여러 사람들이 우리들을 조금도 모르는체 내버려 두지 않았어요.

"아뇨……책에서만 알던 경주의 명승고적을 눈으로 직접 보고 알게 됐는데 왜 후회가 돼요. 조금도 그런 일이 없어요."

나는 일부러 우리 말로 크게 소리를 내어 말했습니다. 주위의 사람들을 들으라고 그렇게 한 것입니다. 그 사람들에게 우리 두사람이 미군과 양부인 사이가 아니고 정당하게 결혼한 '인테리' 부부라는 것을 알리고 싶어서 한 일인지 모릅니다.

　그러나 밤이 깊어지고 주위의 사람들이 어둔 밤 속에 잠들게 되자 나도 마음을 탁 놓고 캐리 죠오지의 극진한 애무 속에서 밤을 밝혔던 것입니다.

　캐리 죠오지는 몇번이나 나에게

　"차래. 나는 당신을 행복하게 하기 위해서 어떠한 일이라도 할 생각이요."

라고 말했읍니다.

　이튿날 아침 다른 사람 보다 늦게 일어 난 우리들은 아침 밥을 먹고나서 불국사 구경을 나섰어요. 비탈진 길을 올라 밟던 캐리 죠오지가

　"여기는 벗꽃이 벌써 지는 중이요."

했어요.

　캐리 죠오지의 말을 듣고 보니 정말 꽃이파리들은 바람도 일지 않은데 희뜩희뜩 흩날리며 떨어지는 것이 었어요. 바람이라도 불게 되면 그것들은 소리가 들리도록 쏟아지는 것이었어요.

　"차래. 오기를 잘했다고 생각 되잖어요?"

　소리가 들리도록 쏟아지는 꽃이파리 속을 걷고 있던 캐리 죠오지가 나의 손을 더듬어잡으며 이렇게 물었읍니다.

　"잘했다고 생각돼요. 캐리."

　나도 잡힌 손에 힘을 주었읍니다.

　"아무도 없었으면 더 좋겠어. 차래 하고 나하고만 이 아름답고 경건한 경내에 고요히 산책할 수 있었으면……."

　여기저기 보이는 탐승객들을 두리번거려 보며 캐리 죠오지는 이렇게 말했어요.

　"누가 있으면 어때요? 꽃이파리가 마구 흩날리니까 보아도 괜찮을 것 같은 마음이예요. 이런 아름다운 자연 속에선 남의 일에 간섭하고 싶잖아 질거에요. 좀더 좋고 큰 생각을 하게 될것 같은 생각이 들어요."

　캐리 죠오지가 발을 멈추며 나를 물끄럼이 내려다 보는 것이 었어요. 그러

다가 그는 어깨를 한번 으쓱 치켜 올리며

"차래, 당신은 감수성이 예민하고 존 소질을 가진 여성이요. 얼마던지 훌륭하게 뻗어 나갈수 있어요."
했어요.

"뭘로서 그걸 증명해요? 캐리."

"지금 한 말과 또 지금까지 해 온 모든 언어 행동으로서 증명할 수 있어요. 이제 경주를 다 구경하고 나면 더 많이 자란 차래를 보게 될것이 즐거워요."

"공연히 감격만 잘 할 뿐이지 뭐."

"감격을 잘 한다는 건 감수성이 예리하다는 말이나 같습니다. 차래같은 여성은 좋은 환경 속이라면 얼마던지 뻗어 나갈수 있어요. 정말 나는 차래에게 존 환경을 마련해 주기 위해서 평생을 받쳐도 좋아요."

"고마워요. 캐리."

나는 캐리 죠오지의 나에게 대한 극진한 마음씨를 그가 되푸리 하는 말에서 더 알게 되었어요.

대웅전(大雄殿) 앞에서 우리들은 발을 멈추었습니다. 나는 안내판(案內板)에 계시된 사기(史記)를 캐리 죠오지에게 읽어 주기에 어지간히 땀을 빼었습니다. 보통 지꺼리는 말은 그다지 힘들지 않고 할 수 있었는데 사기에 관해선 도모지 자신이 없었어요.

"캐리. 보통 대화에선 말이 부족하더라도 감정의 표현으로 통할수 있었는데 사적기록은 그렇게 안되니 어쩜 좋아요?"

다보탑(多寶塔) 석가탑(釋迦塔)을 설명 하다가 끝내 막혔던 것입니다. 나의 양미간엔 주름이 잡혔던 모양이예요. 캐리 죠오지가 바른손 둘째 손가락으로 양미간의 잡힌 주름을 싹싹 문지르며

"걱정할것 없어요. 주름살을 지우지 말어요. 아름다운 얼굴이 늙어요."
하고 말하는 것이 아니겠습니까.

두 사람은 한바탕 웃었어요. 여러 사람들의 시선이 우리들 한테로 쏠렸으나 우리들은 모르는체 내버려 두었읍니다.

"차래의 언어가 부족하더라도 다 알고 있어요. 당신을 알면서부터 나는 당신 나라의 역사와 지리를 읽었고 그 중에서도 이 경주에 대한 지식은 충분히 알려고 노력했어요. 나야 말로 차래가 아까 한말대로 책에서 읽은 것을 직접 보게 되는 기쁨을 형언키 어려워요. 책에서 읽을 때 '다보탑'이나 '석가탑'의 조각이 훌륭하다는 걸 알았지만 친이 눈으로 목격하게 되니 그 수법의 뛰어남에 놀라지 않을수 없게 돼요."

"캐리는 아주 사람을 골리는군요. 그렇게 잘 알고 있으면서 어쩌면 모르는 척 시침일 뚝따고 있어요? 난 몰라."

나는 캐리 죠오지를 눈흘기며 이렇게 엉석을 부렸읍니다.

"차래가 그렇게 쩔쩔 매는걸 보기가 재미도 있지만 그러는 사이에 차래의 지식도 늘고 언어도 늘터이니까 그대로 둔거지. 아버지한테도 차래가 설명해 드리도록 해야 하겠는데……."

캐리 죠오지가 나를 내려다 보며 눈을 껌쩍해 보였읍니다.

"어머나 어쩜. 사람을 원숭일 만들 작정인가 봐. 날더러 당신 아버지한테 설명해 드리란 말이에요?"

"나한테 하던대로만 함 되는데 뭐가 어려워서 그래요?"

"당신한텐 아무렇게나 할 수 있지만 당신 아버지한텐 그래가지구 어떻게 해요? 또 말이 나오기나 할라구?"

"차래는 아버지를 어렵게 생각하는 모양인데 어려울것 없어요. 며느리는 시아버지를 따른다는데……."

"글쎄요. 당신의 아버지가 우리 한국 사람이라면 따를지……."

캐리 죠오지 얼굴에 쓸쓸한 그늘이 지는 것을 나는 보았읍니다. 그래서 말을 다 마치지 못하고 중단해 버렸어요.

"석굴암 쪽으로 가십시다."

캐리 죠오지가 서먹한 채로 발을 옮겼읍니다. 나도 따랐읍니다. 우리들은 아무 말도 없이 걷고 있었읍니다. 꽃이파리는 아직도 떨어지고 있었어요. 떨어지는 꽃이파리 조차 처분처분하게 느껴졌읍니다. 그리고 캐리 죠오지와의 거리(距離)가 멀어지는 것을 느끼게 되었읍니다.

"캐리. 돌아갔음 좋겠어요."

"어디? 호텔로?"

"왜 몸이 아파요? 차래?"

"피곤해 졌어요."

"돌아가도 좋아요. 차래가 그런 생각이라면 굳이 구경하고 싶지 않어요."

"캐리. 미안해요. 지금 내가 한말에 내가 우울해서 그래요."

"괜찮어요. 차래. 우리의 굳센 사랑으로서 모든걸 다 극복해 보자구."

"그렇게 말하고 있는 캐리도 극복하지 못하는걸 어떡해요? 내가 한 말에 당신의 얼굴이 흐려지는걸 본걸요."

"그래? 인제 다신 안그러지. 나의사랑 나의 차래."

캐리 죠오지가 이렇게 지꺼리며 나의 두 어깨에 손을 얹어 끌어 당기었어요.

"캐리. 사람들이 보잖어요?"

나는 내가 한 말에 우울해 진 나를 아직 해방시킬 수 없었던 것입니다.

우리들은 결국 '호텔'에 돌아 오고야 말았어요. 우리들은 점심도 먹지 않았어요. 침대에 가서 쓸어졌어요.

그렇게 우울하기만 하던 감정도 캐리 죠오지의 극진한 애무로서 풀리게 되고 우리들은 날이 어둡기 까지 곤한 잠속에 들어 있을 수 있었읍니다.

이러니 저러니 해도 우리들의 여정은 즐거웠읍니다. 낮이면 절간으로 산으로 돌아 다니며 고적 감상하기에 바빴고 밤은 또 언제나 마찬가지로 행복했어요.

스튜어드 죠오지씨는 약속한대로 사흘 늦어서 경주에 내려 왔어요. 캐리 죠오지를 즐겁게 하기 위해서 내가 안내인이 되었던 것입니다. 나의 설명을 듣고 있는 스튜어드 죠오지씨는 항상 감탄하는 어조로

"오 — 훌륭한 안내자여. 귀여운 나의 딸이여."

하고 웨쳤어요.

캐리 죠오지의 부친이 경주에 내려 와서 이틀만에 우리들은 서울에 돌아 왔어요.

서울에 돌아 오던 이튿날 낮에 스튜어드 죠오지씨는 귀국 했어요. 캐리 죠오지는 우리 집에서 침식을 같이 하게 되었어요. 오하라씨의 친절에서 이루어진 일이었어요.

나는 캐리 죠오지를 위하여 부엌에 나가 밥을 짓고 빨래를 하기에 하루 종일 틈이 없으리 만큼 바쁘게 보냈어요.

어느날 상매가 와서 보고

"아주 예편네가 다 됐구나. 잘 됐어. 골골 하기만 하더니 병이 다 다라 났구나."

이렇게 놀려 주었어요.

캐리 죠오지도 집에 돌아오면 미안하다고 늘 말했읍니다. 그리고 그는 일을 하느라고 자기 곁에 있어주지 않는 나에게 불평을 말했읍니다.

"밥을 안먹어도 괜찮아요. 차래. 내곁에 있어줘요. 당신을 떨어져 있는 시간이 얼마나 지루했는지 당신은 모를 거야."

이렇게 말하며 나를 껴안아 주었어요. 나는 또 그의 목에 동동 매달렸어요. 그렇게 하면 캐리 죠오지는

"나의 차래."

를 연발하면서 그대로 딩구는 것이 있어요.

곤에게서 제2차의 편지가 온 것은 우리들이 이렇게 지나는 어느 날의 일입니다. 경주에서 돌아와서 일주일채 되던 날이 었읍니다.

차래양!

전번 3월 10일에 보낸 편지는 받았으리라고 믿어요. 그동안 양친께서도 안녕하시고 차래양도 건강 한지? 우리는 이리로 이동(移務)해 왔오.

차래양에게 편지를 내던 이튿날 갑자기 이동명령이 내려서 그날 부터 이동준비에 분망히 지낸 탓이기도 하지만 이동해 갈 처소를 분명히 모르므로 다시 통지도 못하고 왔는데 차래양의 회신(回信)이 본래대로 가게 되었다면 한참 된 후에래야 받아 볼 것이요. 거기서 다시 이리로 돌릴터이니까. 한시각이 급한 차래양의 편지고 보니 갑자기 이동하게 된 일이 안타갑기 까지 하오마는 해발(海拔) 2천척이나 되는 고지(高地)에서만 살다가 평지(平地)에 내려오니 화창한 봄이 하루 아침에 달려든듯 몸과 마음이 훈훈 해지오.

벗꽃이 져가는 과정에 이른 모양이요. 부실 부실 눈송이처럼 날리고 있오. 창경원 벗꽃은 인제 다 졌겠지요? 지금 저 길목에서 부실 부실 날리고 섰는 벗나무를 보고 있노라니까 벗꽃이 만발하던 어느 일요일에 차래양을 데리고 창경원에 가던 일이 생각 나는구려. 벗꽃은 '할빈'에도 많았지요. '할빈'에 더 많았을지 모르겠오. 그 때는 우리들이 어려서 아무것도 모르고 지났지만 그 때가 제일 좋았던것 같소. 철이 들면서 괴롭고 아픈 일만이 닥쳐 오는구려.

상해에 가서부터는 항상 부친이 일본 관헌에게 쫓기어 숨어 계시느라고 숨도 크게 못쉬고 살다가 조국이 해방되었다는 소리에 좋아라 춤을 추며 돌아오니 또 조국은 춤바람이 채 가시지도 않아서 양단되고 부친은 투옥되고 모친은 신병으로 돌아가시고 차래양의 양친을 따라 삼팔선을 넘어 왔으나 하루도 번듯한 날이 없다가 또 전쟁이 터졌으니………

이제 앞으로는 잘 살아야 하겠오. 양단된 국토를 통일시키고 나의 부친을 평양 감옥에서 구출해 내고(부친은 어떻게 되었을지도 모르겠오마는 그래도 나는 희망을 버리지 않소.) 차래양의 양친을 행복하게 해 드리고 그리고 우리들도 행복하게 살아야 하겠오.

차래양. 어저께 편지를 쓰다가 채 못써서 다시 붓을 들었오. 갑자기 ×
×부대에 연락을 하고 오라는 명령이 내린 까닭이 었오. 오늘은 끝을 마
쳐서 부쳐야 하겠오.

오늘은 이상하게 보루(保壘)에 적요(寂寥)가 흠뻑 배어 듭니다. 어디서
수탉의 울음소리라도 들릴듯 싶은 한낮이요. 조금 전에는 언덕에 올라서
서 아랫 마을을 내려다 보고 있었오. 아랫마을 이라니까 인가(人家)가 들
어 앉은 동내를 연상할지 모르지만 온통 다 타버리고 부서져 버린 페허(
廢墟)[94] 라오. 그래도 살구 꽃이니 복숭아 꽃은 제대로 피여 있구려. 이 나
무들은 전쟁전 — 페허가 되기 전의 마을의 역사를 들려주고 있오. 분홍
치마에 노랑저고리를 받쳐 입은 새색씨가 훌쩍 나타날 것만 같은 착각을
이르키는 것도 이 나무들 때문인가 하오. 고향이 그립소. 우리 고향도 저
렇게 페허가 되고 살구꽃 복숭아 꽃만 피여 있을지 모르지.

회신이 기다려지오. 편지 받던 길로 붓을 들어 주리라고 믿으면서 오늘
은 이것만으로 그치겠소. 제1신의 회신은 지금쯤 이리로 돌고 있는 도중
에 있을 것이오. 그동안의 온갖 사연도 궁금하지만 차래양의 필적과 문장
이 한층 보고 싶소. 어느만큼 어른이 되어 있는가를 알고 싶단 말이요. 부
모님께 안부 여쭈면서 붓을 놓습니다. 휴가는 언제 있을지 모르겠오. 기
다리지 마십시오.

단기 4287년 5월 10일

배 곤 드림

이 편지도 병사구사령부에 있는 군인이 가져다 주었읍니다. 첫번 편지를 갖
다 주던 그 군인 이었어요.

---

[94] '폐허'의 오식.

캐리 죠오지의 군복을 빨아서 줄에 널고 있는데 그 군인이 마당에 들어서며 나를 찾는 것이 었읍니다. 그 군인은 빨래를 널고 있는 나를 목격하자 그 자리에 멈출뜨리며 말없이 나를 보다간 줄에 널린 빨래를 보곤 하는 것이었어요. 암만해도 너발이나 되는 캐리 죠오지의 군복 가랭이가 예사로 안 보였던 모양이고 내가 입은 옷 — 다홍치마에 연두 호장 저고리[95]가 이상 했던 모양이예요.

내가 이러한 차림새를 차리게 된 것은 경주에서 돌아온 뒤였어요. 캐리 죠오지는 이 옷을 찬양 했던 것입니다. 그리고 또 나는 전에 하지 않던 화장도 했던 것입니다.

“어떻게 오셨어요?”

내쪽에서 이렇게 물으니까

“이거 또 편지가 왔는데요.”

하며 그는 ‘포켙’에서 편지 한장을 꺼내 주는 것이 었어요. 틀림 없는 곤의 것이었어요.

그렇잖아도 그 군인이 마당에 들어 설때 부터 곤의 소식을 전달하러 왔구나 하고 섭쩍했던 것입니다. 처음엔 혹시 곤이 뒤에 따르지 않았는가 해서 전신이 후두두 떨리기 까지 했어요.

겨우 빨래를 널어 놓고 방에 올라와 곤의 편지를 떼어 읽기 시작 했읍니다. 구구절절히 모두가 나를 발광하게 하는 문구였읍니다.

곤과 창경원 구경 갔던 일, 그 때 비로소 곤에게 가는 나의 감정이 달라지던 일이 생각났읍니다. 하늘이 온통 다 가리운 벗꽃 속을 곤과 같이 걷느라니까 아득히 먼 나라를 걷는 듯 싶어 나는 곁에 걷고 있는 곤의 손을 잡았던 것입니다.

---

95 회장저고리 : 저고리의 일종으로 깃, 고름, 끝동 중 한 가지가 몸 판과 색이 다름.

곤의 손을 잡고 나는 곤의 얼굴을 쳐다 보면서 창경원 안에 가뜩 차 있는 많은 사람 중에서 곤이 가장 뛰어 나게 잘 생겼다는 생각을 했던 것입니다.

'할빈'의 벚꽃도 생각 났어요. 사리원 우리 마을에 자즈러지게 피던 살구꽃 복숭아 꽃이 그리워지기도 했어요.

금방 '펜'을 들어 곤에게 편지 쓰고 싶은 생각이 불붙듯 했읍니다 마는 무엇이라고 써야 합니까? 무슨 말을 쓴단 말입니까?

나는 방바닥에 네 활개 탁 벌어 버린채 마구 몸부림을 칠 뿐이 었읍니다.

저녁에 돌아 온 캐리 죠오지는 나의 거동이 달라졌을 뿐 아니라 눈이랑 부운것을 보더니 무슨 일이 있었느냐고 연신 물었읍니다. 마는 사실을 고대로 고백할 수가 없으므로

"줄곳 토했더니 그래요."

라고 거짓말을 꾸며 대었읍니다. 거짓말이라고 하지만 실상은 거짓말도 아닌 것입니다. 그 즈음 나는 메스꼬운 증세가 있어서 줄곧 토했던 것입니다. 그 날도 곤의 편지를 읽기 전에는 빨래를 하면서 몇번을 토했는지 모릅니다. 방바닥에서 몸부림 칠 때 만은 그 증세를 깨닫지 못했읍니다.

"토하다니? 무엇에 중독 되었던가?"

캐리 죠오지는 매우 놀라운 표정을 지으며 나의 대답을 기다렸읍니다.

"아니예요. 중독된것 같지는 않어요. 요새 늘 그래요."

"그럼 의사를 불러다 뵈어야지."

"그만한 일에 뭘 의사를 불러와요. 이제 곧 낫는대요."

"낫는다구 누가 그래요?"

"어머니가 그러시던데."

"어머님이 의사가 아니신데 어떻게 아실가? 의사를 불러 오십시다."

캐리 죠오지는 성큼 일어나서 나갈 차부새를 하는 것이 었읍니다.

"캐리. 의사 부르러 가기 전에 어머니한테 물어봐 주세요."

나는 어머니의 입을 통해서 캐리 죠오지에게 내가 음식 중독으로서 토하는

게 아니고 몸의 이상(異狀)이 생긴 때문이라는 걸 알리려고 했던 것입니다. 차마 내 입으로선 캐리 죠오지에게 말하기가 부끄러웠던 것입니다. 의사 부르려 간다고 하지 않았으면 그대로 있었을지 모르지만 의사가 와서 진찰 하는 일이 싫었고 의사에게 몸의 이상을 알리는 것도 싫어서 한 일입니다.

어머니 한테서 이야기를 들은 캐리 죠오지는 한다름에 충계[96]를 뛰어 올라 오는 모양 같았읍니다. 그렇잖아도 그는 충계를 한계단씩 밟는 일이라곤 없었 읍니다. 늘 올라오기가 급해서 세개 네개씩 줄음잡아 밟곤 했읍니다.

"차래. 당신이 애기의 어머니가 된다는구려?"

캐리 죠오지가 숨이 차 하면서 이렇게 말하곤 나를 뎅강 들어 안아주는 것 입니다. 그리곤 또

"그런 경우엔 얼마던지 토해두 괜찮다지? 먹구싶은 걸 자꾸 먹어야 한다 지?"

하는 것이었읍니다.

어머니는 캐리 죠오지에게 사실을 전부 말씀하신 모양이었어요. 어느날 어 머니는 구토질 하는 나에게

"그러다가 달이 가면 차차 갈아 앉느니라. 먹고 싶은걸 말해라. 그럴 땐 먹 고 싶은걸 먹으면 좀 가라 앉더라."

하고 말씀하신 일이 있었어요.

캐리 죠오지가 구토했다는 나의 말을 듣고 음식중독인줄 안거나 마찬가지 로 나 역시 처음엔 체기(滯氣)에서 오는 구토증인줄만 알고 있었던 것인데 어 머니로부터 임신이라는 것을 듣게 되자 그 놀라움이란 말할 수 없었던 것입니 다. 그러나 한편으로는 무한이 기뻤읍니다.

캐리 죠오지와 똑같이 생긴 아이를 가진다면 캐리 죠오지는 물론 캐리 죠오 지의 가족들이 얼마나 기뻐할가 하는 생각이 들었어요.

---

96 '충계'의 오식.

그날 밤 즉시로 캐리 죠오지는 자기 조모님에게 나의 임신을 보고하는 편지를 썼습니다. 그 편지에는 내가 왼종일 구토질을 했기 때문에 눈이 뚱뚱 부었다는 말을 썼으며 그래서 밥을 잘 안먹는 걸 자기는 모르고 있었으니 얼마나 멍텅구리냐는 말도 썼던 것입니다. 제일 끝에 가서 장차 아버지가 되려는 캐리 올림이라고 썼습니다.

편지를 다 쓰고 나서 캐리 죠오지는 나를 덥썩 안고 일어서는 것이 었어요.

"캐리. 이렇하다 떨어뜨림 어떡하려구 그래요? 떨어뜨림 애기가 못쓰게 된다는데. 어머니는 날더러 층계에 오르 내릴 때에두 조심하라구 그러시던 걸."

"오오. 그래? 미안합니다."

캐리 죠오지가 나를 살자기 내려 놓으며 절을 하는 것이 었어요.

"당신한테 미안하다는 말이 아니라 뱃속에 있는 애기에게 미안하다는 말이요. 절은 뱃속 애기에게 한거요."

캐리 죠오지가 절을 하고 나서 한 말입니다.

캐리 죠오지의 가족들 한테서는 이어 회신이 왔읍니다. 나의 이름으로 왔읍니다. 조모님을 위시하여 스튜어드 죠오지씨와 그리고 모친 고모 누이 동생까지 연서로서 길게 쓴 편지 었읍니다. 어느 사람이나 다 똑같이 나의 임신을 축하하는 동시에 죠오지 가문에 있어서의 다시 없는 기쁨이요, 희망이라고 했읍니다.

이것이 캐리 죠오지의 가족으로 부터 두번째 받은 연서 편지 었읍니다. 첫번의 것은 스튜어드 죠오지씨가 돌아가서 이어 보낸 편지 었읍니다. 그때에도 왼 가족이 같이 써보내 주었읍니다. 어느 사람이나 우리들의 행복된 결혼식에 참례 못한것을 미안하게 여긴다고 썼읍니다. 결혼식에 찍은 사진도 함께 보내 주었던 것입니다.

첫번째 연서 편지와 사진을 받을 때에도 다시 없는 행복감을 느꼈지만 두번째의 연서 편지는 한층더 잊을 수 없는 행복감에 젖게 했던 것입니다.

이튿날 캐리 죠오지가 부대에 나간 뒤에 나는 곤의 편지를 불살려 버렸읍니

다. 곤을 완전히 나의 기억에서 없애 버리자는 생각이 었어요. 캐리 죠오지의
아이를 낳게 된 이제와서 곤 때문에 머리를 어지럽히는 일이 죄스러웠던 까닭
입니다.

캐리 죠오지의 귀국(歸國)

1954년 8월 20일이 캐리 죠오지가 한국 복무(服務)를 마치는 날이었읍니다.
캐리 죠오지는 본국에 있는 말하자면 후방부대에 전속되는 것이 었어요. 캐리
죠오지는 한국에서 계속 복무할 생각으로 근무연기 신청을 제출했던 것이나
근무연기 신청이 퇴각 당하게 되어 하는 수 없이 귀국하기로 한 것입니다.

근무연기 신청이 퇴각되고 나서는 나와 동반 하려고 캐리 죠오지는 그 수속
에 눈코 뜰새 없이 분망하게 지냈읍니다 마는 종래 수속이 채 끝나지 못하고
그만 혼자 떠나게 되었읍니다.

부모님의 낙망이란 말할 수 없었읍니다.

"옥경이하고 살던 미군도 다시 온다더니 꿩 구어먹은 소식이라더라."

아버지는 이렇게 말씀하셨으며 어머니는 이러한 아버지 말씀에

"미군이라고 다 그렇게 무심하겠오 마는 수만리가 된다는 먼데라니 생각 먹
은대로 오기가 쉬울라구……."

하며 한숨을 쉬는 것이 었어요.

"야 차래야. 죠오지군더러 매월 생활비나 부쳐 달라구 그래라. 옥경인 미군
이 본국에 가서도 돈을 부쳐 준다 물자를 부쳐 준다 해서 그 여자가 아주 부자
가 됐다 잖어."

"당신은 밤낮 하는 소리가 그렀소? 쉬이 데려 가도록 서둘란 말은 못하
고…….

여기 남아 있으면서 부쳐 주는 돈이나 물자를 받게 되기를 바라는구려. 애
이구 애이구 하느님 맙시사."

부모님의 이와 같은 싱갱이질[97]이 한두번에서 끝나지 않았읍니다.

"차래! 한달만 참아 줘요. 채 끝나지 않은 수속은 오하라씨한테 부탁해 두었어요. 틀림없이 한달이면 끝날거요."

"캐리가 데리러 와야지 뭐. 나 혼자는 못가요. 촌띠기가 미국으로 어떻게 혼자 간담."

"물론 데리러 오지. 오구말구. 혹시 내가 못오는 경우면 부친이 오게 될지 모르지만 —."

"캐리! 먼 길을 당신 아닌 다른 사람하고 여행 한다는건 싫어요."

"만일의 경우를 말한게지 꼭 부친이 온다는건 아니야. 내가 오지. 내가 와서 안구가지 이렇게……."

캐리 죠오지는 나를 안았읍니다.

"오오, 차래! 많이 무거워졌는데. 애기가 커가니까 무거워지는게지?"

"어머니가 그러시는데 한달반 가량하면 애기를 낳게 된다는군요. 캐리가 오기 전에 나면 무서워서 어떻해?"

"한달반 가량이라구? 그렇하면 우리들의 애기가 이 세상에 나온단 말이지? 오오 차래. 당신은 어머니가 되겠구려!"

"당신은 아버지가 되구. 후하하."

캐리 죠오지가 나를 추껴 안았읍니다.

× × ×

오하라씨가 캐리 죠오지의 귀국환송회를 열어 준다고 청해서 갔을 때는 저녁 일곱시 였읍니다. 해가 넘어가지 않았는데 실내엔 푸른 색등과 붉은 색등

이 켜져 있었고 7, 8명의 미군과 7, 8명의 여자들이 섞여 있읍니다.[98] 일층[99] '다다미'방이었어요.

여자들의 머리는 지져 붙쳤으며 입술은 징그러울 정도로 빨갰읍니다. 담배를 피우기도 하고 땅콩을 부질 부질 먹기도하고 껌을 딱딱 씹기도 했읍니다.

모인 사람들은 우리들이 들어서자 박수로 맞아 주었읍니다.

"오늘 저녁의 주빈 미스터 죠오지와 미세쓰 죠오지를 위해서 축배를 듭시다."

우리가 실내에 들어서자 준비되어 있던 잔에 양주를 딸아 높이 들고 오하라 씨가 소리를 쳤읍니다. 다른 사람들도 따라서 잔을 높이 치켜들고 캐리 죠오지와 나를 보는 것이 었어요.

그리고 나선 잔을 입으로 가져 가는 것이었어요. 캐리 죠오지와 나도 물론 잔을 들었던 것이고 캐리 죠오지는 그들과 같이 행동하는 것이었어요. 그렇지만 나는 들었던 이 잔을 어떻게 해야 할지 몰라서 한참 망서리다가 식탁에 놓았읍니다.

"미세쓰 죠오지는 이런 분위기가 처음일지 모르겠군요. 참 피차에 인사없는 분들이 있을테니 서로 인사하고 지내시지. 자 미쓰 영자로부터 인사할가? 이 사람은 나의 '리베'. 하하하."

말상 같이 얼굴이 길고 나이 많은 여자가 오하라씨를 툭 때리고 나서 나에게 손을 내밀며

"하우 아 유."
했읍니다.

다른 여자들도 차례차례로 손을 내밀며 '하우 아 유'를 지꺼렸읍니다. 나도 손을 내밀어 잡았읍니다. 입은 그냥 닫친대로 두고 ― .

---

98 연재본 참고 시 '있었읍니다'의 오식.
99 연재본 참고 시 '이층'의 오식.

여자들도 술을 마시고 남자들도 술을 마시는 것이 었어요. 그리곤 '땐스'를 하는 것이 었어요. 추다간 마시고 마시다간 추고 그들은 조금도 쉬지 않았읍니다. '땐쓰'는 옆에 있는 큰 마루방에서 추었읍니다. 붉은 등이 켜졌다 푸른 불이 꺼졌다 하는 속에서 그들은 서로 얼싸안고 돌아가는 것이 었어요. 얼굴과 얼굴을 마주대고 부비는 패도 있고 소리를 마주질러 가며 추는 패도 있고 조용히 껴안고 돌아가는 패도 있었읍니다.

캐리 죠오지도 네번 나가 추었읍니다. 그는 언제나 조용히 추었읍니다. 나는 한번도 추지 않았읍니다. 춤을 배워 본 일이 없었으니까요.

"음악에만 맞추면 돼요. 미세쓰 죠오지도 춰 보십시오."

오하라씨가 나에게 이런 말을 하며 권하는걸 나는 못 알아듣고 앉아 있었던 것입니다. 왜냐하면 미세쓰 죠오지는 나를 지층[100]하는 것으로 들리지 않았기 때문입니다. 나는 '이차래'가 귀에 익었을 뿐입니다. 아까 축배를 들면서 오하라씨가 미세쓰 죠오지라고 할 적에도 나는 한참 뒤에사 나를 지칭하는 말임을 알았습니다.

마시고는 추고 추다간 마시는 그들은 점점 소리를 더 크게 지르고 더 크게 웃고 야단법석을 부렸읍니다. 붉은 불 푸른 불도 그들과 똑같이 야단법석을 부렸읍니다.

이층이라 어디서든지 화안히 보일것이요 더 잘 들릴 것이 틀림없것만 그들은 그런것을 개의하지 않았읍니다. 아랫층의 사람들한테 까지도 미안하다는 생각이 없나 보았읍니다.

"캐리! 나는 도저히 앉아 있을 수 없어요. 가야겠어요."

그들과 어울려서 추고 마시는 캐리 죠오지까지 싫어졌었읍니다.

"왜 몸이 불편해요? 차래!"

영문도 모르고 캐리 죠오지가 눈을 크게 뜨며 물었읍니다. 그리고 그는 곧

---

100 '지칭'의 오식.

다른 사람들에게 내가 몸이 불편해서 가야 되겠다고 말했읍니다. 그들은 내가 보통 몸이 아니라는 것을 알고 있으므로 그대로 들어 주었읍니다.

밖에 나오자 나는 캐리 죠오지에게 트집을 부렸읍니다. 당신나라 사람들은 잘 웃고 잘 떠든다는둥, 양갈보하고 곧잘 얼려서 논다는둥 그렇게 놀아도 즐거우냐? 느둥 말 해가면서 — .

"노는 장소에 가선 유쾌하게 놀아야 하지. 남이 다 노는데 당신 모양으로 가만 앉아 있으면 분위기가 깨어지는거요."

"나는 그런 사람들하고 얼려서 놀구 싶잖어요. 거기 간것까지 후회돼요. 왜 내가 양갈보들 있는데로 간단 말이예요? 오하라씨는 왜 그까짓것들 하구 날 악수 시키는거예요? 오하라씨도 틀렸어. 그런 여잘 가지고 '리베'니 뭐니 하구……."

"차래. 그건 너무 지나친 소리요. 그 사람들 하구 악수한게 뭐가 안된단 말이요? 그 사람들은 사람이 아니요? 그 사람들 중에도 생명을 내걸고 사랑하는 사람이 있오. 차래. 그런 생각일랑 버려요. 누구는 낮고 누구는 높고 누구는 깨끗하고 누구는 더럽고 하다는 생각 말이오. 한국전쟁이 일어나지 않았더면 그들도 현숙한 아내로서 단란하게 살았을 여자들이였을지 알아요?"

"여자들 보다 그런 여자들하고 떠들며 주책없이 노는 사람들이 더 싫어요. 왜 그렇게들 떠들고 소리도 지르는거예요. 당신 나라 풍속은 이상해요."

"차래. 물론 우리 나라 풍속과 한국의 풍속이 달라요. 풍속뿐 아니라 생활감정과 사고방식도 달라요. 그렇더라도 오늘 저녁 그 방에서 일어 난 일을 가지고 우리 나라 풍속을 속단해 버릴건 없어요. 거기 있는 사람들은 한국전쟁에 출전한 군인들이니까요. 본국에 돌아가면 다들 훌륭한 아내가 있고 약혼자가 있고 연인이 있어요. 그들은 교양있는 자기들의 상대방과 한가지로 또한 교양 있는 모임을 가지고 질서있는 생활을 가지게 되는 거요."

나는 다시 말을 하지 않았읍니다. 다리를 뻗어 버리고 울었으면 좋을 마음이었읍니다. 캐리 죠오지의 말을 듣고있는 사이에 나의 심경은 더욱 험악해

졌던 것입니다.

집에서는 굿을 한다고 야단법석이 었어요. 꽹가리를 치고 새납을 불고 동네 여인네와 아이들이 모여들고 마당에 발을 들여 놀 틈이 없었어요.

어머니는 우리들이 돌아온 것도 모르고 분주히 서두는 것이었어요. 나는 무엇 때문에 굿을 한다는 것을 알고 있으면서도

"어머니. 왜 이러는거예요? 창피하게스리."

하며 서둘고 있는 어머니를 붙잡고 말했읍니다. 어머니는

"너희들이 왔느냐? 벌써 왔느냐?"

고 하시며 어쩔 줄 모릅니다.

"치어버려요. 안치면 막 부실테예요."

"죠오지가 무사히 갔다가 와야 할께 아니냐?"

"글쎄 아무 말씀두 말구 치어버리세요. ……다들 가 주세요. 당신들도 이걸 걷어 가지고 가 주세요."

어머니와 구경군과 굿쟁이들 한테 나는 이렇게 말하면서 거기 널려있는 것들을 내손으로 걷어 치웠읍니다. 다들 나간 뒤에 대문을 닫은 다음 빗장을 질러놓고 방에 올라 왔읍니다.

"왜들 모여 왔오? 불고 치고 하는건 뭐지요?"

방에 먼저 올라와 있던 캐리 죠오지가 물었읍니다.

"그거 말이예요. 캐리가 무사히 귀국하기를 기원하는 기도래요."

나는 이렇게만 말해 들려 주었읍니다.

"오오 그래요? 그런데 당신은 왜 화를 내가지고 사람들을 몰아요?"

"시끄러워서요. 난 시끄러운게 싫어요. 그렇게 와와 떠드는거 질색이예요."

"차래는 내가 무사히 가기를 원치않는 마음인게지?"

"무사히 가거나 말거나 나한테 무슨 상관이예요. 당신들은 당신 나라에 돌아가면 훌륭한 아내 약혼자 연인들이 있잖어요? 교양있는 모임과 질서있는 생활이 있잖어요? 한국에 와선 아무렇게나 살다가 본국에 돌아가면 다들 질

서 있고 교양있는 생활을 하잖어요?"

　나는 끝내 울음을 터트리고 말았읍니다. 아까 길에 물앉아[101] 울고 싶던 울음이 폭발 되었던 것입니다.

　"차래. 그러지 말아요. 내가 갔다 이내 온다고 하잖어? 나한텐 본국보다도 차래가 있는 한국이 좋아요. 나는 본국에 돌아가도 약혼자도 연인도 없잖어. 차래 만이 있을 뿐이요. 어떻게 생각하면 내가 가는 게 더 나을지 몰라요. 내가 가서 차래를 맞을 준비를 해놓는단 말이요. 울지 마라요. 차래. 당신이 이러면 나는 외롭잖어?"

　캐리 죠오지가 흘러내리는 눈물을 씻어주며 애무해 주었읍니다 마는 그럴수록 캐리 죠오지와의 거리감(距離感)을 느끼게 되는 것이었어요.

　캐리 죠오지가 떠나던 날은 아침부터 구름이 무척 많이 뭉치를 지어 떠 오르고 있었읍니다. 마당 구텅이에 서 있는 '뽀뿌라'[102]에서 쓰르람이가 성히 울었읍니다.

　"어쩐지 난 캐리를 다시 못만날것 같은 예감이 들어요. 저 쓰르람이가 그렇게 일러 주는 것 같아요."

　모자를 쓰느라고 거울에 마주 서 있는 캐리 죠오지에게 내가 이런 말을 했읍니다.

　"차래. 갔다 이내 온다는데 왜 자꾸 그런 말을 해? 내가 그렇게 못믿어운 사람이던가?"

　"그렇지 않지만……그래두 어쩐지 그런 생각이 들어요. 애길 낳다가 죽을지 어떻게 알아요?"

　"아니 그게 웬 소리야? 그런 말을 어떻게 해? 차래. 그러지말아. 내가 곧 올게. 맘을 단단히 먹어요."

101　'돌앉아'(돌아앉아)의 오식.

102　포플러.

캐리 죠오지는 모자를 쓰다 말고 나를 포옹해 주었어요.

비행장에는 부모님도 나가셨읍니다. 어머니는 별 말씀이 없었읍니다 마는 아버지는 '뻐스' 속에서 몇번씩 캐리 죠오지에게 생활을 정종[103]하는 말을 하는 것이었어요. 아버지는 집에서도 캐리 죠오지를 불러 앉히고 이런 종류의 말을 했던 것입니다. 아버지가 이런 말씀을 하실 때면 나의 몸이 오글아 붙는듯 싶었읍니다. '뻐스'에서 말씀하실 땐 그자리에 녹아 없어지고 싶은 마음이 있었읍니다.

캐리 죠오지가 탄 비행기가 부르릉 구름이 무척 많이 뭉치를 지어 떠 오르고 있는 하늘에 뜨기 시작 했읍니다. 얼마 후에는 비행기가 보이지 않았읍니다. 캐리 죠오지는 떠나 간 것이라고, 교양있는 모임과 질서있는 생활이 있는 본국으로 돌아 간 것이라고 중얼거리며 나는 흔들던 손을 멈췄던 것입니다.

순산(順産)

9월 28일에 나는 어린애를 낳았읍니다. 사내 아이었읍니다. 캐리 죠오지를 늘 보아서 잘 알고 있는 여의사의 말에 의하면 어린아이는 캐리 죠오지의 키와 피부와 코와 입을 닮고 그 나머지 눈, 머리털, 귀는 나를 닮았다는 것입니다.

"미스터 죠오지의 귀만은 생각나지 않지만 애기의 귀가 엄마 귀 같은걸 보면 귀하고 눈하고 머리털만 엄말 닮았어. 용케도 반반씩을 닮았어. 공평하게 닮느라고 그런 모양이지. 호호호."

여의사는 눈을 가늘게 떠 웃는 것이었어요.

의사의 말은 반반씩 닮았다고 하지만, 또 얼른 보기엔 누구나 반반씩 닮은

---

103 '걱정'의 오식.

것같이 보기 쉽지만 자세히 뜯어 보면 머리털이 검기만 할 뿐이지 곱실곱실 '웨에브'를 이르킨거라던지 눈이 움푹 들어 간 거라던지는 어디까지나 서양인 (西洋人)이지 동양인(東洋人)은 아니 었습니다.

"차래야. 애기가 아주 이상형이야. 꼭 존것만 골라가며 닮았구나. 너한텐 안된 말인지 모르지만 서양인의 그 노랑머리 노랑 눈이 우리 동양인에게 어떤 거리감(距離感)을 줬다고 봐. 말하자면 피부가 너무 흰데 머리털까지 노랗고 거기다 눈마저 노랗니까 서양인한테서 뇌린내가 난다고들 그러는것 같아. 뇌린내는 후각에서만 오는 것이 아니고 시각(視覺)에서 오는것도 같아. 그리고 동양인의 가장 결함이 사지(四肢)가 늘씬 늘씬 하지 못하고 가깝스럽게 바투 붙은 점인데 이 바투 붙은 가깝스런 체구에다 새까만 머리털과 새까만 눈을 가졌기 때문에 잘못하면 매앵해 보이기 쉬운데 우리 조카놈은 늘씬한 키에다 새까만 눈과 머리털을 가졌으니 매앵해 보일 염려도 없고, 후각으로나 시각으로나 누구의 비위를 거슬려 줄 일이 없을게니 얼마나 이상형이냐 말이다."

나의 순산의 기별을 받고 병원에 달려 와 준 상매가 긴 설명을 늘어놓며 어린아이를 찬양해 주는 것이었어요.

상매가 돌아 간 뒤에 나는 어린아이를 얼마나 많이 들여다 보았는지 모릅니다. 들여다보면 볼수록 정말 이상형의 아이 인것만 같아서 기뻤습니다. 캐리 죠오지와 둘이서 이 이상형의 아이를 들여다 볼 수 있었으면 얼마나 좋으랴 싶은 안타까운 심정에서 의사가 아직 몸을 움직여서는 안된다고 구지 말리는 것도 듣지 않고 캐리 죠오지에게 편지를 쓰기 시작 했습니다.

그 편지의 서두는 다음과 같이 떼었습니다.

'우리들의 아기는 동양인에게서 가장 존것과 서양인에게서 가장 존것만 골라 가지고 태어난 이상형의 아이입니다.'라고 썼습니다. 그리고 이것은 상매가 우리들의 아기를 찬양해준 말이라고 부언 한 다음

'캐리! 해산을 도와 준 여의사는 우리들의 아기를 평하여 말하기를 캐리의 키와 피부와 코와 입을 닮고 그 남어지 눈과 머리털과 귀는 나를 닮았다는 것입니다. 여의사는 또 이렇게도 말했읍니다.

"미스터 죠오지의 귀만은 생각나지 않지만 애기의 귀가 엄마 귀 같은 걸 보면 귀하고 눈하고 머리털만 엄말 닮았어. 용케도 반반씩 닮았어. 공평하게 닮느라고 그런 모양이지."

여의사는 엄마라는 말을 두번씩이나 했읍니다. 엄마라는 말이 남의 일처럼 어색하면서도 말할 수 없는 희열을 깨닫게 되는건 무슨 까닭인지 모르겠읍니다. 캐리 당신이 곁에 있었더면 여의사는 당신에게도 나에게와 같은 말을 하면서 아빠 아빠를 몇번씩 붙쳤을 것입니다. 아빠라고 붙쳐 주는 때의 캐리의 표정이 보고 싶네요. 이것은 지금 갑자기 생긴 충동입니다. 바루 이 순간에 생긴 것입니다.

아기를 낳을 준비단계에 이르렀을 땐 공포에 떨고만 있었읍니다. 아침부터 배가 아프길래 어머니 한테 배가 아프노라고 말했더니 어머니 얼굴색이 파래지시면서 병원에 가자고 말씀하시는 것이 아니겠어요.

병원에 가서 두시간만에 아기를 낳았어요. 그 두시간 동안에 어떻게 떨었던지 의사가 부탁하는 말이 "의사를 믿고 마음을 탁 놓으시요. 애기를 낳는 일은 무서운 일이 아닙니다. 아기를 낳는 일은 복된 일이요. 기쁜 일입니다."
라고 줄곧 외우는 것이었어요.

이제 아기를 낳고나니 의사의 말과 같이 아기를 낳는 일은 조금도 무섭지 않다는 것을 알았읍니다. 몸과 마음이 그냥 평화롭기만 합니다. 의사가 가만 둔다면 막 뛰어 다니고 싶어요. 언제 이렇게 가벼운 몸을 가져 본 일이 있던가 싶게 가뜬해 졌읍니다. 이젠 캐리가 오는 날을 기다리는 일만이 남았읍니다. 조모님을 비롯하여 아버님 어머님 동생 고모님 여러 분께 제가 화평하시기를 빈다고 말씀 전해 주십시요. 안녕.

당신의 차래로 부터

곤의 내방(來訪)

내가 병원에서 퇴원하던 이튿날 곤이 집에 왔읍니다. 어린 것에게 젖을 먹이고 있는데 현관문을 똑 똑 똑 녹크하는 소리가 들리는 것이 아닙니까. 그때가 오후 여섯시가 좀 지났을 것입니다. 분명히 나는 그시간을 알고 있읍니다. 왜냐 하면 그 시간은 아이에게 젖 주는 시간인 것입니다.

"캄인!"

녹크 소리에 내가 대꾸 했읍니다. 그것도 조용하지 않게 무척 성수가 나서 소리를 지를대로 질렀던 것입니다. 젖을 먹이면서 들여다 보면 볼쑤록 어린것이 귀엽기만 해서 견딜수 없어 하던 바루 그 시각이었던 까닭입니다. 그리고 그날 오전중에 캐리 죠오지의 편지와 함께 스튜어드 죠오지씨와 그의 부인 수산나 죠오지여사한테서 편지가 오고 어린것의 옷과 보들 보들한 비단 포대기와 나의 의류와 구두가 도착했던 것입니다. 더구나 스튜어드 죠오지씨 편지 속엔 어린것의 이름을 쓴 네모난 '카아드'가 들어 있었읍니다. '토니 죠오지' 이 것이 어린 것의 이름입니다. '카아드' 의 네귀퉁이로 부터 토니 죠오지를 향해 어린 천사가 날개를 펼치고 있었읍니다.

캐리 죠오지나 스튜어드 죠오지씨와 스산나 죠오지여사의 편지는 똑같이 감격에 찬 내용이었읍니다. 똑같이 하루바삐 귀여운 아기를 보고 싶다고 했으며 자기들은 아기와 산모의 건강을 위해서 새벽 기도회를 열고 있다고 했읍니다.

그들은 또한 오하라씨의 친절을 매우 감사하게 여기는 말도 잊지 않았읍니다. 오하라씨가 나의 출산(出産)을 알리기 위해서 그들에게 친절하게도 전화를 걸어 주었던 것입니다. 그리고 아기의 옷과 나의 옷도 오하라씨를 통해서 보내 왔던 것입니다.

캐리 죠오지는 어린것의 눈과 머리털이 검은데 대해서 한참 찬사를 보냈더군요. 오하라씨는 어린것의 눈과 머리털이 검다는 것 까지 설명 했던 모양입니다. 내가 한 편지를 받기 전에 그것을 알고 있다면 오하라씨가 알린것임에 틀림 없는 것입니다. 그동안 오하라씨는 병원에 몇번씩 와 주었으며 온갖 것을 서둘러 주어서 어느것 하나 부자유함이 없게 지났읍니다. 퇴원하던 날도 고급 승용차를 불러주곤 했던 것입니다.

검은 눈과 검은 머리털에 대한 캐리 죠오지의 찬사를 추려 볼것 같으면 토니는 동양적인 머리털과 눈을 가졌기 때문에 정신(精神)의 깊이를 지닌 아이일 것이라구요. 그리고 캐리 죠오지는 맨 마지막에 짓궂게도 토니의 아빠로 부터라고 썼읍니다.

이러고 보니 내가 어떻게 성수가 안 날 수 있겠읍니까?

"캄인!"에 응답이 없으므로 나는 또 한번 "캄인!"을 외쳤읍니다. 그래도 응대가 없읍니다.

"어머니. 누가 오셨나분데 나가 보세요."

나는 어린것 한테서 젖꼭지를 빼고 싶지 않으므로 건넌 방에 계신 어머니를 불렀읍니다. (참 나는 내 방에 있지않고 아랫층 온돌방에 거쳐했어요. 갓난 아이는 엉덩짝이 뜻뜻해야 한다면서 어머니는 구지 이층 우리들 방으로 못가게 했읍니다.)

"나가 봐라. 미군인인지[104] 모르겠구나."

어머니는 이렇게 말씀하시며 내가 있는 방으로 건너 오시는 것이었어요. 왕성하게 빨아들이는 아이 한테서 젖꼭지를 빼았고 싶지는 않았으나 어머니 한테 어린것을 안겨 놓고 현관문 쪽으로 쭈루루 달려가 가지곤

"캄인!"

104　'미군인지'의 오식.

을 더크게 외치며 문을 제쳤읍니다.

"어머나. 어쩌나."

문을 열어 제치자 거기 서 있는 대상이 시야에 들어 왔을 때 나는 그것이 곤인지 아닌지 분간 못하면서도 이렇게 신음에 가까운 소리를 질렀던 것입니다. 곤보다 키가 크고 얼굴이 껌어 죽죽하기는 하지만 곤임에 틀림 없다는 의식이 나를 지배한 것만은 사실입니다.

"배곤입니다."

신음에 가까운 소리를 지르고 어찌할 바를 몰라 말뚝 같이 선채로 있는 나에게 곤이 자기 이름을 외워 주었읍니다.

곤의 이름 외우는 소리가 끝나서 였던지 그 보다 좀 먼저 였던지 그것 조차 알 수 없읍니다. 아무튼 나는 전신의 피가 어느 한군데로 쏠리는듯 하면서 서 있는 마루바닥이 풍랑에 뜬 배처럼 마구 파동치는 것을 느꼈읍니다. 그것까지 밖에는 모르겠어요.

찬란한 노을 색채에 눈이 부셔하면서 눈을 뜨고 보니 안개가 잔뜩 꼈을 때의 태양과 같이 전등이 부유스럼한 방을 비치고 있고 어머니가 어린것을 안고 앉아 계셨읍니다.

"앨 젖 줘라. 배가 곺아 울더니 기진맥진해서 잠들었구나."

어머니는 이렇게 말씀 하시면서 어린것을 나의 가슴에 안겨 주었읍니다. 어린것은 나에게 안기자 입을 내두르며 젖꼭지를 찾았읍니다. 나는 어린것을 닥아 안으며 젖꼭지를 물려주었읍니다. 그렇게 하고 있는 나의 눈에서는 눈물이 주르르 흘러 내렸읍니다. 이 눈물은 어째서 흘러 내렸는지 모르겠어요. 눈물은 그냥 계속되는 것이 있어요.

어린 것은 젖꼭지를 어떻게 힘차게 빨아 드리는지 뱃 속의 것까지 땡기는것 같았읍니다. 그렇게 빨다간 응알거리는 것이었어요.

"얘야. 에미가 상심하니까 젖이 안나나 부구나. 젖처럼 눈치 빠른건 없네라. 더구나 저녁두 안먹었으니……"

어머니는 내 눈치를 살피며 걱정스럽게 말씀하는 것이었어요.

"어머니. 곤이 어떻게 됐어요?"

어음(語音)이 분명치 못한것은 흑흑 느끼어 지기 때문이 었어요.

"여관으로 간다구 갔다. 아버지가 사정얘길 자세했더니 아무의 잘못두 아니라구 그러더란다. 그러니까 네가 잘못한것두 너 아버지나 내가 잘못한게 아니라는 거야……."

"아버지가 뭐라구 하셨게?"

"돈까탄[105]에…… 살수 없어서 하는수 없이……."

"곤한테 그렇게 말씀했단 말이지요? 그런 궁상스런 소릴 해가며 궁상을 떠셨단 말이지요?"

나는 어머니 말을 채 듣지도 않고 이와 같이 큰 소리를 쳤습니다. 건넌 방에서 아버지가 들으신 모양으로 헛기침을 몇번 짖으시는 것이었어요.

"애야. 좀 진정해라. 젖에 나쁘대두 그러느냐……."

"듣기 싫어요. 날 그래 양갈볼 만들어 놨구만. 돈 까닭에…… 살수가 없어서 양갈보가 된 거구만…… 어헝 어엉."

나는 머리를 쥐어 뜯으며 울음을 터뜨렸습니다.

이튿날 오전 열한시반 가량해서 곤이 다시 왔습니다. 밖에서 찾지도 않고 바루 들어와서 부모님께 말씀한 후 어머니와 같이 내 방에 들어 왔습니다.

"실례합니다."

곤이 깍듯이 인사를 하면서 어린것에게로 시선을 보내는 것이었어요. 나도 곤과 함께 어린것에게로 눈을 돌렸습니다. 어린것은 아무것도 모르고 잠들고 있었습니다. 잠든 눈이 더 검고 유순해 보이는 것은 속 눈섭이 긴 탓일 거예요.

그런데 어린것에게로 시선을 보내던 곡[106]은 무슨 징그러운 것, 또는 몹시 더

105　까탄 : '까닭'의 방언.

106　'곤'의 오식.

러운 것을 보았을 때와 같은 표정을 지으며 어린것에게서 얼굴을 돌리는 것이었어요. 나는 어린것을 와락 내 앞으로 끌어 안고는 양팔을 쫙 펴서 어린것을 가리워 주었읍니다.[107] ― 마치 솔개를 본 암탉이 병아리를 품듯이 ― .

"감출건 없읍니다. 감춘다고 불유쾌한 사실이 사라질리 없을테니까."

이그러진 얼굴 그채로 곤은 말했읍니다.

"감추기 위해서가 아닙니다. 혹시……."

진실로 나는 감추기 위해서가 아니었으니까요. 곤의 이그러진 얼굴을 보자 나의 머리엔 꿈에 본 곤 ― 쟁기나 도끼가 아니면 권총을 들고 나에게 달려들던 ― 이 떠 올랐던 까닭입니다.

"혹시 해치기라도 할가봐서 그럽니까?"

"네. 그래요.

나는 도렷한[108] 소리로 대답 했읍니다.

"그런 염련 마십시요. 그걸 해친다고 불유쾌한 기성사실이 말소 될리가 없…[109]

어제 저녁 차래씨 부친으로부터 모든 사정애길 다 들었읍니다. 오직 민족적인 비운을 슬퍼할 따름입니다."

"아버지 말씀을 믿어요? 아버지가 거짓말을 하셨어요. 돈 까닭에…… 살수가 없어서 미군하구 결혼했다고 아버지는 그렇게 말씀하셨다지요? 절대로 돈 때문이 아닙니다. 돈때문에…… 살수가 없어서 미군하구 결혼했다면 양갈보지 뭐예요? 나는 양갈보가 아닙니다. 캐리 죠오지를 사랑하기 때문에 결혼한 겁니다."

나는 쏜쌀처럼 내 쏘았읍니다.

---

107 '주었읍니다'의 오식.

108 도렷하다 : 엉클어지거나 흐리지 않고 분명하다.

109 연재본 참고 시 '없을테니까…'의 오식.

"그렇던가요? 그렇담 나 개인으로선 할말이 없습니다. 그러나 한국의 운명을 짊어진 사람으로선 하고 싶은 말이 많습니다. ……좀 더 참아줄줄 알았읍니다.

차래씨는 양갈보가 아니라고 자신을 변명합니다만 양갈보들에게 이야길 시켜보더라도 역시 차래씨와 똑같은 말을 할겁니다. 사랑하기 때문에 같이 산다고 —. 딸라가 탐나서, 호화로운 생활이 좋아서…… 말하자면 허영을 충족시키기 위해서 그 따위 짓을 한달 여자는 없을 것입니다. 사랑하기 때문이라거나 혹자는 부모 동기를 멕여 살리기 위해서라고 말할겝니다."

"그러면 당신은 절더러 허영을 — 딸라가 탐나고 호화로운 생활이 좋아서 결혼했다는 말씀이군요?"

"거기에 항의할 자신이 있읍니까?"

"곤씨는 저를 웃읍게 아시는군요? 타락한 여자로 아시는군요?"

"개인의 이익을 위해서 국가민족을 좀먹는 것 이상의 타락이 또 어디 있겠어요?"

"신성한 국제결혼을 당신은 향락으로 아시는군요?"

"글쎄. 어느 정도 신성한지 모르지만 오늘날 우리 현실에선 당신같은 여자를 타락했다고 볼수 밖에 없어요."

우리들의 어성이 높아서였든지 아직 좀더 있어야 젖 먹을 시간인데 어린 것은 그만 깨어가지고 울음을 터뜨리는 것입니다. 다른 때 보다 유난히 큰 소리로 우는 것이었어요. 혹시 곤의 소리에 놀랐던지도 모르겠어요. 이때까지는 아이 곁에서 큰 숨 한번 못쉬고 조심하던 터이므로 놀라기도 쉬운 일입니다.

"끝까지 행복하기나 하십시요."

아이 울음소리가 나자 곤이 안절부절을 못하더니 이런 소리를 내뱉곤 일어서 나가는 것입니다. 드르륵 미닫이 소리를 듣자 아버지와 어머니가 자기들 방에서 달려 나오는 소리가 나고 아버지가 곤에게

“어디 가는 거냐? 곤아.”

하고 목멘 소리로 불렀읍니다.

“안녕히들 계십시요.”

곤의 인삿 소리가 들려 왔읍니다.

“곤아, 넌 내 아들이 돼다구. 너 아버지가 널 나한테 맽기잖았느냐? 차래는 이제 미국으로 갈테니 널랑 아들노릇 해다구 곤아. 할빈에서 너이 부모하구 지나던 생각해 봐라. 사리원에서 지나던 일을……”

아버지의 음성이 울음으로 변했읍니다.

“들어들 가십시요. 저두 친부모나 똑같이 생각하구 있었어요. 모두 행복하게 해 드리려구 맘 먹구 있었어요.”

곤의 음성도 떨렸읍니다.

“곤아, 가더라두 점심이나 먹구 가야 할게 아니냐? 어디루 간단 말이냐?”

어머니는 마구 흐느끼는 것이었어요.

“들어들 가십시요. 들어 가시는걸 보구 가겠읍니다.”

“너는 끝내 안들어 올 작정이냐? 점심을 안먹구 가겠느냐?”

“곤아. 너 다시 오지? 응 꼭 와 줄테냐? 곤아.”

아버지 어머니 말씀에 곤은 대꾸하지 않고

“들어들 가십시요. 들어 가시는걸 보구 제가 가겠읍니다.”

라고 말했읍니다.

“어디 갈테냐?”

“저야 갈데 없겠읍니까. 젊은 놈이사 아무러면 어떻습니까.”

“일선으로 가겠느냐?”

“제 염려는 마십시요. 돌을 깨물면서라두 살아볼 생각입니다. 찾아 올때까지 안녕하시고 위선 들어들 가십시요.”

권에 못이겨 어머니 아버지가 들어오시는 소리가 들리고 그러고 좀 있다가 곤의 발소리 가 뚜벅 뚜벅 대문께로 향해 나가는 것이 들렸읍니다.

곤의 구두 소리가 대문 밖에 사라지자 나는 푹 쓰러져 울기 시작 했읍니다. 그냥 울지않고 가슴을 박박 쥐어 뜯으며 울었읍니다. 곤이 말할 수 없이 불상한 생각이 들면서 가슴이 아팠던 것입니다.

캐리 죠오지에게선 연달아 편지가 왔으며 돈과 물건이 왔읍니다. 돈과 물건은 여전히 오하라씨 앞으로 보내어서 오하라씨가 직접 갖다 주던지 그의 부하를 시켜서 보내주던지 하는 것이었어요. 심지어는 아직 뭐가 뭣인지도 모르는 어린것의 작난감 까지 보내 주었읍니다.

오하라씨는 집에 오기만 하면 아이의 작난감을 집어 들고 아이를 얼르며 수선을 떨었읍니다.

"야하 벌써 잡으려구 하는 것 같은데. 미세쓰 죠오지. 이걸 좀 보시요. 아기가 이걸 보구 손을 들먹거리잖아요. 미스터 죠오지한테 또 한가지의 '뉴우쓰'를 전하게 됐는데……."

오하라씨의 말을 따라 아이를 들여다 보던 나는 이어 아이에게서 얼굴을 돌렸읍니다. 곤의 이즈러진 얼굴이 떠 오르기 때문이 었어요. 이때 뿐이 아닙니다. 곤이 다녀간 뒤엔 늘 곤의 이즈러진 얼굴, 그가 하던 말이 귀바퀴에 매달려서 견딜 수 없었던 것입니다.

— 딸라가 탐나서, 호화로운 생활이 좋아서 —

— 개인의 향락을 위해서 국가민족을 좀먹는 것 이상의 타락이 또 어디 있을라구 —

— 양갈보들 한테 이야길 시켜 보더라도 역시 차래씨와 똑같은 말을 할겁니다. —

나는 아이에게서 얼굴을 돌리듯이 캐리 죠오지한테서 보내 온 돈이나 물건에서도 얼굴을 돌리지 않을 수 없었읍니다. 딸라와 물건 까지도 눈방울을 똘똘 굴리면서

— 딸라가 탐나서, 호화로운 생활이 좋아서 —

하곤 빈정대는 것이 아닙니까?

이렇게 견딜 수 없는 날을 보내고 있는 중에 아버지는 다시 아편을 사용하게 된 것입니다. 그렇게도 집착성이 없으시던 아버지가 곤이 다녀간 뒤엔 이상하리만큼 침울해 지시며 진지도 별로 안드시곤 하더니 끝내 또 그 짓을 시작 하셨읍니다.

소용돌이

아버지는 결국 해고를 당했읍니다. 직장 책임자가 아편 중독자임을 알게 된 까닭입니다. 그렇잖아도 캐리 죠오지가 떠난 뒤 부터 책임자는 아버지를 무슨 구실을 못삼아 하던 참이었대요. 캐리 죠오지가 있을 때 부터도 이 책임자는 아버지더러

"당신 엉터리."

하고 노란 눈자위를 굴렸다는군요.

"그놈이 날더러 속임수가 있다고 엉터리라지만 내가 뭘 속였게……참."

아버지는 노란 자위의 책임자 한테 불평을 보내는 것이었어요.

"여보. 울화가 터지는 소리 좀 말어요. 입이 광주리 구녕만해도 당신 입에서 나올 말은 없어."

어머니가 아버지를 죽질러 놓는 말입니다. 어머니는 말끝 마다 아버지를 이렇게 죽질러놓는 것이었어요.

아버지는 전에 하던 그대로 하셨읍니다. 외출하셨다 들어 오시면 누어 계시는 일 외에 하는 일이 없었읍니다. 누어 계시다간 하품과 기지게를 치고 눈물을 흘리며 몸을 비틀고 떨게 되면 어머니 한테 돈을 얻어 가지곤 외출하는 일이 생활이 었어요.

외출하는 때면 집안은 지옥이 되고 맙니다. 어머니는 돈을 안드리려고 하시고 아버지는 돈을 빼앗으려고 하시고. ― 서로 맞붙어 패고 때리고 차고 하는 일이 비일비재였어요.

"한번만 다녀 올께. 이번만 하구 올께. 곤이 그놈만 안 왔더면 다시 이짓을 했을라구."

패고 때릴 수 없는 단계에 이르면 아버지는 곤에게 핑계를 돌리며 비는 것이었어요.

"핑게없는 무덤이 어디 있게. 느는 건 말솜씨 뿐이야."

어머니는 종시 아버지의 요구를 안들어 주시는 것입니다. 끝내 아버지는 발작증을 내시게 됩니다. 이렇게 되면 어머니는 어떻게 마련하셨든지 주사기를 빼어들고 아버지 몸둥이 어느 한군데다 꾹 찔르는 것이 었어요. 어머니가 꾹 찔른 주사 바늘이 빠지고 나면 아버지는 언제 그랬더냐는 듯이 말짱해서 호기를 뽑는 것이었어요.

"마누라. 내가 밤낮 이럴줄 아오? 죠오지군이 차래를 데려갈 쩍에 한몫 달래서 한 미천 되면 장살 시작해 본단 말이요. 틀림없이 이영근이가 사위덕에 큰 부자가 될 걸 ―

한국 사람 사월 삼았더면 이런 꿈도 꿀 수 없지 없어……."

"그 아가리 좀 닥치지 못해?"

어머니는 주먹으로 힘껏 아버지의 너불 너불 하는 입을 들여다 박습니다. 주먹 뿐이 아니고 때로는 방망이나 이런 종류의 것으로 아버지를 때리기도 하는 것입니다. 어머니는 아버지가 다시 이 모양이 되시니까 정신이상이 되지 않았는가 의심할 정도로 난폭해 지시는 것이었어요.

캐리 죠오지에게선 여전히 딸라가 오고 물건이 왔읍니다. 이런 때 마다 집안에 난리가 으례히 벌어지는 것입니다. 아버지가 어느새 얼마간을 훔쳐 가지고 시장에 나가시기 때문이 었어요. 어머니 주머니 속에 들어 있는 딸라까지도 몽탕 가지고 나가는 수가 있었으니까요. 심지어는 주머니채로 싹뚝 짤라낸 일도 있었으니까요.

몇번 간의 실패가 있은 뒤에 어머니는 결사적으로 방어책에 힘을 쓰게 되니까 아버지가 오하라씨에게 가서 딸라와 물건을 몽탕 다 찾아가지고 그 길로 장사치들 한테 팔아 버리는 것이 었어요.

"창피한대로 오하라씨한테 말해라. 요댐것도 또 그짓을 하면 어린것 하구 어떻게 사느냔 말이다."

어머니는 아버지의 비행을 오하라씨에게 알리라고 하시지만 참아 그럴 수가 없었고 생각에 생각을 거듭하여 짜낸 결과에 캐리 죠오지에게 토니의 이름으로 보내 줄 것을 요청했던 것입니다.

이 편지에도 나는 솔직하게 고백할 수가 없었어요. ―당신이 보내주는 돈과 물건은 당신의 아들 토니의 이름으로 보낼 수 있다면 당신은 얼마나 즐거울까요. 그리고 당신이 보내주는 선물을 토니 외에 아무도 찾을 수 없도록 되는 일이 나는 또 얼마나 즐겁구요.

이 편지가 있은 뒤에 캐리 죠오지는 그대로 해 주었읍니다. 그리고 편지에는―나의 토니가 아버지의 선물 받으려 가는 모습을 보고 싶다고 썼읍니다. 그리고 그는 당장에라도 날아오고 싶은 생각 뿐이나 군무에 매인 몸이라 어쩔 도리가 없노라고 썼읍니다.

오하라씨 한테도 캐리 죠오지는 자기의 선물을 사랑하는 아들 토니군에 줄 것을 희망한다는 부탁을 했기 때문에 오하라씨도 캐리 죠오지의 부탁대로 해 주었읍니다.

아버지가 가서 캐리 죠오지에게서 온 것들을 달라고 말씀했을 때 오하라씨는

"미스터 죠오지의 부탁이 미스터 토니에게 전해 달라고 하므로 미스터 토니가 올 것을 희망합니다."
하고 아버지에게 말했던 것입니다.

토니가 받아온 물건과 딸라는 엄청나게 많았읍니다. 어머니는 장사치들을 집에 불러다 딸라를 교환하고 물건을 팔았읍니다. 장사치들은 오랜 시간을 어머니와 더불어 지절 대며 물건 흥정을 하는 것이었어요. 그러다가 결말을 짖게 되면 대가(代價)를 치루고 그들은 이던가 짊어지던가 해 가지고 돌아가는

것이었어요. 장사치들은 아버지가 없는 틈이 아니면 혼수 상태에 있을 때 오곤 했습니다. 어머니는 그시간에 약속했던 것입니다.

장사치들이 오는 때처럼 고통스러운 건 없어요. 인자네 동네에 살 쩍에 양갈보집에 오는 많은 장사치들을 목격했기 때문입니다. 그렇게 와서 미국물품을 이던가 짊어지던가 혹은 '구루마'에 실어 가지고 가는 것을 나는 무척 많이 보았던 것입니다.

나는 방안에서 그냥 자멸(自滅)하거나 누가 와서 권총으로 탕 쏘아 주었으면 좋을 것 같은 생각밖에 없었어요.

"아. 양갈보집에서 하는 것과 꼭 같은 짓을 하는구나. 나는 틀림없는 양갈보구나. 딸라와 미국물건이 아니면 살아 갈수 없는 양갈보."

이런 생각이 밀물처럼 올리 밀어서 방바닥에 마구 업드려 울지 않고는 배겨내지 못했던 것입니다.

떠나 간 곤이 전혀 소식이 없더니 편지를 보내 왔습니다. 눈이 폭폭 쏟아지는 날이었어요. 곤이 다녀 간지 석달만이 었어요. 토니가 백날 넘은 무렵이었어요.

인연을 끊어 버리려고 했습니다. 과거에 알던 일 까지도 없었던 것 처럼 생각 하려고 했습니다.

석달을 두고 그렇게 생각하다가 다시 펜을 들었습니다. 아무래도 오늘 날 그지경 된것은 차래씨의 잘못 만이 아니라는 결론을 내릴 수 있기 때문입니다.

차래씨의 말대로 죠오지 뭐라는 미군을 사랑해서 결혼을 하게 되었다 치더라도 차래씨에게만 그 책임을 지울 수가 없다는 말입니다. 나라에 사변(事變)이 생기지 않았더라면 죠오지 뭐라는 미군이 한국에 올 리가 없었을 것이고 죠오지 뭐라는 미군이 한국에 오지 않았더면 이차래라는 여성과의 결혼 문제도 생기지 않았을 것이 사실입니다.

차래씨를 만나고 돌아 온 후로 나는 진실로 차래씨가 가엾다는 생각을 가지게 되었읍니다. 당신 조상(祖上)의 어느 한 분과도 같지 않고 당신과도 같지 않고 조국 땅 안에 사는 우리 민족의 어느 한 사람과도 같지 않은 ― 백색 피부와 옴팍 들어간 눈과 우뚝히 높은 코를 가진 아이를 차래씨가 안고 앉은 것을 보았기 때문입니다. 그러한 아이를 안고 앉은 당신은 정녕코 불행한 여인임에 틀림 없다는 단안을 내리게 되었던 것입니다. 차래씨. 지금이라도 늦지 않으니 어린 아이를 죠오지 뭐라는 사람에게 맡겨 버리십시오. 당신이 낳았고 당신이 안고 앉았으나 당신하고는 머언 거리(距離)에 놓여 있는 아이입니다. 백색 피부 밑을 흐르는 그 아이의 피는 저 멀리 바다 건너 미국 민족들의 피와 같을 뿐입니다. 불행한 차래씨의 뒤 주배[110]는 내가 하리다. 한국에 태어난 불행한 여성인 까닭입니다.

곤의 편지는 이런 종류의 말로 아직도 길게 계속되고 있었읍니다. 나는 이 이상 편지를 읽어 낼 기력이 없었읍니다. 편지를 와락 구겨가지고 저만큼 내동댕일 쳤읍니다. 그리곤 곤의 비렬한 태도를 비난 했읍니다.

"제가 내 맘을 돌리려고 별별 소릴 넣어 놓지만 바루 들려야 말이지."

나는 또 이런 조소를 수 없이 짖거린 것입니다.

어린것이 깨지 않았더면 더 많이 곤을 비난 했을 것이지만 어린것의 젖 먹일 시간이 되었으므로 치밀어 오르는 울화를 걷우며 나는 어린것에게 젖꼭지를 물렸읍니다.

―당신이 낳았고 당신이 안고 앉았지만 당신하고는 머언 거리에 놓여진 아이― 라는 곤의 편지가 하도 괘씸해서 나는 아이에게 젖꼭지를 물리고 아이를 추석거리며

"토니!"

끝없는 낭만　　　　　　　　　　　　　　　　　　　　　　　　203

하고 불렀읍니다.

토니가 젖꼭지를 뿍 빼면서 벌쭉 웃었읍니다. 토니는 벌써 부터 웃기 시작했지만 이처럼 벌쭉 웃어 보기는 처음 입니다. 추석거려 주는 일이 상쾌했나 보았어요.

벌쭉웃는 토니는 틀림 없는 캐리 죠오지의 웃는 모습과 흡사했어요. 스튜어드 죠오지의 웃는 모습과도 흡사해 보였어요. 어떻게 보면 오하라씨의 웃는 모습 같기도 하고 캐리 죠오지의 송별회에 모였던 미군들 같기도 했읍니다. 그날 저녁 미군들은 양갈보들하고 춤을 추며 술을 마시며 껌을 쩍쩍 씹으며 벌쭉 벌쭉 웃었던 것입니다.

또 어떻게 보면 휴전 반대 '데모'때 대학병원 마당 가시쇠줄을 둘러막은 안에서 '데모' 군중속에 끼어 있는 여학생들을 내려다 보며 벌쭉 벌쭉 웃고 있던 미군들과도 같아 보였읍니다.

"토니!"

나는 토니를 또 한번 불렀읍니다. 이번엔 추석거리지 않고 훌쩍 내받아 안으며 불렀읍니다.

그런데 웬일일까요? 토니라는 이름이 몹시 귀에 거슬리는 것이 아니겠읍니까?

한번 불러 본 일 조차 없는 것 처럼 생소했읍니다. 기가 꽉 차서 나는

"토니!"

하고 이번엔 소리를 한층 높이 질렀읍니다. 높이 질르는 소리는 내게로 돌아오지 않고 공중 달아나는 것이었어요.

바다 건너 저 멀리 — 캐리 죠오지니 스튜어드 죠오지니 그리고 그 사람들과 비슷비슷한 이름을 가진 사람들이 사는 미국땅으로 도망쳐 가는것인지 모른다는 생각이 떠 오르는 것이 었어요. 그러자 나는 젖꼭지를 빼었읍니다. 토니의 얼굴을 자세히 살피기 위해서 였어요. 젖꼭지를 빼앗긴 토니가 칭얼대며 나의 가슴팍으로 닥아드는 것이었어요. 나는 닥아드는 토니를 밀어내며 그의

얼굴을 뚫어지게 살폈읍니다.

—나의 조상의 어느 한분과도 같지 않고 나와도 같지 않고 조국 땅 안에 사는 우리 민족의 어느 한 사람과도 같지 아니한 백색 피부와 옴팍 들어 간 눈과 우뚝히 높은 코를 가진 토니를 나는 발견 했던 것입니다.

처음 당하는 사실입니다. 토니의 피부가 백색인 것, 눈이 옴팍 들어간 것, 코가 우뚝히 높은 것을 보아 오면서도 토니가 우리 조상의 어느 한분과도 같지 아니하고 나와도 같지 아니하고 조국 땅 안에 사는 우리 민족의 어느 한 사람과도 같지 아니한 것은 모르고 있었던 것입니다.

나는 또 한번 자세히 토니를 들여다 보아야 했읍니다. 우리 조상의 어느 한분이던가, 그렇지 않으면 조국 땅 안에 사는 우리 민족의 어느 한사람과라도 닮았는가 해서요.

그러나 결국 나는 "아니다"라는 소리를 웨치며 토니를 방바닥에 동댕이치듯 내려 놓지고야 말았었읍니다.

토니의 검은 머리털과 검은 눈동자가 갑자기 무섭고 징그러웠던 것입니다. 토니의 검은 머리털과 검은 눈동자를 처음 발견한 것은 아닙니다. 토니가 갓 낳서부터 알고 있은 사실입니다.

상매는 이 검은 머리털과 검은 눈동자를 가진 토니를 이상형(理想型)이라고 찬양했던 것입니다. 상매의 찬양하는 말을 나도 그대로 믿었고 그래서 캐리 죠오지에게 상매의 찬사를 그대로 적어 편지를 했던 것인데—갑자기 토니가 무섭고 징그러워진 것은 순전히 곤의 편지를 읽은 영향일 것입니다.

"백색 피부엔 노랑 머리털과 노랑 눈동자가 격에 맞는 거야. 백색 피부에 검은 머리털과 검은 눈동자는 무섭고 징그러울 뿐이야."

나는 이러한 소리를 마구 고함지르며 벌떡 일어 섰읍니다. 일어 서서도 이러한 소리를 수 없이 질렀읍니다. 그러면서 방안을 돌아 다녔었읍니다.

젖을 먹다가 내동댕이 치운 토니가 울음을 터뜨렸읍니다. 토니의 울음소리가 터지자 나는 미닫이를 와락 열었읍니다. 밖으로 뛰쳐 나가야만 할 것 같았던 것입니다.

미닫이 밖에선 눈이 푹푹 쏟아지고 있었읍니다. 천지(天地)의 한계(限界)를 구별(區別)할 수 없게 쏟아지고 있는 것입니다.

나는 밖으로 뛰쳐 나갔읍니다. 푹푹 쏟아지는 눈이 손짓이라도 해서 부르는 것처럼 마구 뛰쳐 나갔읍니다.

천지의 한계를 구별할 수 없는 탓인지 모르겠어요. 나는 뛰쳐 나간채로 한 달음에 달려서 대문 밖에 나갔고 큰 행길에 나갔읍니다.

어디로 어떻게 싸 다녔던지 그것도 알아낼 수 없었읍니다. 나는 그렇게 눈 속을 헤매다가 상매도[111] 만나야 하겠다는 생각이 무뚝 들었읍니다. 쏜쌀 처럼 상매 집을 향해 달렸읍니다. 쏟아지는 눈은 달리는 나에게 채쭉질을 하는 것이 었어요.

아무 말도 없이 상매 방 미닫이를 드르륵 열었읍니다. 비어 있었읍니다.

— 학교에 갔을가? —

하고 주춤하다가 소리를 크게 질러

"상매야."

불렀읍니다.

"아이고. 이 눈 오시는데 오셨네요. 큰 학상 시공관에 갔어요. 오늘 웅변 대회를 한답니다. 어머니도 가셨어요."

식모 아이가 나와 눈을 깜박거리며 일러 준 말입니다. 듣고 보니 몇일 전 상매가 집에 다니러 와서 웅변대회에 나간다고 하던 말이 생각 났읍니다.

나는 아무 대꾸 없이 상매 집을 나왔읍니다. 대문 밖에서 잠깐 망서리다가 시공관쪽으로 발을 옮겨 놓았읍니다.

전차도 뻐쓰도 타지 않았읍니다. 그대로 눈 속을 헤치며 시공관에 이르렀어요.

---

111 '상매라도'의 오식.

내가 들어 서자마자 내가 들어 서기를 기다리기나 한것 처럼 상매가 연단에 나타나는 것이 아니겠습니까. 청중의 박수 소리가 묻어질듯 났습니다. ‘후랏쉬’[112] 가 이쪽 저쪽에서 번쩍 번쩍 터졌습니다. 제일 앞에서 연신 찍고 있는 사람이 현영훈인 가 보았어요.

상매가

“우리들의 고민!”

하고 첫 소리를 웨쳤습니다. 바로 이와 같은 시각에

“아차.”

하고 나는 뒷걸음질을 해 물러 섰습니다. 상매가 일전에 왔을 때 제목과 함께 내용 이야기까지 들려 주던 기억이 떠 올랐던 것입니다.

나는 다음으로 웨칠 상매의 소리를 듣지 않으려고 문을 박차고 밖으로 나왔읍니다.

눈 속을 또 걷기 시작했어요. 방향도 없이 걷는 것입니다. 걷는 발 앞에 상매 입에서 쏟아져 나올 ‘양갈보’가 줄을 지어 늘어 서는 것입니다. 밟아버려도 또 늘어 서곤 하는 것입니다. 상매는 전쟁이 일어 났기 때문에 생긴 우리들의 고민을 일일히 들것입니다. 그 중에서 제일 큰 고민이 직업에서의 팔활을 차지하고 있는 ‘양갈보’ 이야기일 것입니다.

“해두 조와. 조와. 얼마든지 해라.”

나는 입밖에 까지 이런 소리를 내어 지꺼렸읍니다.

그런데 그럴사록 발 앞에 늘어 서는 ‘양갈보’가 가만 있지 않습니다. 그것들이 대가리를 대깍 이르켜 들고 대어 드는 것입니다. ‘딸라가 탐나서?’ ‘호화로운 생활이 좋아서?’ 하고 악을 쓰는 것입니다. 그 소리 속엔 궁구른 곤의 소리도 섞겨 있고 짜랑 짜랑한 상매의 소리도 섞겨 있었읍니다.

또 그것은 토니의 울음소리로 변하는 것이었어요. 그제사 나는 울고 있는

---

112 플래시.

토니에게로 돌아가야 하겠다는 생각을 하게 되었읍니다. 집에는 어머니도 안 계시고 아버지도 외출하셨으리라는 것이 어렴푸시 생각났던 것입니다. 어머니는 캐리 죠오지로부터 토니 앞으로 온 '딸라'를 교환하기 위해서 시장에 나가셨던 것입니다.

"쟤가 어디 갔다 오냐? 토니가 울어서 말이 아니구나. 이것봐라. 온통 얼굴이 억망이 됐구나. 토니! 에구 에구 내새끼…… 토니가!"

나의 방 미닫이를 열었더니 어머니가 토니를 안고 이러시는 것이 아니겠어오. 나는 왈칵 비위가 거슬리면서 욕지거리가 올려미는 것이었어오. 꼭 토니를 배고 입덧 났을 때와 같았읍니다.

"이리 주세요. 토니는 어머니 새끼가 아녜요. 미국놈의 새끼예요. 얼리지도 않게 토니는 다 뭐예요?"

나는 어머니가 안고 얼르던 토니를 와락 빼앗았읍니다. 어머니가 나를 쳐다보며 어안이 벙벙해 하시는 것입니다.

"어머니는 창복이니 순이니 하는 이름을 가진 아이를 안아야 얼려요. 이렇게 백색 피부에 옴팍 들어간 눈과 우뚝히 높은 코를 가진 서양 아이는 얼리지도 않어요. 토니가 다 뭐예요?"

나는 어안이 벙벙해 쳐다 보시는 어머니를 내려다 보고 이렇게 지꺼리고 나서 토니를 둘려 업었읍니다. 내가 미닫이를 드르륵 열고 밖으로 발을 내놓으니까

"아니 너 미쳤니? 이 눈이 이렇게 오는데 우는 어린앨 젖은 안주고 어딜 간다구 그러느냐? 네가 한 소리는 그게 무슨 영문 모를 소리냐? 갑자기 너 왜 그러는거냐?"

어머니는 따라 나오시며 이렇게 아우성을 치시는 것이었어요. 그러거나 말거나 나는 그대로 대문밖을 내달렸읍니다. 큰 길에 나서자 손을 들어 택씨를 멈추었읍니다. 어린 것은 울음을 딱 끄쳐 주었읍니다.

"필동쪽으로 가요."

운전수가 '핸들'을 잡은채 뒤를 돌아다 보는 것이 었어요. 나의 언어 행동의 예사롭지 못함을 눈치 챈 모양 같았어요.

"빨리 몰아 주세요."

뒤를 돌아다 보는 운전수를 재촉 했읍니다. 운전수는 어린애를 꿍쳐 업은 나의 모양새에 다시 한번 시선을 감았다 풀고 나서 '핸들'을 돌렸읍니다. 창경원 앞을 지나 구름 다리께에 이르렸을 땐 백설의 '턴넬'을 뚫는 것 같은 착각을 일으켰읍니다.

"여기서 세워 주세요."

필동 어구에 내려서 걷기 시작 했어요. 성남영아원 앞 까지 차를 몰 수 있어지만[113] 여기서 세운 것입니다. 대단한 이유가 있는 것도 아닙니다. 운전수에게 성남영아원으로 들어 가는 나의 꼴을 보이고 싶지 않은 것 뿐입니다.

눈은 나를 부지런히 걸으라고 재촉하는듯 더 내리고 있었읍니다. 나는 경사진 비탈길을 달리듯 하여 올라 갔읍니다. 성남영아원 정문 앞에 쉬이 다다를 수 있은 것은 벌서 두번이나 이 정문 앞에 와 본 일이 있는 까닭입니다. 두번 다 곤이 다녀 간 뒤의 일입니다. 첫번은 곤이 다녀간 이튿날이었으며 두번째는 아버지가 캐리 죠오지에게서 보내온 물건과 딸라를 시장에 가서 판 것을 어머니가 아시고 대판으로 싸우던 날이었어요. 첫번이나 두번째나 죽어버려야 한다는 생각에서였어요. 죽어버려야 하겠는데 내가 죽고 나면 토니를 어찌할가 하고 골돌히 생각하던 끝에 혼열아[114]를 받아 주고 있다는 이 성남영아원을 찾게 된 것입니다. 똑 바루 말하자면 나는 더 전전부터(곤이 다녀 가기전) 죽어 버려야 한다는 생각을 가졌던지 모릅니다. 그랬길래 신문에 난 성남영아원의 기사를 오려두었던 것이 아니겠어요. 그 기사는 성남영아원의 혼

---

113 '있었지만'의 오식.

114 '혼혈아'의 오식.

열아[115] 몇이 미국의 양부모를 찾아 갔다는 것이었어요. 그 기사를 읽을 때 그리고 오려낼 때 나는 토니도 그렇게 되는 날이 있을것 같은 예감이 들면서 눈물이 났던 것입니다. 더 자세히 말한다면 그날 나는 미국의 양부모를 찾아가는 토니의 모습을 무척 오래 눈 앞에 그리다가 끝내 소리를 내어 울었던 것입니다.

캐리 죠오지에게서 쉬이 대려 갈 준비를 하고 있노라는, 그 뿐만 아니라 그의 가족들까지도 토니의 가는 날을 맞이하기 위하여 온갖 준비를 하고 있노라는 편지가 한주일에도 두통 세통씩 날아오고 그럴 때 마다 말할 수 없는 희열에 젖곤 하면서 나는 무슨 까닭에 또 이러한 생각과 행동을 했던지 모르겠어요.

서슴치 않고 영아원 안으로 들어 갔습니다. 영아원 안에 까지 들어 가기는 처음입니다.

"원장님 계셔요?"

난로가에 앉아 기저기[116] 를 말리고 있는 젊은 여자에게 물었습니다.

"계셔요."

젊은 여자는 나와 등에 업힌 것을 한꺼번에 훑어 보고는 냉냉히 대꾸하는 것이었어요.

"만나게 해 주세요."

젊은 여자는 하품같은 것을 하고 나서도 한참만에사 기저귀를 손에 든채 안으로 들어 갔습니다. 얼마 안 가서 젊은 여자와 같이 나타난 중년 부인이 안경 넘어로 나와 등뒤에 업힌 것을 한꺼번에 훑어 보고 나서

"몇달 된거요?"

하고 물었습니다.

115　'혼혈아'의 오식.

116　'기저귀'의 오식.

젊은 여자와 똑같은 냉냉한 말투였어요.

"백날이 넘어가요."

나는 이 소리와 함께 꿍쳐 업었던 아이를 풀어내려 놓곤 그 자리를 빠쳐 나왔습니다. 안경 넘어로 훑어 보는 원장이 또 무슨 말을 할까 두려운 생각도 났지만 토니의 얼굴을 다시 보지 않겠다는 생각에서 였어요. 토니가 어떻게 하고 있었는지 모르겠어요. 울고 있지 않은 것 만은 알았어요. 아무 소리도 없었으니까요.

토니는 쩍소리 없이 있었던 것입니다.

"다시 여기 발을 디려나선 안돼."

빠쳐 나오는 나의 등뒤에 부어 준 원장의 말입니다.

'다시 여기 발을 디려나선 안돼.'

나의 입 속에서선 이 말이 자꾸만 맴을 도는 것이었어요.

"미세쓰 죠오지. 웬일이세요?"

입 속에서 맴도는 원장의 말 때문이 었던지 나는 무엇이 어찌된 것도 모르고 경사진 길을 내려 달리고 있는데 이렇게 나를 아는척 하는 여자가 있지 않습니까.

"누구세요?"

나는 미세쓰 죠오지라는 말에 불쾌감을 느꼈어요.

"미세쓰 죠오지. 나 모르겠어요? 저어 미스터 죠오지 송별회에서 만난 미쓰 정인데요."

"그래요?"

불쾌한대로 대강 대꾸해 주고 발을 옮겨 놓으려니까

"미세쓰 죠오지도 애기 보러 오셨어요?…… 나도 나의 바올레트를 만나려고 오긴 합니다마는 그 귀신딱지 같은 할망구가 만나게 해 줘야 말이지. 저기 저 안에 있는 년들은 모두 마찬가지야요. 인정도 눈물도 없는 년들이야요. 그년들 꼴을 보기 싫어서 다시는 안오리라 맘을 먹건만 안돼요. 오늘은 눈이 이렇게 펑펑 쏟아지니 참을 도리가 있어야지요. 그래 미세쓰 죠오지는 애기를 만나 보셨어요? 만나보게 해 줍디까?”

미쓰 정이라는 여자가 미친 것처럼 이렇게 여러 말을 지꺼리는 것이 있어요. 그의 머리와 외투와 아무튼 전신에 눈이 내려 덮혀서 그는 마치 눈사람 같아 보였읍니다.

“어린앨 안보여 줘요. 미쓰 정. 나하고 같이 가십시다.”

나는 나의 입속에 맴 돌던 — 원장의 말을 생각했던 것입니다.

“미세쓰 죠오지. 어딜 가요? 난 꼭 나의 바올레트를 보고 가야 살겠는데. 저기 들어간지 벌써 열 하루가 되는데 한번도 못 본걸요. 다시 찾아 간다고 해도 안줘요. 저희들이 맡은 그날부터 저희들 맘대로 한다면서 아이를 난 에미는 만날 자격이 없다는 게 아니야요.”

“미쓰 정. 그 말이 옳아요. 일단 맡긴 뒤엔 그 사람들 말대로 하는 거요. 물건짝 모양으로 미국으로도 보내고 하는거요. 그런 물건짝 같은 아일 봐선 뭘 해요. 나하고 같이 가십시다. 이 길을 같이 내려 갑시다.”

나는 미쓰 정의 어깨에 팔을 얹으며 말했읍니다. 미쓰 정이 오래 사귄 벗과도 같이 따사로워 지는 것을 깨달았던 것입니다. 미쓰 정도 나와 같은 것을 느꼈던지, 팔을 얹으니까 하는 수 없었던지 묵묵히 걷고 있는 것입니다.

“미세쓰 죠오지. 우리 집에 갈까요?”

묵묵히 걷고 있던 미쓰 정이 자기도 나의 어깨에 팔을 얹으며 말을 하는 것입니다.

“미쓰 정 집에? 그럴가? 그런데 미쓰 정. 날더러 미세쓰 죠오지라고 부르지 말어요. 그건 우리 나라 사람들이 쓰는 이름이 아니란 말이요. 우리 나라 사람들은 이차래, 이옥자 이렇게 부르잖아요? 미쓰 정 이름은 뭐지요?”

우리들은 눈때문에 술먹은 사람 처럼 비틀거렸읍니다.

“참 그래요. 미군들이 쓰는 말이거든요. 나도 미군들이 와 가지고 미쓰 정이라고 부르게 된 걸요. 그전까지는 정순자였어요. 미세쓰 죠오지 이름은 뭣이지요?"

"내 이름은 이차래. 이건 나의 조상과도 통하고 나의 조국 땅 안에 사는 우리 민족의 어느 사람하고도 통할 수 있는 이름이라요. 정순자씨 그렇지요?"

"네, 네, 그래요. 그럼요."

정순자는 고개를 흔들어 가며 맞장구를 쳤읍니다.

우리들은 줄곧 그렇게 하고 정순자 집에 이르렀읍니다. 정순자 집은 명동 딸라 장사들이 우굴거리는 골목에 있었읍니다. 정순자의 집이 아니고 정순자가 세 들어 있는 방이었읍니다. 방 마다 정순자와 같은 여자들이 들어 있었읍니다.

"우리 아버지 어머니가 집에선 남 부끄럽다고 먼데 가서 하라고 해서 여기 와 있는 거야요. 우리 아버지 어머닌 내가 벌어가는 돈은 악착같이 잘 쓰면서 딸이 양갈보란건 세상 사람에게 알리기 싫은가봐. 우리 동네선 날 다방 '레지'로 있거니 해요. 우리 어머니가 그렇게 거짓말을 하고 있으니까 날더러 스미꼬미(아주 가 산다.)[117]로 가 있다고 그러는 거야요. 딸의 ×을 서양 놈한테 팔아 먹으면서도 체면만은 지킨다는 거지. 바올레트를 맡아 길러 달래도 깜둥이 새낄 남 부끄럽게 기르느냐고 하는거 아냐요. 실상 바올레트는 깜둥이가 아니라오. 바올레트 꽃 색이라오. 보라빛 도라지 꽃 색이지요."

정순자가 이런 말을 느려 놓으면서 양주병과 '컾'을 선반에서 내려 놓았읍니다. 장난감같은 송판 대기 상을 뒤집어 놓더니 그 위에 '컾' 두개를 척척 놓곤 양주를 쭈르르 따르는 것입니다.

"마셔요."

정순자는 따르자 꽐딱 꽐딱 마시는 것이 었어요. 나의 가슴속 까지 화알 열리는 것 같았읍니다. 나도 '컾'을 들어 정순자처럼 마셨읍니다. 화알 열린 가슴속으로 양주가 활개를 치며 내려 가는 것이 알렸읍니다.

"더 줘요."

---

117 고용주 집(직장)에서의 더부살이를 뜻하는 일본어 住み込み.

정순자가 다시 부어 주었어요. 그리고 자기 '컾'에도 쭈르르 따라 마시는 것이었어요. 우리들은 이렇게 몇번을 거듭 했습니다. 다리가 방바닥에 들어 붙는 것 같고 벽에[118] 씰룩거리며 왔다 갔다 하기 까지 마셨습니다.

"정순자 당신이 부모님을 나무램 하지만…… 당신이 나빠요…… 부모님을…… 욕할것 없어……당신이 양갈보 노릇을……하지말고 다른걸 했더라면……당신 부모가 남 부끄럽단 말을 안할거 아니야?…… 왜 다른 직업을 가지지 못하고…… 하필 양갈보가 되냐 말이야?"

나는 혓바닥이 잘 돌아가지 않아서 겨우 말했습니다.

"우리……부모가……안 나쁘고 내가……내가……나쁘다고……나쁘단……말이지? 그렇지만 다른 직업을 얻을 수 있는 주제라야지…… 나같이 무식한 년이 뭘…… 뭘한단 말이야……일곱식구나 되는걸 어떻게 멕여 살린단 말이야……. 양갈보 외엔 없단 말이야…… 그러니까 양갈보가 된거야……흥…"

정순자가 아무데나 침을 택 뱉았습니다.

"더럽단 말이지? 그래. 양갈보는 더러운거야. 서양 아이를 낳는이 양갈보……가 우리나라에 얼마나 있는지 알어? 직업여성의 팔활이 양갈보라는 거야……."

나는 언젠가 상매가 편지로서 알려준 것을 잊지않고 있었던 것입니다.

"팔활이 되던 구활이 되던 내가 알게 뭐야…… 나는 우리 바올레트나 봤으면 살겠어……저렇게 눈이 막 쏟아지는데 바올레트를 못보고 어찌 산단 말이야………."

정순자가 눈 오는 유리창을 응시하며 악을 썼습니다.

"악을 왜 쓰는 거야?…… 그까짓 껌둥인 봐서 뭘해?…… 뭘하느냐 말이야…… 껌둥이나 흰둥이나 마찬가지야……우리 조상의…… 우리…… 조상의…… 우리 조국 땅……조국 땅…… 우리는……죽어야 해. 그렇지만 토니를

---

118 '벽이'의 오식.

한번만……보고…… 아……내가 왜 그 백색 피부…… 아…… 난 죽어야
해…… 죽어야……"

"죽을테야…… 이차래. 죽을테야?……죽을테면…… 그렇지. 나하고 같
이…… 죽잔 말이야…… 바올레트의 애비가 떠나간……그 껌둥이가……철석
같이 데리고…… 간다더니…… 맹세하고도 몰래 혼자 가 버렸단…… 말이야.
그래서…… 그래서 내가 죽는 약을 사왔거든…… 바요레트를 거기 갔다 두고
와서도 죽으려고……했는데 못죽고 있는 거야. 약이 있어…… 죽어 볼테
야?…… 같이 죽지 뭐. 같이 죽자는 말이야………"

내가 할 말도 채 못하게 하고 이렇게 지꺼리더니 정순자는 양주를 내리던
선반 위에서 버스럭 버스럭 봉지에 싼 것을 찾아들고 와서 두말 없이 저와 나
의 컾에다 털어 넣었읍니다.

그리고 거기다 양주를 더 부었읍니다.

"자 들어. 들어."

구령처럼 외치는 말에 나도 '컾'의 것을 쭉 드리켰읍니다. 바루 이렇게 들이
키고 있는데 미닫이에 녹크 소리가 들렸읍니다.

정순자는 방바닥에 잘칵 나가 자빠지면서

"후아 류?"

하고 물었읍니다. 문밖에서 뭐라고 대답 했읍니다.

"캄 백 투 미 투마로……"

정순자는 문밖에 대고 내일 오라고 이렇게 소리를 질렀읍니다. 지금은 손님
이 있다는 말도 했읍니다.

'오케' 소리와 함께 뚜벅 뚜벅 구두 소리가 멀어지는 것이 알렸읍니다.

뒷소식

이튿날 아침은 눈이 말짱히 개었다. 앞 뒤에서 눈치는 소리가 어수선히 들

리고 이 집 일꾼 차서방도 가래로 눈을 쳐 내고 있었다. 차서방이 정순자 방 앞에 이르렀을 때 여자 구두 두 켜레가 놓여 있는 것이 보였다. 그는 미닫이를 열어 보고 싶은 충동을 느꼈다. 어느 문 앞에나 남자 구두와 여자 구두가 나란히 놓여 있는 것이 통례인 이 집 안에선 여자 구두 두 켜레가 더구나 밤을 지나고 난 이튿날 아침에 놓여 있다는 사실이 히얀 했던지 모르는 일이다.

"조개비들끼리 뭘 하는 거야?"

차서방이 짓궂은 소리와 함께 미닫이를 마음 놓고 두륵 열었다. 그는 자기가 아는 어느 여자둘이 방안에 있을 줄만 알고 남자가 없는 틈에 수작을 좀 부쳐 보자는 생각이었던 것이다.

"아니? 이게?"

차서방은 소리도 칠 수 없었다. 두 여인의 시체가 — 방 밖에 놓여 있는 구두처럼 나란히 누어 있는 것이 아니겠는가?

차서방이 미닫이도 못닫은채 "미쓰 정이 죽었다."고 소리를 벼락같이 지르며 들이 달렸다. 차서방 소리에 이방 저방에서 까치둥지 같은 여자와 외군들이 와르르 몰려 나왔다.

미쓰 정 방에 제일 먼저 들어온 여자가 미쓰 정과 가깝게 지내던 미쓰 강이었다. 미쓰 강이 두 시체가 나란히 누운 머리 맡에 놓인 종이 쪽지를 줏어 들었다. 집어 든 종이 쪽지엔 흩으러진 글자들이 아무렇게나 널려 있었다. 미쓰 강과 그 밖의 사람들이 들여다 보고 읽어 내려고 애를 쓰는 것이나 되다 만 글자 까지 있고 보니 알 도리가 있으랴. '곤'자 몇개만은 알아 볼 수 있었지만 그것이 무엇을 의미하는 것인지 아는 사람이 하나 없었다.

〈끝〉

후기

　피난지(地)에서 남 보다 1년 일찍 서울에 올라 왔었다. 어머니가 서울에 남 았기 때문이 었다.

　서울 거리엔 사람이 드물었다. (자유시장에만 들끓었다.) 우리 동네도 온통 비어 있었다. 온통 비어 있는 동네에 어디서 생겼든지 양부인들이 쭈욱 살고 있었다. ×군단이 근처에 있는 탓인 가 보았다.

　이 양부인들이 우리집에 와서 물을 길어 갔다. 때로는 마당의 꽃을 꺾어 달 래기도 했다.

　그러는 사이에 나는 그들에게 어느 정도 정(情)을 느끼게 되었다. 이『끝 없 는 낭만(浪漫)』은 내가 그들에게 어느 정도 정을 느끼게 되었기 때문에 쓰여진 소설(小說)이다.

　이것이『희망(希望)』지(紙)에『광활(廣濶)한 천지(天地)』라는 이름으로 연재(連 載)되었는데 임수일(林秀逸), 김광림(金光林) 두분의 알선으로 책이 되었다. 이 책의 교정을 맡아 보아 준 주부생활사(主婦生活社)의 조양(曺孃), 석양(石孃)에게 고마운 인사를 보내면서 붓을 놓는다.

1958년 11월 6일

나비부인의 편지[1]

나보령

최정희의 장편소설 『끝없는 낭만』은 한국전쟁기 서울에 주둔한 미군과 사랑에 빠진 여성의 이야기다. 일면 전쟁을 초월한 낭만적인 로맨스 서사처럼 들리지만, 소설에서 초점이 맞추어지는 풍경은 탈식민과 냉전이 교차하는 한반도에 새로운 점령군으로 도착한 미군, 그들과 관계를 맺으며 사회에서 낙인과 혐오의 대상이 된 여성들, 그로 인해 여성 주체가 겪는 히스테리, 광기 그리고 죽음이다.

제2차 세계대전의 종전과 함께 미국이 아시아·태평양 지역으로 세력을 확장하면서, 아시아인과 미국인 — 대개는 아시아 여성과 백인 남성 — 간의 이성애 로맨스를 다룬, 이른바 '나비부인' 이야기는 미국에서 널리 유행하였다. *Love Is a Many-Splendored Thing*(1955; 〈모정〉, 1956), *Sayonara*(1957; 『사랑은 태평양 너머』, 1961), *China Gate*(1957; 〈차이나게이트〉, 1958), *The World of Suzie Wong*(1960; 〈수지 웡의 세계〉, 1962) 같은 영화들이 대표적이다.[2] 대부분 서구 남성작가에 의해 쓰였고, 남성인물에 초점화하며, 인종 문제에 대한 미국의 개방적인 시각을 강조

---

1 이 글은 나보령, 「나비부인의 편지: 냉전 오리엔탈리즘과 최정희의 『끝없는 낭만』」, 『사이』39, 국제한국문학문화학회, 2025.11를 요약, 수정한 것임.

2 할리우드 영화에 재현된 아시아인과 백인 간의 성적 관계와 로맨스와 관련해서는 Gina Marchetti, *Romance and the "Yellow Peril": Race, Sex, and Discursive Strategies in Hollywood Fiction*, Berkeley: University of California Press, 1993.

하는 이 텍스트들에서 아시아인 여성인물은 헌신적이며 자기희생적인 연인으로 제시될 뿐 그 복잡한 내면과 목소리는 좀처럼 재현되지 않는다.

반면, 『끝없는 낭만』의 경우 같은 시기 동아시아 여성작가에 의해 쓰인, 여성의 자기서사 형식을 취하는 또 한 편의 나비부인 이야기라는 점에서 주목된다. 최정희는 식민지 시기부터 사회적으로 인정받지 못하고, 제도적으로 보호받지 못하는 사랑을 하는 여성의 이야기에 지속적으로 관심을 표해온 작가다. 이 소설은 그 계보를 이으면서도, 이전까지 그녀의 작품에 등장하지 않았던, 나아가 기존의 한국문학에서도 거의 탐구된 적이 없었던 아시아인과 미국인 간의 인종과 국경을 넘는 로맨스를 냉전 시기 한반도를 무대로 펼쳐낸다. 특히 지금까지 알려지지 않았지만, 결말에서 나타나는 판본들 간 개작 양상은 이 소설에서 작가가 인종, 민족, 젠더, 계급 등 여러 차원에서 소수자의 위치에 있는 여성의 발화 문제에 특히 신경 썼음을 시사해 주목된다.

서지사항에 관하여

본래 『광활한 천지』라는 제목으로 대중잡지인 『희망』(1956.1~1957.3)에 연재되었던 이 소설은 연재가 끝난 이듬해인 1958년 동학사에서 단행본으로 출판되면서 제목이 『끝없는 낭만』으로 바뀌었다. 이 과정에서 세부적인 장 구분 및 장 제목도 조금씩 수정되었다. 여기까지는 잘 알려진 사실이다. 그런데 단행본과 관련해 특기할 점이 있다. 출판사와 발행일(1958.11.25)은 같지만, 판권란에 인쇄일이 다르게 기재된 두 종류의 판본이 존재한다는 사실이다. 하나는 1958년 11월 10일 인쇄본이고, 다른 하나는 11월 19일 인쇄본이다.[3] 전자가 그동안 선행연구들이 참고한 판본이라면, 후자는 이번 전집에서 새롭게 소개하는 판본이다. 겨우 며칠 차이에

3　국립중앙도서관에 소장된 1958년 동학사 출판 『끝없는 낭만』은 총 4종으로, 그중 3종(강신재 문고, 윤석중 문고, 최정희 기증본)이 10일 인쇄본이고, 1종(박홍근 문고)만 19일 인쇄본이다.

불과하지만, 두 판본은 표지
부터 차이가 있다. 전자는 단
조로운 디자인으로, 장정 및
제자(題字)와 관련된 정보가
없다. 후자의 표지는 훨씬 화
려하며, 장정은 천경자, 제자
는 김영주[4]가 맡았다고 밝혀
져 있다.

　　조판 상태를 살펴보면, 전

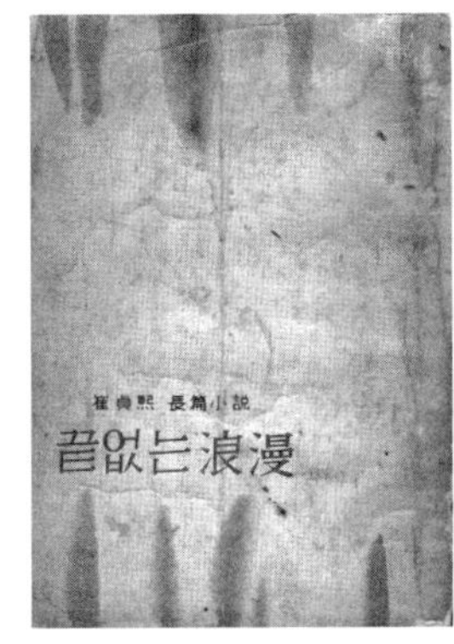

11월 10일 인쇄본 표지(왼쪽)과 11월 19일 인쇄본 표지

자에서 빈번했던 오류가 후자에서는 대부분 교정되었음이 확인된다. 참고로, 10
일 인쇄본은『희망』연재본까지 포함한 세 개의 판본 중 조판 상태가 가장 불량하
다. 활자가 비뚤게 돌아간 채로 인쇄되었거나, 탈자가 있거나, 작가의 자필을 잘
못 읽고 조판한 부분들이 여러 군데 눈에 띈다. 19일 인쇄본에서 이 오류들은 대개
바로잡힌다. 19일 인쇄본에 수록된, 1958년 11월 6일 자로 작성된 작가 후기에는
교정을 맡은 주부생활사의 조양과 석양에게 감사하다는, 10일 인쇄본의 후기에는
없던 인사말 및 후기 작성 일자가 추가되어 있다. 아마도 책이 처음 인쇄되어 나온
뒤 오류가 많다는 사실을 확인한 최정희가 당시 편집주간으로 있었던 잡지『주부
생활』편집원들의 손을 빌려 며칠 만에 재교를 진행했고, 책을 새로 인쇄하는 과
정에서 표지 디자인도 교체한 것으로 추정된다.

판본 간 내용의 차이에 관하여

　　흥미로운 점은 두 판본 간에는 내용상에도 차이가 있다는 사실이다. 즉, 19일

4　　노담 김영주(金永周, 1920~1995). 한국 현대미술계에서 '문자추상' 장르를 개척한 화가
　　로 소개된다.

인쇄본은 표지 디자인과 오식뿐 아니라, 소설의 내용도 손을 본 개작본이다. 차이가 집중적으로 나타나는 부분은 결말이다.

이전까지의 줄거리는 여학생 이차래와 미군 하사 캐리 죠오지가 한국전쟁을 계기로 만나 서로 사랑에 빠지지만, 관계가 순조롭게 발전되지 못하는 양상을 중심으로 전개된다. 갈등의 핵심에는 인종의 차이는 물론, 부유하고 교양 있는 백인 남성인 캐리와 전쟁으로 삶이 송두리째 무너진 한국 여성 차래 사이의 압도적인 지위 차이가 존재한다. 차래는 캐리에게 은밀한 성적 욕망을 느끼지만, 그가 자신의 가족에게 물질적으로 도움을 주고, 사실상 그의 원조 없이 살아갈 도리가 없는 상황 속에서 자신이 미군에게 성을 판매하는 '양갈보'와 다름없이 보일까 괴로워한다. 그로 인해 느끼는 수치심, 우울, 자기부정의 심리는 그녀를 정신적, 육체적으로 병들게 만든다. 증상은 캐리와 결혼식을 올리고, 토니를 출산한 뒤에도 해소되지 않는다. 급기야 결말에 이르러 캐리는 급작스러운 귀국 명령을 받아 미국으로 돌아가고, 때마침 전사한 줄로만 알았던 과거의 정혼자 국군 배곤이 돌아와 차래를 심하게 질타한다. 결국 차래는 토니를 영아원에 맡기고 비슷한 처지의 정순자와 함께 죽는 결말로 소설은 끝난다.

결말의 변화 양상을 제대로 추적하기 위해서는 연재본인 『광활한 천지』도 판본 분석 대상에 포함할 필요가 있다. 지금껏 선행연구들은 연재본과 단행본 사이에 별다른 내용의 차이가 없음을 들며, 단행본(10일 인쇄본)만 연구 대상으로 삼아왔다. 그러나 결말에 분명한 차이가 존재하며, 이 글에서 소개하는 19일 인쇄본까지 포함하면 총 세 개의 다른 결말이 확인된다.

1) 『희망』 연재본 『광활한 천지』의 결말

연재본 『광활한 천지』에서 '후일담'이라는 제목이 달린 마지막 장부터 살펴보자. 여기서는 차래의 주검과 함께 그녀가 남긴 유서가 공개되는 것으로 소설이 끝난다. 배곤을 수신자로 쓰인 이 유서에서 차래는 그에게 용서를 빌며, 토니의 미국행과 남은 부모에 대한 보살핌을 부탁한다. 얼마 전까지만 해도 토니를 캐리에게 보내라고 종용했던 배곤에게 크게 화를 냈던 차래지만, 돌연 그의 뜻을 따르고 죽음으로써 지난날을 뉘우치는 것이다. 이는 사후적으로나마 가부장으로서 배곤의 지위를 추인하는 행위로 해석해볼 수 있다.

「미쓰 · 강」이 두 시체가 나란히 누운 머리 맡에 놓인 유서를 주서 들었읍니다.
「미쓰 강」이 유서를 읽기 시작했읍니다.
「곤씨에게.
용서하세요. 철 없이 살던 차래는 죽엄밖에 택할 길이 없었읍니다. 그러나 당신이, 당신같은 훌륭한 한국의 청년이 있기 때문에 죽는 이 마당에서 저는 사람의 사는 목적이 어디 있다는 걸 알게 되었읍니다. 제가 없는 뒤에 성남영아원에 맡겨 논 「토니」를 미국으로 보내 주십시요. 이 마당에서 까지 제일 마음에 걸리는건 그아이올시다. 그리고 아버지 어머님을 보살펴 주십시요. 당신이 불상한 나의 뒤추배를 해 주시겠다는 말씀을 믿고 부탁하는 것입니다. 부디 좋은 일 많이 해 주십시요.
명륜동四가××번지.
이차래 올림」
「이건 「미쓰 정」의 유서가 아니구나. 대관절 이 차래 여자 하곤 어떻게 알았을가?」
「미쓰 강」이 유서를 다 읽고 나서 둘의 시체를 여까람 내려다 보며 한 말입니다.
「「미쓰 정」이 고아원에서 안 여잘꺼야 줄곧 다니더니.」
이것은 쭈욱 둘러선 중의 어느 한 여자가 댓구한 말입니다. (끝)[5]

그런데 과연 이 편지를 문면 그대로 받아들여도 될까. 약물을 탄 술을 먹고 쓴 유서라는 상황도 고려되어야 하지만, 이 소설에서 차래는 여러 번 편지를 쓰는데, 편지의 말들은 언제나 본심으로부터 미끄러지기 때문이다. 하고 싶은 말을 하지 못하고 주변적인 이야기만 꺼내거나, 속마음과 정반대로 말하는 식으로 말이다. 예컨대, 캐리를 알게 되고 그를 향해 커지는 마음과, 다른 한편으로 '양갈보'에게

5　최정희, 「광활한 천지」, 『희망』, 1957.3, 175쪽.

가해지는 사회적 낙인의 공포 사이에서 번민하던 차래는 부산에 있는 가장 가까운 친구인 한상매에게 편지를 썼다. 그러나 정작 속마음은 말하지 못한 채 캐리가 김장거리를 선사했던 일이 초래한 마음의 파문은 김장철 이야기를 통해, 또한 캐리와 교제하는 자신이 '양부인'처럼 보일지 모른다는 불안은 서울에 늘어난 '양부인' 이야기를 통해 매우 간접적으로 내비쳤을 따름이었다. 훗날 남편이 된 캐리가 미국에서 보내온 달러를 아버지가 훔쳐서 다시 마약중독에 빠졌을 때도 차래는 캐리에게 보내는 편지에서 사실을 말하지 못했다. 무엇보다 배곤은 차래가 캐리와 사랑에 빠진 뒤로 가장 두려워했던 대상이다. 차래는 배곤으로부터 여러 번 편지를 받고 답장을 쓸까 고민했지만, 자신이 어떤 말도 할 수 없다는 사실만을 확인했을 뿐이었다.

> 금방 「펜」을 들어 곤에게 편지 쓰고 싶은 생각이 불붙듯 났읍니다 마는 무엇이라고 써야 합니까? 무슨 말을 쓴단 말입니까?
> 나는 방바닥에 네 활개 탁 벗어 버린채 마구 몸부림을 칠 뿐이 었읍니다.[6]

이 점을 고려한다면, 차래가 배곤에게 남긴 편지를 진심 어린 후회의 표현으로 읽는 것은 다소 성급해 보인다. 게다가, 이 편지는 차래의 삶을 전연 알지 못하는 타인(미쓰 강)의 목소리를 통해 대리된 채로 전달되고 있다. 요컨대, 연재본 『광활한 천지』의 결말은 일견 가장 명확하고 정연하게 차래의 목소리를 전하는 것처럼 보이지만, 미끄러지는 편지의 글쓰기와 타인의 낭독이라는 장치를 통해 차래의 진짜 목소리를 은폐하는 것으로도 읽을 수 있다.

2) 1958년 11월 10일 인쇄본 『끝없는 낭만』의 결말

단행본을 출판하는 과정에서 최정희는 위의 결말을 두 번에 걸쳐 집중적으로

---

6   최정희, 「광활한 천지」, 『희망』, 1957.1, 92쪽.

                                   최정희 소설 전집 **2**

개작했다. 먼저, 11월 10일 인쇄본을 살펴보자. 차래가 토니를 영아원에 맡기고 나온 뒤 그곳에서 만난 정순자와 술을 마시는 대목에서 작가는 두 여성이 주고받는 대화의 여러 대목을 수정했다. 가장 큰 차이는 연재본에서 제시했던 유서의 존재를 통째로 삭제한 점이다. 이는 차래의 죽음이 그녀의 의사와 무관한, 정순자에 의한 타살로 바뀌었기 때문이다. 유서 대신, 이 판본에서는 죽어가는 차래가 말하는 다음의 대사가 새로 추가되었다. 연재본에는 없었던, 한국 남자들이 우리를 '양갈보'라고 거들떠보지 않으니 죽어야 한다는 정순자의 말에 대한 차래의 대답이다. 잦은 말줄임표를 동반하지만 배곤에게 가겠다는 그녀의 의지를 분명하게 보여준다.

「그렇지만……정순자 죽어선 안돼……죽긴 왜 죽어? 갈데 없긴 왜……없어? 한국 청년이 왜…… 거들떠 안 본단 말이야? 배곤은…… 배곤은 누구의 잘못도…… 누구의 잘못도 아니라고…… 아니라고 그랬어. 배곤은…… 배곤은 날 거들떠 본단 말이야…… 난 이제라도…… 이제라도 배곤한테로 갈테야…… 갈테야…… 난 간단 말이야……」

나는 일어서려고 했읍니다. 그런데 얼른 일어서 지지 않았읍니다. 벽을 짚으며 일어서려고 했읍니다. 그럴 때 미닫이에 녹크 소리가 났읍니다.[7]

「더럽다. 양킬 낼 오라는 거지?…… 그렇지…… 이건 양갈보 방이거든…… 양갈보 방이야 …난 가야해…… 더럽다 더러워 곤에게로 난 가야해…… 곤은 날 거들떠 본단말이거든…… 그런데 일어서 지질 않는구나……이것봐. ……일어설 수가……일어설 수가 없어. 그렇지…… 곤에게로…… 곤에게로…… 가야…… 해… ………난 곤에게로 가야해…… 가야해…… 가야…… 가…… 야…… 해…… 가…… 야…… 해…… 가…… 가…… 야…… 해……」[8]

이 판본에서 차래는 끝까지 살려 했고 정순자의 방을 벗어나려 했지만, 결과적

7 　최정희, 『끝없는 낭만』, 동학사, 1958.11.10 인쇄본, 316~317쪽.
8 　최정희, 『끝없는 낭만』, 동학사, 1958.11.10 인쇄본, 317쪽.

으로 죽음에 처한다. 이 과정에서 주검만 제시했던 연재본과 달리 죽어가는 고통
스러운 모습이 훨씬 극화되어 제시되는 것도 차이점이다. 이러한 가학적 개작은
차래의 죽음에 처벌의 성격을 더하는 것처럼 보인다. 곤에게 가고자 했으나 죽음
에 이르는 차래의 모습은 그녀가 결코 민족과 국가의 일원으로 받아들여지지 못
하는 존재임을 암시한다.

　마지막으로, 이 판본의 결말에는 집을 나온 차래가 방황하다가 죽음에 이르는
시퀀스에서 연재본에는 없던 두 장면이 새롭게 추가된다. 하나는 정치학도인 상
매가 시공관에서 '양갈보' 문제에 대해 웅변하는 장면이다. 환호하는 청중 앞에 선
상매를 보고 차래는 도망치듯 그곳을 빠져나온다. 그리고 "딸라가 탐나서?" "호화
로운 생활이 좋아서?" '양갈보'가 되었느냐고 자신을 비난하는 듯한 상매와 곤의
환청을 듣는다. 다른 하나는 차래의 주검이 발견된 시각 일선에서 눈을 치우는 배
곤의 모습을 담은 장면이다. 이 대목에 이르러 소설 내내 이어져 오던 차래의 목소
리는 들리지 않고, 대신 곤의 훈계적인 목소리가 독자에게 최종적으로 전달된다.
둘 다 차래의 비참한 말로와 대조되는 민족의 이상적인 청년 주체를 부각하는 장
면들이다.

> 「미쓰·강」이 두 시체가 나란히 누운 발치에 서서 미쓰·정 외의 시체를 살폈
> 으나 한번도 본 일이 없는 여자였다.
> 「누가 알아? 이 여잘?」
> 미쓰·강이 주위를 돌아보며 물었다. 한 사람도 안다고 대답해 주지 않았다.
>
> 바로 이 시각에 곤은 일선에서 눈을 치고 있었다. 일선에도 눈이 많이 왔다. 하
> 늘과 땅의 구별을 지울 수 없도록 아득히 눈이 왔었다. 부하들이 곤에게 눈을 치게
> 못했으나 곤은
> 「길을 터놔야 하지 않겠는가? 어디라두 갈 수 있는 길 말이야.」
> 하고 구지 듣지 않았다.
> 〈大尾〉[9]

9　최정희, 『끝없는 낭만』, 동학사, 1958.11.10 인쇄본, 319쪽.

냉전 시대 한국에서 미군과 성적인 관계를 맺는 여성들은 혐오스러운 존재로 취급되었다. 한국은 미국을 강력한 동맹국으로 인식하며, 미국 헤게모니의 자유세계 반공 블록에 편입되려 했지만, 미군의 주둔과 그들에게 성적인 서비스를 제공하는 여성들의 존재는 신식민지적 점령 상황과 남성성의 위기를 상기시켰기 때문이다. 이 시기 한국 소설과 영화에서 '양공주'의 죽음이 클리셰처럼 제시되는 데서 알 수 있듯, 이 여성들은 서사상에서나마 길들이고 처벌되어야 했다. 단행본을 출판하는 과정에서 이루어진 보수적인 개작은 그와 같은 당대의 사회적 압력과 암묵적인 서사적 규약을 반영한 결과일 수 있다.

3) 1958년 11월 19일 인쇄본 『끝없는 낭만』의 결말

그런데 흥미롭게도 10일 인쇄본에서 가필된 부분은 19일 인쇄본에 이르면 다시 대부분 덜어내진다. 이를 정리해 보면, 첫째, 정순자와 술을 마시는 장면에서 차래가 그녀를 더러운 '양갈보'라고 비난하면서 그녀의 방에서 나와 배곤에게로 가겠다고 했던 대사가 삭제된다. 정순자와 차래의 친밀감은 훼손되지 않으며, 차래의 죽음에 부여되었던 처벌적 성격 역시 약화된다. 둘째, 일선에서 눈을 치우며 길을 터놓겠다고 말하는 곤의 모습을 담은 결말 장면이 다시 삭제된다. 소설의 마지막에 이질적으로 삽입되었던 남성의 목소리가 제거된 것이다. 셋째, 죽은 차래 곁에 그녀가 남긴 쪽지가 있으나, 그 내용은 알 수 없는 것으로 제시된다. 작가는 곤이라는 글자가 쓰여 있었다고만 전할 뿐 편지의 의미는 전적으로 독자의 추론에 맡긴다. 그럼으로써 이전 판본들에서 직접적으로 제시되었던 속죄와 복종의 메시지는 소거되고, 좀 더 다양하게 해석할 수 있는 가능성 — 가령, 원한의 편지로 볼 수 있는 가능성 — 이 새롭게 부상한다. 캐리를 향한 차래의 사랑을 '양갈보'의 허영으로 치부하거나, 그녀를 "불행한 여인"으로 동정하려 들었던 배곤에 대해 차래가 시종 강한 반감을 느꼈다는 사실을 상기해보라. 요컨대, 이 판본에서 최정희는 읽을 수 없는 편지라는 장치를 통해 텍스트에 깃든 양가성을 한껏 증대시킨다. 가장 간결하면서도, 해석의 여지는 가장 풍부해진 결말이다.

「미쓰·강」이 두 시체가 나란히 누운 머리 맡에 놓인 종이 쪽지를 줏어 들었다. 집어 든 종이 쪽지엔 흩으러진 글자들이 아무렇게나 널려 있었다. 「미쓰·강」과 그 밖의 사람들이 들여다 보고 읽어 내려고 애를 쓰는 것이나 되다 만 글자 까지 있고 보니 알 도리가 있으랴. 「곤」자 몇개만은 알아 볼 수 있었지만 그것이 무엇을 의미하는 것인지 아는 사람이 하나 없었다. 〈끝〉[10]

망각된 페미니즘적 개작본

그럼에도 이 판본의 존재는 지금까지 연구자들에게 알려진 적이 없다. 왜냐하면 1958년 11월 25일 두 종류의 초판이 발행된 이후 다시 찍은 재판, 그리고 1959년 민중서관에서 간행된 '한국문학전집'에 실린 『끝없는 낭만』이 모두 19일 인쇄된 개작본이 아닌, 10일 인쇄본을 바탕으로 삼고 있기 때문이다. 이후 『끝없는 낭만』은 단독으로 출판된 적은 없지만, 1960~1990년대에 걸쳐 민중서관 발행 '한국문학전집', 삼중당 발행 '한국대표문학전집', '보급판 한국대표문학전집', 삼성당 발행 '한국문학전집', 삼성출판사 발행 '한국문학전집', '한국현대문학전집' 등 다양한 앤솔러지에 재수록되었는데, 남아 있는 판본들을 전수조사하지는 못했지만, 적어도 국립중앙도서관과 서울대에 소장된 앤솔러지들의 경우 전부 10일 인쇄본을 바탕으로 삼고 있음을 확인했다.

앞서 살펴보았듯, 19일 인쇄본은 가부장제에 대한 복종의 메시지를 축소하는 방향으로 결말을 다시 썼을뿐더러, 주부생활사의 여성 편집원들이 교정을 보고, 천경자가 표지 디자인을 맡은 일종의 페미니즘적 개작본이라고 볼 수 있다. 바로 그러한 까닭에 재판 및 앤솔러지 제작 과정에서 이 수정판은 의도적으로 배제된 것은 아닐까. 이 과정에서 과연 작가의 의견도 반영되었을까. 19일 인쇄본이 소설의 내용은 물론 편집, 표지 디자인 등에서 훨씬 공들인 버전이라는 사실을 고려한

---

10   최정희, 『끝없는 낭만』, 동학사, 1958.11.19 인쇄본, 318쪽.

   최정희 소설 전집 **2**

다면, 출판사의 독단적인 판단이라고도 보인다. 다른 한편으로, 이후 몇십 년 동안 재출간된 여러 앤솔러지들에서 줄곧 10일 인쇄본이 선택된 사실을 고려한다면, 작가 역시 그 선택에 직간접적으로 동의했을지도 모른다. 만약 그렇다면 이를 단순한 백래시 이상으로 이야기해볼 수는 없을까.

『끝없는 낭만』과 비슷한 시기 개봉해 엄청난 대중적 인기를 끌었던 한형모의 영화 〈자유부인〉(1956)의 결말에서 제시되는 오선영의 참회 장면을 분석하면서, 크리스티나 클라인은 관객은 결말의 노예가 아니며, 영화의 마지막에 여성이 보여주는 5분간의 착한 행동이나, 짧고 형식적인 처벌 장면이 이전까지 스크린을 압도해온 여성의 위반적 힘을 약화시키지 못한다고 본 스콧 부카트먼(Scott Bukatman)의 주장을 중요하게 인용한다. 또한 이러한 결말을 20세기 초부터 한국영화가 적응해야 했던 검열제도를 의식한 일종의 의무적 처벌이자 수사적 장치로서 접근할 필요가 있다고 보았다.[11]

비슷한 관점에서 『끝없는 낭만』에서 차래가 캐리를 향해 표출한 섹슈얼리티와 그로 인해 배곤에게 느낀 강렬한 두려움과 원한의 정동 역시 연재본의 결말에 제시된 짤막한 참회의 유서라든지, 첫 번째 단행본의 결말에 제시된 돌연한 속죄와 복종의 대사들로 온전히 상쇄된다고 볼 수 없다. 이는 클라인이 말했듯 "가부장의 통제를 보수적으로 옹호하는 것이 아니라, 오히려 가부장제가 여전히 사회에서 강력한 힘으로 작용하고 있음을 인정하는"[12] 포즈에 가깝다. 또한 소설 내내 강렬하게 분출되었던 차래의 섹슈얼리티와 원한의 정동을 검열제도가 존재하는 출판 환경 속에서 서사화하기 위해 요구되었던 소설적 장치라고도 해석해볼 수 있다. 그렇다면 상대적으로 보수적인 결말을 다시 쓰고, 그 판본을 재생산하는 데 작가가 설사 동의했을지라도, 이를 당대의 사회적·서사적 규약을 의식한 일종의 전략으로서 접근해보는 것이 가능하다. 그조차 최소한으로 축소하며 의도적으로 해

---

11   Christina Klein, *Cold War Cosmopolitanism : Period Style in 1950s Korean Cinema*, University of California Press, 2020, p.99~100.

12   Christina Klein, op.cit., p.100.

석의 양가성을 증대시킨 마지막 개작본, 그리고 미끄러지거나, 사라지거나, 읽을 수 없는 편지의 형태로 텍스트 속에 남아 있는 흔적들은 바로 그 밀고 당기는 서사적 경합의 증거로 읽혀야 한다.

냉전 오리엔탈리즘에 균열을 가하는 나비부인의 편지

한편, 거듭된 개작을 거친 결말에서 차래가 죽음으로써 배곤으로 상징되는 민족과 국가의 가부장제 질서 아래로 편입되기를 거부하는 동시에, 남편 캐리의 귀환을 하염없이 기다리지도 않고, 미국 중산층 가정의 아내와 어머니 되기라는 동화(assimilation)와 아메리칸드림의 서사 속으로 포섭되지도 않는다는 점은 주목을 요한다. 특히 캐리와의 사이에서 태어난 아기인 토니를 유기하고 죽는 차래의 행위는, 이 시기 미국이 인종과 국경을 초월한 가족 만들기라는 감성적 기획을 통해 정당화하려 했던 아시아에서의 냉전과 '자유세계' 공동체에 균열을 가한다는 점에서 문제적이다.

클라인은 19세기 유럽의 제국주의 국가들과 달리, 냉전 초기 미국이 비공산주의권 아시아에서 취했던 이 같은 인종적 관용, 교류, 상호 이해와 통합의 전략을 인종적 위계, 차별, 정복, 착취적 성격을 띠었던 제국주의 시대의 오리엔탈리즘과 구분되는 '냉전 오리엔탈리즘'으로 논했다.[13] 그에 따르면, 미국에서 생산된 다양한 중간문화/교양(middlebrow) 콘텐츠들은 그러한 미국의 변화를 대변하는 인물과 서사를 매우 감상주의적인 방식으로 표현했으며, 이는 텍스트 안팎에서 동서양을 초월하는 가족 만들기라는 감성적 기획으로 나타나기도 했다.

『끝없는 낭만』에서 묘사되는, 전쟁, 억압적인 아시아의 가부장제, 가정폭력, 마약중독, 빈곤, 과중한 노동으로 고통받는 아시아 여성 차래를 구원하고, 인종과

---

13 Christina Klein, *Cold War Orientalism: Asia in the Middlebrow Imagination, 1945-1961*, Berkeley: University of California Press, 2003, p.16.

문화를 초월해 그녀와 사랑하고 가족을 이루려는 미군 캐리의 모습은 그와 같은 아시아에 대한 미국의 변화한 태도를 전형적으로 보여준다. 그런데 둘의 결혼과 출산으로 거의 성공한 것처럼 보였던 이 냉전의 기획은 결말에 이르러 돌연 실패로 돌아간다. 캐리는 갑작스러운 귀국 명령으로 서사에서 사라지고, 다만 미국에서 간간이 보내오는 편지, 달러, 미제 물건의 형태로만 존재할 뿐이다. 그 결과 지금껏 낭만적인 로맨스와 가족 만들기로 은폐되었던 미국과 한국 사이의 정치적, 경제적 종속과 원조 관계가 노골적으로 전면화된다. 그리고 그 속에서 차래는 캐리, 죠오지 가문, 그리고 미국이 구축하고자 했던 태평양을 넘는 가족 관계 안으로 편입되는 것을 죽음으로써 거부한다.

이와 함께 차래의 아들인 토니 역시 가족으로부터 해체된다. 소설 속에서 차래가 토니를 맡기는 필동의 성남영아원은 1950년대 필동에 실제로 존재하였던 충현영아원이 모델로 추정된다. 미군들이 낸 기부금과 기독교아동복리회의 후원을 받으며 전쟁고아와 혼혈아의 해외 입양을 주도했던[14] 국내 기관 중 하나다. 입양은 냉전 시대 미국이 아시아와의 가족 관계를 구축함으로써, 더 많은 미국인과 아시아인들로 하여금 아시아에서 공산주의를 억제하고 미국의 영향력을 확대하는 냉전에 동참하게 만들고자 했던 주된 수단이었다. 그중에서도 한국전쟁은 미국에서 아시아 아동의 입양이 본격적으로 시작되고, 그 제도적 기반이 마련된 기원으로서 평가된다. 물론 입양의 대다수를 차지한 것은 한국 아동이었다.

이러한 사회적, 제도적 변화 속에서 백인 부모가 아시아계 자녀를 양육하는 미국 가정의 수가 비약적으로 증가했다. 자연스레 다양한 문화콘텐츠들에서도 그와 같은 가족의 모습이 빈번하게 재현되었다. 이와 관련해 앞서 언급한 냉전 시대 나비부인 이야기에는 잘 알려진 백인 남성과 아시아계 여성의 로맨스 서사 외에, 백인 부모에 의한 아시아계 혼혈 아동의 입양이 또 하나의 주된 서사로 존재한다는 사실에 주목할 필요가 있다. 그동안은 상대적으로 덜 주목된 측면이지만, 후자에

14　충현영아원에서 이루어졌던 혼혈아들의 해외 입양 풍경을 확인할 수 있는 기사로는 「양자 갈 준비에 바쁘다: 도미할 혼혈아들 신체검사」, 『조선일보』, 1954.2.22.

초점을 맞춘 픽션과 논픽션들이 냉전 시대에 급증하였다. 클라인에 따르면, 이 무렵 유행한 나비부인 이야기들에서 인종의 경계를 넘는 에로틱한 사랑은 여전히 공고한 인종 분리의 금기에 가로막혀 종종 실패로 돌아가지만, 아시아계 자녀에 대한 백인 부모의 '성숙하고 더 큰' 차원의 사랑은 성공적으로 유지되는 경향을 보인다.[15]

『끝없는 낭만』은 이처럼 미국에서 한국 아동의 해외 입양이 조직적, 체계적으로 전개되기 시작한 시기, 그리고 서구의 다양한 문화콘텐츠에서 아시아계 혼혈 아동의 존재 및 이들의 입양 문제가 대두되었던 시기 쓰인 소설이다. 주지하듯, 최정희는 전문적인 보모 교육을 받은 여성이자, 한국의 호적제도에 오를 수 없는 자식들을 키우는 어머니로서 식민지 시기부터 '정상가족' 바깥의 아동 문제에 누구보다 관심을 갖고 지속적으로 글을 써온 작가다. 바로 그러한 최정희의 특별한 위치성이 한국전쟁기 그녀의 시선을 한국계 혼혈 아동의 해외 입양 문제로 이끌었을 터다. 그런데『끝없는 낭만』이 서사화하는 해외 입양이 이 시기 미국이 발신했던 헤게모니적 입양 서사와는 사뭇 다르다는 점은 주목을 요한다.

이를 잘 보여주는 것이 결말에서 비중 있게 제시되는 정순자의 서브플롯이다. 흑인 혼혈 여아인 바올레트를 영아원에 맡긴 뒤 딸을 다시 만나기 위해 영아원 주변을 매일 같이 배회하는 정순자의 플롯은 그녀나 차래처럼 영아원에 아이를 맡기는 어머니들의 행위를 자발적인 선택이라고 보기 어렵고, 당시 이 여성들에게 자율성과 강제성 간의 경계가 매우 모호하였다는 사실을 시사한다. 무엇보다 여성이 충동적이고 일시적으로 아이를 입양 기관에 맡기는 결정을 했을지라도, 영원히 되찾지 못하게 만듦으로써 그녀들로 하여금 아이를 버리는 것과 다름없는 결과를 초래하였다는 사실을 확인시켜준다. 즉, 인도주의적 구호와 다문화주의의 실천으로 담론화된 한국 아동의 해외 입양의 배후에서 작동하였던, 가족이 있는 아이들을 '입양 자격이 있는 고아(eligible orphan)'로 둔갑시킨 채 상품("물건짝")처럼 거래했던 현실을 신랄하게 고발하는 것이다.

---

15 Christina Klein, op. cit., p.146, 167.

나아가, 이 소설은 토니와 바올레트와 같은 아이들의 미래에 대해서도 지극히 불투명하게 제시한 채로 서사를 종결짓는다. 즉, 토니가 미국에서 친부 캐리를 찾게 될지, 또는 정순자의 딸 바올레트와 함께 미국으로 입양되어 새로운 가족을 만나고, 행복하게 살아갈 수 있을지와 관련해 어떤 긍정적인 전망도 암시하지 않는다. 마지막 장면에서 쓸쓸한 주검으로 발견되는 차래와 정순자, '고아'가 된 토니와 바올레트는 냉전 시대 태평양 양쪽의 가족과 국가 모두로부터 배제된 여성과 아이들이다. 이들은 미국이 아시아에서 기획했던 초국적 가족의 탄생이 아닌, 그 해체를 시사하는 존재들이며, 그 모순과 허구성을 드러내는 타자들이다.

『끝없는 낭만』이 출판된 직후 한 신문 기사는 이 소설이 〈시집가는 날〉(1956)로 제4회 아시아영화제에서 특별희극상을 수상했던 이병일 감독에 의해 최초의 한미 합작 영화 제작을 추진 중이라는 소식을 발표하였다.[16] 그러나 이후 영화가 실제로 제작되었다는 기사는 어디에서도 찾을 수 없다. 어쩌면 그 이유는 동시대 흥행에 성공한 미일, 미홍콩 합작의 나비부인 영화들과 다르게 『끝없는 낭만』이 미국의 냉전 오리엔탈리즘에 균열을 가하는, 동아시아의 여성들과 아이들이라는 냉전의 타자들을 소환한 텍스트이기 때문은 아닐까.

전후 한국의 내셔널리즘과 미국의 냉전 이데올로기 양쪽에 대항하는, 동아시아의 나비부인이 보내온 편지로서 『끝없는 낭만』은 이처럼 조금 늦게 우리 앞에 도착하였다. 앞서 소설 속에서 제시되었던 여러 통의 편지를 중요하게 분석하기도 했지만, 1인칭 여성 화자에 의해 서술되는 이 소설 자체야말로 익명의 수신자를 향해 고백하는 하나의 긴 편지 형식이라고도 볼 수 있다. 들뢰즈와 가타리는 카프카가 남긴 수많은 편지들을 다수적 문학, 기성의 문학 양식을 통해서는 표현할 수 없었던 욕망을 담고 있는 '소수적 장르'로서 읽었다.[17] 일찍이 「야국초」에서 시도되었듯, 최정희에게 편지의 글쓰기는 당대의 지배적인 문학 양식을 통해서는 말

16　「로-타리」, 『동아일보』, 1959.1.14.

17　Gilles Deleuze & Félix Guattari, 『카프카 : 소수적인 문학을 위하여』, 이진경 역, 동문선, 2001, 72~78쪽.

할 수 없는 목소리를 발화하고 실험하는 소수적 장르였다. 이 글은 바로 그와 같은 의미에서 『끝없는 낭만』을 전후 한국의 내셔널리즘과 미국의 냉전 오리엔탈리즘 양쪽을 교란하는, 나비부인이 보낸 편지라고 읽는다.

1

　석 잔이 아니면 넉 잔쯤 마셨을 것이다. 누님이 찌개 한 가지를 더 갖다 놓고 누님도 한자리에 앉았다. 금방 앉자마자 마루문이 드르륵 열리는 소리가 났다.

　"누가 오셨어요?"

　누님이 앉은 채로 소리를 내뜨렸다.

　"나야."

　"매부가 오시는군."

　매부의 소리인 줄 알고 나도 앉은 채로 이렇게 외우곤 정상기 씨가 건네주는 잔을 받았다.

　잔을 비이느라고 나는 알지 못했다. 누님이 술상 위에 콱 엎어지며

　"어이 어째."

하는 높지 않은 비명이 들이고 연이어

　"이 더러운 년 같으니라구. 네가 갈보야? 이 화냥년아……."

하는 분노에 떠는 소리와 함께 술상에 엎혀진 누님을 잡아 일으켜 왼손으로 붙잡고 남은 한손으로 어디라 없이 갈겨대는 매부의 주먹이 보이였다.

　그러다가 매부는 또 정상기 씨에게로 달려들었다.

　정상기 씨가 크고 좀 밖으로 불룩 눈을 디굴디굴 굴리면서 당황히 일어섰다.

　"아니. 이거…… 아니 이거 원……."

　"이 자식 너 누군데 내 집에 와서 술상을 벌려 놓구 이러는 거야? 으응."

　매부의 주먹이 정상기 씨의 면상으로 올라갔다. 정상기 씨가

　"아이구. 아이구."

소리를 연발하며 뒷걸음질을 치는 것이었다. 그러면서 내가 앉아 있는 쪽으로 다가오는 것이었다.

나는 뒷걸음을 치는 정상기 씨 뒷모습에서 정상기 씨가 구원을 청하고 있다는 것을 알았다.

그렇지 않아도 나의 주먹이 들먹거리고 있던 터였다.

"선생님은 댁에 돌아가십시요."

뒷걸음질 치는 정상기 씨의 앞을 가루막아 나서며 내가 한 말이었다.

말은 이렇게 했으나 나는 매부의 면상을 노려보고 있었던 것이다.

때마침 전등이 켜 있어서 전등불에 비치는 매부의 얼굴이 아주 번쩍해 있는 것을 분명히 보았다. 죽은 사람의 얼굴과 같다고 생각되었다. 지나치게 질린 탓이리라는 생각도 들었다.

위선 나는 그 떼스마스크와 같은 매부의 면상을 쥐어박았다. 아무 말 없이 네댓 번 쥐어박았을 것이다. 그러고 나선

"이게 무슨 짓이요? 무슨 상것의 짓이냐 말이오? 우리 집안에선 이런 상놈의 짓 하는 걸 본 일이 없어. 본 일이 없어."

하면서 매부의 멱살을 꽉 훑어 잡아 쥐고 흔들다가 벽 쪽으로 내동댕일 처 버렸다.

쫑알거리다간 울고 울다간 쫑알거리던 누님이 내가 하는 행동에서 힘을 얻었던지

"갓잖은 것이. 에이구 참 더러워서 죽겠네. 제깐 것이 날 때려? 어쨌다구 때리는 거야. 형재가 약주 한잔 대접하겠다구 모시구 온 손님인데 왜 망신스럽게 구는 거야? 그이가 누군 줄 알구 그래? 형잴 취직 식혀 준 사람이야. 고마운 줄두 몰라? 곱다라니 밥을 얻어먹거들랑 고마운 줄이나 알아."

누님은 한 줄에 이렇게 기인 말을 줄줄이 느려놓는 것이었다. 누님의 얼굴도 매부의 것과 같았다. 나는 매부의 그러한 얼굴도 처음인 동시에 누님의 그러한 얼굴도 처음 보았던 것이다.

2

그러한 얼굴만 처음일 뿐 아니라 누님이 이처럼 매부를 무시해 버리는 태도도 처음 보았다.

하긴 매부도 지금까지 없었던 행동이었다.

누님이 매부한테 함부로 나서는 눈치를 못 채린 것이 아니었다. 매부가 국회의원에서 떨어져 나온 뒤부터 누님은 매부에게 대하는 태도가 달라졌다. 매부가 국회의원으로 있을 땐 누구에게 매부를 이야기할 적이면 '우리 주인께서 어쩌고 혹은 나아리께서 어쩌고' 했다. 반드시 남과 이야기하는 경우에만 그렇지 않았다. 매부 앞에서 누님은 양과 같이 온순했다. 매부의 말이면 무엇이나 '네' '네' 해 가며 복종했다. 아침에 나갈 적이면 언제나 자동차에까지 나가서 전송했으며 돌아오는 때에도 반드시 마중을 나갔다. 매부가 한번 일찍 돌아와 본 일이 없건만 또 언제나 술이 만취했지만 누님은 줄곧 웃는 낯으로 대했다.

처음엔 곁에서 보고 있으랴니 계면적기까지 했다. 누님이 매부 앞에서 말을 한다거나 웃는 일을 보지 못했기 때문이었다.

누님은 매부와 의가 좋지 못했다. 어머님은 통이 말씀이 없었으니 모르지만 할머니께서는 여간 걱정을 안 하셨다.

"사내가 계집을 싫다는 법은 있어도 계집이 사낼 싫어하는 일이 어찌 있을까 부냐."

고 늘 말씀하시던 일이 귓전에 또렷하다.

누님은 첫날밤부터 매부를 징그럽다고 했다. 첫날밤 도저히 누님은 그냥 견디기가 어려워서 신혼 방을 나왔던 것이다.

문밖에서 신방을 엿보고자 문에 구녕을 뚫어 가며 호기심을 잔뜩 안고 서성대는 사람들 틈을 빠져 누님은 후원으로 내달렸던 것이다.

문밖에서 서성대던 사람들이 어이가 없어하던 모양도 눈에 화안히 보인다.

할머니께서 어쩔가 부냐고 비명 같은 것을 치시던 것도 기억하고 있다.

나는 그때까지 자지 않고 있었던 것이다. 방마다 사람들이 웅성거릴 뿐 아니라 방마다 뜨거워서 잠을 자 낼 수가 없었다.

사람들이 웅성거리고 할머님이 비명을 치시고 하는 바람에 나는 방에서 뛰어나왔다. 할머니가 후원 쪽으로 돌아 들어가시는 것이 보였다. 할머님의 뒤를 따라가 보고 싶었다.

낮엔 소낙비가 쏟아졌는데 달이 떠 있었다. 달이 어느 때쯤에 떳는지 모르나 해맑은 얼굴을 빨끔히 내밀고 있었다. 구름이 뽀얗게 껴 있었다. 소낙비 맞은 나무들이 진초록 가지를 드리고 있었다.

할머니께선 연신 무엇이라고 중얼거리며 걸으셨다. 흰 치마자락이 세차게 흩날리는 것으로 보아 평소보다 재게 걸으신다는 것을 알았다. 할머님의 중얼거리시는 소리를 다 알아듣지는 못했다. 낮에 소낙비가 떨어진 잎 같은 것이 벌써 심상치 않더니 이런 변괴가 벌어진다고 뇌까리시는 말씀만 들었다. 좀 더 바싹 뒤를 따랐으면 다 들을 수 있었겠지만 할머니께선 성미가 급하셔서 누구나 가까이 가기를 주저했던 것이다. 더구나 이런 경우엔 한층 주의를 해야 했던 것이다. 안에서 웅성거리기만 하면서 할머니의 뒤를 따르지 못하는 것도 모두 그 까닭일 것이라고 짐작되었다.

3

조모님이 '심상찮다'고 하신 것은 낮의 생긴 일을 거드신 말씀이었다.

쨍쨍하던 하늘에 금새 검은 구름이 덮이기 시작하더니 비가 오려나 부다고 이런 말이 사람들 입에서 나오기도 전에 번개불이 퍼뜩이고 천둥이 천지를 뒤엎는 듯 울면서 소나기가 눈을 못 뜨게 쏟아졌다. 이거 웬 소나기가 이렇게 쏟아질가 부냐고 중얼거리기도 전에 이번엔 또 언제 그랬더냐는 듯이 비가 딱 멈췄던 것이다.

그러나 그러는 사이에 채려 논 신랑의 큰 상이 허리가 두 동창이로 난 것이다. 큰상을 보살펴 주던 진돌 영감의 말을 들으면 벼락이 와 떨어진 것도 아닌데 어느 결에 그리 되었는지 모르게 그리 되었다는 것이었다.

조모님이 초당 앞에까지 이른 즉 누님은 초당 툇마루에 웅크리고 앉아 있었다. 그렇게 앉아 있는 누님을 보시더니 조모님은 침이 마른 듯한 어조로

"네가 미쳤냐? 이게 무슨 요망이냐? 어서 들어가자. 썩 일어서라."

고 여니 때와 마찬가지로 오히려 더하게 위엄을 보이셨다. 누님은 처참하리만큼 창백한 얼굴을 들어 조모님을 올려다보더니

"할머니 그냥 둬두세요. 저 여기 있겠어요. 무서워서 그래요. 징그러워서 그래요."

하고 울부짖었다. 누님은 확실히 떨고 있었다. 다채로운 옷에서 반사(反射)되는 월광(月光)의 파동으로 그것을 알 수 있었던 것이다. 그 다채로운 신부의 옷으로 해서 누님의 얼굴은 더 처참했던지 모른다. 떼스마스크에 흡사한 것이었다. 지금 바루 저 얼굴이다. 매부를 쏘아보며 쫑알거리고 있는 저 얼굴이 바루 그 얼굴에 흡사한 것이다. 그 떼스마스크와 같은 그 얼굴에 지금 저 얼굴이─.

나는 누구에게 가는 것인지 모를 분노(憤怒)가 치받쳐 올랐다. 앞에 벌려 논 채로 있는 술상을 데깍 틀어서 누님과 매부 사이에 박살이 되라고 내려박았다.

이 소리가 무척 요란했던 모양이다. 옆방 칸에 놀러 갔던 조카들이 방으로 달려왔다.

큰조카가 먼저 미닫이를 열었다. 눈이 휘둥그레 했다. 작은조카가 언니 다리 사이로 머리를 빼끔이 들이밀었다. 그도 방 안의 험악한 공기를 짐작한 모양이었다. 언니와 똑같은 얼굴로 변해갔다.

그들이 어머니와 외삼촌이거나 어머니와 아버지가 싸우는 것을 보았지만 어머니 아버지 외삼촌 아울러 이렇게 싸우는 것을 본 일이 없을 것이다. 또 이렇게 집어 동댕일 치는 일도 처음 보았을 것이다.

언제나 싸움은 누님 쪽에서 걸어오게 되고 캘 것도 없이 또 승리는 누님 쪽

에서 거두게 되는 탓으로 이러한 광경이 벌어질 수가 없었다. 매부도 무언(無言)으로 패배(敗北)를 당했으며 나 역시 무언으로 일관했던 것이다. 여름이면 홑이불 겨울이면 솜이불 어느 것이나 푹 뒤집어쓰기만 하면 무난히 넘길 수 있었던 것이다. 매부도 나에게서 배웠던지 차츰 이 전술을 쓰게 되었다. 물론 매부가 국회의원에서 떨어져 나온 뒤의 생긴 일이었다. 매부가 국회의원으로 있을 적엔 누님은 늘 희희낙락해 있었으니까. 누님은 이때부터 누님의 성격을 잃어버리고 만 것 같다. 이렇게 되면 사실 패배는 누님 쪽에 있는 것 같기도 했다. 누님은 이불 속에 들어 있는 매부나 나를 이불 위로 뚜들겨 패다가 이불을 후딱 벗겨 내기도 했지만 누님의 힘보다는 매부나 나의 힘이 더 승하고 보니 이불을 다시 뒤집어쓰는 일들이 문제가 아닌 것이다.

4

"이놈아. 이렇게 박쌀을 내 났으니 어따 밥을 받아 먹냐 말이냐. 이 거지 꼴아지 같은 놈아. 넌 영낙없는 거지 꼴아지야. 깡통만 하나 참 영낙없는 거지야……."

누님이 나에게로 고추선 눈을 돌리고 악을 쓰는 것이었다.

나는 아무 소리 없이 이 족하들이 휘둥그려 해 서 있는 미닫이문을 와락 밀어 재끼며 밖으로 나왔다.

족하를 □□□□ 밀어뜨리면서. 찬바람이 한 아름 와 안겼다.

밖으로 나오기를 잘했다는 생각이 들었다.

"외삼촌 어디 가?"

큰족하가 뜰아래 내려서는 나의 발을 멈추게 했다. 어느 때나 족하들하고는 함부로 굴 수가 없었다. 어룬들이 뒤숭숭하게 굴라치면 족하들이 나와 가깝게 지냈고 나 역시 어룬들은 입안에 신물이 들도록 싫을 때더라도 족하들만은 좋았던 것이다. 누님이 못 배겨 내는 이불도 이 족하들의 한마디 말로써 떨쳐 버릴 수가 있는 것이었다. '외삼촌 말을 태워줘.' 하고 졸르면 심명이 안 나더라도 등어리를 그들 앞에 들려 대었고 '외삼촌 이야기해줘.' 하면 귀찮더라도 이야기를 짓거렸던 것이다.

"나 얼른 다녀올께. 집에 있거라."

돌아다보니 족하 둘이 다 나에게로 향해 서 있는 것이었다. 그냥 서 있는 게 아니라 이제 곧 따라 나설 태세를 취하고 있는 것이었다.

"오긴 어딜 와? 또 들온단 말이야? 어디 가 죽어나 버려라. 이 거지꼴들아."

누님이 방에 쏟아진 것들을 치우는 모양이었다. 그릇 소리 하며 도모지 귀가 째앵 울려서 더 서 있을 수가 없었다. 옆방 집 아이들도 뒤 마루에 나와서 있었다. 그들은 족하들이 □□□에서 달려올 때부터 나와서 있었는지 모른다.

나는 족하들 손목을 이끌어다 옆방 집 아이들과 한데 세워 놓았다.

"얘들하구 놀아라. 외삼춘 땅콩 사다 줄께."

나는 이럭저럭 족하들을 떨어뜨려 놓고 밖으로 나왔다. 찬바람이 마구 스쳐 지나갔다. 더 세찬 바람이 불었으면 싶었다. 얼굴을 씽씽 때리는 바람이면 좋겠다는 생각이었다.

다른 것은 쉬이 잊을 수 있는데 족하들의 얼굴만은 살아지지 않았다.

미닫이를 열고 들이민 얼굴 둘이 다 떼스마스크에 흡사한 것이었다. 어린것의 떼스마스크는 한층 보긴 어려운 것이라고 생각했다.

"가엽슨 것들."

내 소리가 입 밖에 나왔던지 모른다. 아무튼 족하들이 가엽다는 생각이 전신을 엄습했던 것만 사실이다. 누님은 괜스레 족하들을 낳아 가지고 그런다는 생각이 치밀었던 것이다. 숫제 낳지 않았더면 좋았을 것이라고 나는 언제나 이런 주장을 가지고 있는 것이다.

족하들은 아직 어려서 아무것도 모른다.

외삼춘이 자기들의 출생에 대해서 이러한 견해를 가지고 있다는 것도 자기들의 출생이 불행하다는 것도 모르고 있다.

큰족하가 여덟 살 작은족하가 일곱 살이다. 년년생이다.

매부가 국회의원으로 있을 때 낳은 아이들이다. 누님이 매부에게 최대의 써어비쓰를 하게 되던 때에 생긴 아이들이다.

그래서 매부나 누님의 연세로 본다면 아이들이 어린 편인 것이다.

골목 어구에 나서면 큰길이었다. 황혼이 짙게 깔려 있었다. 헤드라이트들이 하늘과 땅에 반사광(反射光)을 휘두르며 질주했다.

나는 잠깐 눈을 감았다. 현깃증이 생기는 것을 깨달았던 것이다.

5

감은 눈에서도 여전히 조카들의 얼굴이 빙빙 돌았다. 눈을 떴다. 현깃증을 막기 위해서 다리에 힘을 주며 땅을 밟았다. 창경원 앞으로 지나면서부터 어디를 갈 것인가 하고 생각했다. 뛰쳐나올 때까진 어디로 가겠다는 결정이 없었던 것이다.

원남동 로타리에서 구름다리께로 돌아섰다. 저절로 발길이 그리로 돌아서는 것이었다. 길이 좋기도 하려니와 발 익은 길인 탓이리라. 이 길을 걸어가면 병빈 군의 하숙이 있었다. 원서동이었다.

버스를 타더라도 편리한 코오쓰였다. 돈하문 앞에서 내리면 고대니까. 그러나 나는 병빈 군을 찾을 때 버스로 가 본 일이 없었다. 걷는 것이 즐거웠다.

창경원 돌담을 끼고 돌아서서 구름다리 밑을 걷고 있느라면 겻겹지한 머리가 말짱히 부시워지는 것이었다. 플라타너스는 여기처럼 좋을 데가 없었다. 여름엔 무성한 숲을 이루워 주고 가을엔 낙엽을 밟게 해 주는 것이다.

지금은 무성한 숲도 낙엽도 다 보내고 가지들만 남아 있다. 가지들도 정다웠다. 그들은 나에게 다리에 힘을 넣어 걸으라고 어둠 속에서 굵은 팔둑을 내밀어 흔들어 주었다. 병빈 군이 같이 걷는다면 무슨 말이든 한마디 있을 법한 광경이었다.

"얼마나 존가? 자네 살고 싶지 않은가? 이건 꼭 외국의 어느 거리의 풍경이야. 저 구라파 어느 존 나라 말이야. 서반아나 스에덴이나 그런 나라 말이야."

키가 껑충 큰 병빈 군의 어진 얼굴이 지나갔다. 병빈 군과 나는 무척 많이 이 길을 걸었던 것이다.

병빈 군과의 우정(友情)은 이 길이 있기 때문에 더 두터워졌는지 모른다.

나는 다리에 힘을 주어 걸었다.

여자 경찰서 앞을 지나 창덕궁 돌담이 나지기 시작하면 병빈 군의 하숙집 대문이 보였다. 바루 그 대문이 보인다기보다 그 대문 한쪽 편에 벌려 논 빈대떡 집 불빛이 보이는 것이다.

이 불빛이 보이기 시작하면 입에 군침이 돌았다. 어느 때나 늘 그랬던 것이다. 나는 군침을 삼키며 그 불빛을 향해 걸었다. 병빈 군이 거기 나와 있는지도 모른다는 생각을 하면서 발을 돌렸다.

그러나 그 앞에 이르러 찢어진 창구녕으로 들여다보았더니 병빈 군이 있지 않았다.

그가 거기 있다면 들여다보기 전부터 떠들썩할 건데 조용하길래 대강 들여다보고 그의 방을 향해

"병빈이."

하고 소리를 쳤다.

미닫이에 길다란 그림자를 세우며

"어서 오게. 반가운 손님도 오시고 했으니……."

하고 병빈 군이 미닫이를 열었다. 불빛을 등지고 있었으나 그의 얼굴에 화색이 만연해 있음을 알았다.

사실은 미닫이를 열기 전에 미닫이에 서리운 그림자에서 그것을 알았는지 모른다.

"반가운 손님이라니?"

나는 그의 방문턱 앞에 빨리 올라서며 되쳐 물었다.

“안녕하셋세요?”

병빈 군 뒤에 일어서 있는 여자의 인사말이었다.

여자는 익숙히 알고 있는 듯 방글방글 웃고 있었다. 좌우간 들어가 놓고 보자는 심산으로 문턱을 넘어섰다.

“자네 그새 잊어버렸나? 대구 청동 다방…….”

병빈 군 말에서 나는 비로소 그가 누구인 것을 알아내었다.

6

“실례했읍니다. 몰라뵈서…….”

“에키 이 사람. 그렇게 신셀 지구두 모른담.”

여자는 그냥 방글방글 웃고만 있었다.

“피난 갔을 땐 참 폐를 많이 끼쳐 드렸는데…… 그런데 그때보다 더 젊어지셨군요.”

“그래요? 그래서 몰라보셨군요.”

여자는 호호호 웃음소리를 내어 웃었다.

사실 그가 젊어지기도 했지만 양장을 하고 있는 까닭에 몰라보았는지 모른다. 우리가 피난 내려갔을 적엔 조선옷만 입고 있었다. 그의 양장 맵시를 보기는 처음이다. 조선옷보다 그에겐 양장이 어울린다고 생각되었다. 알맞은 키에 쭉 뻗은 다리가 위선 눈에 들어왔다.

어깨에서 시작된 매끈한 선(線)이 허리를 지나 양쪽 다리로 거침없이 흘러 내려갔다.

조선 옷맵씨일 적에도 병빈 군은 이 여자를 모델로 써 보았으면 좋겠다면서 줄곧 입맛을 다셨다. 병빈 군이 끝내 모델로 쓰지 못한 것은 차차 이 여자에게 연정(戀情)을 두게 된 탓인지도 모른다.

“자꾸 좋아지는데. 좋아지니까 모델로 써 보겠다는 충동이 줄어져 가거든.

꽉 포옹해 주고 싶은 마음뿐야.”

대구에 있을 때 일이다. 어느 날 병빈 군은 이 여자에게 가는 자기의 마음을 이렇게 토로했던 것이다. 그때 병빈 군의 말을 듣고 있으면서 나의 마음속 한 구석에도 그것 비슷한 감정이 숨어 있지 않을가 살펴보았다. 나는 그때 병빈 군의 말을 들으면서 가슴이 왈칵 무엇이 치밀어 오르는 것을 깨달은 일이었다.

“연앨 하고 싶단 말이지? 연앨? 좋거들랑 하면 되잖아…….”

나는 이런 말을 불쑥 그도 아주 무뚝뚝하게 해 버린 다음 청동 다방에 왔던 것이다. 언제 병빈 군과 같이 가 같이 앉았다가 같이 나오곤 했는데.

“마담이 아주 아름다워지셨어.”

병빈 군은 눈을 가늘게 떠 여자를 보고 있었다.

그의 늘 하던 버릇대로. 그는 좋은 것을 보는 땐 언제나 눈을 가늘게 떴다. 자기 그림을 보는 경우엔 더 많이 그렇게 했다. 나의 조각(彫刻)을 보아주는 때에도 이런 눈을 했다.

“마담은 싫어요. 마담이라구 말구 미쓰 서라고 불러 주세요.”

여자가 아직 눈을 가늘게 뜨고 있는 병빈 군에게 어리광 비슷한 말투로 대어들었다.

“미쎄쓴대 미쓰 서라구 해서야 되나요. 미쓰 서니 미쎄스니 하는 따위의 대명살랑 우며 집어치고 서강옥 씨라고 부름 좋잖아. 씨끄러우면 성자도 씨짜도 다 떼 버려고 강옥이라고 불러도 좋구…….”

“그래주세요. 전 강옥이라구 불러 주심 더 좋겠어요.”

둘의 주고받는 말을 듣고서야 보니 여자의 이름이 서강옥이던 것이 기억이 떠올랐다. 공연히 나는 알 수 없는 즐거움이 가슴 한구석에 물쌀처럼 찰싹거리는 것을 알았다. 그것은 오래 떠나 있는 자기 마을 어구에 들어서는 때와 같은 감정과 비슷한 것이었다.

“허 군 우리 한잔하세나. 반가운 손님도 오시고 했으니…….”

“그러잖아두 한잔하려 왔어. 자네가 저기 나가 있을 줄 알구 들올 때 들여도

봤어.”

나는 대문깐 쪽을 턱으로 가리키며 말했다.

“그래? 오늘 저녁엔 강옥 씨 덕분에 우리 좀 고급주를 마실까?”

병빈 군이 주섬주섬 차비새를 해 가지고 밖으로 나갔다. 그는 껄껄 크게 웃기까지 했다. 누가 웃기지도 않고 그가 한 말이 웃으운 것도 아닌데 댓돌 아래 내려서도 병빈 군은 우슴소리를 내고 있었다.

7

“허 선생님은 왜 늘 그렇게 침울하세요?”

병빈 군의 우슴소리가 살아지자 서강옥이가 나에게 시선을 보내며 한 말이다.

서강옥은 방글방글 웃고 있었다.

“많이 늙었지요?”

웃고 있는 그가 더 젊어 보인 탓일가. 나는 불쑥 이런 말을 그에게 물었다.

“그새 거진 사 년이란 세월이 흘러갔어요?”

서강옥은 의미 있는 듯한 우슴을 살작 웃었다.

“사 년이란 세월이 갔음에두 불구하고 젊어지는 분도 있는데 늙기만 했으니.”

나는 이 말을 하고 나서 이어 쑥스러웠다는 생각을 했다.

“호호호…… 선생님이 젊어지셨다니 기뻐요.”

나는 이 말에 대꾸할 말이 생각나지 않았다. 서강옥을 멀직이 바라다보고 있었다.

“똑똑히 봐 두세요. 또 이저버리시는 일이 없게시리.”

“네. 아. 미안합니다.”

나는 명시했다. 병빈 군이 돌아오지 않았더면 좀 곤란한 상태에 빠질 번 했던 것이다.

“저 아래까지 나가두 별게 없군그래.”

병빈 군이 안고 들어온 것들을 내려놓았다.

소주 두 병 포도주 한 병 오징어 네 마리 땅콩 서너 봉지 외에 통조림이 있었다.

책상을 가운데 내놓고 서강옥이가 그것들을 책상에 주서 올려놓았다.

"약주 잔이 있어야잖아요?"

"아 잔이라. 그렇지 잔이 있어야지. 저기 가서 달래 오지."

병빈 군이 빈대떡 가게로 성큼 나갔다.

"약주 너무 많이 드시지 마세요."

병빈 군이 나간 틈에 서강옥은 나에게 말을 부쳤다.

"고맙습니다."

나는 서강옥의 말이 고맙기도 했던 것이다.

병빈 군이 약주 잔 세 개와 빈대떡 한 접시를 들고 들어왔다. 찌개도 식혔노라고 했다.

"찌개가 있어야 김이 무룩무룩 나는 찌개가 있어야 술맛이 난단 말이지. ……자 레이디 훠스트."

병빈 군이 포도주 병따개를 빼서 서강옥이에게 내밀었다. 서강옥이가 잔을 들어 받았다.

첫 잔은 다 같이 잔을 들어 붓딛쳐 보았다. 그러면서 병빈 군이 먼저

"우리들의 건강을 위하여."

하고 웨쳤다.

"우리들의 사랑을 위하여. 호호호."

서강옥은 이 말 뒤에 허리를 굽혀 가며 웃었다. 웃는 까닭이 어디 있는지 알 수 없었다. 그리고 그의 말이 농담인지 진담인지 그것도 알 수 없었다.

"자네는 한마디 없나?"

"난 기권하겠네."

"그렇게도 하실 말씀이 없으세요? 내가 대신 해 드릴까요?"

“그래도 좋습니다.”

“우리들의 청춘을 위하여.”

“아. 그거 참 존 말이야. 조와 조와.”

찌개가 들어오고 잔이 서루 오고 가고 하는 사이에 어지간이 취기가 들었다. 소주 두 병이나 비어졌다.

포도주 병도 벌써 비어졌다. 서강옥은 포도주를 다 마시고 소주를 마시기 시작했다.

병빈 군이 다시 나가 소주 세 병을 더 들고 들어왔다.

병빈 군이 나간 뒤에 서강옥은 감기는 듯한 눈으로 나를 건너다보며

“아이구 취했어요. 취했는데…….”

했다. 웃지도 않고―.

8

“취하십시요. 취함 어떤가요. 우리 싫것 취해 보십시다.”

하는 말이 막 나갔다. 서강옥을 아주 용기 있게 바라다보면서

“안주도 더 가져와야겠지.”

병빈 군의 기인 다리가 문턱 안으로 껑충 들어온 뒤에야 나는 얼굴을 돌렸다. 병빈 군이 방에 들어오는 것도 모르고 있었던 것이다.

“그렇지. 안주도 더 가져와야지. 안줄 더 가져와야지.”

나는 병빈 군이 한 말을 두 번이나 연거푸 되씹었다. 무슨 필요로 그랬는지 모르겠다. 아니 필요고 무엇이고 없었던 것이다. 그냥 반사적이었던 것이다.

그러나 듣는 쪽에선 그렇지가 않았던 모양이다.

“그럼 내가 나가서 아주 안줄 시켜 가지고 오지.”

병빈 군이 다시 성큼성큼 나갔다.

여자의 감기는 듯한 시선이 다시 나를 감았다. 참 못 견딜 지경이다. 숨이 막

히는 것을 어쩐단 말이냐. 그냥 확 포옹해 주고 싶단 충동에 몸이 덜덜 떨렸다.

처음 일이다. 여자와의 사이엔 술이 놓인 책상이 있으니 말이지 팔을 내밀면 닿을 만한 거리(距離)였다.

여자는 연속적으로 깊은 시선을 보내고 있었다. 그러다가 몸을 비비꼬며 술상에 푹 엎뜨려 버렸다. 아무 말 없이 책상머리를 돌아가서 포옹을 해 버릴가 하다가

"어디 아파요?"

하고 물었다.

나는 내 소리가 떨리는 것을 알고

"머리가……."

여자는 엎뜨린 채로 말했다.

엉금엉금 여자 쪽으로 기어갔다. 그러자 엎뜨려 있던 여자가 와락 나에게로 달려드는 것이었다.

여자가 무슨 말을 하면서 달려들었으나 이어 입을 콱 막아 버렸으므로 말이 있을 수 없었다.

얼마마한 시간이 그사이에 스쳐 갔는지 모르겠다. 병빈 군이

"허 군 허 군 문 좀 열게. 이거 뜨거워 죽겠네."

하고 서두른 소리에 여자의 입술에서 떨어졌던 것이다. 미닫이를 열려고 걷는 걸음걸이가 허둥거렸다. 병빈 군이 찌개 냄비를 들고 들어오는 모양인데 날더러 받으라면 어쩌나 하고 걱정도 했던 것이다.

미닫이를 열었다. 과연 병빈 군은 찌개 냄비를 두 손에 싸 들고 들어오는데 매우 뜨거운 모양이었다.

"여기 좀 자네 받게. 손 가죽이 아주 벗어지나 보아."

"위선 마루에 놓게나."

나는 찌개 냄비를 들 자신이 없었던 것이다. 연신 전신이 후들후들 떨리는 것이었다.

"제가 받지요. 허 선생님은 저리 빗기세요."

강옥이 나를 엉뎅이로 밀어 놓며 제가 나서는 것이었다. 나는 밀치우면서 한층 더 심하게 몸이 떨리는 것을 깨달았다. 강옥의 엉뎅이가 나의 넙쩍다리에 부딪친 때문이다.

"이사람 왜 이리 떨고 있나. 초하 들린 사람처럼."

병빈 군이 나에게 말을 던지며 여자의 눈치를 살피는 것이었다.

9

나는 이래선 안 되겠다고 마음을 단단히 먹었다. 아까 여기 올 쩍에 발에 힘을 주던 것보다 더한 힘을 아랫배에 주며 몸을 잔줄구었다.

서강옥은 아무렇지도 않았다. 방글방글 웃으면서 찌개 냄비를 올려놓는다. 병마개를 뺀다. 서둘어 댔다.

"자네 어디 언짢은 데 있는 모양 아닌가?"

여자가 너무 태연하니까 나와 여자의 표정을 살피던 병빈 군이 나에게 물었다.

"아니 그저. 술이 좀 덜 받는 것 같아……."

"아니 술이 먹고 싶다던 게 왜 그래?"

"글쎄 어째 그렇게 돼."

"여자가 있으면 술맛이 나는 건데…… 아…… 이거 실례올시다. 말이 그만 헛나갔어요. 허헛허헛."

병빈 군이 또 눈을 가늘게 떴다. 그리고 여자를 보는 것이었다. 나는 병빈 군이 여자를 이런 눈으로 보는 게 싫었다. 인제부터 여자는 나만 보아야 할 것 같았다.

"그러지 말구 술이나 들어."

나는 병빈 군에게 퉁명스런 소리를 쳤다.

“아. 그래 그래. 술을 들지. 우리 오늘 저녁 죽도록 마셔 보세나. 자네도 들게. 어서.”

병빈 군이 나에게 술을 부었다. 나는 병빈 군더러 술이나 먹으라고 해 놓고 선 딸아 주지는 않았다. 병빈 군은 강옥에게 딸아 주고 자기 잔을 그리로 내밀었다.

내가 얼른 병을 들어

“여기 있네. 받게. 자.”

하고 그의 잔에 딸아 주었다.

“좋아 좋아 이런 술이람 얼마던지 먹겠어.”

병빈 군은 찌개 냄비에서 두부를 흠뻑 떠 넣고 훌러덕 훌러덕 씹었다.

얼마 안 되어 소주 세 병도 다 비웠다. 병빈 군은 입이 놀 새 없이 짓거리고 노래를 부르고 술을 마시고 안주를 퍼 넣고 했다.

그리고 그는 재주를 부리기도 했다. 코와 입 사이에 소독저 끊은 것을 고추 세워 가지고 언챙이 노름도 해 보였다. 그 경거부정한 등어리에 방석을 집어 넣고 꼽사춤을 추기도 했다.

임이여
가랑닢 내리는 오후의 잡초 같은 내 가슴에
영 흐르지 않은 마음의 거울을 비쳐 주십시요.

하고 어느 시인의 시(詩)를 읊기도 했다. 그리고 서글퍼진 얼굴을 서강옥이 쪽에 보내고 있었다.

그렇게 하고 있는 병빈 군에게로 서강옥이가 양팔을 벌리며 다가왔다. “룸바의 북소리 들려오면” 하고 노래를 건들어지게 불으면서.

병빈 군이 그와 호응하는 포오즈를 취하며 여자에게로 다가갔다.

제법 어깨를 추썩거리는 것이었다. 여자가 궁뎅이 짓을 하며 병빈 군에게

와 안겼다. 그들은 "룸바"라는 춤을 추는 모양이었다.

병빈 군은 여자를 완전히 포옹하고 말았던 것이다. 저보다 좀 작은 여자의 뺨에 제 뺨을 갖다 대느라고 병빈 군은 허리를 아주 꾸부려 돌아갔다.

10

못 견딜 노릇이었다. 서강옥은 내가 껴안아야 하지 않느냐 말이다.

눈에서 불이 뚝뚝 일어졌다. 춤이라도 출줄 알았다면 '나두 좀 춰 보자.'고 하며 여자와 병빈 군의 사이를 갈라 놓을 법이지만 나는 춤이란 걸 추어본 일이 없다.

춤만 못 추지 않는다. 노래도 부를 줄 모른다.

어쩌다 노래를 부르면 수십 종의 악기의 소리를 낸다고 친구들이 놀려 댄다. 나는 음치인 것이다. 그래서 나는 병빈 군과 여자가 노는 광경을 구경만 하고 있었던 것이다.

강옥인 노래를 썩 잘 불렀다. 병빈 군보다도 나은 편이었다. 명곡에서 유행가 쟈쓰쑁에 이르기까지 이어대었다. 명곡보다 유행가를 부르는 음정이 더 좋았다. 마음속을 잡아 흔들어 놓는 소리었다.

병빈 군도 나와 같은 감정인 듯했다.

유행가를 부를 쩍이면 미간에 깊은 흠을 지으며 괴로운 표정을 짓곤 했다.

"이 사람 병빈 군, 춤일랑은 그만 추게. 그만 춰."

점점 더 견딜 수 없어서 끝내 나는 이렇게 말을 했던 것이다. 가슴속을 갈퀴로 뻑뻑 긁어 내는 것 같았다.

"가만있게. 잠깐만 가만있게. 자네같이 무사래이 왜 서둘어. 서둘지 마아. 가만 놔 주게."

병빈 군이 잠고대 소리처럼 짖거렸다.

"난 가겠네. 잘들 추게나."

자리에서 벌떡 일어나 미닫이를 와락 열어 제쳤다. 미닫이가 소리를 내며 열렸다. 누님 집을 나오던 때의 일이 무뜩 생각났다.

족하들의 파랗게 질린 얼굴이 보였다. 누님의 얼굴이 보였다. 매부의 얼굴이 보였다. 모두들 떼스마스크다.

"떼스마스크의 비극."

나는 이런 소리를 짓씹으면서 퇴마루에 나섰다. 마당에 내려서지 않았다. 돌아서서 방 안을 들여다보았다.

불이 꺼졌다. 내가 들여다보는 것이 싫다는 듯이 전기가 가 버린 것이다. 여덟 신가 부다. 여덟 시면 전기가 가 버린다. 교대로 주기 때문이다. 이때까지 호롱불이나 촛불을 켜고 있던 동네가 화안해졌겠지. 그 대신 여긴 암흑 나라다. 암흑 나라인데도 병빈 군과 여자는 안고 돌아가는 눈치었다.

혹은 꽉 부둥켜안고 입술을 빨고 있는지도 모른다.

"불을 켜라 불불."

나는 벽력같은 소리를 질렀다.

"아 불을 켜야지. 석냥이 어딘지. 석냥이……."

벽력같은 소리에 병빈 군은 놀랐는지 모르겠다. 병빈 군이 여자에게서 떨어져 석냥을 찾는 눈치다. 석냥이 얼른 나오지 않는다. 여자는 잠잠하다.

"없어? 아직 못 찾았나?"

나는 또 소리를 질렀다. 먼저보다는 낮았지만 그래도 꽤 높았던 모양이었다.

"이 사람아. 떠들지 말게. 왜 고래고래 소릴 지르고 그러나…… 아 여기 석냥이 있군. 여기 있어."

병빈 군이 석냥을 툭 그었다. 여자의 얼굴이 먼저 보였다. 여자는 이제루가 서 있는 쪽에서 있었다. 이제루와 키를 대어 보기라도 하는 것처럼.

　병빈 군이 초에 석냥을 대었다. 방이 밝아졌다. 촛불을 술상이 된 책상 위에 갖다 놓았다. 여자는 그 자리에 그냥 서 있었다. 이제루 앞에 그냥 서 있는 여자의 얼굴은 아래서 올려 비치는 촛불 때문에 얼굴이 이상하게 돼갔다. 위에서 내리비치는 전등불 밑에 보던 얼굴과는 생판 다르다. 유굴유굴 호박 썩은 것 같았다.

　빛의 조화란 저렇게 대단한 것일까.

　나는 다시 눈을 벌려 떴다. 아무래도 호박 썩은 것이다. 유굴유굴 구정물이 줄줄 흐른 것 같다.

　욕지기가 올려 밀려고 했다. 꿀꺽 삼키어 버렸다. 병빈 군도 저 호박 썩은 얼굴을 본다면 정남이 떨어지리라.

　제 아무리 용한 솜씨를 가졌다 치더라도 저 얼굴 색채는 못 낼 것이리라.

　"자네 저 이제루 앞에 선 여자의 얼굴 색챌 나타낼 만한가?"

　나는 병빈 군에게 불쑥 이런 말을 했던 것이다. 병빈 군이 내 말을 이내 알아들은 모양이다. 눈을 가늘게 떠 여자를 바라다보았다.

　"아. 재미있는 색채야. 아니 재미있는 음영(陰影)이야. 옳아. 맞아."

　"이 자식아 뭣이 재미있단 말이야. 아니 저게 재미있어? 저 호박 썩은 얼굴이…… 저걸 떼스마스크만두 못한 거야. 떼스마스크는 비극을 초래할 수나 있지만 저건 비극은커녕 희극두 초래하지 못해. 유굴유굴 썩은 호박이야 호박……."

　그래 놓곤 내달렸다.

　병빈 군이 "허 군" 허 군 부르는 소리를 들으면서도 나는 그냥 어두움을 뚫고 나간 길을 달렸던 것이다.

　한참 달리다가 중앙청 앞에 내가 서 있는 것을 알았다. 헬라이트의 반사광이 한층 현란했던 탓인지 모른다.

이왕 여기까지 왔으니 정상기 씨 집에 가자는 생각이 들었다. 정상기 씨 집은 선교동에 있었다.

돈화문 앞에서 구름다리 밑 길을 버리고 이쪽으로 달린 것을 보면 정상기 씨 집에 가자는 의식이 벌써부터 있는 것도 같다. 아니 누님 집에 가지 않으려는 생각이니까 정상기 씨 집 쪽으로 발길이 돌아선 것 같기도 하다.

나는 그냥 효자동 쪽으로 올려 걸었다. 효자동 종점에서 큰길을 택하지 않고 골목길에 들어섰다. 골목 어구엔 목노주점이 있었다.

나는 그리로 들어갔다. 정상기 씨와 같이 잘 들리는 주점이다. 혼자 들리는 일은 좀처럼 없었다.

"오늘은 학생 혼자구만."

주점 아낙이 나에게 아직도 학생이라는 대명사를 붙쳐 주는 것이었다. 학생 때 부르던 그대로−.

"술을 주시오."

주점 아낙이 내주는 대로 잔을 뻘떡뻘떡 단숨에 들이켰다.

"인제 그만하세요. 왜 이리 기가 나서 마시는 거애요? 전작두 있는 상 부른데……."

주점 아낙이 대포 석 잔을 주고 더 주려고 하지 않았다. 나와버렸다.

산 쪽으로 돌아 올라갔다. 달이 올려 미는 것을 본 탓이다. 달빛을 받는 장승을 보고 싶었던 것이다. 나는 달밤에 이 장승을 보는 일이 즐거웠다. 장승은 산길을 올라가다가 마루턱에 서 있었다. 사모관대를 한 신랑이 쪽도리를 쓴 신부하고 성다웁게 마주 보ᅡ 서 있다.

12

신부의 가슴엔 지하여장군(地下女將軍)이라 새기고 신랑 가슴팍엔 천하대장군(天下大將軍)이라 새겨 있었다.

우리 고향 마을 어구에도 이런 장승이 서 있다. 어릴 땐 이 장승을 나는 무척 무서워했다. 더우기 달밤이면 장승이 도까비로 보였던 것이다.

마을 밖에 있는 순이네 집에 놀라 가고 싶어도 장승 때문에 못 가곤 했던 것이다. 장승은 우리 마을 어구에라기보다 우리 마을과 순이네 마을 새중간에 있었던 것이다. 어른들의 이야기를 들으면 잡귀(雜鬼)를 쫓기 위해서 그렇게 세워 놓았다는 것이다. 나는 발을 크게 떼어 놓았다. 걸음이 비틀거렸다. 대포 석 잔의 효과가 나타나는 모양이었다.

달이 화안했다. 언덕진 길인 탓이겠지. 잎을 잃은 가지들이 바람을 안고 몹시 절을 했다.

장승이 저만침 서 있는 것이 보였다. 한층 더 빠른 걸음을 밟았으나 여전히 마음만 급했다. 끝내 나는 장승 앞에 이르렀다. 여니 때와 다름없이 천하대장군과 지하대장군이 사이좋게 마주 서 있는 것이었다. 사모관대를 하고 있는 천하대장군의 얼굴이 달빛에 젖어 있었다. 쪽도리 맵씨를 하고 서 있는 지하여장군 얼굴에도 달빛이 서리워 있었다.

그런데 웬일일까? 달빛이 서리워 있는 지하여장군 얼굴이 다른 때처럼 아름답지 않았다. 아까 병빈 군 방에서 보고 나온 서강옥이와 같이 마침 보였다. 달빛이 서리운 지하여장군의 아름답던 얼굴이 촛불을 올려 받은 서강옥의 유굴유굴한 얼굴과 흡사했던 것이다.

나는 그만 지하여장군에게서 눈을 돌렸다. 이번엔 마즌편에 서 있는 천하대장군을 보았다. 그런데 이놈은 또 왜 눈을 부릅뜨고 잇발을 악물고 있는 것일까?

"나쁜 놈 같으니라구……."

나는 혀가 곱아드는 것을 깨달으며 이렇게 울부짖었다. 천하대장군이 병빈 군으로 보인 탓이었다.

병빈 군은 줄곧 웃고 짓거렸으나 실상은 저렇게 눈을 부릅뜨고 잇발을 악물고 있었는지 모른다.

"에익 더러운 자식."

나는 비틀걸음으로 들어가서 천하대장군을 두 주먹으로 마구 박아 주었다. 천하대장군이 눈을 더 부릅뜨고 잇발을 악물었다.

나는 또 마구 박아 주고 지하여장군 쪽으로 돌아섰다. 돌아서자 나는 지하여장군이 햇쭉이 웃음을 내뿜고 있는 것을 보았다. 나는 발을 단단히 밟으며 웃음을 내뿜고 있는 지하여장군을 쳐다보며 호탕하게 웃었다. 그는 나를 손짓해 오라고 했다. 나는 웃음을 뚝 그치고 달려갔다. 와락 그를 껴안았다. 그도 나를 껴안았다. 입술을 더듬었다. 그도 나와 같이 했다. 둘의 입술은 마주쳤다. 나는 매끄러운 그의 입술을 빨았다. 따사로운 그의 체온이 나에게로 이동되었다. 자꾸 나는 그의 입술을 빨며 그를 껴안았다. 껴안아도 껴안아도 아직 남아 있는 것 같아서 견딜 수 없었다.

13

새벽녘 심한 갈증에 못 이겨 눈을 떴을 때 나는 누님 집이 아닌 것을 직각했다. 누님 집은 단칸방에 여럿인 까닭에 피부에 와 닿는 공기가 어둠 속에도 수월이 잡히는 것이었다.

"이게 대체 어딜까?"

나는 창 쪽으로 머리를 돌렸다. 커-텐이 치어 있었다. 창 앞에 테이블이 놓여 있는 것이 보였다.

"옳다. 정상기 씨 댁이로군."

나는 벌떡 일어나 물그릇을 찾았다. 정상기 씨 댁이면 머리맡에 물그릇을 준비해 주는 것을 알기 때문이다. 예상한 바 대로 머리맡에 물그릇이 놓여 있었다. 벌떡벌떡 한 그릇을 다 마셨다. 살 것 같았다.

나는 다시 이불 속으로 들어가려고 이불을 치켜들었다. 그러나 나는 무척 놀라지 않으면 안 되게 되었다.

이불 속에 무엇이 들어누어 있는 것이었다. 홀잭 부딛치는 감각으로 미루어

보면 말뚝과 같은 것이었다. 나는 앉은걸음으로 물러앉으며 누어 있는 것에서 눈을 떼지 않았다.

"사람 같긴 한데……."

팔을 펴서 만져 보고도 싶었지만 팔이 오그라들기만 했다.

"대체 저게 무엇일까?"

나는 일어나 '커텐'을 열어 제쳤다. 그쪽이 밝은 것으로 미루어 보아 달이 떠 있으리라고 알았기 때문이다.

과연 나의 예상이 틀리지 않았다. 달빛이 창으로 쭈르르 미끄러져 들어오는 것이었다. 방 안 전체가 화안히 밝았다. 나는 다시 이불 쪽으로 눈을 돌렸다. 두 번 다시 볼 것도 없었다. 장승임을 알았다. 지하여장군이었다. 그것은 상반신을 이불 밖에 내밀고 번듯이 누어 있었다.

그제사 나는 어제저녁 정상기 씨 댁에 오느라고 언덕길에 들어선 기억이 났다. 달이 떠 있던 것도 생각났다.

장승이 다른 때보다 썩 잘 보이던 생각도 떠올랐다. 그다음의 것은 모르겠다. 장승이 나의 이불 속에 들어눕게까지 된 사연에 대해선 전연 알 수가 없다.

어찌 됐던 간에 나는 마음이 후련해져 왔다. 장승을 그대로 이불 속에 두고 그 옆에 가서 누었다. 넘어가는 달이 더 밝게 비최는 모양인지 방은 점점 화안했다.

옆방에선 정상기 씨가 코를 골고 있었다. 코 고는 소리를 들어서 정상기 씨는 술에 취하지 않음을 알았다. 술이 취하면 용마루가 떠나가게 코를 고는 그였다.

눈을 감아 보나 잠이 오지 않았다.

병빈 군과 서강옥의 얼굴이 감은 눈 속으로 기어들었다. 방글방글 웃는 서강옥의 얼굴. 너털우슴을 웃어 가며 심명이 나 하던 병빈 군. 기인 다리를 껑충껑충 올리며 곱사춤을 추던 모양. 나는 옆으로 돌아눕고야 말았다. 기억을 밀어 던지려는 마음에서였다.

그 생각을 밀어 버리고 나니 내가 서강옥을 껴안던 생각이 났다. 입을 맞추던 생각도 났다. 즐거운 기억이었다.

14

나는 이때까지 여자를 포옹해 본 일이 없었던 것이다. 여자와 입을 마추어 본 일은 더구나 없었다. 화류계(下流界) 여자와 밤을 치룬 일은 가끔 있었다.

하기야 그럴 때면 껴안기만 하려오마는 그런 것을 포옹이라고 할 수 없는 것이다. 입술이 뭉줄어 떨어지게 빤다 치더라도 그런 것은 키쓰라고 할 수 없는 것이다. 그것은 육체와의 부디침인 것이다. 거기엔 영혼의 율동(律動)이 없는 것이다.

서광옥[1]이와의 포옹은 영혼의 율동이었다.

키쓰도 그렇다. 나에겐 처음 있은 향연인 것이다. 나에게 영혼의 율동을 가르쳐 준 여자는 서강옥인 것이다.

고향 있을 때 순이가 귀엽다는 생각을 해 본 일이 있었으나 그땐 나이가 어려서 그랬던지 포옹한다거나 입을 마출 생각을 하지 못했다.

가끔 여자와 만날 기회가 있긴 있었으나 여자와 나와의 사이엔 언제나 병빈 군이 끼이게 되었으며 여자는 또 언제나 병빈 군과 가까워 가게 되었다.

나와는 멀어져 가게 되었다. 나는 여자가 병빈 군과 가까워 가고 나와는 멀어져 가는 때마다 병빈 군을 미워하곤 했던 것이다.

그러다가도 얼마 안 가서 그런 감정은 후울 잊어버리고 다시 병빈 군을 찾게 됐던 것이다.

병빈 군이 그새 여자와 멀어진 탓이기도 하겠지만 나는 그러한 감정은 오래

1　2장에서는 '강옥'으로 표기되어 있고, 이후에도 '강옥'으로 불린다. '광옥'은 작가의 착각이거나 오기로 보인다.

가지고 있을 수 없었던 것이다.

첫째로 귀찮아서 할 수 없었고 둘째로는 고독을 견대 낼 수가 없었던 것이다. 고독이라기보다 나 혼자로선 나를 지탱해 낼 도리가 없기 때문이었다. 누님 집에서 나오면 나는 갈 데가 없었다. 병빈 군을 찾아야만 했다.

그래야만 복작복작하는 마음이 좀 가라앉았다.

허전하던 가슴속이 채어지기도 했다.

이렇게 말하면 병빈 군에게 나의 짓겹지한 이야기들을 하는 것같이 들릴지 모르지만 실상 나는 병빈 군에게 한마디의 말도 하지 않는 성미다. 병빈 군이 물어보는 말조차 대꾸해 주지는 않는 성미다. 비밀을 지키자는 것이 아니었다. 비밀이 있을 리가 없다. 거저 할 말이 없는 것이다. 말을 하고 싶지 않은 것이다. 거저 그와 마주 앉아서 술을 마시면 복작복작하던 마음이 가라앉는 것이다.

"자넨 걱정이 없어 뵈네."

병빈 군이 늘 하는 말이었다. 병빈 군의 이 말을 나에게 걱정이 없다는 것을 이야기하는 게 아니다. 걱정이 많은데 왜 말이 없느냐는 것이다.

병빈 군은 누님도 알고 있다. 매부도 알고 있다. 족하들도 알고 있다.

누님이나 매부나 족하들의 이야기를 병빈 군은 종종 입 밖에 내는 일이었다.

주로 걱정을 해 주는 말이었다. 그럴 때면 나는 머리를 저으며

"술이나 먹어. 술이나 먹어."

하는 것이었다.

정말 무사태평으로 알아서 하는 소리가 아니다. 그저 그렇게 불러 보는 것이다.

그가 나의 속을 더 알고 있는 것이다. 불안과 초조에 바싹바싹 말라 가는 나를 더 잘 알고 있는 것이다.

15

바람이 부나 보았다.

창문이 덜거덕거렸다. 나는 눈을 떴다. 시신경(視神經)이 조여드는 것 같기 때문이었다. 미닫이에 그림자를 던진 상녹수가 출렁거렸다. 현기증이 왔다. 물이 더 있었으면 하고 누운 채로 머리맡의 물그릇을 더듬어 손을 넣어 보았다. 물이 없었다.

다시 눈을 감았다. 옆방에서 장상기 씨의 코고는 소리가 들렸다. 코고는 소리에 묻어 오기라도 한 것처럼 또 병빈 군과 서강옥의 영상(影像)이 달려들었다.

맞붙어서 춤을 춘다. 얼굴을 부벼 대기 위해서 병빈 군의 그 큰 키가 구부정이 후려 들었다. 여자도 눈을 감고 병빈 군도 눈을 감는다. 그리고 자꾸 돌아갔다. 바람이 쌩쌩 나게 돌아갔다.

이−제루랑 화구(畫具)들이 널려 있건만 그런 것을 생각지 않고 돌아갔다. 술병이랑 찌개 냄비랑 놓인 책상이 있건만 그런 것을 생각지 않고 돌아간다. 그들은 얼싸안은 채 내가 앉은 아랫목으로 다가온다. 비틀비틀 쓰러질 것만 같다. 나한테로 마구 쓸릴 것 같다. 나는 뒤로 물러앉으며 다가오는 서강옥이와 병빈 군을 콱 밀어 던진다.

그러나 그것이 서강옥이와 병빈 군이 아닌 것을 알았다. 그것이 장승임을 알았다는 말이다.

장승이 이불 밖 저만침 나가떨어진 것이었다.

나는 뎅그렁 소리에서 그것을 알았던 것이다. 나는 소리와 함께 눈을 떴던 것이다.

"아 내가 왜 이럴가? 가위에 눌린 것이 아닌가? 저놈의 장승 때문에 가위에 눌린 것이다. 저놈이 잡귀를 막는다더니 잡귀를 끌어 붙이는구나. 에익 비러먹을."

나는 벌떡 일어나 저만침 나가떨어진 장승을 잡아 일으켰다. 나의 키를 훨씬 지나 올라간 장승이 나를 내려다보며 방글방글 웃고 있었다. 가슴팍에 씨어 있는 '地下女將軍'이 굵직하게 육박해 왔다.

"이 요물아."

나는 잡아 일으켰던 장승을 째려 던졌다. 장승이 벽에 가서 탕- 쳐박혔다가 뎅그랑 땅바닥에 쓰러졌다.

"아니 자네 아직도 도깨비짓을 하구 있나?"

정상기 씨의 소리였다. 눈을 소리 나는 쪽으로 돌렸다. 정상기 씨가 새잇 문을 돌려다보며 웃었다. 아이들도 웃고 있었다.

"아저씨 우습다 야."

제일 꼬마인가 부다. 이런 소리를 치는 것이었다. 세 아이 다 와하 웃었다. 나는 그제사 헐레벌떡 서 있는 내 꼴을 알아채었다.

"선생님 어떻게 된 일입니까?"

나는 방바닥에 자빠져 있는 지하여장군을 내려다보며 정상기 씨게 물었다.

"이 사람아. 어찌 된 일인지 내가 물어보려는 참일세. 아니 글쎄 그게 무슨 짓이냐? 밤중에 장승을 안고 야단법석이니……."

아이들이 웃었다.

"제가 저걸 안고 왔구만요?"

"자네가 안고 왔지 누가 안아다 줄 줄 아나?"

"전 조금도 생각이 안 납니다."

16

"이 사람아 말 말게 말 말아. 어제저녁 자리에 누었는데 '정 선생님' 하는 소리가 들리잖아. 아이들까지도 자네 소린 줄 알지. 아이들이 아저씨가 왔다구 온통 일어나며 야단 아니냐 말이야. 나는 아이들을 가만있으라구 죽질러 놨지. 자네가 미안해서 온 거거니 알았지만……."

정상기 씨는 여기까지 이야길 하고 저쪽 방에 주의를 보냈다. 그러다가 또 아이들의 눈치를 살피고 나서 좀 낮은 소리로 말을 이었다. 부엌에서 달가닥 소리가 났다. 정상기 씨 부인은 부엌에서 나간 모양이었다. 나는 날이 밝은 것을 그제사 알았다. 달이 넘어가면서 날이 밝은 모양이었다.

"집에선 자네 집에 갔다 온 걸 모르거던. 자네 소릴 들으니 술이 취한 소린데 자네가 들어와서 미안하니 어찌니 하구 말하면 마누라가 뭐냐고 캐물을 께 아닌가. 틀림없이 캐묻지. 묻꾸 말구. 그러면 창피하잖으냐 말이야. 자네 집에서 봉변한 일을 말이야. 알겠나? 어제저녁 일 말이야. 그래서 나는 큰소리로 허 군 가 자게 밤두 늦었구 하니 돌아가 자란 말이야 했거든. 그랬더니 이번엔 더 큰 소리로 정 선생님 여인을 데리구 온걸요. 여인을…… 하는 거 아니야. 이 여인이란 말을 나두 들었지만 마누라가 더 먼저 들은 모양 같데. 팔의 벼개에서 귀를 들면서 내 눈치를 살피며 밖으로 귀를 보내는 게 아니겠는가."

아이들이 아버지의 이야기를 재미있게 듣고 있었다. 제일 꼬마가 나서 무릎에 와 올라앉으면서도 귀는 아버지에게로 보냈다.

침을 꼴칵 삼키기도 했다.

"왜 엄마가 일어나서 나갔잖아 아부지."

무릎에 앉은 꼬마가 말참견을 했다.

"그렇지. 마누라가 일나서 옷을 주서 입어는 거야. 바람이 쌩쌩 나게스리 주서 입는 거야. 그러구선 외출할 때 입는 치마저고릴 내려 입는 거야. 그러군 내달리는 거야. 나가다가 마루에 노인 대여를 걷어찬 모양이지? 대여가 뗑그르 마당으로 굴러 내려가는 소리가 나구 막 야단 아닌가 말이야."

"아부지 대여가 자꾸 굴러갔지 뭐야. 그랬지? 누나."

꼬마가 또 말참견이었다.

"그래. 그래. 자꾸 굴러갔어."

누나의 대꾸였다.

"옳지 그렇지. 자꾸 굴러갔단 말이야. 난 쫓겨나는구나 하구 간이 콩알만 해서 누어 있었지. 누어서 여인이 어느 여인일가 하고 맞춰 보았지. '해저(海底) 다방' 마담일까? 황룡마담일까? '통발구이 같은 목노주점 안악일가? 그렇지 않으면 나 모르는 어느 아름다운 여인일가? 모르는 아름다운 여인이면 낫겠다는 생각을 했어. 그러나 그 생각도 이내 치워 버렸네. 이 사람아 아름다운 여인이 밤중에 찾아왔다 보게. 알던 모르던 마누라의 강짜가 말이 아닐 테니…… 누어 견딜 수 없네. 그래서 나두 옷을 주서 입구 나가잖았나……."

"나두 따라 나갔지 뭐야. 언니두 나가구 누나두 나가구."

꼬마가 또 나섰다.

"누난 안 나갔다."

셋이 다 한마디씩 하고 나니까 정상기 씨는

"옳지. 옳아 맞았다 맞았어."

하고 그들 말에 맞장구를 쳐 주었다.

17

"그래서 어떻게 됐읍니까?"

나는 다음의 말을 재촉했다.

"글쎄 들어 봐. 이 사람아. 대여랑 걷어차고 나간 마누라 뒤를 살어름 밟듯 해 나갔단 말이야. 눈에 칼을 세워 가지고 돌아들어 올 마누라를…… 글쎄 이 사람아 생각해 보게. 밤중에 여인을 데리구 찾아왔으니 가뜩이나 마누라가 오죽하겠냐 말이네. 몸서리가 쪼옥 치는걸. 마당 복판에 숨을 죽이구 서 있었지. 아주 나갈 수가 없더란 말이야. 발이 떨어 안 지더란 말이야…… 그런데 이 사람아 후유우……."

정상기 씨는 크게 숨을 내쉬었다. 그리곤 불둑 나온 그 큰 눈을 디룩거리는 것이었다. 나는 불둑 나온 그 큰 눈을 멀뚱 건너다보면서 다음의 말을 기다렸다.

"미안합니다. 그래서요?"

“그런데 말이네. 칼을 세워 가지고 돌아 들어오리라구 알았던 마누라가 글쎄 허리를 못 펴며 깔깔거리는 게 아냐. 나는 마누라 우슴소리에서 용길 얻었네. 용길 안 얻을 수가 없지. 안 얻을 수가 없었단 말이야.”

“나두 엄마하구 아버지가 쌈하는 줄 알았어. 그래서 난 안 나갔어.”

“나두.”

“나두.”

아이들이 한마디씩 한 말이다.

아이들의 말이 끝나자 정상기 씨는 다시 입을 열었다.

“글쎄 이 사람아. 날더러 어서 나가 보라는 거야. 웃고 들어오던 마누라가…… 그러군 다시 우슴을 깔깔 계속 한단 말이야. 그제서야 나는 위엄을 보이며 뭐냐? 누구야? 하고 어성을 높였거든.”

“그래서요?”

“그랫더니 마누라가 하는 말이 좌우간 나가 보라는 거야. 당신이 나가야 한다니 어서 나가 보세요. 하며 여전히 우슴을 계속 한단 말이야. 좌우간 내가 나갔어. 홍여나 호기심은 가지고 나갔단 말이야. 여인이란 말이 좀 존 말이야 말이야. 여인이란 글자만도 두 눈이 번쩍 띠우는 말인데 하하하……. 안 그렇겠나? 자네같이 여자의 등한한 사람도 밤중에 여인을 모시구 왔다는 소릴 듣게 됨 귀가 쭝긋할 거야. 밸 수 없는 거야 중두 여잘 □으면 바자대□헤양 넘는다는데…… 하하하. 나는 ‘에헴’ 두어 번에 가랠 뺀는 시늉을 해가다 대문께로 나갔네. 나갔는데 이 사람아 말 말게. 그럴 수가 있느냐 말이야. 여인은 무슨 여인이란 말인가? 저 장승이…… 자네가 도깨비같이 장승을 안구 중얼거리구 서 있데.”

아이들이 와하 또 웃었다. 정상기 씨도 웃었다. 나도 쓴웃음을 웃었다. 그리고 나서 죄송하다고 허리를 굽으렸다.

“더 들어 봐.”

웃음을 끝내고 정상기 씨가 말을 이으려고 했다.

“또 있읍니까?”

나는 머리를 극적거리며 말했다.

“있구 말구. 글쎄 이 사람아 장승은 왜 빼 가지구 왔느냐고 제자리에 갔다 박아 놓자면서 내가 서둘었더니 아닙니다. 서강옥입니다. 서강옥입니다. 강옥 씹니다. 하고 더 퍽 들어 안는 거 아냐. 서강옥이가 대체 누구야? 자네 애인이겠지? 자네도 연앨 하는 게지.”

하고 정상기 씨가 내 얼굴을 돌려다 보는 것이었다.

18

나는 ‘후후훗’ 웃지 않을 수 없었다. 장승을 안고 서강옥이라고 날뛰었으니 얼마나 쑥스런 짓인가 말이다.

“아무튼 인제 됐네. 취직을 하구 또 연애까지 하게 됐으니…… 자네 한턱하게…… 그런데 서강옥이가 누구야? 내가 본 일이 있는 여잔가?”

“아니올시다. 아무것두 아닙니다.”

나는 서강옥의 기억을 떠올리기 싫었다. 나와 그 여자와의 사이에 병빈 군이 끼어 있기 때문이었다. 이번에도 결국 병빈 군과 여자는 가까워 갈지 모르는 게 아니라 틀림없이 가까워 갈 것이리라. 벌써 서강옥은 병빈 군 품속에 들어 있을지 모른다. 어제저녁 그 방에 그대로 남아 있을지 모른다.

그리고 나를 껴안던 것처럼 병빈 군을 껴안았을지 모른다. 나의 입술을 빨던 것처럼 병빈 군의 입술을 빨았을지 모른다.

“이 사람아. 밤낮 아무것두 아니라구 말구 구체적으로 좀 어떻게 해 보란 말이야. 손에 잡았던 새를 놓치지 말란 말이야. 자네 지금 스물아홉 살이지? 장가두 가야지?……”

“장가요?”

장가란 이 말을 나는 큰 소리로 되씹어 넘겼다.

최정희 소설 전집 **2**

"나 같은 사람이 장갈 가?" 이 소리 대신에 한 말인 것이다. 나 같은 존재가 장가를 들어 가정을 이룬다는 건 상상도 못하는 일이기도 하지만 또 나는 그 구질구질한 고통 덩어리를 구지 만들어 놓고 진액을 뺄 게 뭐냐는 것이 내가 가지고 있는 평소의 생각이다.

"왜 그렇게 놀라는가? 장가란 말에?"

정상기 씨가 눈을 디룩거리며 물었다.

"저와 장가는 하등 인연이 없기 때문입니다."

"자네 그런 사상일랑 버리구 인제 취직도 하구 했으니 정말 장갈 들어야해. 장갈 들어 가정을 이루게 되면 자연히 마음의 안정성도 생기구 자리를 잡게 되는 거야."

"전 그러한 안정성을 희망하고 싶지 않습니다. 그건 안정성 아니라 어떤 테두리 속이라고 할까요. 더 심하게 말씀한다면 우리 속에 집어 넣는 거라고 보고 있습니다. 구지 그러한 우리를 만들 필요가 없다고 봅니다."

아이들이 저쪽 방으로 나갔다. 아이들에겐 이런 이야기가 재미없는 모양이었다.

큰 것이 나가니까 뒤를 따라 작은 것들도 나갔다. 아이들이 나가는 것을 기다리기나 한 것처럼.

"자네 말이 옳긴 하네. 가정이란 그야말로 우리야. 우리일밖에 없어. 사람을 꼼짝을 못 하게스리 만들어 놓으니 우릴밖에…… 사실 우리보다도 더한 게 가정인지 몰라. 더해. 더 하구 말구. 여편넨 바가질 긁지. 좀 어쩌면 강짤 부리지. 나두 때로는 왜 장갈 갔던가 싶으네만……."

"그러시면서 절더러 장갈 들라고 권하십니까? 선생님두 원."

"그렇긴 하지만 그래두 장갈 들어야 하네. 여편네란 없으면 아쉬운 거거든. 있으면 귀찮은 물건이야."

정상기 씨는 큰소리를 치다가 목을 옴추리며 눈알을 고정시켰다. 부인의 소리가 옆방에서 들린 탓이었다.

19

정상기 씨는 다시 서강옥이가 누구냐?고 물었으나 나는 아무것도 아니라고 대답할 뿐이었다.

그랬더니 정상기 씨는 '후유우' 숨을 크게 내쉬면서

"죽도록 연앨 한번 해 봤으면 쓰겠어. 한번 세상을 덜썩 뒤흔들 연앨 해 봤으면 좋겠어."

하고 흥분하는 것이었다.

"하시지요."

"이제부터라도 늦지 않지. 문호 궤테이던가 톨스토이는 칠십에 연앨 했다는 거 안야?"

"그렇다나 봐요."

"그 사람들에게 비하면 난 아직 새파란 청춘이야."

정상기 씨는 '새파란 청춘'이란 말에서 뻘쭉 웃었다. 뻘쭉 웃는 얼굴 위에 굵은 주름살이 얼키설키 잡혔다.

나는 정상기 씨의 주름살 잽히는 얼굴을 멀거니 바라다보면서

"암요 청춘이시지요."

하고 맞장구를 쳐 버렸다. 청춘이 아니라는 말보다 청춘이라는 말이 하기가 쉬웠던 것이다.

나의 이 말에서 정상기 씨는 진실로 기쁨이 용솟음치는 모양으로 더 굵은 주름살의 파동을 일으켰다.

그리고 나서

"상대방이 있어야 잖아? '저서' 마담이 그중에서 낫긴 하지만, 마음에 들긴 하지만 사내가 있는 것 같아…… 그렇잖은가? 자네 보기엔? 사내가 있는 것 같지?"

하고 나의 얼굴을 돌려다 보았다.

 최정희 소설 전집 **2**

“있음 어떻습니까?”

“이 사람아 있는데사 어떻게 달려들 수가 있나? 다리가 불러지려구…….”

“그런 일에 다리가 불러짐 어떻습니까?”

“그렇기도 해. 사내대장부가 세상에 한번 났다가 멋진 연애두 못 해 보구 죽을 수야 있나.”

“그렇습니다. 싸와 보십시요.”

“그렇지? 싸우겠어. 투쟁해 볼 테야. 인생은 투쟁해서 이기는 게 사명이니까…….”

정상기 씨 얼굴 위에 긴장한 빛이 떠올랐다. 뻘쭉 웃지는 않았다. 그는 나의 말에서 용기와 자신을 얻은 모양 같았다.

그렇게 하는 정상기 씨는 어린아이와 같아 보였다.

그러나 나는 공연한 말을 했다고는 생각되지 않았다. 그저 마음속으로 전에 안 하던 짓을 한다는 생각이 들 뿐이었다. 실상 말이 났으니 말이지 전 같으면 정상기 씨가 이런 말을 끄집어내더라도 나는 잠잠히 듣고만 있는다. 이러니저러니 대꾸 같은 것을 하지 않는다.

내가 이렇게 그와 맞장구를 치게 된 원인(原因)을 밝히라고 한다면 두말없이 어제저녁 이후로 달라진 심리 상태(心理狀態)의 소치라고 고백할 수밖에 없겠다.

우리가 여기까지 이야기를 진전시켰을 때 새잇문이 열리며 정상기 씨 부인의 얼굴이 들이밀었다. 위선 부인은 나를 보고 웃고 나서

“어서 조반이나 자세요. 그만큼 장승하고 씨름을 했으니 시장도 하겠지…….”

했다.

나는 머리만 긁적긁적해 보이며 말없이 일어섰다.

20

정상기 씨의 부인은 해장국을 얼큰이 끄려 주었으며 약주도 따듯이 데워 주었다. 머리맡에 떠다 준 자리끼도 부인이 마련해 논 것이었다. 부인은 오랜 세월을 남편 때문에 해장국을 끄리고 해장술 데우고 자리끼 떠 놓는데 이골이 텄던 것이다.

정상기 씨의 말을 들으면 부인이 딱짱뗄 부리는 것처럼 들리지만 부인은 이십 년 가까이 남편을 위해서 온갖 노고(勞苦)를 하루같이 참아 왔던 것이다. 정상기 씨는 술을 무척 즐긴다. 즐기는 정도를 지나서 중독 상태에 있는 것이다. 또 술이 취하면 오줌을 싸는 버릇이 있다. 그의 이부자리는 항상 갖난아이의 자리 같을 것인데 부인이 알뜰이 손질해 주는 탓으로 정상기 씨는 항상 새 자리에서 잠을 잘 수 있는 동시에 새 자리에 오줌을 쌀 수 있는 것이다.

그런데 집에서만 잠을 잣으면 문제는 간단할 텐데 가끔 친구 집에서 자는 경우가 있다. 자려고 해서도 아니고 재우려고 해서도 아니다. 술이 곤드레가 되면 그냥 나가떨어지니 하는 수 없었다. 자기 집이 아니라고 오줌 싸는 버릇이 없어질 리가 없다. 그냥 오줌을 싸야 했던 것이다.

오줌을 싸게 되면 정상기 씨는 집으로 돌아왔다. 친구는 괜찮지만 친구의 부인이 부끄러웠던 것이다. 오줌 싼 이부자리를 그냥 두어 둘 수가 없었던 것이다.

남이 다 자는 새 어둠을 이용하여 뺑송일 치는 것이었다.

그렇게 들러메고 온 이부자리는 부인의 손을 말짱이 손질되어 다시 임자에게로 돌아갔던 것이다.

"사모님 죄송합니다. 저까지 와서 폐를 끼쳐서요……."

나는 정상기 씨 부인에게 새삼스레 머리가 숙으려졌다. 아까 웃방에서 정상기 씨에게 연애를 하라고 맞장굴 친 일이 죄스러웠다는 생각이 들었던 것이다.

"원 별소릴. 어서 들어요."

부인은 아무렇지도 않은 듯 받아 넘겼다.

어느 때보다도 기색이 좋아 보였다. 어제저녁 남편이 오줌을 싸지 않은 모양이라 짐작되었다. 정상기 씨는 어제저녁 누님 집에서 봉변을 당하고 그냥 돌아온 모양 같았다.

그만 술로선 오줌을 싸지 않았을 것이다. 곤드레가 되어야 오줌을 쌌다.

정상기 씨도 부인의 기색이 좋은 걸 알아채린 모양 같았다.

"정말 여인을 데려온 줄 알구 들이 달린다 내달린다 야단이었어. 남편을 뺏길 줄 알구. 허허허."

"에이구. 그 오줌싸갤 어떤 쓸개 빠진 년이 뺏아갈가. 제발 뺏아가 주었으면 싶은걸……."

'오줌싸개'라는 어머니 말에 아이들이 우슴을 터뜨렸다. 아이들이 웃고 난 다음 정상기 씨는 옴추렸던 목을 내밀며(정상기 씨는 '오줌싸개'라는 부인의 말에 목을 쭉 옴추렸던 것이다.)

"그럼 왜 눈에 칼을 세워 가지구 야단이었어?"
하고 뺄쭉 웃었다.

"밤중에 오줌싸갤 찾아오는 년의 꼴악사닐 좀 볼라고 그랬지."

또 아이들이 와하하 웃었다. 어룬들도 웃었다.

<h1 style="text-align:center">21</h1>

"흥 정상기 선생의 인기가 어떤 술 모르는 모양이지? 길에 나가면 여자들이 줄줄 따르는 걸 모르는군?"

"제 잘난 멋에 산다더니 오줌싸개한테두……."

또 한바탕의 웃음의 바다를 이루었다. 한 아이는 밥알을 뿜으며 야단법석을 쳤다. 잘 웃는 가족들이라는 생각이 들었다.

나는 이 집에서 싸움이 벌어질 번하다가도 웃음바다를 이루군 하는 장면을 여러 번 보았다. 이것은 전혀 부인의 덕이라고 짐작했다. 정상기 씨의 이야기를 들으면 어제저녁 여인을 데리고 왔다는 나의 소리에 부인이 매우 화를 낸 것 같지만 정말 그렇게 화를 냈던지도 모른다.

다른 일과 달라서 밤중에 여자들을 데리고 왔다고 했으니까. 그렇지만 나의 짐작엔 어제저녁 내가 정말로 정상기 씨를 원해서 여인을 데려왔다 치더라도 부인은 남편을 결코 곤경에 빠뜨리지 않았을 것이라고 믿는다.

남편에게뿐 아니라 아무에게도 폐해가 없도록 수습했으리라고 믿는다.

왜냐하면 부인은 언제나 남편을 위해서만 사는 것을 보았기 때문이다.

남편이 질머지고 온 오줌 싼 이부자리를 말짱히 손질해 임자에게 친히 이고 가서 돌리는 것도 남편을 위한 마음의 발로인 것이다.

얼마 안 되는 남편의 수입이건만 구차스러운 티를 나타내지 않으려고 애쓰는 부인인 것이다.

누님하고는 아주 달랐다. 나의 누님이지만 누님은 정상기 씨 부인의 발치에도 가 설 수 없는 값어치의 여자라고 생각했다.

매부가 싫었으면 끝까지 싫어하든가 할 것이지 싫다가 좋다가 하는 것은 무어랴 말이냐. 싫던 남편이 국회의원이 됐을 쩍엔 좋고 그렇게 좋다가 남편이 국회의원에서 떨어져 나오자 또 싫어지는 건 무어냐 말이다. 누님 같은 여자는 기생충이다. 기생충밖에 될 도리가 없는 것이다.

현재 누님 집에선 누님의 손으로 생계를 이어가고 있다. 매부는 한 푼 변통을 못 하는 형편이다. 담배꽁초를 주서 피우는 형편이다. 현재의 경우로 보아선 누님이 매부보다 월등해 보인다. 누가 보든지 그렇게 볼 것이다. 유치한 표현이지만 남녀 평등은 여자가 경제권을 잡게 되는 경우에만 있다는 말을 부인 못하게끔 되어 있다.

그러나 가까이서 늘 목도하고 있는 나의 견해로 본다면 여자가 경제권을 잡는다고 남자의 어깨를 겨누게 될 수가 있다는 것을 알게 된 경제권보다는 생각(思想)이 월등해야 할 것이라고 알게 된다.

나의 견해로는 우리 누님 같은 여자는 남자와 어깨를 나란히 할 수 있는 위치(位置)에 놓여졌다고 보지 않는다.

오히려 남편의 수입으로 살고 있는 정상기 씨의 부인 편이 자기 손으로 생계를 이어가는 누님보다 훨씬 높은 위치에 놓여 있다고 생각된다. 이런 실증으로 미루어 본다면 남녀동등권은 여자의 경제권 확립에 있는 것이 아니고 그 정신(정神) 문제에 달렸다고 보겠다.

너무 잔인한 표현일지 모르지만 우리 누님 같은 여자는 거지의 근성(根性)을 가지고 있다.

<h2 style="text-align:center">22</h2>

거지가 돈을 많이 주는 사람이면 나으리요 아씨로 대접하듯이 그리고 돈을 안주는 사람이면 깍쟁이요 뭐요 하고 욕설을 퍼붓듯이 누님은 매부가 국회의원으로 행세할 적엔 인격이 있어 보였는데 국회의원에서 떨어져 나오게 되니까 그 높게 생각되던 남편의 인격이 허잘것없이 보였던 것이다.

국회의원인 남편에겐 희희낙락하며 대할 수 있었고 낳지 않던 아이들까지도 낳을 수 있게 되었던 것이다.

자동차를 타고 돌아오는 국회의원인 남편을 웃어 가면서 맞아들일 수 있었고 밤이 늦어도 기다릴 수 있었던 것이다.

국회의원이 아닌 남편은 일찍 돌아오면 방이 좁은데 왜 부득부득 기어드느냐고 잔소리요 늦게 돌아오면 허는 일 없이 뭣 하려 돌아다니느냐고 박아지를 긁는 것이다.

누님은 돈이나 권력으로써 사람의 인격을 다루는 것이다. 거지가 돈을 던져주는 사람을 나으리오 아씨라고 하듯이 —.

나는 새삼스레 정상기 씨 부인의 인격에 탄복하게 되지 않을 수 없었다.

그리고 여자들의 똑바른 정신, 다시 말하면 여자들이 옳은 사상(思想)을 가지는 날이래야만 좋은 가정 좋은 사회가 형성되리라는 생각을 했다.

나는 정상기 씨 집에서 나와 언덕길에 장승을 다시 세워 놓곤 회사로 향했다. 일러서 아무도 안 나왔었다.

소사가 소제를 하느라고 부산히 먼지만 날리고 있었다. 공장 문도 열려 있지 않았다. 소사에게 공장 열쇠를 가졌느냐고 물어도 댓구가 없이 힐끔 보기만 했다. 공장 문이 열리기까지 기다리기로 했다.

나는 뜰 안을 왔다 갔다 했다.

사무실과 공장사이에 4십 메터가량의 공지가 있었다. 이 4십 메터가량의 거리(距離)를 왔다 갔다 하면서 숫한 생각을 했던 것이다.

장승을 가지고 밤새 날뛰었다는 일은 아무리 생각해도 우수웠다.

서강옥의 생각은 더 할 수가 없었다. 병빈 군이 뛰어들기 때문에―. 조카들 생각도 했다.

집에서 나올 때 조카들한테 땅콩을 사다 준다고 말한 일이 있다.

저녁에 꼭 땅콩을 잊지 않겠다는 생각을 했다.

아침에 나올 때 정상기 씨가 일을 잘하라고 신신당부하던 말도 기억에 떠올랐다. 정상기 씨를 보아서라도 일을 잘하리라는 결심을 했다.

정상기 씨는 나를 여기 알선하느라고 참 오랜 시일을 애썼던 것이다.

이 XX 도자기 공장은 정상기 씨 제자가 경영하고 있다. 정상기 씨는 이 공장에 고문 격이었다.

고문 격이라기보다 이 공장이 오늘날 이만큼 발전을 보게 된 것은 전혀 정상기 씨의 힘이라고 했다. 내가 어저깨 정상기 씨와 여기 와서 사장을 만났을 때 젊은 사장은 반들거리는 이마를 치껴들고 나에게 정상기 씨의 공로를 말한 다음 정 선생님의 말씀이라 거역할 수 없어서 사람이 남아돌아감에도 불구하고 쓴다는 말을 했던 것이다.

23

사장의 말이 고마웠다. 사람이 남아돌아가는 판에 나 같은 실직자 하나를 써 주어서가 아니다. 정상기 씨를 대접해 주는 일이 고마웠던 것이다.

정상기 씨는 어릴 때부터 도자기(陶磁器) 제작에 종사했다. 그의 조부가 이 일을 그의 아버지한테 물려주었고 그는 그의 부친이 그의 조부로부터 물려받은 것처럼 또한 그의 부친으로부터 유업(遺業)을 물려받았다. 조부는 어디까지나 '쟁'이로서 자기의 기술(奇術)을 살리는 데서 그쳤으나 조부가 돌아가자 그의 부친은 기술이야 어찌됐든 간에 이 사업을 기업화(企業化)시키는 데 목적을 두었던 것이다.

그러다가 정상기 씨 대(代)에 이르러서 다시 달라졌다. 정상기 씨는 부친이 돌아간 뒤에 부친의 뜻과는 다르게 이끌고 나갔다.

부친의 의도한 바보다 조부의 뜻을 이으려는 생각이었다. 그러면서도 조부의 소극적인 '쟁'이로서 만족하려 하지 않고 좀 더 나아가서 이것을 예술화(藝術化)하려는 데 뜻을 두었던 것이다.

고려자기나 이조 □□ 자기와 같은 것에까지 끌어올리면서 민족문화(民族文化)를 발전시키는 데 이바지하려고 들었던 것이다. 다시 말하면 민중 속에 파고 들어갈 수 있는 예술품을 만들려고 마음먹었던 것이다.

그러나 정상기 씨는 뜻한 바대로 이루지 못했다. 그 뜻을 이루기도 전에 사업체는 다른 사람에게로 넘어갔던 것이다. 바루 이마가 반들거리는 제자인 젊은 사장에게로 넘어갔던 것이다.

마당을 거닐며 이 생각 저 생각하고 있는 사이에 출근하는 사람들이 모여들었다. 사장의 자동차도 미끄럽게 마당 안으로 들어섰다.

사장의 차가 닿자 안으로서 남자가 나와 사장을 맞아들이는 것이었다. 비서였다.

나는 곧 뒤를 따르지 않고 한참 후에 사장실로 들어갔다. 비서가 알아보고 내가 문안에 들어서기도 전에 거기 서 있으라는 손짓을 해 보이며 사장에게 내가 왔다는 것을 전달하는 모양이더니 비서는 곧 다시 돌아서서 사동을 불러 나를 공장 감독에게로 데려가라고 명령했다.

사동의 뒤를 따라가서 공장 감독을 만나고 공장 감독이 이번엔 곤색 까운을 입은 여사무원을 불러 가지고 나를 기술 계장인가 하는 사람에게로 데려가라는 것이었다.

여사무원의 뒤를 따라 기술 계장인가 하는 자의 안내로 자리를 잡고 앉아보니 여자의 곁이었다. 이 여자도 곤색 까운을 입고 있었다. 벌써 일을 하고 있었다.

나는 속으로 좋은 자리를 잡았다는 생각이 들었다. 여자의 옆이 아니고 남자의 옆이었더면 어쩔 번했을까 하는 생각이 없지 않았다. 마음이 후련해 왔다.

나는 남자보다 못났더라도 여자 편이 낫다고 늘 주장하는 바이다. 여자란 이상하게 살맛을 도꾸어 주는 존재라고 주장하는 바이었다.

<h1 style="text-align:center">24</h1>

그런 주장을 아니 할 수가 없는 것이다.

지난번 전람회 때 일만 가지고 보더라도 실증이 되는 것이다.

나는 돈이 변통되지 않아서 모델을 사용하지 못하고 사진으로서 어떻게 주물러 보려고 애를 썼는데 끝내 시원치가 못했다. 그래서 병빈 군이 쓰던 모델을 며칠간 빌려서 일을 끝냈는데 나의 작품(作品)이 우선되었을 때에 나는 나의 힘(力)을 믿기보다 여자의 힘을 믿었던 것이다.

옆의 여자가 자기에게 관심을 가지는 나의 눈치를 채인 모양이었다. 방싯 웃어 주었다. 나는 날 발끝에서부터 머리끝이 끝에까지 찌릿하는 것을 느끼면서 여자에게 목례를 했다.

말은 나오지 않았다.

나는 항상 그러했다.

여자 앞에서 말이 잘 나오지 않았다. 말을 하려고 애를 써 보는 것이지만 한 번도 먼저 말을 걸어 본 일이 없었다. 말을 좀 더듬는 탓도 있으리라.

"많이 가르쳐 주세요."

다행히 여자가 먼저 말을 걸어 주었다.

"원 천만에요. 제가 뭘 압니까."

여자는 다시 방싯 웃어 보일 뿐 말이 없었다. 나는 여자에게 내 쪽에서 말을 부쳐 보려고 연구도 했다.

"언제부터 여기서 일하게 됐느냐?"

고 물으려다가 그런 말은 취조하는 식과 같다고 생각되어 그만두고 "어느 학교에서 미술 공부를 했느냐?"고 물으려고 하는데 사동이 일감을 갖다 앞에 놓아 주었다.

나는 부지런히 여자 앞에 놓인 도구(道具)들과 같이 나의 것을 느려놓았다. 그리고 일을 시작했다.

화병에 무니를 그리는 일이었다.

여자와 똑같았다. 여자의 솜씨도 제법 쓸 만했다.

"어느 미술학교를 나오셨어요?"

이번에도 여자 쪽에서 먼저 물어 주었다. 여자는 나의 솜씨를 알고 물었는지 모르고 물었는지 그건 모르겠다.

"네! 저 변변치 못합니다."

"호호호."

여자는 간드러지게 웃더니 다시 나에게

"미술학교에 안 다니셨어요? 다니신 것 같은데요."

했다. 나는 우물쭈물하고 나서

"댁에선 미술학교를 마치셨습니까?"

하고 물었다.

"네. XX대학 미술부를 금년 봄에 마추고 바루 이리루 왔어요."

"네."

또 말이 끊어졌다. 언제부터 눈이 오기 시작했던지 창밖은 백색으로 덥히기 시작했다. 나무가지에도 지붕에도 눈이 덥혀 있었다.

눈이 안 오기보다 오는 것이 낫다고 생각했다. 이상하게 몸과 마음이 푸근해지는 것을 깨달았다.

"눈이 옵니다."

"그럼요. 아까부터 온걸요."

"저보다 먼저 보셨군요."

하동의 쓸데없는 말을 나는 했던 것이다.

여자의 대꾸가 없음을 알자 내가 얼마나 쑥스런 위인이란 걸 새삼 인식했다.

여자도 화병 한 개의 그림을 마치고 나도 한 개를 마쳤다.

"어머나 참 빠르세요."

여자는 내가 자기보다 훨씬 늦어 시작했는데 빨리 마춘 일이 놀랍다는 듯 눈을 크게 뜨며 말했다.

25

크게 뜨는 여자의 눈에 광채가 번쩍거렸다. 창에 눈발이 홧뜩홧뜩 와 부딪치는 때문에 여자의 눈에 광채가 강렬히 번쩍거렸는지 모른다. 그렇다기보다 눈발로 해서 나의 몸과 마음이 푸근해졌기 때문이다. 여자의 눈이 광채가 있어 보였던지도 모른다.

"댁에선 서양화 전공입니까? 동양화 전공입니까?"

"호호호홋."

여자는 대답을 하지 않고 얼굴을 위로 제끼며 웃었다. 나는 여자의 웃는 이유를 알 수 없었다. 여자의 하는 양을 흘깃 보다가 말없이 일손을 놀리고 있었다.

"댁이란 말씀 우수워요."

웃고 나서 여자의 하는 말이었다.

"아. 그렇습니까? 그럼 뭐라고 할까요?"

"이름을 부르지 뭐라고 해요."

"이름을…… 이름을 알아야지요. 참 누구라구 하셨지요?"

"저 조영매라고 해요."

"조영매 씨. 좋습니다. 조영매 씬 동양화?……"

"전 서양화로 했어요. 선생님은?"

"저는 조각을 하지요."

"성함은요?"

"제 성명입니까? 허승재[2]올시다."

"앞으로 많이 가르쳐 주세요."

여자는 또 이런 말을 했다.

"가르칠 힘이 제게 있겠읍니까만 어디 같이 일을 해 보십시다."

"그런데 여기서 일하는 사람들 중엔 전문가가 없어요. 모두 화공 비슷한 사람들이에요. 남의 것을 흉내만 내거든요. 하긴 저부터도 줄곧 남의 흉내만 내고 있읍니다만. 그래도 전 이걸 이렇게 그리면서도 남이 해 논 그대로 하지 않아요. 남이 해 논 걸 하면서도 내 걸 넣어 보려고 노력하고 있어요."

"고맙습니다."

나는 여자의 말이 진정 고마웠던 것이다.

"말하자면 이 생활을 남의 것을 만들지 않고 내 것을 만들어 보고 싶어요. 이 정신은 예술 하시고 싶단 말씀이에요."

---

2   1장에서는 '형재'로 표기되어 있고, 이후에도 '형재'로 불린다. '승재'는 작가의 착각이거나 오기로 보인다.

여자는 손에 잡은 화병을 치켜들면서 말했다.

"고맙습니다. 댁이…… 아니 참 성함이?"

나는 여자의 이름을 잊어버렸던 것이다. 댁이라고 하면 또 여자가 웃을 것임으로 하는 수 없이 말을 멈추었다.

여자가 웃었다.

붓을 쥔 손을 얼굴에 가져가면서까지 웃었다.

주위 사람들의 시선이 집중되는 것은 알았다.

"조영매라고 합니다."

"네.네. 조영매 씨. 잘 알았읍니다. 생활을 예술화! 참 존 이상(理想)이십니다. 저두 그러한 생각은 해 보았읍니다. 이 일을 하려고 맘먹었을 때 이것을 현대적인 감각 즉 시대적인 감상을 여기에 불어넣려고 했읍니다. 원시적이고 고답적인 과거의 것들은 현대화하는 동시에 더 나아가서 세계문화에 이끌어 올릴려는 생각 가졌읍니다."

26

나는 이런 말을 하고 나서 정상기 씨의 이야기와 그의 부친과 그의 조부의 이야기까지 했다. 조영매는 소극적이긴 하지만 정상기 씨의 부친보다 조부의 편에 동정이 간다고 말했으며 정상기 씨와 같은 분이 이런 기업체를 가질 수 없는 일이 유감스럽다는 말도 했다.

퇴근 시간까지도 눈은 계속 내리고 있었다. 조영매와 나는 같이 밖에 나섰다. 조영매는 나에게 한창 인도교를 걸어서 건느지 않겠냐고 문의했다.

"눈도 오구 하니 그래도 좋지요."

나의 동의가 떨어지기도 전에 둘은 한강 인도교를 향해 걷기 시작했다.

"허 선생 댁은 어디세요?"

"저어 명륜동입니다."

“부촌에 사시는군요?”

“부촌?”

나는 코방구와 함께 이렇게 되뇌까렸다. 되뇌까리는 이 말과 한가지로 누님 집 식구들 얼굴이 일시에 떠올랐다. 다른 때의 얼굴이 아니고 어저께 저녁의 그 처참한 얼굴들이다. 산도 눈이요 물도 집도 길도 나무도 눈이어서 지공일색(地空一色)을 이룬 속에서 파랗게 질린 처참한 얼굴들이 동동 떠오르는 것이었다. 물동이에 엎은 바가지처럼 동동동 소리를 내며 떠오르는 것이었다. 떼스마스크들이다. 틀림없는 떼스마스크들이다.

어느 사이에 우리는 한강 인도교를 건넜다. 뻐스 정류장에 사람들이 웅크리고 뻐스를 기다리고 있었다.

“조영매씨는 뻐스로 가십시요.”

“왜요?”

“혼자 걷구 싶어졌읍니다.”

“그러세요? 그럼 저 방핼 안 하겠어요. 많이 사색하십시요.”

조영매는 선선히 대꾸해 주며 뻐쓰 정류장 쪽으로 발을 돌렸다.

나는 길게 누은 흰 길을 그냥 내처 걸었다.

나의 입속에선 ‘떼스마스크의 悲劇’이란 말이 뇌까려졌다. 나는 벌써 ‘떼스마스크의 悲劇’을 머리 속에 항상 구상(構想)하고 있었는지 모른다. 누님이 신방을 뛰쳐나온 달밤부터 구상했든지 모른다. 아득히 하얀 배경(背景) 속에 떼스마스크들을 배치해 본다. 어느 것을 앞에 놓을지 모르겠다.

매부와 누님을 양쪽에 놓고 어린 조카들을 가운데 배치해 보기도 한다.

그런데 이상한 것은 이 ‘떼스마스크의 悲劇’ 속에 서강옥의 그 유굴유굴한 얼굴이 들이미는 일이다. 어쩐 까닭으로 이 유굴유굴한 얼굴이 달려드느냐 말이다.

구김살 하나 없이 선선히 뻐쓰 정류장 쪽으로 발을 돌리던 조영매의 얼굴은 끼이지 않는데 하필 서강옥의 얼굴이 가로놓이는 것은 무슨 까닭이더냐.

나는 침을 텍 뱉으며 먼 대로 시선을 돌렸다. '떼스마스크의 悲劇'도 무엇도 생각하고 싶지 않았다. 아무것도 생각하고 싶지 않았다.

27

혼자 떨어진 일을 뉘우쳤다. 조영매와 같이 걷던 대로 걸을걸 하고 생각했다.

나는 발을 멈추고 목을 돌려 뻐스 정류장 쪽을 살펴보았다. 뻐스도 떠나가고 사람도 보이지 않았다. 아득히 눈만 내리고 있을 뿐이었다.

나는 다시 걷기 시작했다. 다음 정류장에서 뻐스를 탔다. 미도파 앞에서 내려서 병빈 군이랑 늘 들리곤 하는 다방 '유성'에 들리기로 했다. 누님 집에도 가기 싫고 또 다른 데 갈 곳도 없었던 것이다.

나 혼자 딩굴 방이 따로 있었으면 오직 좋으랴 싶은 생각을 하면서 다방 '유성' 문을 밀고 들어섰다.

첫눈에 서강옥이가 띄었다. 다리가 그 자리에 붙는 것 같고 목아지 밑을 무엇이 꽉 눌러 놓는 듯하는 숨 까쁨을 어찌할 도리가 없었다. 나는 그만 장승처럼 우뚝 서 있었다. 서강옥이가 방글방글 웃으면서 손짓했다. 나를 오라는 것이었다.

나는 끈나풀에 매인 인형처럼 그의 손짓에 이끌리어 그가 앉아 있는 대로 추썩추썩 걸어갔다. 그리고 그가 가르키는 대로 마주앉았다.

"밤새 안녕하셨어요? 어제저녁엔 많이 취하셨더군요."

눈웃음을 곱게 치며 서강옥은 이렇게 말하는 것이었다.

"………."

나는 벙벙히 두루 어색한 표정을 지었을 뿐 댓구 한마디 못 했다. 말이 영 나오지 않는 걸 어떻게 한다더냐.

마주 앉아 바라본즉 썩은 호박같이 유굴유굴한 얼굴이라고 했지만 그것은 공연한 소리였다. 서강옥의 얼굴은 그저 아름답기만 했다. 어떻게 아름답다는 걸 표현할 수가 없을 만큼 거저 황홀했다. 황홀히 바라보면서 나는 좀 두터운 편에 속하는 그의 입술, 꽃잎파리 피듯 한 고운 입술을 내가 정말 빨았던가 하고 생각했다.

그와 동시에 병빈 군도 저 입술을 빨았으면 어쩔가 싶은 마음이 왈칵 치밀어 올랐다. 견딜 수 없었다.

"병빈 군은 어디 있어요?"

여자는 무슨 까닭으로 먼저 웃고 나서

"자기 하숙에 있죠."

하고 대답하는 것이었다.

"왜 똑똑히 몰라요? 댁에서 잘 알게 안요?"

"호호호. 아직도 취기가 가시잖았나 봐요. 떠들지 마세요. 여러 사람들이 보잖아요."

그제사 나는 나의 말소리가 무척 퉁명스레 높았던 걸 알았다.

"그러잖아도 허 선생님이 나오시나 하고 기다리고 있던 중이애요. 허 선생님과 상의해야 할 일이 있어요."

"누구 말입니까? 병빈 군 말입니까?"

나의 언성은 아직도 낮아지지 않았다.

"왜 이렇게 병빈 군 병빈 군 하세요? 호호호 둘도 없는 친구시면서."

"누가 둘도 없는 친구라구 그래요? 어제저녁 나 없는 데서 그런 소리를 짓거렸군요?"

"떠들지 마시래도 그러시네. 저도 허 선생님이 나가시자 곧 따라나선걸요. 뒤쫓아 이어 나갔어요."

28

"정말 그랬읍니까?"

뒤쫓아 나왔다는 서강옥의 말에서 나는 몸이 스스르 풀리는 것을 깨달았다.

"그럼 정말이 아니구요. 허 선생님한테 거짓말을 할까 원……."

나의 몸과 마음은 해면과 같이 되어 갔다. 서강옥의 앞에서 다시 더 병빈 군의 말을 입 밖에 내지 않을 결심이었다. 나는 침침한 시선을 밝히며 서강옥을 바라보고 있을 뿐이었다.

"허 선생님 제가 할 상의할 일이란 게 다른 거 아니고 다방을 하려고 하는데요. 허 선생님이 내부 외부 할 것 없이 장치를 도맡아 해 주셨으면 하는 거예요."

"………."

나는 댓구를 또 못 하고 있었다. 역시 말이 나오지 않아서였다. 감격에 가슴이 꽉 찼기 때문이었다.

"해 주시겠어요? 못 하시겠어요?"

서강옥은 눈웃음을 치며 졸랐다.

"해 드리지요."

나는 숨을 길게 내쉬고 나서 이렇게 대답했다.

"좋아라. 저기 다방 하나 있는데 그걸 할지 그렇잖으면 종로에 물산회산가 뭔가 하던 사무실을 얻어 가지고 해 볼가 선생님께 여쭈어 봐서 하려고 하는 참이애요."

"종로 어디요?"

나는 남이 만들어 논 걸 뜯어 고치기보다 생것을 나의 손으로 개조해 보고 싶었던 것이다.

"화신에서 광화문 쪽으로 올라가다가 왼편으로 있어요."

"가 보시지."

"봐 주시겠어요?"

서강옥은 반색을 하며 먼저 일어섰다. 나는 따라 일어섰다.

둘이는 나란히 종로를 향해 걸었다. 생전 느껴 보지 않던 행복감에 가슴이 울렁거렸다. 다리가 헛놓였다.

아까 조영매와 같이 걸을 적엔 이렇지가 않았다. 남자친구와 같이 걷는 것보다 좀 유쾌할 정도였다.

서강옥은 눈길이 미끄럽다면서 나의 팔에 매달리는 것이었다. 율동하는 그의 근육이 나를 견딜 수 없게 굴었다.

나는 몇 번 너머질 번했는지 모른다. 서강옥이가 나를 붓잡은 게 아니라 내가 서강옥을 붓잡은 셈이 되었다. 오고 가는 사람들이 둘의 거동을 흘끔흘끔 보았다. 그러나 나는 남의 눈을 꺼릴 생각의 여유가 없었다.

"왜 이리 허둥거리세요?"

또 말이 안 나왔다. 침을 꿀꺽 삼키고 말았다.

물산회사인가 한 사무실은 비어 있었다. 넓직해서 좋았다. 장사가 되고 안 되는 것은 알 턱이 없으나…….

"어때요? 괜찮겠어요."

"좋군."

"돈벌이가 될 만하겠어요?"

"그런 거야 내가 아나요."

"그런 것까지 도와주세야죠. 전 서울이 생소해서 통 모르겠군요. 허 선생님만 믿는데요."

"하여간 해 보십시다."

"그럼 계약할까요?"

"그래 보십시요."

29

거기서 나와 서강옥은 나에게 어디 가서 저녁을 같이 먹자고 말했다. 그러자고 쾌히 승락했다.

서강옥이와 둘이서만 저녁을 먹는다는 일이 나에겐 다시없는 즐거움이었다.

“어딜 갈가요?”

“글쎄.”

“저야 어디가 어딘지 알아요? 허 선생님이 안내해 주세요.”

“그러세요. 명동으로 다시 나갑시다.”

둘이는 명동을 향해 아까와 같이 걸었다. 그러다가 문득 나는 명동 쪽으로 가지 말아야 하겠다는 생각이 났다. 명동엔 병빈 군이 나타날 것이라는 생각에서였다.

“도루 가십시다.”

“어딜요?”

“종로 쪽으루.”

“그래요?”

“거기 존 데가 있는 걸 잊어버렸어.”

“뭘 하는 덴데요?”

“여러 가질 해요.”

“중국 요릴 먹었으면.”

“그럭 하십시다.”

광화문 가까운 어느 집 이층에 우리는 자리를 정했다.

여자와 단둘이라고해서 그런지 조용한 방 하나를 주었다.

음식을 청하고 차를 마시면서 나는 서강옥이를 쳐다보지 못하고 있었다. 둘이만 조용한 방에 있으니까 그럴 용기가 나지 않았다.

“술을 청할까요?”

얼굴조차 들지 못하는 나의 주접사니를 보고 한 말인지 모른다.

“글세요. 한잔 해 보지요.”

하면서 내가 서강옥을 건너다보니까 서강옥은 못마땅한 듯 원망시러운 듯한 눈초리로 나의 시선을 막아 버리는 것이었다.

나는 얼굴에 당장 취기가 오르면서 전신이 꽝꽝하게 굳어지는 것을 알았다.

솔직한 고백이지만 나는 일찌기 한 번도 이러한 체험을 해 본 일이 없는 것이다. 서강옥은 꼼짝도 안 하고 내처 그러고 있었다.

하는 수 없어 나는 시선을 돌리고 말았다.

서강옥이가 손바닥을 따악딱 쳤다. 중국인이 대답을 길게 뽑으며 문을 열었다.

"삐갈 한 또구리 잡채 하나 잡탕 하나."

서강옥은 손벽도 익숙히 치고 요리도 익숙히 시켰다.

"그것만 해요?"

"응. 위선 그것부터 가져와."

"네에."

중국인이 요리 시키는 소리와 함께 서강옥이가

"왜 그리 꼴꼴치 못하세요?"

하고 나를 몰아세웠다. 나는 갑작스런 이 돌격에

"뭣이요?"

해 버렸다.

"사내다우란 말이얘요."

"본래부터 못난 걸 어떡합니까."

여자의 입이 다시 열리려는데 중국인이 주문한 것을 들고 들어왔다. 여자는 술병을 들어 나에게 따라 주었다. 그리고 자기 앞의 잔을 내밀었다. 말없이 한 잔씩 쪼옥 마셨다. 가슴 바닥이 유난히 뜨거워지는 것을 깨달았다.

30

들어온 술이 없어졌다.

"더 청하십시다."

"술기운을 빌어야 사는 남자."

“못나서 그렇지요.”

“난 그 못난 게 존 모양이지?”

여자는 이렇게 말하고 손바닥을 따악딱딱 쳤다. 중국인이 대답을 길게 뽑으며 올라왔다.

“하나 더.”

서강옥이 빈병을 들어 중국인에게 보였다. 그것 역시 익숙한 솜씨였다. 여자의 익숙한 솜씨에 나는 다시 주눅이 들었다.

“안주도 드세요.”

“안주는 좋아요. 술만 먹지요.”

“안주랑 드세야 몸이 덜 상하시지.”

“상하면 어떤가요. 몸을 상하면서 먹는 술이래야 존 거거든요.”

“술에 대한 철학은 그렇게 잘 아시면서 다른 건 아주 젬벵이니…… 끌끌끌.”

서강옥은 눈을 흘깃해서 나를 흘기고 혀까지 차는 것이었다.

“술을 자꾸 먹으니까요.”

“다른 것도 자꾸 해 보시란 말이얘요.”

“다른 걸 뭘 할 게 있어야지요?”

“연애도 하고 사랑도 호호호…….”

중국인이 술병을 들고 왔다.

나는 따라 논 잔을 후딱 들어 마시고 새로 내밀었다. 있는 대로 괄딱괄딱 마시고 싶었던 것이다.

여자가 빠안히 보고 있었다. 나는 모르는 체하고 혼자 따라 연신 마셨다. 또 병이 비었다.

“더 하시겠어요?”

“예.”

서강옥이가 손바닥을 따악딱 쳤다. 중국인이 올라왔다.

“술을 더 주어요. 이번엔 아주 두 갤 한꺼번에 가져와.”

중국인이 대답을 길게 뽑으며 내려갔다. 서강옥은 얼굴이 빨개서 앉아 있었다.

"서강옥 씨 나하구 사랑합시다."

나는 빨개서 앉아 있는 여자에게 이렇게 요청했다. 나의 말이 몹씨 우수웠다는 것은 여자의 태도로서 알 수 있었다. 서강옥은 술을 넘기지 못하고 온통 뿜으면서 웃는 것이었다. 허리를 연신 꺾으며 야단법석을 쳤다.

"왜 웃기만 하세요? 사랑하면 안 돼요?"

"글쎄 가만 좀 계세요. 어둔 밤에 홍두깨 내밀듯 그렇게 하는 게 어디 있어요."

"그럼 어떡하는구?"

여자는 또 허리를 꺾으며 웃었다. 그리곤

"가만 계세요. 내 가르쳐 드릴께……."

했다. 술이 왔다. 나는 부지런히 들이켰다.

서강옥의 방글방글 웃는 얼굴이 확대되어 왔다. 나는 아무 꺼리낌 없이 용기 있게 그를 바라다볼 수 있었다.

"왜 그렇게 보세요?"

"잡아먹구 싶어서."

잡아먹는다는 말은 병빈 군의 용어(用語)였다. 여자를 어떻게 어떻게 하는 경우에 사용하는 말이었다.

"사람을 어떻게 잡아먹어요. 호호호 하는 소리가 왜 □두 그래요. 호호호."

31

나는 두 팔을 쭉 뻗어 간들어지게 웃고 있는 서강옥의 목을 건너다 끌어안았다. 여자의 상반신(上半身)이 상 위에 와 얹혔다.

그 상반신을 마구 끌어다 안았다.

상 위의 술병과 안주 그릇 등이 엉망진창이 되었다. 그렇지만 그까짓 것이야 어찌됐던 알 바가 아니라는 생각이었다.

"사랑하는 법을 배워 준댔지? 배워 줘. 배워 줘."

나는 확확 달아오는 나의 몸 덩어리를 의식하지 않을 수 없었다.

후둘후둘 떨려오는 것도 알았다. 여자를 아주 꽉 껴안아 버렸다. 여자도 나에게 찰싹 달라붙었다.

그의 입술을 더듬어 물었다. 여자가 혀바닥을 쪽 내밀었다. 입술보다 훨씬 좋은 촉감이 전신으로 퍼져 흘렀다.

나도 여자와 같은 짓을 했다. 그러다가 여자는 방바닥에 벌렁 나가 잡빠라졌다.

"맘대로 해. 잡아먹는댔지? 잡아먹어."

그는 이런 말을 했던 것이다. 그러나 나는 벌렁 잡빠진 여자를 내려다보고만 있었다. 잡아먹는다는 말을 나의 입으로 했고 여자 역시 잡아먹으라고 하지만 어찌할 바를 몰랐던 것이다.

이번엔 여자가 나의 목에 팔을 걸어 나를 끌어안았다. 나는 여자에게 안겼다.

"사랑하는 법을 가르쳐 줘 응. 나는 사랑하구 싶어. 나하구 사랑해 인제 나하구만 사랑해. 병빈 군을 사랑하지말구 나하구만 해. 나하구만 해."

내가 이렇게 부르짖고 있는 사이에 여자는 제 마음대로 나를 다루는 것이었다.

아! 나는 이 황홀한 경지를 어떻다고 표현하랴.

나는 인제 사랑하는 법을 알게 된 것이다. 여자의 육체의 비밀을 알게 된 것이다.

고무 점토(粘土)와도 같이 미끄러운 감촉.

어찌 이것뿐이라고 할까 보냐. 놀라움과 뜨거움과 신비한 것─우주(宇宙) 안의 온갖 좋은 것이란 것은 몽땅 다 여자에게 와서 끼들인 것을 알았다.

밖은 아직 눈이 내리고 있었다.

서강옥은 오던 때와 마찬가지로 나의 팔을 꼈다.

나도 대담하게 그의 팔을 껴 주었다.

오고 가는 사람들의 시선을 어둠이 가리워 주는 탓도 있지만 내가 서강옥을 끼는 걸 누가 막을 자 있으랴 싶은 마음이었던 것이다.

이번엔 내가 승리(勝利)한 것이다. 여자가 병빈 군에게로 가지 않고 나에게로 온 것이다. 병빈 군은 모델로도 써 보지 못한 서강옥을 내가 차지했다. 나는 그의 전부를 한 것이다.

나는 가슴을 내밀며 허리를 폈다. 발을 크게 내밟으며 허공에서 선을 던졌다.

분분히 내리는 백설과 같은 것이 나의 가슴속에도 내리는 것을 깨달으면서 —.

32

서강옥은 필동에 묵고 있노라고 했다. 나는 필동까지 데려다 주기로 했다. 종로를 거치고 을지로 이가로 해서 천주교당 옆 컴컴한 골목길에 들어섰을 때 서강옥은 나에게 매달리면서 입을 치껴 들었다. 물론 발거름을 멈추었던 것이다. 나도 멈추고 그도 멈추었던 것이다.

그러나 나는 무슨 까닭으로 입을 치껴 들며 발거름을 멈추는지 알지 못했다. 행길에서 입을 맞추자고 그러는 줄은 꿈에도 생각지 못했던 것이다. 나는 서강옥을 내려다보았을 뿐이다.

"바보."

"왜?"

서강옥은 팔을 뻗어 나의 목을 끌어내렸다. 그리고 나의 입술을 더듬어 콱 물었다. 아파서 못 견디겠는데— 입술을 물리웠으니 아프단 말을 할 수가 없었다. 반벙어리 소리치듯 했다. 그러나 서강옥은 도모지 나의 소리를 들은 체하지 않고 오히려 날더러 또 한 번 "바보"라고만 꾸중하는 것이었다.

나는 "바보"라는 소리가 듣기 싫었다. 누님 집에서 항상 듣는 소리다. 고향 집에 있을 땐 조부나 부친한테서 늘 들어 오던 소리다. 부친은 "바보"에 "천치"까지 부쳐서 곧잘 꾸중을 하셨다.

"이 바보 천치 같은 자식아, 넌 생각이 있는 게 그러냐."
고 고함을 지르셨다.

조부는 목침 위에 세워 놓고 바보인 나를 종아리를 때려서 바로잡아 보려고 노력하셨다.

나는 아무리 아파도 목침 위에서만 매삼을 쳤을 분 목침에서 내려서지를 못했다. 목침에서 내려서는 경우엔 더 호된 매가 나의 종아리에 감기는 까닭이었다. 조부는 바보인 나를 바로잡아 보려고 했지만 나는 조부의 이 무서운 초달과 부친의 바보천치라는 꾸중에서 더 "바보"가 되었는지 모르겠다.

아무도 나를 인정하지 않는다. 우리 가족 중에 나를 인정하는 사람은 하나도 없다.

그들은 내가 다른 일을 하지 않고 조각을 하는 데 한층 염증을 느끼며 바보 천치라고 한다.

나의 작품 "B여인의 상"(B女人의 像)이 특선되었을 때 조부가 상경하셨다.

이제까지 나를 인정하지 않으신 조부가 특선했다는 신문 보도를 보시고 상경하셨으니 나의 감격은 말할 수 없었던 것이다.

나는 조부를 전람회장으로 안내했다. 조부는 나의 작품을 먼저 보시겠다고 하겠다. 나는 조부의 말씀대로 쫓았다.

"야 이 바보 같은 놈아, 이게 대체 무슨 해괴망칙한 것이냐."

이것은 "B여인의 상" 앞에 서자마자 조부가 나를 꾸중하신 말씀이다.

이렇게 말씀하시는 조부는 덜덜덜 떠셨다. 나를 목침 위에 세워 놓고 종아릴 때리시던 때처럼!

여자의 젖가슴을 비롯하여 여자의 육체 전부를 옮겨 논 나의 작품이 조부의 안목에는 해괴망측했을 뿐이었던 것이다.

조부는 나에게 "바보"라는 말씀을 열 번도 더하시고 전람회장을 빠져나가셨고 그날로 집에 내려가셨던 것이다.

"강옥이 날 바보라구 하지 마아. 응."

나는 여자를 떼어내면서 이렇게 애원했다.

33

"바보가 아니고 그래 뭐야?……"

서강옥은 다시 매달리며 나의 입술을 더듬어 물었다.

"난 싫어. 싫어."

나는 우름이 북받쳐 나왔다. "바보"라는 말은 나에게 패배감(敗北感)을 느끼게 하는 것이었다.

"이 바보. 뭣이 싫어."

서강옥은 입술을 잠깐 떼고 나서 말했다.

"정말 바보라구만 할 테야? 내가 바보란 말이야? 병빈 군은 바보가 아니구 나만 바보란 말이지?"

나는 여자를 막 밀어내면서 이렇게 말했다.

"호호호. 병빈 씬 왜 거드러요? 누가 병빈 씰 똑똑했던가요? 호호호."

"병빈 군은 모두 똑똑하다구 해. 그의 가족들두 똑똑하다구 해요. 그의 부모들은 병빈 군은 와서 보구 가요. 여자의 육체를 그려두 아무 말 않구 가요. 그런 걸 그려두 돈을 막 주구 가요. 어엉. ……돈을 막 주구…… 어엉…… 그런 그림을 그려두 아무 말두…… 어엉. ……엉."

나는 끝내 울고야 말았던 것이다.

"아니 왜 이래요? 창피스럽게……."

여자는 이런 소리를 쌀쌀하게 쳤다. 나는 여자의 소리가 쌀쌀한 것을 알아

채이게 되자 한층 서러움을 느끼지 않을 수 없었다. 얼마나 울었는지 모른다. 여자는 그새 나의 곁을 떠나고 없었다. 나는 여자더러 가라고 하면서 울었던 것이다. 나는 홀로 되돌아섰다. 을지로 삼가, 사가, 사가에서 명운동까지 줄곧 걸었다.

눈은 아직도 내리고 있었다. 질주하는 헬라이트의 약광을 받으며 분분히 내리는 눈발은 나의 가슴속을 차겁게 파고들었다. 아까 서강옥이와 둘이 중국요리 집에서 나오던 때와 같은 것이 아니었다. 아까의 것은 행복과 같은 것이라면 지금의 것은 저주와 같은 것이었다.

누님 집에 들어가니까 누님이 혼자 댕그랗니 촛불 앞에서 자수를 놓고 있었다. 흘깃 쳐다보는 눈매가 범상치 못했다.

매부와 족하들은 없었다.

"애들이랑은 어디 갔어요?"

양복저고리를 벗어 걸면서 누님에게 물은즉 누님은 고래고래 소리를 지르며

"데리고 나갔어. 그것이 데리고 나갔어. 데리고 나감 제까짓 게 손가락을 빨릴 텐가. 헷……."

하는 것이었다.

더 묻지 않아도 사유를 알 만했다. 어제저녁에 벌어진 상태로 말미암아서 매부는 끝내 아이들을 데리고 집을 나간 것이리라. 누님은 매부에게 줄곧 나가라는 말을 했던 것이다. 어제저녁과 같은 사태가 아니더라도 좀만 어쩌면 떠나라고 했던 것이다.

"누님은 틀렸어요. 그럴라거던 애들이랑 낳지 말아야 할 거 아니오."

누님의 바눌 쥔 손이 딱 멈추었다. 고추선 시선이 나에게 와 꽂히는 것이다.

34

"이 바보 같은 녀석아. 되지도 못한 소리 마라. 뭐가 어쨌다? 거지 꼴아지

같은 걸 쓸어 넣고 밤낮 이 지랄을 해야 옳단 말이냐? 인제 눈이 아물거리고 손까락 끝이 아파서 못 견디겠어…… 아이고 내 팔자야…….”

누님은 힌 침을 내뿜었다. 본래도 힌 침을 내뿜기를 잘하지만 워낙 화가 나는 모양이었다.

“인제 제발 그 바보란 말 집어치시요. 손까락 끝이 아프잖게 해 드릴께. 멕여살릴께…….”

“어이고야. 네 꼴아지에 멕여살려? 취직을 겨우 시켜 놔도 어디 가서 넉장을 부리고 있다 지금사 온 게 멕여살려? 말이 좋구나. 남이 애써서 취직을 시켜 놨음 첫날서부터 부즈런히 나가야잖아 이 바보 같은 녀석아…….”

누님은 또 바보란 말을 했다. 나는 누님 앞에 놓인 수틀을 덱깍 들어서 콱 째려 던졌다. 수틀이 나가 와지끈 툭탁 소리를 내며 방바닥에 나가 떨어졌다. 어제저녁 술상을 들어 엎듯 했던 것이다.

누님이 발칵 일어나 나의 멕살을 잡았다. 힌 침이 거품으로 변했다.

“이 바보 천치야. 저걸 저래 놈 어쩔 셈이야? 응 저게 밥이 되는 줄 몰라? 돈이 되는 줄 몰라? 이놈아. 이 바보 천치야 낼 갖다 줄 겐데 저래 놨으니 어쩌느냐 말이다. 응 이 바보야. 천치야.”

나는 멕살을 잡으며 동동 매달리는 누님을 팍 째려 버리고 이부자리를 깔았다. 눕고 싶었던 것이다.

내가 이불을 뒤집어쓰고 누운 데 누님이 달려들어 이불을 벗기며 아우성을 쳤으나 나는 힘을 다하여 이불을 팍 틀어잡았다. 누님의 힘으로선 도저히 벗겨 낼 수가 없으리만침 누님은 끝내 이불을 벗기지 못하고 통곡을 터뜨리는 것이었다. ‘내 팔자야’ ‘내 신세야’ 곧 연거푸 주서 대면서.

어느 때쯤 됐는지 모르나 내가 심한 갈증에 못 이겨 눈을 뜨니 누님이 댕룽니 촛불 앞에서 수를 놓고 있는 것이 보였다.

내가 움직여도 아무 소리가 없었다. 구석에 놓은 양철통에서 냉수를 떠내어 팔딱팔딱 마시고 다시 눕기까지도 잠잠했다. 바늘 끝이 헌겊을 뚫는 소리만이

고요를 깨뜨리며 똑똑똑 높아 갈 뿐이었다.

나는 이불 속에서 똑똑똑 소리를 들으며 누님이 불상하다는 생각을 했다. 나는 벌써 자리 속에서 물을 먹을려고 나왔을 때부터 가슴이 말할 수 없이 콱 메였던 것이다. 그런 위에 누님이 아무 말도 안 하고 있으니까 더욱 가슴이 터지는 것 같았다.

누님 말과 마찬가지로 누님은 자수를 팔아서 생계를 이어가는 것이다. 밤이나 낮이나 이것만 하는 것이다. 이것을 해 가지고 나가면 얼마의 대가(代價)를 받는 것이다. 누님은 그것으로 쌀을 사고 구공탄을 사고 찬거리를 사 가지고 들어오는 것이었다.

나는 '누님이 공연한 걸 배와 가지구 저 고생이라'는 생각을 하는 때가 있다.

누님은 어릴 때부터 유별나게 자수 놓기를 좋아해서 줄곧 방에 들앉아 자수만 놓았던 것이다. 그 일을 더 바싹 하게 된 것은 매부와 결혼하고 나서였다.

35

매부와 맞부딛치기 싫으니까 누님은 골방에 들앉아 자수만 놓았던 것이다. 집 안에서나 이웃에서 출가하는 처녀들. 누님의 수놓은 횃보, 벼갯모, 주머니 골무 꽃방석 등의 수예품을 가지고 갔던 것이고 누님 장녹 속에는 그러한 것들이 삼층장이 차리만큼 들어 있었던 것이다.

그렇게 많은 수예품이 지금과 같이 돈이 되고 밥이 되어 본 일이 없다. 누님의 수예품을 가져가는 처녀들은 대가로 누님에게 색실이나 비단 헌겊을 보내 주곤 했다. 지금은 누님의 수예품이 당장 돈이 되고 밥이 될 뿐 아니라 해외에까지 진출하는 것이다. 외국 군인들의 선사품으로서 사용된다는 것이었다. 그러니까 누님의 수예품은 골방에서 해외 진출을 하는 셈이 된다. 삼층장이 차리만큼 많은 수예품이 줄어들게 된 것은 매부가 국회의원으로 출마하던 때부터였고 매부가 국회의원으로 당선되여서까지 그것들은 선사품으로 나갔던 것

 최정희 소설 전집 **2**

이다.

그 무렵엔 그러한 것들이 돈이 되지 않아도 생활할 수 있었다. 매부들은 지방에서 몇 개 안 가는 지주(地主)였기 때문이다.

매부네 재산 전부가 달아나게 된 이유는 매부가 출마를 한다 국회의원으로 당선이 된다 하는 바람에 소비되기도 했지만 토지 개혁에서 몽땅 몰락하고 말았다. 매부네가 서울에 이사하게 되던 땐 순전히 남의 돈으로 움직였다. 그러다가 매부가 재출마해서 낙선되었으니 집안 꼴이 어떠리라는 것쯤 짐작할 수 있는 일인 것이다.

매부가 재출마해서 낙선되자 얼마 안 가서 집을 빌려준 김윤필 씨가 집을 자기들이 사용해야 하겠다는 이유로 비워 내라는 것이었다. 김윤필 씨는 자진해서 매부네게 집을 주었고 집을 주던 땐 다시 돌려달라지 않을 눈치였던 것이다.

"이 선생님께 집 한 채 드리고 싶습니다. 누추하나 사용해 주시면 영광으로 알겠읍니다."
라고 김윤필 씨는 말했던 것이다.

밤은 아직도 깊어 가기만 하는 모양으로 누님 손에서 오르내리는 바늘 소리가 한결 더 똑똑똑 고요를 깨뜨리고 있는 것이었다.

그 바늘 끝 오르내리는 똑똑똑 소리는 나의 가슴을 똑똑똑 뚫어 놓는 것 같았다.

"가엾슨 누님 정말이지 저러구서야 바가질 안 긁을 수 없지."

나는 어제저녁 술상을 들어 메여친 일, 아까 수틀을 집어 동댕이친 일 등을 비롯해서 누님의 속 터지는 짓만 한 일을 뉘우쳤다. 그와 동시에 매부를 따라 나간 어린 족하들이 가엾슨 생각도 났다.

매부가 족하들까지 데리고 나갔지만 갈 데가 어데랴 싶었다. 누님이 떠나라고 해서 떠났다가도 이틀이 못 되어 되돌아오는 매부였다.

혼자인 경우에도 그랬거든 족하들까지 데려고 나가서 어찌 견딜 것인가.

매부도 가엽시 여겨졌다. 그중에서 가장 가엽슨 것이 매부일지 모른다.

누님이 매부더러 돈벌이를 못 한다고 바가지를 긁는 때면 매부는 공연히 국회의원을 했다는 말을 하곤 했다.

36

소위 국회의원까지 지냈다고 하는 작자가 어디 가서 군수나 면장을 할 수도 없지 않느냐고 하소연하듯 애원하듯 하는 매부의 소리를 나는 몇 번이나 들었다.

담배꽁초를 몰래 피우다가 누님에게 들키면 슬쩍 감추는 것도 여러 번 보았다.

누님은 매부가 담배꽁초를 피는 걸 보면 거지같이 뭐냐고 닦아세우기만 하지 담배 살 돈을 주지 않았다. 그만한 여유가 없기도 하지만 있더라도 누님은 매부에게 담배 용돈을 주지 않았다.

워즈러니 떠드는 소리에 눈을 떳더니 위선 들창으로 들이비치는 햇살이 눈에 뜨였다. 그 다음으로 방 한쪽에 쪼그리고 앉아 있는 김윤필 씨가 보였다.

"임자. 왜 이렇게 늦잠을 자나? 빨랑빨랑 일어나서 누님을 도울 생각을 해야지."

김윤필 씨는 물뿌리에 권연을 꽂으면서 그 엷은 입술을 나풀거리고 있는 것이었다. 내가 누님을 도울 위인이 못 되는 것을 알면서 한 말인 것이다.

이 김윤필 씨는 누님 앞에선 누님을 극진히 동정하는 체하고 나만 있는 데선 누님의 흉을 보아 가며 나를 동정하는 체하는 인물이다.

누님이 신경질이라고 그런 여자하곤 하루도 못 살겠다고 하면서 매부에게도 동정이 간다고 했다.

바루 가까히 살고 있어서 하루에 한 번이나 두 번쯤은 왔다 가곤 했다. 더욱이 이 집이 그의 소유이기 때문에 자주 오는 것이었다. 김윤필 씨는 매부네더러 집을 비어 달라고 하다 못해서 매부네게 방 한 간을 빌려주고 그 나머지를 사글세로 내놓았다.

김윤필 씨도 근자에 와선 어렵게 되었느라고 했다. 그의 말을 들어서도 알 겠지만 그가 사는 형편을 보면 그의 말이 틀림없는 것 같았다. 집 장사를 하려 다가 내려진 모양이었다.

집을 짓긴 했으나 지어 논 집이 팔리지 않았다. 팔리지 않아서 금리(金利)만 자꾸 늘어 가는데 여러 채의 집을 가지고 있다는 이유로서 세금이 고개를 못 들게 나오니 견딜 수 없다는 것이었다.

그래서 지은 집들을 사글세로 준다 전세로 준다 하는데 근자에 와선 전세로 들려는 자리도 흔치 않다는 것이었다. 방방에 셋군을 넣고 매달 셋돈 받기에 김윤필 씨는 골머리를 앓았다. 누님의 손끝으로 되는 돈도 김윤필 씨에게 매 달 사천 환씩 방세로 갔다.

혹시 밀리는 경우엔 김윤필 씨는 가진 수단을 써서 방세를 받아 가는 것이 었다.

오늘 아침에도 방세 때문에 온 모양 같았다. 누님네 것뿐 아니라 이 집 안에 들어 있는 어느 집에 왔다 들렸는지도 모르겠다.

아침에 일찍 나오지 않으면 출근하는 사람들을 놓치게 되므로 방세는 아침 일찍 쫓아다니며 받아야 했던 것이다.

저녁엔 대개 늦어야 돌아오곤 하니까. 그리고 아낙네들은 언제나 가장에게 그 임무를 떠밀어 놓으니까.

누님은 김윤필 씨의 말을 곧이곧게 듣고 다른 데 못 쓰더라도 방세는 꼭꼭 치루었다.

37

김윤필 씨는 누님의 성격을 잘 알고 하는 일이었다. 누님뿐 아니라 방세를 받기 위해서 김윤필 씨는 상대방의 심리 표착에 애를 쓰고 있는 것이다.

"아저씬 일찍부터서 드셔서 소득이 많겠군요."

나는 물뿌리에 권연을 꽂아 뻐끔뻐끔 빨고 있는 김윤필 씨를 가르띰이 보아 가면서 빈정대었다.

"이 사람아 별 소득이 없드라도 신선한 아침 공길 쐬도 어딘가. 신선한 맑은 공길……."

"신선한 맑은 공긴 쐬서 뭣 합니까? 밥을 먹어야지요."

"임자 거 모르는 말일쎄. 사람이 밥으로만 사는 게 아닐쎄. 밥이나 먹고 똥이나 싸는 게 사람인 줄 아는가?"

김윤필 씨는 늘 이렇게 자기 혼자만이 알고 다른 사람은 아무것도 모른다고 생각하는 것이었다. 더우기 나 같은 위인은 그의 말과 마찬가지로 밥이나 먹고 똥이나 싸는 위인이라고 여기는 것이었다.

"아저씨 요샌 똥이 돈이 된대요. 똥두 많이 쌀 수 있으면 괜찮은 겁니다."

"허. 또 모르는 소리. 이 사람아 똥이 돈이 되긴커녕 똥을 쳐 가는 데 돈이 나가네. 똥 한 통 치는 데 오십 환씩 또박또박 받아 가네그려. 어디 통이나 까 뜩까뜩 채던가? 여러 통으로 늘릴 생각에 한 칠 부가량밖에 안 푸는 거야. 변 소 한 번 치자면 몇 안 되는 식구에도 칠팔백 원 달아난단 말이야."

"거보세요 똥이 얼마나 돈이 되는가…… 몇 식구 안 되는데도 한 번에 칠팔 백 환씩 되니 말입니다."

"이 사람아 그게 나가는 돈이지 내 손에 들어오는 돈인가? 자넨 늘 그렇게 답답한 소리만 해."

"나가든지 들어오든지 똥이 돈이 되는 것만은 틀림없잖습니까?"

"허. 답답한 소리만 하는군그래. 임자 생각해 보란 말이야. 똥이 돈이 된다 는 건 퍼 가는 사람 쪽에서 할 말이지 돈 내고 치이는 측에서 할 소리가 아니 란 말이야 알겠나? 자네…… 하긴 자네 말같이 똥이 돈이 되는 건 사실이야. 그놈들이 이쪽에서 육십 환씩 받고 퍼다간 그 뻑뻑한데 물을 얼마든지 퍼부어

한 차를 두 차로 만들어 가지곤 시골 농사꾼한테 가선 또 돈을 받고 판다네그려. 헛 참 무서운 세상이지. 무서운 세상야."

"뭐가 무서워요? 돈 버는 일인데……."

"왜 안 무서운가. 똥을 퍼 가는데 돈을 받고 퍼 가지고 가서 팔고 하니……."

"그래도 그렇게 버는 돈은 괜찮아요. 그 더러운 걸 주물럭거리고 돈도 못 벌면 어떡해요. 억울해서……."

"돈은 정작 주물럭거리는 사람들이 먹는 줄 아는가? 물주가 먹는 걸세. 거기도 물주가 있는 거야. 종로구면 종로구 동대문구면 동대문구 이렇게 떼맡는 물주가 있단 말이야. 경찰에서 허가해 주는 물주가 있단 말이야. 정작 돈벌이는 이 허가 맡은 물주가 하게 되는 거야. 똥 장사란 말이 더럽긴 하지만 정작 돈버리는 이게 된다지 않나. 가만 생각해 보게. 한 통에 육십 환씩 받고 퍼다가 물을 널퉁거리게 타서 농사꾼에게 한 차에 만 환이니 얼마니 하고 판대니 그 돈이 작겠나. 똥 장사란 말만 아님 ××서 서장도 잘 알고 하니 나도 그걸 해 봤음 하지만……."

38

"똥 장사나 집 장사나 마찬가집니다. 똥 장산 더럽고 집 장산 깨끗하단 법이어디 있읍니까."

나의 말에 김윤필 씨는 골이 난 모양이었다. 얇은 입술을 파르르 떨면서

"이 사람 내가 집 장살해서 자네게 해된 일은 없잖나? 이가 됐음 됐지 그런 배은망덕한 소린 하지 말게. 자네랑 누님네가 세 한 푼 없이 몇 해씩 내 집에 들어 있잖나? 원 고약하지. 배은망덕해도 분수가……."

하고 언성을 높였다.

누님이 마루 밑에서 아침을 짓다 말고 행주치마에 손을 씻으며 들어왔다. 나에게 고추선 시선을 꽂으며

“저 바보가 또 무슨 주책바가질 부렸게 김 선생님이 저렇게 노여워하셔.”

하고 나무랬다.

“누님은 괜히 그러셔.”

나는 이렇게 대꾸했다. 정말 누님은 괜히 그러는 것이었다. 사리는 판단하지 않고 김윤필 씨의 편을 들었다.

이번뿐이 아니었다. 언제나 그랬다. 매부와 김윤필 씨 사이에서도 그랬고 나와 김윤필 사이에서도 김윤필 씨의 편이 되었다.

매부나 나에게서 진절미를 내는 탓도 있겠지만 누님을 비호하는 체하는 김윤필 씨 수단에 누님은 넘어가는 것이었다. 그리고 언제나 누님은 그에게 방세를 내고 있는 자기를 잊지 않았던 것이다.

“이놈아 뭣이 괜이야. 네가 그래 주책을 안 부렸단 말이야. 네가 김 선생님을 노엽게 안 해 드렸단 말이냐?”

“가만 두시요. 아직 철이 없어서 그러는 걸 나야 괜치않지만 늘 데리고 있는 누님이 속 썩으시지.”

김윤필 씨는 또 이렇게 말해 보였다.

나는 말하지 않기로 결심했다. 김윤필 씨와 같은 사람을 상대로 이때까지 씨부렁거린 것을 뉘우쳤다. 또 지난 밤 자리에서 누님의 속을 썩혀 드리지 않겠다고 마음먹은 일도 있고 해서.

아침도 먹지 않고 밖으로 나왔다. 그길로 걸어서 회사로 향했다. 뻐스나 전차를 타자면 너무 일를 것 같았기 때문이다.

어제 아침처럼 일러서 마당을 왔다 갔다 하기가 싫었다.

정문 안으로 들어서자마자 뒤에서

“허 선생님.”

하는 소리가 들렸다. 돌아다보지 않아도 조영매라는 걸 알았다. 반가운 감정이 소꾸쳤다.

사실 나는 조영매를 잊어버리고 있었던 것이다. 줄곧 걸으면서 나는 김윤필 씨의 얇은 입술을 생각했고 했다기보다 자꾸만 그것이 눈앞에 서언해졌다.

그리고 똥에 관한 김윤필 씨의 이야기를 되푸릴 했고 누님과 매부와 족하들의 생각을 하곤 했던 것이다.

서강옥의 생각 병빈 군의 생각도 좀은 했다. 그런 생각은 떠올리지 말자고 노력했다. 서강옥이는 어쩐지 병빈 군에게로 갈 것만 같은 생각이 들었기 때문이다. 어제 밤 나와 헤어져서 그리로 갔는지도 모른다는 생각이 들었던 것이다.

"밤새 안녕하셨어요? 어저께 혼자 존 길을 걸으시면서 존 생각 많이 하셨어요?"

어느새 조영매는 나의 옆에 왔던 것이다.

39

조영매의 이 소리에서 가슴이 후련히 풀렸다. 이 여자만은 나를 잘 이해하는 것 같았다. 좋은 길을 걸으면서 좋은 생각을 했느냐고 묻는 조영매의 대화(對話)는 얼마나 멋지냐 말이다. 서강옥이는 외모만 잘생겼달 뿐이지 이런 말은 한마디도 해내지 못하는 위인이다.

중국요리 집에서 손바닥이나 따악딱 솜씨 있게 칠 줄 알지 그 외에 하는 일이 뭐란 말이냐. 응 그래, '사랑하는 방법'도 솜씨 있는 편일지도 모른다. 나는 그것을 알 수 없으니까 솜씨 있는 편인지 없는 편인지 판단하기 곤난하다. 나는 어떤 여자와도 '사랑하는 방법'을 실험해 본 일이 없으니까. 서강옥이와 비로소 처음 치르어 보았을 뿐이니까.

"조영매 씬 정신적인 멋쟁이군."

나는 말을 하고야 말았다.

"그건 또 무슨 말씀이세요?"

"정신을 휴식시키는 사람이란 말입니다."

“누구의 정신을?”

“저의 정신을 말입니다.”

서강옥의 육체를 체험하지 않았더라면 나는 이런 말을 하지 못했을 것이다.

서강옥이는 육체만의 소유자라는 걸 알았기 때문에 이런 말을 할 수 있었던 것이다.

“고맙습니다. 제 말씀 한마디가 허 선생의 정신을 휴식시켜 드릴 수 있다시니……”

다시는 말이 없었다. 공장 안에 발을 들려 놓기 때문이기도 하지만 내가 대답을 하지 않았던 것이다. 아침 해가 동쪽 유리창으로 쨍쨍 들이비쳤다. 제법 따사로운 것을 느끼게 했다.

나는 따사로운 햇살을 받으면서 알 수 없는 흥분을 깨달았다. 어제저녁 서강옥이와 ‘사랑하던 방법’의 체험이 나를 자꾸 괴롭히는 것이었다. 서강옥은 외모만 잘생겼달 뿐이지 조영매와 같이 정신을 휴식시키지는 못하는 여자라고 나무래면서도 옆에 앉은 조영매보다 멀리 있는 서강옥의 생각을 잊을 수 없었다. 아! 나는 서강옥이와의 ‘사랑하던 방법’을 어느 때까지 잊을 수 없는 것이다.

일손을 몇 번이나 멈추었는지 모른다. 멍하니 밖을 내다보고 있노라니까

“왜 그러고 계세요?”

하는 조영매 소리가 들렸다.

“아, 예. 조름이 와서……”

“밤엔 안 주무셨서요?”

“예. 밤엔. 밤엔 잣지요.”

나는 서강옥의 벌렁 잡바진 모양을 눈앞에 그리면서 이렇게 대꾸했다.

“전 추우니까 긴장만 돼요.”

“그래요.”

“그래도 허 선생이 계시니까 말동무가 돼서 한결 나은걸요.”

조영매는 말동무가 된다고 하지만 나는 아무 말 없이 가만있어 주었으면 싶은 생각이었다. 나를 가만 놔 두었으면 나 혼자 싫것 서강옥이와의 '사랑하는 방법'을 되푸리할 것이라는 생각을 했다.

나는 도모지 조영매가 즐겁지 않았다. 정신을 휴식식히는 여자라고 말한 일 같은 건 잊어버렸다. 정신의 휴식 같은 건 지금의 나에게 있어서 무슨 가치가 있느냐 말이다.

40

파하기가 바쁘게 나는 다방 '유성'으로 갔다. 서강옥이가 거기 와 있나 해서였다.

한 시간 넘어 앉아 기다렸다. 서강옥은 종시 나타나지 않았다. 너무 오래 혼자 앉아 있는 일이 쑥스러웠다. 옆의 사람들이 싱거운 작자라고 여기는 것만 같았다. 마담이나 레지가 뭐라고 하는 것 같았다.

전에는 여기서 사오 시간을 혼자 앉아 있은 일도 있었건만ㅡ.

아무라도 와 주었으면 싶었다. 반갑지 않은 사람이더라도. 반갑지 않은 사람과 이야기하고 있는 사이에 서강옥이가 훌쩍 나타나 주었으면 얼마나 좋으랴 싶었다.

병빈 군이 와 주었으면 더욱 좋으리라는 생각을 했다. 서강옥이보다 병빈 군이 더 기다려지기도 했다.

병빈 군과 서강옥에 대한 이야길 했으면 싶었다. 병빈 군이 서강옥에게 가지는 심리 상태를 타진해 보고 싶었다.

끝내 병빈 군도 오지 않고 서강옥이도 나타나지 않았다. 누님 집으로 들어가기도 싫고 다방에 더 앉아 있기도 싫었다. 병빈 군을 찾아야 하겠다는 생각이었다. 빨리 가 보자는 마음에서 택씨를 탓다. 명동에서 원서동까지 가려면 뻐스나 전차를 이용하기가 곤난했기 때문이다.

바삐 택씨에서 내려 병빈 군을 불렀다. 그러나 병빈 군의 방은 캄캄할 뿐이었다. 미닫이를 열고 더 한 번 불러 보았다. 댓구가 있을 리 없었다.

대문깐 빈대떡 가게를 들여다보았다. 거기도 그는 없었다. 나는 후들거리는 다리를 빈대떡 가게 안에 들여 놓았다.

"병빈 군이 안 보입니까?"

주인에게 물었다.

"아까 나오셨다 어딜 가시나 보던데."

"혼자?"

"왠 여자분하고요."

"양장한 여잡디까?"

"글세 양장이던가? 줄이 쭉쭉한 외투를 입었던뎁쇼."

틀림없이 서강옥이었다. 서강옥의 외투에 푸른 줄이 쭉쭉 나 있었던 것이다.

"이 일을 어쩌나."

나는 땅이 푹 꺼지는 것 같았다.

"어딜 갔을까?"

나는 다시 명동으로 향했다. 이번엔 택씨를 타지 못했다. 요금이 없었던 것이다.

'유성'에 먼저 들어 보았다. 있지 않았다. 레지-에게 물었고 마담에게 물었다.

"오신 것 같잖아요."

라고 대답했다. 오지 않았으면 오지 않았더라고 확실성 있게 대답해 주었으면 좋을 게 아닌가. 온 것 같지 않다는 말에 더욱 애가 탔다.

그들은 병빈 군이나 서강옥에게 관해서 그처럼 무관심할 수 있을까.

나는 밖으로 나왔다. 달이 떠 있었다. 나의 기인 그림자를 밟으면서 나는 그들이 갈 만한 장소를 찾았다. 어제저녁 서강옥이와 갔던 중국집에도 갔다. '스탠드 · 빠'에도 들려보았다. 가끔 들리는 다방에도 가 보았다. 그들은 아무 데도 없었다. 서강옥의 유숙하는 집을 알아 두지 못한 일이 후회되었다. 나는 필동의 그 많은 골목을 샅샅이 걸었다. 서강옥을 소리 높여 부르고 싶은 충동을 안고서 — .

41

'뚜우.' 열 시 반 고동이 울렸다. 나는 병빈 군 하숙에 다시 가 보고 싶었다. 이번엔 걸어서 갔다. 빈대떡 가게의 불을 바라보면서 골목길을 바삐 올라 걸었다. 빈대떡 가게 앞에서 잠깐 귀를 기우렸다가 대문 안으로 들이달렸다. 방이 그냥 깜깜했다. 주인네 방도 깜깜했다. 불을 끄고 자는지 모르겠다고 생각하면서 미닫이를 열고 불러 보았다. 방안이 서렁서렁할 뿐이었다. 나는 빈대떡 가게로 나왔다.

"병빈 군이 안 왔지요?"

"네. 안 오셨어요."

"어디 갔을가?"

"글쎄요."

빈대떡 가게 주인도 다방 마담이나 레지이와 마찬가지로 신통치 못한 대답이었다.

"술을 주시오."

대포 잔에 약주가 그득히 부어졌다. 단숨에 들이켰다.

"또 주시요."

열한 시 고동이 '뚜우' 울리는 소리가 아득하게 들려왔다. 소리가 이처럼 아득해 보기는 처음이었다.

대포를 몇 잔 들이켰던지 모른다. 또 나는 어떻게 병빈 군 방에 들어갔던지 그것도 모른다. 이튿날 아침에사 내가 병빈 군 방에서 잤다는 걸 알았다. 병빈 군 방에서 나는 혼자 곤죽이 되었던 것이다.

병빈 군은 밤에 오지 않았다. 주인네가 병빈 군의 대신으로 주는 아침을 뜨는 둥 마는 둥 하고 밖으로 나왔으나 다리가 헛놓여서 걸을 수가 없었다.

주머니를 뒤지니 십 환짜리 석장이 있었다. 전차표를 샀다. 전차표면 두 장 살 수 있었으니까.

회사에 다달은즉 조영매가 벌써 와 앉아서 일을 하고 있었다.

"오늘은 늦으셨어요."

"네. 좀 늦었읍니다."

나도 일을 시작해야 하긴 하겠는데 일손이 잡히지가 않아서 초점을 잃은 시선을 허공에 멍하니 던지고 있었다.

"지난밤에도 일을 많이 하셨나 본데요."

"……아니요."

"일이 얼마나 진행되었서요?"

"일이요? 그저 그렇구 있지요."

"아직 시작 안 하셨어요?"

"……네? 시작을? 시작을…….."

"왜 그렇게 우울하세요?"

"내가요?"

"네. 퍽 우울해 보여요."

"뭘 좀 잃어버려서요."

"뭘요?"

"……."

"쓰릴 맞으셨어요?"

"그 비슷한 겁니다."

"많이 맞으셨어요?"

"몽탕 맞았지요."

“얼마나 되게요?”

“내게 있는 걸 전부 다요. 찾아야 하겠어요. 찾지 않곤 견딜 수 없어요. 몽탕 가져간 놈을 찾아야 하겠어요. 찾아야 하겠어요.”

이렇게 중얼거리고 있으랴니까 찾고 싶은 생각이 북받쳐 올라서 한 시각도 그냥 앉아 있을 수 없는 초조로움이 나를 휘감는 것이었다.

나는 자리에서 벌떡 일어났다. 그리고 입었던 작업복을 벗어 버리고 밖으로 나왔다.

42

“하밤중에 가셔서 어떻게 찾으신다고 그러세요.”

조영매 말을 못 들은 것이 아니었다. 조영매 말대로 하밤중에 찾지 못하리라는 것도 알고 있는 것이다.

그러나 나는 그냥 앉아 있을 수가 없었던 것이다.

처음부터 나는 회사에 일하려 나간 것이 아니었다. 안절부절하여 견딜 수 없는 마음에서 그리로 행했던 것뿐이다.

전차를 타고 시내로 행했다. 전차에서 내려 다방 ‘유성’으로 들어갔다. 아침 커-피를 마신다는 단골손님 몇 사람이 있을 뿐으로 다방 안은 한산했다.

‘카운타’엔 그중 친절한 ‘레지이’가 있었다. 나는 성큼성큼 그리로 갔다.

“병빈 군이 안 왔어?”

“언제요? 오늘 아침에요?”

“응.”

“오늘 아침엔 안 왔어요.”

“그럼 어제저녁에 왔었어?”

“네 어제저녁엔 늦게 오셨서 늦게까지 계시다가 가셨어요.”

“혼자?”

“아뇨. 웬 여자하고 둘이던데요.”

“줄이 쭉쭉 간 외투를 입은 여자야?”

“네. 그래요. 아주 멋쟁이던걸요.”

“몇 시쯤 와서 몇 시쯤 해 돌아갔어?”

“아무튼 늦게 오셨어요. 그랬다가 여길 ‘시마이’ 할 때 갔었서요.”

“어딜 간다구 그래?”

“그런 말을 안 하셨어요. 그냥 같이 나갔었어요.”

다시 무엇을 더 물으려고 ‘레지이’를 쳐다보았을 때 그는 뱅글뱅글 웃으며

“두 분 다 술이 몹씨 취하셨어요.”

하는 것이었다.

“여자두 몹씨 취했어?”

“글쎄 두 분이 다 잠뿍 취하셨더라니까요.”

“망할 년.”

나의 입에선 어느 틈에 이런 욕설이 튀어나왔다.

술이 취해 있더라는 말을 듣자 나의 눈앞엔 어제저녁 중국요리 집에서 벌렁 잡바저 가지고 나에게 ‘사랑하는 방법’을 실험시키던 서강옥의 모습만이 보이는 것이었다.

“왜 그렇게 성이 나셨어요. 허 선생님도 성나시는 때가 있네요. 흐흐훗.”

‘레지이’가 이렇게 말하며 웃기까지 하는 것이 아닌가?

“너까지 날 놀려 대는 거야?”

‘카운타’에 놓인 유리컵을 탁 쪼아 깨뜨렸다.

“어머나 허 선생님이 왜 이러실까? 누가 놀려 대요. 전 선생님을 놀려 대지 않았어요.”

‘레지이’가 눈물이 글성해서 나에게 말했다.

차를 마시던 손님들의 시선이 이쪽으로 집중되는 것을 알았다.

나는 밖으로 나와야 했던 것이다. 그러나 어디로 가야 할지 몰랐다. 어디로

가면 몽탕 빼았긴 나의 것을 찾을 수 있단 말인가. 어디로 가면 나의 것을 몽탕 빼앗아간 자를 찾아낼 수 있단 말인가.

43

병빈 군 집에 다시 가 볼 생각은 나지 않았다. 뻐스가 전차가 바루 집 앞에까지 닿는다면 몰라도―. 그중에도 나에게는 뻐스나 전차를 탈 돈도 없었던 것이다.

다방 앞을 왔다 갔다 하기를 수십 차. 그것도 실증이 났다. 그렇다기보다 남이 창피했다.

"무엇 때문에 저 자식은 식전 댓바람부터 남의 앞을 올라가 내려가 하는 것이냐."

고 담배 장사 할머니가 속으로 못마땅하게 여길 게 아니냐 말이다.

처음엔 담배 장사 할머니는 내가 담배라도 사려나 부다고 알았던지 얼굴에 히색을 보이며 앞에 놓인 목판을 보고 했던 것이다.

담배 장사 할머니뿐 아니라 양복점에서도 자기네 가게에 들어오는 손님이나 아닌가 하는 기색이 다가 줄곧 상점 앞으로 왔다 갔다 하기만 하니까 주인인지 아닌지 모를 남자가 말짱히 슬어 논 상점 바닥에 침을 택 뱉는 것이었다. "자아식 재수 없게스리 일른 아침부터 뭐냐." 하는 눈치였다.

그리고 그는 나의 차림 차림새를 보아하니 당장 양복을 지어 입어야 할 주제인데 그런 건 생각지도 않고 왔다 갔다 하기만 하는 게 뭐냐고 소리를 칠 것만 같았다.

좌우간 여기를 떠나야 하겠다고 생각했다. 나는 동화백화점 쪽으로 발을 돌렸다. X화백의 개인전이 아직 끝나지 않았을 것을 알고 있기 때문이었다.

백화점 안에 발을 들여놓으려고 한즉 "어서 오십시요" 하는 소리가 귓전을 두다렸다. 나는 반가워서 소리 나는 쪽에 고개를 돌렸다.

열두서너 살 먹어 보이는 소년이 야릇한 복장을 입고 기계처럼 서 있는 것이었다.

소년은 내가 보는 것을 인식하는지 안 하는지 같은 표정과 어조로 다른 손님에게도 "어서 오십시오"를 웨치고 있었다. 오는 손님뿐 아니라 가는 손님에게도 빼지 않고 "안녕히 가십시오"를 웨치고 있었다.

일층 이층 삼층 사층, 사층에 화랑(畵廊)이 있었다. X화백의 개인전은 예상대로 전렬되어 있었다. 숨이 화알 나왔다. 여기서 얼마간의 시간을 보낼 수 있다고 생각했던 것이다. 위선 그림이 모두 몇 점가량이나 되는가를 살펴 보았다. 스무 점가량 되었다. 첫머리에서부터 보기 시작했다. "꽃"이란 제목의 그림이었다. 전람회를 시작하던 날 병빈 군과 함께 와서 보았을 쩍에도 이것부터 보았다.

그림 한 점을 오 분씩만 들려다본다 치면 두어 시간 소비해 낼 수 있을 것이다. 두어 시간 지나서 '유성'에 나간다면 '레지이'가 아까 유리'컾' 깨뜨린 일 같은 걸 잊어버리고 있을지 모른다. 그리고 손님도 바뀔 것이 아닌가.

"꽃" 앞에서 오 분이 넉넉 되게 견디었다. 다음은 "판자집"이었다.

여기서도 오 분을 서 있어야 하는 것이다.

다닥다닥 붙어 앉은 "판자집"들 앞에서 오 분씩이나 서 있다는 일은 쉬운 것이 아니었다. 암만 그림이 잘 되었다 치더라도 "판자집"이 주는 인상이란 짓껍지한 것뿐이다.

44

허리를 못 펴는 초라한 모습들이 보인다. 허리를 저렇게 못 펴고 살고 있게 되면 미구에 꼽사가 될 것이다. 그리고 아이들은 늠늠히 커 보지 못하고 난쟁이가 될 것이 아닌가.

이런 생각에 사로잡히고 있는데 손을 내밀며

“고맙습니다.”

라고 인사하는 사람이 있었다. X씨였다. 그림을 그처럼 열중해 보아 주는 일이 고맙다는 것이겠지. 그림 한 점 앞에 일 분씩만 서 있어도 감격할 일인데 오 분씩이나 서 있으니 안 그럴 수가 있으랴.

“위선 이만한 그림을 그려 낼 수 있다는 일이 부럽습니다.”

나는 무심중에 X씨에게 이런 말을 했다. 이것은 내가 지금 막 생각하고 있던 말이 아니었다.

일전에 병빈 군과 함께 와서 보고 갈 때 내가 한 말인 것이다. 그림의 우렬(愚劣)은 떼어 놓고 그만큼 한 그림을 생산(生産)할 수 있는 환경이 어찌 부럽지 않을까 부냐 말이다.

나는 작품은 고사하고 점토를 두어 둘 만한 장소도 없는 곳이다. 자잘구레한 손장난을 하던 것까지도 둘 데가 없어서 누님이 수틀이랑 올려놓는 선반 위에 올려놓았다간 혼이 나곤 하는 것이다.

“밤낮 이건 뭐냐. 도깨비 장난같이.”

하며 누님은 그것을 때려 팽개치는 것이었다. 그것이 적던 크던 하나의 몸둥아리가 완성되었을 때의 경우면 대가리와 사지(四肢)가 동갱이 나는 것이었다. 예정한 바대로 두 시간 가깝게 이럭저럭하다가 화랑을 나왔다.

그림을 보는 시간보다 X씨하고 이야기하는 시간이 더 오랬을 것이다.

X씨는 남의 속도 모르고 자기의 그림을 두 번씩이나 그것도 무척 열중해서 보는 일이 고마운 모양으로 전에 없이 친절히 대해 주었다.

나의 입선 작품에 대해서도 한참 이야기하는 것이었다.

아직 무명인이나 다름없는 나와 같은 것을 아는 체해 주는 것은 전혀 자기의 그림을 열중해서 보아 주는 그 까닭인 것이다.

어찌 됐든 간에 화랑에서 두 시간 가깝게 지내게 된 것은 X씨의 덕택이 아닐 수 없었다.

문간에서 기계처럼 “어서 오십시오”와 “안녕히 가십시요”를 외치고 섰는 소년의 인사를 받으며 백화점 밖에 나온 나는 '유성' 쪽으로 발을 돌리지 않고 그와는 정반대의 방향으로 향했다.

서강옥이 같은 여자를 만나려고 쫓아다니는 자신이 시시하게 여겨졌던 것이다. 더우기 다른 때와도 달라서 줄곧 애먹던 취직을 한 지 이틀째 되는 날이 아닌가.

정상기 씨의 낯을 보아서라도 이래선 안 될 말이다.

나는 회사로 가야 한다고 생각했다.

그런데 나는 전차비도 뼈쓰비도 없다.

아침에 전차표 두 장을 사서 회사에 갈 쩍에 한 장 쓰고 남은 것으로서 강옥을 만나고자 시내로 들어 달리느라고 사용하고 나니 그만이었다. 걸어야 했다. 그 머언 길을 걷고 한강 철교를 건느고 해야 했다. 줄곧 걷고 있으랴니까 온갖 색채의 똥그래미가 눈앞에서 아물거리는 것이었다. 눈을 감으면 감은 눈 속에서 그것들은 아물거리는 것이었다.

<h2 style="text-align:center">45</h2>

회사에 이르러 보니 조영매는 앉아 그 일을 하고 있었다.

"찾으셨어요?"

반색을 하며 묻는 것이었다.

"예."

나는 대강 대답을 해 두었다.

"어머나 어떻게 용케 찾으셨어요."

그제사 나는 조영매의 그 말을 알아들었다. 쓰리 맞은 걸 찾은 줄 알고 있는 것이다.

나는 덤덤히 앉아 있었다. 대꾸할 말이 있을 리 없지 않으냐 말이다.

"그런데 사장이 찾는다고 아까 급사가 왔어요. 그래서 쓰릴 맞은 걸 찾으러

나가셨다고 했지요. 그냥 나가셨담 덜 좋아할 것 같아서……."

조영매의 이러한 말을 못 들은 것은 아니었다. 듣고서도 그냥 앉아 있었다. 실상 나는 움직일 기력이 없었다. 사장실까지 간다는 일은 생각해도 기운이 빠지는 것 같았다.

"어서 가 보셔야죠. 벌써 왔다 간 걸요."

"사장이 오래요?"

"누가 알아요. 급사가 와서 그러니까 알죠."

조영매도 나의 퉁명스런 말에 기분이 언짢아진 모양이었다. 약간 뾰루퉁한 기색을 보이며 일손을 늘리기 시작했다.

나는 그냥 좀 앉았다가 좌우간 사장실로 가 보기로 했다.

"허 군 쓰릴 맞았다구?"

사장실에 발을 들여 놓자 이마가 반들거리는 젊은 사장이 대뜸 이렇게 말하는 것이었다. "허 군"이라는 말에 나는 위선 놀랐다. 나를 어떻게 보고 하는 소리냐. 나를 언제부터 알았기에 만만하게 "허 군"이라고 붙이는 것이냐.

무엇이 목구멍으로 올려미는 것을 꿀꺽 삼키며 이마가 반들거리는 젊은 사장을 멀거니 쳐다보고 있었다.

"아니 쓰릴 맞았다면서?"

"안 맞았어. 맞잖았어."

"그럼 어디 갔더란 말인가? 근무 시간에 일을 안 하고 돌아다닌단 말이야. 쓰릴 맞았더라도 하는 수 없는 게지. 근무 시간에 맘대로 나가 돌아댕긴담. 고약한 작잘세."

젊은 사장은 나의 불공스런 어조에 매우 분개하고 있었다. 반들거리는 이마 아래에 꼭 백인 눈을 똑바루 뜨고 나에게 달려들었다.

"날 왜 불렀어? 허 군이라구 불르려고 불렀어? 왜 불렀어? 말해 봐. 말해 보란 말이야."

나의 목구멍에선 한층 무엇이 올리밀었던 것이다.

"저놈이! 저런 배와 먹지 못한 놈이라구…… 이놈아 정상길 씰 좀 데려다 달라구 불렀어. 심부름을 시키자구 불렀더니 그래 근무 시간에 나가 돌아다녔단 말이지? 고약한 놈 같으니라구…… 이놈아 나가. 이놈을 내쫓아라."

문이 열리며 비서가 들어오는 기척이 들렸다. 나는 꿀꺽꿀꺽 삼키고 있던 것을 끝내 게워 놓고야 말았다. 왈칵 올리미는 것을 어쩐단 말이냐.

젊은 사장 앞에 게워 놓았던 것이다.

"아! 아! 저런 저런 놈."

젊은 사장은 하도 기가 차서 기절을 할 듯싶은 시늉을 하는 것이었다.

비서가 나의 목덜미를 잡아끌었다. 나의 창자 속에서 나온 오물(汚物)을 남겨 놓고 나는 사장실에서 끌려나왔던 것이다.

46

"썩은 냄새나 싫것 맡아라. 똥보다두 더 구릴 게다. 똥꾿이 타들어가게 나의 속은 푹푹 썩고 있다. 실상은 벌써부터 듣고 싶던 것이다. 썩은 냄새나 맡아라. 건방진 자식 허 군! 심부름을! 건방진 자식."

비서는 나를 대문 밖에까지 끌어다 동댕일 쳐 버렸다. 나는 마치 쫓기운 개 모양으로 대문 밖에 동댕일 쳤던 것이다. 흡사 쫓기운 한 마리의 개였다. 쫓겨난 한 마리의 개는 어디로 가야 할 것인가?

나에게는 뻐스비도 전차비도 없었다. 나는 한강 인도교를 건느고 먼 길을 걸어야 하는 것이다.

아까와 마찬가지로 온갖 색채의 똥그래미들이 눈앞에서 아물거렸다. 까딱하면 쓸어질 것 같은 위태로움을 무릅쓰고 나는 걸어야 했다.

미도파 앞에까지 다다르고 보니 숨이 화알 나왔다. 복잡한 사람 물결 속에 목을 길게 빼고 서서 나는 한참 생각하지 않을 수 없었다.

어디로 가야 하는 것인가?

누님 집을 생각해 보았다. 갈 수가 없는 것이다. 누님 집은 생각에서 제외하고 싶을 뿐이다. 아무래도 서강옥을 만나야 살 것 같았다. '유성'으로 갔다. 문을 열고 휘둘러보았다. 그의 얼굴이 보이지 않았다. 한숨을 삼키며 문을 도루 닫고 돌아서려는데

"허 선생님."

하는 소리가 등 뒤에서 났다. 구원의 손길이라도 와 닿은 듯 나는 공중 뜨는 마음으로 돌아다보았다.

"선생님 이거 아까 그 여자분이 선생님한테 맡기라고 그래요."

'레지이'가 쪽지를 손에 쥐어 주었다. 아침에 내가 그의 앞에서 유리컵을 깨뜨린 일 같은 건 잊어버린 듯 그는 상냥스레 굴었다.

나는 후들거리는 손으로 쪽지를 펴 보았다.

> 허 선생님 도모지 만나 뵐 수 없으니 안타깝기만 해요. 저는 이 다방에 몇 번 찾아왔는지 몰라요. 상의할 말씀이 있사오니 허 선생님과 전일 같이 갔던 건물(다방 할 자리)로 와 주십시요. 기다리고 있겠읍니다.
>
> — 선생님을 기다리는 서강옥 배

쪽지를 호주머니에 아무렇게나 쑤셔 넣고 나는 날개라도 돋친 듯 서강옥을 만나러 가는 것이었다. 눈앞에 아물거리던 온갖 색채의 똥그래미들도 어디로 사라졌는지 없었다. 다리가 왜 이렇게도 헛놓인단 말인가. 기운이 없어서 헛놓이는 때와는 다르게 껑충껑충 발이 위로 솟구치는 것이었다.

자동차도 지나가고 추럭도 지나가고 찦차도 지나가고 전신주도 가로수도 사람도 휙휙 지나갔다. 눈 위에 발이 몇 번 미끄러졌으나 아무런 실수 없이 나는 외투자락에서 바람이 일게스리 걷고 있었다.

아! 나는 서강옥을 만나러 가는 것이다. 잃어버렸던 그를 찾아가는 것이다. 이 고마움을 어디다 감사해야 하는가. 하늘에 절해야 하는가. 땅에 엎뜨려야

하는가.

46[3]

목적한 건물 앞에 이르러 다 쫓아 문을 열었더니 서강옥이가 서 있었다. 그는 벽이며 천장을 두루 살펴보던 참인 모양 같았다.

"저 바보 어디 가 돌아다니다 지금사 오는 거야."

그는 제가 하던 행동을 중지하고 나에게 이런 말을 하는 것이었다.

한쪽 손을 들어 때릴 시늉을 하면서.

나는 그렇게 하고 있는 서강옥을 와락 끌어안았다. 갈증 난 사람이 물을 들이켜듯 했다. "바보"라는 말도 귀에 거슬리지 않았다.

먼저 여자의 입술을 깨물어 물었다. 여자가 아프다고 고개를 달달 내어저었다. 그렇지만 나는 놓아 주지 않았다. 이건 모두 여자가 나에게 가르쳐 주었던 것이다.

"인제 고만해. 병빈 씨가 곧 올 꺼야."

여자가 나를 밀어 놓으며 한 말이었다. 병빈 군이라는 말에 나는 행동을 총 스톱 하지 않을 수 없었다.

"병빈 군이 와? 병빈 군이 여길 온단 말이야?"

나의 어성은 높았으며 일종의 외침에 가까운 어조였다.

"응. 인제 곧 올 꺼야. 하숙집에 가서 뭘 가지고 온다나."

"그럼 병빈 군과 쭈욱 같이 있었군? 어제저녁에두 같이 있었군?"

"안야. 쭈욱 같이 있은 건 아니야. 병빈 씨하구 둘이서 당신 찾으러 다녔지."

"어딜 찾으러 다녔어? 공연한 소리야. 병빈 군에게 '사랑하는 방법'을 배워 주구선. 다 알구 있어. 사랑하는 방법을 배워 주었지? 어제저녁에……"

---

3   원래는 47회가 되어야 하지만 연재 당시 번호가 잘못 매겨졌다.

“그이가 왜 사랑하는 방법을 모르나. 바보나 모르지. 그인 그런 걸 벌써 다 알고 있을 거야.”

“지나 보았구나. 알 수 있는 걸 아는 걸 보니 지나 보았구나.”

“지나 보잖아도 보면 몰라.”

서강옥은 말 뒤에 화드득 웃었다. 나는 서강옥을 다시 끌어다 안고 애원에 가까운 어조로 말했다.

“이봐. 나만 사랑해. 응 병빈 군은 사랑하지 말구 나만 사랑해.”

“누가 병빈 씰 사랑한댔어. 그이가 하두 친절히 대해 주니까 하는 수 없어서 존 척하는 거지 뭐.”

“존 척두 하지 마라. 나하구 사랑한다구 그래 주어. 응. 서강옥이…… 나 지금 형편을 봐서 서강옥이와 결혼하려구 생각하구 있어. 응. 서강옥이 나만 사랑해 주어. 응.”

서강옥은 대꾸 없이 웃기만 하는 것이었다.

“그렇게 못 할 테야. 안 하겠단 말이야?”

“왜 이리 보챌가? 어린애 모양으루…… 실상 난 병빈 씨도 존 걸 어떡해.”

“어디가 응? 정말 그래?…….”

병빈 군도 좋다는 서강옥의 말이 떨어지자 나는 신음 소리를 질렀다.

“그이는 남자에요. 남자 중의 남자란 말이에요. 그렇지만 난 그이를 사랑하진 않아. 사랑하는 사람은 여기 있어. 이 바보 이거야…….”

47

서강옥은 발돋음을 해서 나의 코를 갈쭉갈쭉 할키듯 하는 것이었다.

나는 또다시 여자를 끌어안았다. 바루 그때였다. 병빈 군이 문을 열고 들어선 것이.

“이봐요. 이 허 선생이 막 러브 씬을 하자구 그래요.”

서강옥이가 병빈 군이 들어오자 나를 밀어내며 한 말이었다.

"어허. 허 군도 러브 씬을 할 줄 아는구나. 어서 좀 더해 봐. 나 안 볼께. 허 허허."

병빈 군은 이런 말을 하며 정말 안 보는 척했다.

나는 무척 무안했다. 아무 소리도 못 하고 벙벙하니 서 있었다. 그러면서도 나는 기쁘기가 한량없었다. 병빈 군과 서강옥은 사랑하지 않는 것을 알았기 때문이다. 만약에 그들이 피차에 사랑하는 사이라면 나와 서강옥의 러브 씬을 목격한 병빈 군의 태도가 그렇게 담담할 수가 없을 것이 아닌가. 여자를 뚜들 겨 패고 또 나에게 달려들 것이다. 나만 같아도 틀림없이 그럴 것이다.

"허 군. 자네 애인을 위해서 이 다방 설계를 해야 할 게 아닌가. 나두 좀 도 와줄께. 빨리 해 치우자구."

병빈 군이 설계도(設計圖)를 내놓며 말했다.

"자네가 꾸민 건가?"

"내가 대강 만들어 봤는데. 자네가 첨부할 건 첨부하구 뜯어고칠 건 고쳐도 좋네. 애인의 다방인데 맘대로 못 할가."

우리들은 이런 이야기를 하다가 여기서 나와 각각 흩어졌다. 서강옥은 자기 가 묵고 있는 집에 가야 하겠다고 말하고 병빈 군은 누구와의 약속이 있다면 서 명동으로 나갔다. 나는 누님 집으로 가는 수밖에 없었다.

누님은 저녁을 짓고 있었다. 방에는 사람들이 있는 모양 같았다. 말소리가 워즈러니 들렸다.

"너 지금 오니? 나 오늘 정상기 씰 만났더니 네가 회사에 부즈러니 나간다 고 하더구나. 월급이 삼만 환이라지?"

누님의 낯색이 자못 밝았다.

"누가 왔어요?"

나는 누님에게 대꾸를 하지 않고 이렇게 물었다.

"들어왔어. 애들이랑 데리구……."

누님이 손질을 해 가며 매부랑 족하들이 돌아온 것을 알려 주었다. 그 행동과 어조엔 매부를 경멸하는 빛이 떠돌았던 것이다.

미다지를 열기도 전에 족하들이 내밀어 보았다.

"너희들 왔구나."

둘의 머리를 한꺼번에 쓰다듬어 주었다. 방에는 김윤필 씨도 와 있었다.

"임자 인제 오나? 일하기가 고되지나 않든가."

김윤필 씨는 엷은 입술을 팔락거리며 나에게 말했다. 누님한테서 취직되었다는 말을 들은 모양 같았다. 그가 나에게 이만큼 친절한 것도 취직했다는 이유에서인 듯하다.

"이 선생은 어제 집을 나가서 오늘 들어오셨네그려. 될 말인가. 나가셨으면 열흘이고 일주일이고 꾹 참고 있어야지. 어제 나갔다 오늘 오실 꺼 뭘 하려 나가신단 말이야."

김윤필 씨가 매부를 몰아세우는 것이었다.

48

매부가 국회의원으로 있을 땐 "이 선생님 이 선생님" 하며 절절 매던 김윤필 씨가 오늘날 매부에게 이처럼 함부로 대할 수가 어찌 있으랴. 매부는 아무런 말도 못하고 덤덤이 앉아 있었다.

"남이사 어제 나갔다 오늘 돌아왔건 상관이 뭐란 말이요."

나는 김윤필 씨에게 화풀이를 해야 했던 것이다. 따지고 본다면 이것은 비단 김윤필 씨에게 가는 화풀이만도 아니었다. 도자기 회사 젊은 사장과 병빈 군과 서강옥이와 누님과 매부에게 보내는 화풀이인지도 모른다. 젊은 사장은 어째서 날더러 만만히 "허 군"이라고 부를 수 있으며 병빈 군은 나와 헤어져 어디로 갔으며 서강옥은 또 어째서 병빈 군과 같은 방향으로 간 것이고 "취직을 운운"하는 누님의 언동은 왜 평소와는 다르냐 말이다. 김윤필 씨에게 멸시의 말을 들으면서도 매부는 무슨 까닭에 잠잠하고 있어야 한다는 말인가?

김윤필 씨는 무슨 말을 하려고 입에 문 물뿌리를 떼는 참이었다. 눈이 발끈 뒤집히는 시늉을 하고 있었다.

"뭐요? 어쩌란 말이요?"

나는 그 물뿌리가 쥐이려는 그의 손을 꽉 잡아 쌔려 재쳤다. 물뿌리가 방 한 구석에 나가떨어졌다.

"자네 왜 이러나? 응."

매부가 나를 가루막으며 힐책했다. 누님이 너 이게 무슨 지랄이냐고 하면서 들이달렸다.

"아니 대체 무슨 숙원이 있는 게구나. 왜 아침부터 걸구드는 거야 응. 너 때려 보려구 그러지? 좀 때려 봐라."

김윤필 씨가 웃통을 벗어 제켰다.

누님이 그의 앞을 가루막아 서며

"너 왜 이러니? 왜 이 지랄이냐? 취직을 했다고 뻐기는 셈이야. 알양한 취직을 했다고……."

하며 또 나를 나무램했다.

매부는 김윤필 씨를 눌러 앉히려고 애를 썼다.

"이 자식아. 너한테 얻어맞을 내가 아니다. 이래 뵈두 과거에 유도 선수야. 이놈 너 어디 맛 좀 볼래?"

김윤필 씨는 매부와 누님을 헤치며 나에게로 돌진하려고 했다.

"맛 좀 보지. 맛을 보여 줘요. 그 맛을……."

나는 그에게로 상반신을 들이밀며 말했다.

정말이지 그가 말하는 대로 맛을 보고 싶었던 것이다. 싫것 진창이 되었으면 싫었던 것이다. 피가 터지든 물이 터지든 그냥 맞아 댔으면 좋을 것 같았다.

결국 김윤필 씨가 "맛"을 보여 주지 못하고 말았다. 누님과 매부의 제지로 인해서 —.

누님과 매부 내가 술이 취했거니 돌리는 것이었으나 술을 먹을 사이가 언제 있었더냐?

나는 속에 아무것도 들어 있지 않았다. 어제저녁 빈대떡 집에서 마신 것과 오늘 아침 병빈 군 대신으로 먹은 약간의 음식물을 도자기 회사 젊은 사장에 토해 놓기까지 했으니.

49

나에게는 아무것도 없다. 꺼풀뿐이다. 돈이 된다는 똥마저 없는 것이다.

서러웠다. 나는 통곡이 터지고야 말았다. 물소처럼 큰 소리로 엉엉 울었던 것이다.

그러다가 잠이 들었던 모양이다. 잠이 들었다기보다 지쳐서 쓸어진 것이겠지.

이튿날 아침 누님은 나에게 밥을 일찍 지어 주었다. 아침상에서 누님은 나의 월급을 받으면 다른 건 다 제쳐 놓고라도 19공탄을 마차로 사들이겠다는 것이었다.

"구공탄을 낱개로 사 들고 다니자니 남이 부끄런 것도 그렇고 팔이 아파서 딱 질색이야."

누님은 팔을 주물러 가며 말했다.

누님의 팔은 19공탄을 낱개로 사 들이는 데서 탈이 생겼다기보다 줄곧 놀지 않고 놓는 자수 때문이라는 생각을 하며 나는 넘어가지 않는 밥을 몇 숟가락 대강 쑤셔 넣고 밖으로 나왔다.

서강옥이가 다방을 만든다는 건물을 목표로 해서 걸었다. 눈이 내린 뒤의 기온이 아직 낮은 대로여서 신바닥이 딱딱 들어붙었다.

건물 앞에 가서 문을 뚝뚝 두들겼다. 소리가 없었다. 문을 밀어 보았다. 잠겨 있었다.

건물 앞을 왔다 갔다 하는 수밖에 없었다. 발이 더욱 딱딱 들어붙었다. 높은 건물들이 해를 막고 앉았기 때문이었다.

어느 때까지 이렇게 하고 있을 수가 없었다.

'유성'에라도 가서 몸을 녹히고 다시 오려는 마음으로 발을 돌리는데

"허 선생!"

하는 소리가 들렸다. 서강옥이었다. 병빈 군과 둘이가 아니고 혼자였다. 발을 멈춘 채 벙벙히 서서 서강옥을 보고 있었다.

"어딜 가려고 그래요. 나두 지금 바삐 나오는 길인데…… 오늘 재목이랑 목수랑 와요. 오늘부터 일을 시작해야 해."

나는 도자기 회사를 그만둔 것이 잘 되었다고 생각했다. 도자기 회사에 다니면서는 도저히 손을 뺄 수가 없지 않은가. 낮에 잠깐 나왔다 들어간 데 대해서도 말썽을 부리는 걸 보면―.

실내에 들어가더니 서강옥은 외투랑 목도리랑을 벗어서 또 하나의 문을 열고 들여 놓는 것이었다.

방이었다. 나는 놀라움과 동시에 안도의 감을 얻지 않을 수 없었다. 내가 늘 원하는 방이 있는 것이다. 방은 서강옥이와 둘이서 중국요리를 먹으며 사랑하는 방법을 실험하던 중국집 방보다 크고 안윽해 보였다.

"방이 있네! 여기 방이 있었어?"

나는 거진 절규에 가까운 소리를 쳤던 것이다.

"방이 있는 걸 모르셨어? 그러찮아도 이 방을 당분간 당신한테 제공할 테니 여기 있어요."

50

"아! 그래? 내가 이 방에 있는단 말이지?"

같은 어조였다. 그리고 나는 다시 도자기 회사를 그만둔 것이 잘되었다는 생각을 했다. 나에게는 방이 있다. 얼마나 갈망하던 방이더냐 말이다. 싫것 일하고 싫것 사랑하자. 나는 서강옥이가 닫아 버린 문을 와락 열어 제쳐 놓았다. '다다미'가 검기는 했으나 그런 것쯤은 문제가 아니었다.

"강옥이. 우리 이 방에서 결혼하구 살자구. 응."

나는 또 이런 말을 하고야 말았다. 왜 이런 말을 무작정하게 하는지 알 수 없었다. 옆의 사람들이 결혼을 재촉하는 경우에 귀를 기우려 본 일이 없던 자신을 도리켜 보았다.

매부가 국회의원으로 있을 때 그의 비서 격인 나에게 결혼을 강요한 사람들이 얼마나 많았던가?

위선 김윤필 씨부터 4, 5인의 규수를 물색해 놓고 졸라대었던 것이고 그 외에 조부 조모 부모님을 비롯하여 누님까지도 한때는 상당히 서둘었던 것이다. 어끄저깨 아침만 하더라도 정상기 씨며 정상기 씨의 부인이 나에게 결혼하기를 권유했으나 나는 그적에도 결혼하리라는 생각을 가져 보지 않았으며 결혼은 나와 인연이 먼 것으로 알았던 것이 아닌가.

그런데 어쩐 일인지 서강옥이와는 결혼해야 할 것 같았다. 그래야만 나 혼자 차지할 수 있을 것 같았다. 서강옥은 대답을 안 하고 방글방글 웃고만 있었다.

"왜 웃기만 하는 거요? 결혼 안 할 거야?"

"참 어둔 밤에 홍두깨 내밀기라더니 밤낮 하는 짓이 왜 그래?"

"어떻단 말이야? 내가 아무나 보구 결혼하잔 사람인 줄 알아? 난 그런 남자가 아니야."

"그러니까 내가 사랑하는 거 안야? 그 맛에 사랑하는 거야. 바보 같은 걸. 그 맛도 없음 뭣 하러 사랑할까 원."

서강옥은 교태를 부리며 말했다. "아이구 꼭 끌어안았으면 좋겠다"고 소리를 칠 번하는데 목수들이 문안으로 들어섰다. 목수들이 온다는 말이 아니었으면 실상 나는 그동안 서강옥을 껴안았을 것이다.

어저께 병빈 군한테 들킨 일도 있은 해서 꼭 참고 있었던 것이다.

서강옥은 목수들에게 어저께 병빈 군이 나에게 보여 준 일이 있는 '설계도'를 내어 주었다. 목수들과도 그동안 여러 차례에 타합이 있은 듯 보였다.

나는 '설계도'가 서강옥의 손으로 넘어온 데 관해서 생각하지 않을 수 없었다.

어저께 병빈 군이 나에게 '설계도'를 보여 주곤 자기 호주머니에 도루 넣지 않았던가.

그때도 나는 '설계도'가 나의 손에서 꾸며지지 않고 병빈 군 손에서 꾸며진 것을 불만하게 여겼던 것이며 그것이 도루 병빈 군 호주머니에 들어가게 되는 것을 보자 속이 더욱 끌어올랐던 것이다.

51

"병빈 군은 어디 갔어?"

나의 언성이 예사롭지 않음을 눈치챈 서강옥이가 핵 돌아서며

"어디 갔는지 내가 알아요? 다 큰 사람들이 제 발로 걸어 다니는 걸 내가 어떻게 안담."

하는 것이었다. 짜증이 섞인 소리였다.

이년의 오장육부는 대체 어떻게 된 셈이냐? 누구를 사랑하는 거냐? 병빈 군이냐? 나냐? 나는 몇 걸음 뒤로 걸어가서 문턱에 탁 앉아 버렸다. 다리의 맥이 당장 쑥 빠지는 것을 어쩔 도리가 없었다.

나야 어쩌건 그런 것을 아랑곳 안 하고 서강옥은 목수들을 신축해 가며 분주히 왔다 갔다 했다.

외투를 벗어 버린 그의 몸둥아리 그중에도 툭 튀에나온 가슴팍과 엉덩짝이 나의 심신을 어찔어찔하게 했다.

한군데 가만 서 있었으면 그렇지도 않겠는데 왔다 갔다 하는 바람에 엉덩짝과 가슴팍의 선이 줄곧 출렁이게 되니까 흡사 파도(波濤)를 연상시키는 것이었다. 꾸불텅꾸불텅 밀려오고 밀려가는―. 끝내는 실내 전체가 밀려오고 밀려가는 것이었다.

아무리 문설주를 팍 부둥켜 잡아도 소용이 없었다. 나는 나냥 뒤로 잘각 나가자빠지며

"날 어쩌란 말이냐."

고 소리를 질렀던 것이다. 내가 얼마 만에 눈을 떴는지 그것은 모르겠다. 도란도란 이야기 소리와 함께 숟가락 소리가 달가닥달가닥 들리는 것을 알았고 다음으로 불빛이 희미하게 보였다. 희미한 불빛 속에서 방 안을 두리번거렸다. 얼른 상찰할 수가 없었다. 말소리와 숟가락 소리 나는 방향을 더듬었다. 나의 시선 안에 들어온 것은 두 개의 그림자였다. 그것들은 벽에 걸놓여 있었다. 하나는 여자 하나는 남자. 보지 않아도 남자의 그림자는 병빈 군의 것이었다. 여자는 서강옥이다.

그 길쭉한 모가지와 잘눅한 허리가 그것이 아니고 무엇이랴.

나는 벌떡 일어났다. 어떻게 된 거냐고 외치면서.

병빈 군과 서강옥이가 한꺼번에 이쪽으로 고개를 돌렸다.

"자네 웬일이냐? 응 자네 너무 지쳤어."

병빈 군이 입이 그득 찬 소리로 말했다.

"깼으니 뭐 좀 잡수셔야죠."

하며 서강옥이도 따라서 말했다.

"난 안 먹어. 먹지 않겠어."

나는 먹는 것보다 급한 것이 있었다. 먹는 것보다도 또 다른 무엇보다도 급한 것이 있었다.

병빈 군과 서강옥의 사이가 어떻게 되어 있는 것인가를 알고 싶었던 것이다. 서강옥이와 병빈 군이 어쩐 까닭으로 둘이 나란이 앉아서 무엇을 먹고 있

는 거야?

52

“여기 디려 놔. 좀 뎁혀야 해요.”

서강옥이가 차리는 것을 병빈 군이 간섭을 했다. 병빈 군은 나에게서 시선을 돌리며 여자가 하는 일을 살피고 있었다. 병빈 군은 이런 경우엔 언제든지 나에게서 시선을 피했던 것이다.

“병빈 군, 자넨 뭘 하구 있었어?”

나는 병빈 군을 똑바루 쳐다보며 물었다. 화로엔 숯불이 벌겋게 피어 있었다. 그들은 이때까지 둘이서 음식을 먹었으며 둘이서 화로를 끼고 앉아 있었던 것이다.

언제 음식을 시켜 왔으며 언제 화로불이랑 피웠던 것일까? 나는 그동안 죽었던 모양이지. 그들이 저 짓을 하고 있는 것도 모르고 있었으니. 화로 불을 피운다 음식을 먹는다 하는 일은 도무지 조용히 될 일이 아닌데 그것조차 모르고 있었으니 조용히 할 수 있는 키쓰니 사랑하는 방법 같은 일은 얼마든지 깜쪽같이 했을 것이 아니겠는가.

“나는 아무것두 안 먹어. 너희들은 뭘 하구 있었어?”

소리를 냅다 질렀다. 도무지 속이 뒤집혀서 견딜 수 없었던 것이다.

“그러지 말구 어서 좀 들게. 자네 큰일 났어. 왜 그리 정신을 못 채리구 그러는 거야? 응?”

병빈 군이 나를 화로 곁으로 이끌어 가려고 했다.

“이거 놔. 왜 이리 댕기구 야단이야. 자네 여기서 뭘 했느냐 말이야?”

내 말이 이렇게 나오니까 병빈 군은 엉거주춤해 있고 서강옥이가 발끈 화를 내며 나에게 달려드는 것이었다.

“뭘 하긴 뭘 해. 남의 신셀 모른다는 게 저런 거거든요. 허 선생이 졸도한 뒤에 병빈 씨가 오셔서 이때까지 서들어 주신 것도 모르고 저려서. 댁에 가서 이부자리를 가져오신다 깨나시면 대접하려고 곰탕을 주문해 오신다 춥다고 숯불을 피신다 한 것도 모르고 저래. 이것 봐요. 곰탕도 밥 따루 고기 따루 국물 따루 가져왔어요. 이런 고마운 친구 분을 몰라 주고 웬 딴소리예요. 딴소린……."

"오그라질 년."

나는 서강옥이가 나를 몰아세우며 병빈 군 역성을 드는 일이 기가 막히게 분해서 화로라도 년 놈에게 와락 씌워 놓고 싶었던 것이다.

"서강옥 씨 가만 계시오. 나와 허 군의 우정은 누가 설명할 필요가 없는 거요. 인제 국물이 더운 모양 같소. 어서 숟깔하구 김치하구 이리 내놓시오."

병빈 군은 이렇게 서강옥에게 말하고 나서

"자넨 위선 먹어야 해. 뭐니 뭐니 해야 음식을 먹어야 사네. 그 외의 일은 천천히 해결을 지어도 돼. 위선 먹구 보잔 말이야."

하고 나에게 말했다. 나의 시선을 똑바루 보아 가면서 말하는 것이었다. 병빈 군이 여자를 사이에 두고 하는 마당에서 이처럼 정확한 시선을 나에게 던져 보기는 처음일 것이다.

53

언제나 이런 경우엔 에룽테룽한 시선을 나에게 던지곤 했다.

다른 경우에 있어선 언제나 정확한 시선으로 나를 대해 주는 병빈 군이었으나 여자가 중간에 끼이게 될 것 같으면 그때부터는 벌써 그의 시선이 똑바루와 나에게 머물지 않는 것이었다. 그의 시선은 측량기와도 같은 것이었다. 그것으로서 나는 그가 여자와의 사이가 가까와 간다는 것을 알았던 것이다.

다시 말하면 내가 한없이 좋아하는 여자를 병빈 군이 좋아해 버리니까 병빈 군은 나에게 대하여 미안하고 죄송스러웠고 그러니까 나의 앞에서 항상 에룽

테룽한 시선을 지었던 것이다.

"병빈 군, 너 똑바루 말해 다구. 너 서강옥일 사랑하니? 말해 봐라. 이 자리에서."

병빈 군의 정확한 시선에서 나는 용기를 얻었던 것이다.

"글쎄 위선 먹구 나서 얘기하자구. 자네 날 믿어 주게. 인젠 우리가 나이두 먹구 벗하구 사귄 지도 십 년 가깝잖은가. 자네게 한마디 할 말은 너무 몰두하지 말라는 말이네. 몰두하는 게…… 몰두하지 않으면 안 되는 게 자네 성격이오 자네 운명인 것 같기도 하지만 자넨 그 버릇을 고쳐야 해. 그리고 난 또 너무 몰두하지 못하는 성격을 고쳐야 하구…… 우리는 우리가 할 일이 있어. 그림을 그리구 조각을 만들구 그거 아니야? 그 일에 몰두하잔 말이야. 시시껍지한 일은 슬슬 대강 넘겨 버리면 되는 거야. 여자를 어떻게 하는 일 같은 덴 그렇게 열중하지 말라는 말이야. 알겠나. 허 군. 나 진정으로 하는 말일세……."

병빈 군이 이처럼 여자 문제에 있어서 더구나 여자를 옆에 두고 자기를 털어내 놓기도 처음이었다. 그는 언제나 나와 함께 여자를 알게 되었고 나와 함께 알게 된 여자가 나보다 병빈 군을 좋아하는 눈치를 채면 어떻게 해서라도 나를 따돌리곤 했던 것이다. 그래서 이런 일이 있을 때만은 그와 나와의 우정은 수만 리(數萬理)의 거리(距離)를 격하곤 하는 것이었다.

서강옥은 다시 말이 없었다. 나에게 주려고 음식을 채리면서 병빈 군과 나의 이야기에 귀를 기울이는 눈치었다. 힐긋힐긋 우리 둘의 낯색을 살피기도 했다.

"자 얼른 먹게……."

병빈 군이 화로에 들려 논 곰탕을 나의 앞에 갖다 놓으며 서들었다.

"팔자가 좋신데. 이렇게 막 떠받들고. 호호호."

서강옥은 우리 둘의 낯색을 살피며 웃고 있었다.

나는 서강옥의 우슴소리를 들으며 숟가락을 집어 들었다.

"지금 몇 시나 됐을까?"

곰탕 국을 후르륵 마시며 내가 물은 말이다.

54

"여섯 시 반 좀 넘었군. 그새 벌써 그렇게 됐던가?"

병빈 군은 촛불 가까이 팔목시계를 비치기에 분주했다.

"그럼 그렇게 안 돼요. 이부자릴 가져온다 곰탕 주문을 해 온다 숯불을 피운다 했으니."

"대관절 내가 어떻게 돼 있었던가? 나는 그새 지난 일을 통 모르겠네."

"내가 오니까 자네가 이 방에 쓸어져 있데. 나 아주 새파래 가지구…… 그래서 병원에라도 옮길려구 했더니 미쓰 서가 그대로 여기서 불이랑 피워 놓구 기다려 보자는 거야. 그래서 자네 누님 댁에가 이부자리랑 가져오잖았나. 들으니까 자네가 이 방에 있기루 됐다기도 하구…… 내 생각에두 병원보다 여기가 날 것 같데. 편안이 쉬고 먹구 잠이나 잘 자면 될 것 같데."

"고마우네."

나는 입에 문 밥을 꿀걱 삼키며 병빈 군을 건너다보았다. 내가 여기 오던 때가 몇 시였던지 정확하게는 모르지만 회사 사장실에 들어갈 때 벽에 걸린 시계가 세 시 반이 좀 지났던 기억이 났다. 세 시 반 지난 뒤에 하기서 쫓겨나와 '유성'까지 걸어오는 데만 해도 한 시간 반 이상 걸렸을 것이고 거기서 다시 여기 왔을 땐 일러도 다섯 시 반 가까이 되었을 것이리라. 내가 자빠지자 이어 병빈 군이 들어서서 서들었다 치더라도 한 시간 동안에 이부자리를 가져온다 곰탕을 시켜 온다 숯불을 피운다 하기가 바빴을 것이다. 병빈 군은 그 일을 하기에 틈이 없어서 딴 일은 할 생각이 없었을 것이 아니겠는가?

"그래서 저녁두 지금 먹는 건가?"

"그렇네. 나두 곰탕을 먹구 왔지 않는가."

"어서들 먹게. 고마우네."

나는 숟가락을 놀리면서 그들을 권하여 공연히 의심한 일을 뉘우쳤다

"자네 누님 댁에 가서 이부자리를 가지고 오던 길에 숯이랑 화로랑 사 가지구 왔지. 그리고 또 오다가 곰탕을 시키구…… 운전수가 짜다는 거야. '택시'에 숯섬을 싣는 게 어디 있느냐구……."

"곰탕두 싣고 왔었나?"

"아니야 곰탕은 집만 가리켜 주구 배달해 달라구 했어. 곰탕 배달이 되자 자네 애인하구 둘이서 먹던 길이야. 미안하네."

병빈 군은 이 말과 함께 껄껄껄 웃었으나 서강옥은 자네 애인이란 병빈 군 말에 병빈 군을 활끈 올려다보며 흘기는 것이었다. 그런데 서강옥이가 병빈 군을 힐끈 올려다보고 흘기는 눈에서 나는 다시 속이 써늘해지는 것을 깨달았다. 그렇게 하는 서강옥의 그 태도에서 나는 그들이 범상치 않은 사이라는 것을 알았기 때문이다.

55

"병빈 군 자네 말해 주게. 속 시원하게스리. 자네 저 여잘 사랑하는가?"

나는 다시 이 문제를 밝히지 않을 수 없었던 것이다.

"글쎄 어서 먹기나 하게. 그런 얘긴 차차 하면 되잖나. 자네 누님 댁에 갔더니 누님께서 자네가 취직했다구 아주 기뻐하시던데. 이부자릴 달라는 내 말에 두말없이 내주시면서 나하구 같이 있게 됐느냐구 그러시데. 그래서 같이 있는다구 했지. 같은 모델을 써 가면서 자넨 조각을 하고 나는 그림을 그린다구 그랬지. 그랬더니 자네 누님께서 매우 기뻐하시면서 인제 됐다는 거야. 그렇지만 월급일랑 받거던 몽탕 써 버리지 말구 집에두 한 절반 갖다 달라시더라."

"그까진 얘긴 나중 해두 좋아. 자네 왜 내가 묻는 말에 대답을 안 하는 거야."

"누가 대답을 안 한다는 거야. 대답을 못 할 게 어디 있게 못 한단 말이야."

"속 시원하게 서강옥이를 사랑하지 않노라, 고 대답해 주세요. 병빈 씨."

병빈 군은 가만있고 서강옥이가 방글방글 웃으며 참견했다.

"그래서 강옥이를 사랑하지 않노라, 는 성명서를 낼까?"

"여보게 긴 말 할 것 없이 사랑하느냐? 안 하느냐를 간단히 대답해 줘."

"안 해."

"인제 속 시원하시겠군."

병빈 군의 말이 떨어도 지기 전에 서강옥이가 나를 건너다보며 병빈 군의 말을 받았다.

병빈 군이 서강옥을 사랑하지 않는다는 말이 반가워서 서강옥이가 어떤 표정을 지으며 말했던지 그건 살피지 못했다.

아무튼 기뻤다. 나는 도자기 회사에서 쫓겨나온 일, 그 젊은 사장과 싸우던 일, 사장실에 흡벅 토해 논 일에서부터 서강옥을 찾아 헤맨 전부를 하나 빠짐없이 그들에게 말해 들려주었다.

"아무 댈 가나 용렬한 짓은 혼자 하는군요."

나의 이야기를 들으며 병빈 군은 웃느라고 정신이 없는데 서강옥은 입을 비쭉거리며 나를 몰아세웠다.

"누님은 자네 취직했다구 좋아하시던데 벌써 그만두었으니 어쩌나? 다행이 여기라두 있게 됐으니 당분간은 괜찮지만…… 그러지 말구 자네 미쓰 서하구 아주 결혼해서 이 방에서 살면 어떤가?"

몹시 웃고 난 병빈 군이 나와 서강옥을 여까람 보아 가며 말했다.

"나 결혼은 안 돼요."

내가 무어라고 하기 전에 서강옥이가 먼저 말했다.

"왜?"

나의 반문이었다.

"결혼을 아무나 하는 줄 아나 봐."

"결혼은 어떤 것들이 하는 거야?"

나는 역증이 막 치밀었다.

"결혼을 그리 쉽게 해요?"

서강옥이도 골이 난 모양이었다.

56

"결혼은 쉽게 못해두 사랑하는 방법은 할 수 있단 말이지? 응."

나의 어성이 높아지니까 병빈 군이 새중간을 막으며

"아 자네가 왜 이래? 자넨 너무 단순하단 말이야. 너무 단순해."

하고 나를 제지하려 들었다. 서강옥은 발끈 뒤집혀서 밖으로 나갔다.

그가 나가자 열 시 반 싸이렌이 뚜우 부는데 가까운 탓인지 전에 없이 요란히 들리는 이 소리에 나는 절망 비슷함을 느끼지 않을 수 없었다.

병빈 군이 눈을 가늘게 떠 팔목시계를 들여다보며

"나두 가야겠는데."

했다.

"어딜 간단 말인가? 여기 있게 여기 있어."

나는 서강옥이가 밀고 나간 문 쪽을 멍하니 내다보며 부르짖듯 말했다. 서강옥이가 다시 들어오기를 바랐고 다시 들어오지 않으면 어쩔가 하는 생각에 사로잡혀 있었던 것이다.

"어서 편안히 쉬게. 이부자리도 비좁고 한데 난 가는 게 낫겠어."

"안 되네. 자네 여기 있게. 여기서 나가지 말게. 서강옥이가 들어오기 전엔 나가지 말아."

병빈 군이 서강옥을 사랑하지 않는다고 말해 준 일 같은 건 벌써 믿을 수가 없었다. 병빈 군이 서강옥을 따라 나가자고 하는 것같이만 보여서 견딜 수 없었다.

"거 사람두 이상하다. 자네 왜 이렇게 돼 가나? 우숩게 돼 가는데……."

병빈 군이 나의 눈을 들여다보았다.

"뭐가 우습게 된단 말이야? 우수운 건 자네야. 자네야. 못 나가 여기서 한 발자욱두 못 나가. 나 모를 줄 알아? 다 알구 있어. 자네 서강옥일 따라나가자구 그러지? 그렇잖은가?"

끝내 나는 병빈 군의 옷자락을 잡고 늘어졌다.

"자네 제정신이 아닐세 안 나갈게. 여기서 자네하구 지나겠네. 내가 문을 잠그고 오지……."

그래도 나는 병빈 군의 옷자락을 놓지 않았으며 "문을 잠그지 마라 서강옥이가 들올 텐데 왜 잠그느냐."고 소리 질렀다.

"자넨 이게 탈이야. 왜 이렇게 황소같이 날뛰는 거야. 자네가 이러길래 여자들이 자넬 싫어하는 거야. 제발 좀 그 몰두하는 버릇을 고쳐야 해."

병빈 군은 나의 손을 옷자락에서 풀어내며 이와 같이 말하는데 그의 얼굴빛이 몹씨 냉냉해지는 것이었다.

"내가 뭘 몰두한단 말이야? 나는 몰두하지 않아. 내가 언제 여잘 사랑하더냐? 여자와 사랑하는 방법을 실험해 보기도 처음이야. 나는 여자와 결혼하겠다는 생각두 해 본 일이 없어. 결혼하구 싶다는 생각을 해 보기두 서강옥이가 처음이야. 그가 나에게 사랑하는 방법을 가르쳐 준 뒤론 견딜 수가 없게서리 그의 육체가 그리운 걸 어쩐단 말이야. 왼 우주의 신비한 것과 존 걸 모주리 간직한 그의 육체 때문에 나는…… 내가…… 언제 이러더냐? 난 전차나 뻐쓰에서 여자들의 젖가슴이나 넓적다리 같은 것이 와 닿는 때 잠깐 정신이 몽롱했을 때뿐이지 이렇게 지랄이 펄펄 날 정도루 지독하진 않았어. 서강옥의 육체가 날 이렇게……."

57

나는 어엉엉 울고야 말았다. 부둥켜 잡았던 병빈 군의 옷자락도 놓아 버리고 방바닥에 쭐 느러져서 한없이 이불을 부등켜안고 딩굴었다. 병빈 군은 다시 말이 없고 오고 가는 거리의 전차 자동차들의 경적만이 나의 울음을 반주해 주는 듯 요란히 울리는 것이었다.

"인제 문을 닫아 걸어두 괜찮나? 나두 여기서 자겠네. 자네두 그만하구 푸욱 쉬세."

그 사이가 얼마나 되었는지 모르겠다. 아무튼 나의 울음소리가 수머즉 할 즈음에 병빈 군이 나에게 한 말이었다.

나는 눈물을 두 손등으로 문질러 버리면서 병빈 군의 의사대로 할 것을 고개짓으로서 알려 주었다. 병빈 군이 문을 닫아걸고 와서 나에게 이불을 바루 덮어 주었다. 자기도 곁에 누었다가 다시 일어나 담배를 부쳐 나에게도 주고 자기도 피우기 시작하면서

"자네 도자기 회사에 다시 나가라."

고 권유하는 것이었다.

"그만뒀는데 어떻게 나간담."

나는 뻐끔뻐끔 빨던 담배를 중지하고 이렇게 대꾸했다.

"정상기 씨한테 다시 교섭해 달라구 하지. 정상기 씨한텐 내가 교섭할께……."

병빈 군이 또 이렇게 강조하는 것이었다.

"안 돼. 안 돼. 그놈의 데가 있을 데가 못 돼. 사장 이놈이 그 젊은 놈이 그 모양새로 아니꼬운데 어떻게 거기 가 있는단 말인가?"

"글쎄 만사를 그렇게 단순히 생각할 게 아냐. 아니꼬운 꼴을 지긋이 보아내는 것도 현대인의 인생일지 몰라. 그 아니꼬운 놈들을 아니꼽다구 슬슬 피하느니보다는 맞부딪쳐서 네놈이 이기나 내가 이기나 대결해 보는 게야. 대결만 하는 게 아니라 그놈들을 꺼꾸러뜨리구 이겨야 한단 말일세. 이겨야 해. 이기는 게 우리의 사명이야. 공연히 옴추려 가지고 패배할 게 뭐람. 자네 안 그런가? 자네두 그런 생각을 해 본 일이 있지? 나두 일터에 나감 참 아니꼬운 일이

많아. 그렇지만 그 아니꼬운 꼴들한테 안 지려구 뻐티지. 왜 그놈들한테 지느냐 말이야. 누가 말하잖았나? 오늘의 과업은 싸우는 게라고. 그리고 내일의 과업은 이기는 거라구…… . 알겠나? 자네. 도자기 회사에 다시 가야네. 응?"

병빈 군은 면상을 들여다보면서 다짐을 받았다.

나는 내처 담배만 빨고 있었다. 아무리 해야 도자기 회사에 다시 가고 싶은 생각은 나지 않았다.

위선 거기 나가게 되면 서강옥의 일은 어찌 되는 거냐 말이다. 병빈 군은 나를 도자기 회사에 보내고서 혼자서 서강옥의 일을 돌봐 주려는 심산인지 모르겠다. 병빈 군의 일터는 도자기 회사처럼 딱딱하지는 않으니까.

병빈 군은 일터에 나가면서도 서강옥의 일을 보아 줄 수 있을 것이다.

"자넨 날 그래 도자기 회사에 보내 놓구 자네 혼자서 여기 있으려구 그러지? 여기 일을 자네 혼자 하려구 그러지? 서강옥이와 둘이서 이 다방을 꾸미려구 그러지?"

병빈 군은 벌떡 상반신을 일으켜 앉아 누어 있는 나를 눈을 뚝 부릅뜨고 내려다보는 것이었다.

58

그러다가 한참 만에

"자네 참 큰일일세. 본래두 자네한테 그런 병적인 데가 없지 않았지만 근래와서 점점 더 심하단 말이야. 그런 억측을 제발 좀 하지 말게. 서강옥이쯤 뭐 그리 대단하다구 그래? 남자들하고 싫것 놀아 먹던 찌꺽질 가지구 그래? 그 여자한테서 취할 게 뭐냐 말이야? 교양미를 가졌나? 특출한 매력이 있나? 어디가 대단해서 그래?"

했다. 나는 골이 더 나지 않을 수 없다. 골이 난다기보다 병빈 군의 태도를 의심하지 않을 수가 없었다.

“자네가 지금 와서 그런 말 함 누가 곧이들을 줄 아나? 대구에서 자네가 한 말을 기억하구 있어. 아까 서강옥일 사랑하지 않는다구 한 것두 공연한 소리야. 거짓말이야. 자넨 서강옥이를 사랑하구 있어. 어저께 저녁에두 자네가 서강옥이하구 사랑하는 방법을 실험한 걸 다 알아…….”

“아니 이건 무슨 뚱딴지 같은 소리야? 대구서 내가 뭐라구 했게?”

“자네가 대구 있을 때 서강옥에게 반하지 않았어? 처음엔 모델로 써 봤으면 좋겠다구 그랬지? 그러다가 반하게 되니까 모델로 쓰겠단 말을 할 수가 없노라구 안 그랬나? 그래 안 그랬단 말인가?”

병빈 군의 말이 채 끝나기도 전에 나는 한 줄에 퍼부었다. 떠듬거리는 말솜씬데 거침없이 술술 나오는 일이 이상했다.

“이 사람아. 왜 이리 기가 나서 야단인가? 여자한테 반하는 거 그거 보통 있을 수 있는 일이 아니야. 서강옥이가 여자기 때문에 반한 거야. 그게 서강옥이가 아니고 다른 여자라도 반하게 되는 거야. 서강옥이보다 더 시시한 여자라도 남자란 여자면 반하게 되는 거야. 더구나 서강옥이같이 날씬하게 생긴 미인인 경우엔 반하지 않을 수 없는 거야…….”

점점 더 견딜 수 없었다. 나는 담배꽁초를 획 집어 팽가치면서 병빈 군에게 달려들었다.

“그럼 왜 아깐 거짓말을 했나? 서강옥일 사랑 안 한다구 그랬나?”

“글세 사랑 안 한다니까. 누가 거짓말을 한단 말인가?”

“아니 인제 금방 서강옥이같이 날씬하게 생긴 미인인 경우엔 반하지 않을 수 없다구 그러잖았는가?”

“이 사람 사랑하는 것하구 반하는 것하구 같은가? 반하는 것하구 사랑하는 건 다른 걸세. 여자면 남자는 반할 수 있다는 말이야.”

“그럼 자넨 서강옥이한테 반하구 있단 말이지?”

“서강옥이뿐이 아니야. 여자면 난 다 반할 수 있어. 그렇지만 자네가 반하지 말라면 그만둘 수도 있어. 자네가 그 여자에게 그처럼 몰두하구 있는 걸 난 몰랐어. 자네가 그 여자의 육체를 체험했단 것두 모르구 있었어."

"서강옥이가 아무 말두 안 하던가? 나하구 사랑하는 방법을 실험했다구 안 그러던가?"

59

"안 했어. 그 여자가 그런 소릴 왜 하겠나? 자넨 너무 단순해. 너무 단순하기 때문에 속는 거야."

"내가 속다니? 서강옥이가 날 속인단 말이야?"

"아니. 글쎄 이를테면 그렇단 말이야. 누구랄 거 없이 자넨 속히는 편이 못 되구 속는 편이란 뿐일세. 인제 속히는 편이 좀 돼 보기두 하란 말일세. 여자 문제에 있어서도 여자에게 몰두만 하지 말구 여자가 몰두하게스리 만들란 말이야. 더욱 서강옥이와 같이 달아 먹은 여자한텐 그렇게 해야 되."

나는 병빈 군의 이 말이 하도 어처구니가 없어서 멀거니 그를 쳐다보는 수밖에 없었다.

"왜 내 말이 틀렸다는 건가? 자네 왜 그런 표정을 하구 보는 거야?"

"하두 어처구니가 없어서……."

"뭣이?"

"서강옥이한테 반했다면서 욕을 하니 말이야."

"사랑하면 욕을 못 할지 모르지만 반한 것쯤은 욕 못 할 게 없어. "

"난 자네 말을 종잡을 수 없네. 반하는 것하구 사랑하는 것하구 어떻게 다르단 말인가?"

"사랑할 필요가 없어. 여자는 사랑할 필요가 없어. 반하는 것으로 충분해. 골치 앞으게 사랑은 해서 뭣 해?"

"자넨 그럼 과거에 알던 여자들두 반하기만 했던가?"

"그렇지. 반하기만 했지 사랑하진 않았어. A두 B두 C두 다 사랑하진 않았어.

구찮스리 누가 사랑하느냐 말이야. 여자람 그때그때 적당히 어떻게어떻게 하면 되는 거야. 심각하게 어쩌니저쩌니 할 거 없어. 골치 아프게……."

"자넨 따르는 여자가 많으니까 함부로 대수롭잖게 굴어도 되지만 나야 어디 그럴 수가 있나?"

"글쎄 그럴 수가 없다구 붙어잡구 늘어지니까 더 안되는 거야. 슬쩍슬쩍 적당히 해 두람 말이야."

"그러다가 아주 가 버리면 어떡하나?"

"가 버림 또 있잖아? 거리에 맨 여잔데. 이 사람아, 남자 한 사람 앞에 여자가 세 추럭씩 된다네."

"아닐쎄. 나두 그렇게 알구 낙관했더니 인번 인구 조사 결괄 보닌까 남자보다 여자가 적데그려."

"그건 잘못된 통계야. 남자들이 전쟁에 가서 얼마나 많이 소모됐게 남자가 많겠는가. 그건 통계학상 숫자를 빌지 않더라도 뻐언한 일인데……."

"많으면 뭘 하며 적으면 뭘 하겠나. 한 사람 앞에 세 추럭이 아니라 열 추럭이 된들 나에겐 소용이 없는걸…… 자네한텐 사오 인이 들끌을 때두 난 혼자 적막했으니까…… 그런데 자네한테 한 가지 물어보겠네. 자네 여자가 한꺼번에 셋씩 넷씩 되는 경우에 그 여러 여자한테 다 반할 수 있나? 그중에서 어느 한 여자한테만 반하는가?"

"경우에 따라선 다 반할 수도 있고 그중에서 한 여자에게만 반할 수도 있지. 도대체 난 여자들에게 그다지 열중하기가 싫어. 대강 돼 가는 대로 하지……."

60

"가령 여자 넷이 한자리에 있는 경우에 네 여자에게 다 반할 수가 있는가?"

"있을 수도 있지."

"어떻게 그렇게 될 수 있는가? 마음이 네 군데로 흩어질 수가 있느냐 말이다?”

“네 군데로 흩어지기보다 한 군데로 쏠리는 일이 내게 있어선 어려운 거야.”

“자넨 나하구 달라. 난 서강옥이 하나밖에 없어. 길에서두 서강옥이요 전차에서두 뻐스에서두 말짱 서강옥이뿐이야. 도자기 회사에두 여자들이 있었어. 조영매라는 처녀두 있었어. 바루 내 곁에 앉아서 그림을 그리구 있었지만 난 서강옥이 때문에 이 여자에게 친절할 수도 없었던 거야.”

“그림을 그리는 여자가 있었어? 예쁘던가?”

“그렇게 밉지 않은 편이야. 미술대학을 금년 봄에 나왔대. 그림두 괜찮더군. 이야기도 제법 하구. 자네가 늘 말하는 교양이랄까 지성이랄까 이런 요소두 갖춘 편이지.”

“그래? 그런 여자가 있어? 교양미를 갖춘 여자가 있단 말이지?”

“왜 또 반해 볼라나?”

“그런 여자라면 반하는 정도가 아니고 사랑해도 좋아.”

“왜. 여자는 적당히 그때그때에 따라 어떻게 한다더니…….”

“그런 교양을 갖춘 여자라면 여자만에서 그치는 게 아니니까. 여자인 동시에 사람이니까 사랑할 수도 있는 거야. 내가 이때까지 지나 본 여자란 건 여자만에서 그친 여자들이지 사람으로서 구비된 여자는 없었다구 해두 과언이 아니야.”

“그럼 자넨 서강옥이두 그렇게 보구 있는 거야? 사람은 못 되고 여자가 되어 있단 말이지?”

“그렇지 서강옥이 같은 여자는 더구나 그래.”

내가 먼저 잠이 들었는지 병빈 군이 먼저 잠이 들었는지 그것을 알 수가 없었다. 우리들은 이야기에 열중하다가 어느 때쯤 잠이 들었는지 모르게 잠이 들었던 것이다.

이튿날 아침 문을 두드리는 소리에 잠이 깨어 보니 병빈 군은 아직 잠이 들어 있었다.

나는 분주히 일어나 문 벗기려 갔다. 서강옥이가 온 줄 알았기 때문이었으나 문을 벗기고 보니 근처 파출소 순경이 검문하러 왔다고 했다. 가슴이 덜컥 내려앉으며 다리가 후들후들 떨렸다.

나를 먼저 조사했다. 다음으로 병빈 군을 깨워서 조사했다. 병빈 군은 무사히 맞추었다. 그에게 제이국민병 수첩에서 직장 신분증까지 있을 것은 다 있었던 것이다.

그러나 나의 경우는 그렇지 못했다. 가지고 있어야 할 것을 한 가지도 가지지를 못했던 것이다. 한 달포 전에 내가 가지고 있던 증명서 일체를 분실했던 것이다.

나는 분실 광고를 낸다 낸다 하면서 그것조차 내지 못하고 있었고 일체의 증명서를 다시 내야 한다면서도 그것 때문에 어느 관청엘 가 본 일이 없었던 것이다.

61

"같이 가요."

순경이 나에게 말했다.

"어딜요?"

몰라서 물은 것이 아니었다. 기가 막히기 때문이었다. 지금 서강옥이가 곧 나올지 모르는데 잠깐 사이라 하더라도 어떻게 간단 말인가?

"파출소까지 갑시다. 가서 조사할 일이 있어요."

"갔다 곧 나올 수 있읍니까?"

"무슨 죄를 지었오? 이렇게 떨고 있게."

"떠는 게 아니라 곧 못 나올가 봐 그럽니다."

"죄가 없음 나오는 거죠."

"잠깐 다녀오게."

순경 말에 뒤밀쳐 병빈 군이 나를 보고 한 말이다. 나는 병빈 군의 이 말이 얼마나 괫심한지 몰랐다.

"자넨 가만있게. 내가 꼭 가야 쓰겠는가?"

순경이 나의 등을 문 쪽으로 미는 것이었다. 병빈 군에게 대어드는 나의 태도에서 나를 못마땅하게 여기는 모양 같았다.

"글쎄 그러지 말고 얼른 다녀오게."

병빈 군은 아직도 평온한 어조였다.

"아니, 자네두 내가 제이국민병 수첩이랑 잃어버린 줄 알고 있잖나? 인제 다시 내려구 하던 참이 아닌가?"

"글쎄 그러니까 잠깐 가자구 그러시니 가서 자세 말함 될 게 아닌가."

"여기서 말함 되잖아? 자네라두 그런 말을 자세 해 주면 되잖아……."

"왜 이리 잔소리가 많아?"

순경이 나의 허리 근방을 두 손으로 내밀었다. 나는 하는 수 없이 순경에게 밀리어 문 쪽으로 갔다.

그길로 나가서 사흘 만에 나왔다. 제일 먼저 찾은 곳이 서강옥의 '다방'이다. 거기서 잡혀갔으니까 거기에 돌아갈밖에 없기도 했지만 그동안 일 분 일 초도 잊어 본 일이 없는 서강옥이를 만나자는 생각이 앞섰던 것이었다.

일 분 일 초라는 말이 나왔으니 말이지 진실로 나는 유치장 안에서 추위와 주림을 깨달을 수 없을 정도로 서강옥의 생각에 사로잡혀 있었다.

저녁때는 되지 않고 점심때는 지났을 것이다. 목수들이 한창 일을 할 시각일 터이므로 서강옥이가 있으리라는 생각을 하며 바삐 문을 밀었다.

문이 열렸다. 나는 목을 길게 빼어 안을 들이밀어 살폈다. 서강옥은 보이지 않고 목수들이 뚝딱거리고 있는 그 사이에 키가 껑충이 큰 병빈 군이 뒤로 돌아서서 목수들의 신축을 하고 있었다.

그의 손엔 기인 오리대가 쥐어 있었다.

"이거면 어떨가?"

목수에게 묻나 보았다. 저쪽으로 돌아서 있기 때문에 이쪽은 못 보고 있었다.

"자네 뭘 하구 있나?"

나는 울화가 치밀어서 걸음이 제대로 옮겨 놓이지를 않았으나 돌아서 있는 병빈 군의 어깨를 올려바다 탁 치면서 이렇게 말했다.

62

"어엉?"

병빈 군이 깜짝 놀라 돌아서며 넋 없는 대답을 하다가 나를 보자

"아하 자네야. 자네가……."

하며 엉거주춤한 태도를 보였다.

"나 이렇게 될 줄 알았어. 자네가 서들구 있을 줄 알았단 말이야."

창자 속이 뒤집히는 것 같음을 어찌할 수가 없었다.

창자 속뿐이 아니고 전신의 피가 끓어 번졌던 것이다.

"자네 대신 내가 좀 봐 주었네. 여자 혼자서 쩔쩔매는 걸 보니 안돼서……."

실내를 돌아본즉 그동안 일은 어지간이 진정되어서 제법 '다방'으로서의 면모를 들어내고 있었다.

"흥. 날 유치장에 가두어 놓고 잘했군. 잘했어."

나는 이렇게 지꺼리며 꺼죽꺼죽 걸어갔다. 그리고 닫쳐 있는 방문을 화알 열어 잦혔다. 방 안이 보고 싶었던 것이다.

병빈 군이 따라와서 열어 잦힌 문턱에 걸터앉으며

"그자가 이제 곧 올 걸세"

했다. 병빈 군은 손에 오리대를 그냥 잡고 있었다.

"그 여자가 어딜 갔단 말인가? 어딜 갔어? 응?"

나의 음성은 무더니 컸던 모양으로 목수들이 힐끔힐끔 이쪽을 살피는 것이 아닌가.

"이 사람 자그만치 소릴 지르게. 참 들어가세 방에……."

병빈 군이 문턱에서 일어나며 쥐었던 오리대를 탁 집어던졌다.

나의 다리는 주저 없이 성큼 문턱을 넘어섰다.

병빈 군이 따라 들어서며 문을 닫았다. 아늑한 방이 나의 앞에 전개되었다.

얼마나 그리워하던 방이더냐? 나는 그동안 줄곧 이 방을 눈앞에 그리며 매삼을 쳤던 것이다.

"자네 이 방에서 지냈구나?"

나는 깔린 이부자리에 시선을 던지며 이렇게 말했다.

"이 사람 추워서 여기 있을 수 있나?"

"이부자리가 깔려 있지 않은가? 이것 봐. 이렇게……."

나는 이부자리를 걷어차며 병빈 군을 건너다보았다.

"이 사람. 자네 왜 이래? 왜 이렇게 생트집을 부리는 거야?"

병빈 군의 말투도 곱지 못했다. 골이 잔뜩 나 있었다. 그런데 이렇게 골이 나 있으면서도 그는 나를 쳐다보지 못했다. 이러한 태도는 그가 나를 괴롭히는 태도의 하나인 것이다.

"자네 또 그 비굴한 태도를 보이는구나. 왜 떳떳이 나를 똑바루 쳐다보지 못하는 거야 응? 내 눈을 왜 못 보는 거야. 야 이 더러운 자식아 네가 뭐라구 했지? 서강옥일 개만도 못하게 말하던 네가 그래 이 방에서 내 이부자리 속에서…… 이 더러운 연놈들 더러운 연놈들."

나는 이런 소리를 버럭버럭 지르면서 문을 박차고 밖으로 나와 버렸다. 나의 눈에선 불이 뚝뚝 떨어졌으며 나의 전신은 와들와들 떨렸던 것이다.

63

그러나 나는 갈 데가 없었다. 어디로 가야 할지 몰랐다. 광화문 쪽으로 걸어가 보았다. 자동차 찦차 추럭 스리코타 뻐쓰 사람들이 교통신호를 기다리느라고 숨이 차게 서 있었다.

다시 종로 쪽으로 내려왔다.

종로 쪽에는 나를 잡아간 순경이 있는 파출소가 있는 것이다. 되돌아서지 않을 수 없었다.

내가 유치장에서 나오던 날 나오면서 곧 나를 증명할 수 있는 모든 증명서를 만들겠노라고 말했던 것이다.

나의 말을 믿고 내보내 준 순경의 얼굴을 보아서라도 나를 증명할 수 있는 모든 증명서를 얼른 내야만 할 것이다.

나를 믿고 내보내 준 순경에게 나는 나의 조각이 국전에 특선이 되었다는 이야기를 말해 들려주었다.

일각이 여삼천추라더니 참으로 그러한 심정이길래 나는 순경의 호의(好意)를 사게끔 해서 이런 말을 했던 것이다.

나의 예상이 맞아떨어졌었다. 순경은 이어 태도를 고치며

"내 친구에도 미술가가 있는데 ……이라고 알아요?"

하고 묻는 것이 아닌가.

"알구 말구요. 잘 압니다."

이름은 들었으나 만나 본 적도 없는 사람이면서 잘 안다고 자신 있게 대답했다.

순경은 그 뒤에 이 씨를 만나 나의 이야기를 했던 모양으로 이튿날 나에게 그런 이야기를 했고 유치장에 다시 들어가지 않게끔 주선해 주었던 것이다.

담당 순경은 나에게 밖에 나가는 대로 곧 수속할 것을 신신당부했으며 자기의 힘이 필요하다면 빌리기도 하겠노라는 말까지도 했으나 지금 나에겐 시민증이나 제이국민병 수첩보다 한결 급한 사정이 있는 것을 어찌하랴.

그러면서도 나는 제이국민병 수첩이나 시민증이 있었으면 어디로나 마구 돌아다닐 수 있을 텐데 하는 생각은 간절했다. 그런데 그것들을 내기 위해서 어떤 절차를 밟아야 하겠다는 생각은 나지 않았다. 생각이 나지 않는다기보다

그런 생각이 나게 되면 머리통 속이 부글부글 끓어 번지므로 생각을 떨어 버리려고 애를 써야 했던 것이다. 몇 번을 더 광화문 쪽으로 왔다 갔다 했던지 그것은 알 수 없으나 아무튼 나는 수없이 광화문과 '다방' 그 사이를 왔다갔다 했던 것이다. '다방' 앞에 가까이 이를 때마다 서강옥이가 안에서 나오지 않을까 또는 지금 막 그리로 오고 있지 않을까 해서 고개를 쭈빗쭈빗했다.

때로는 "허 선생" 하고 부르는 듯한 소리에 귀를 기우리기도 했다. 그러다가 나는 뒷골목으로 뒷골목으로 빠지고 빠져서 누님 집으로 오고 말았다. 다시 서강옥을 찾아 들어갈까 하는 생각도 해 보았으나 거기서 일하고 있을 병빈 군 때문에 발을 그리로 돌릴 수가 없었다.

<h1 style="text-align:center">64</h1>

누님은 집에 있지 않았다. 매부도 없었다. 족하들도 옆의 방에 가 노는 모양이었다. 족하들의 웃는 소리가 들렸다.

아랫목에 묻어 논 족하들의 점심밥을 내놓고 먹어야 했다. 나는 무척 배가 고팠던 것이다. 누님이나 매부가 돌아오기 전에 먹어 치우려는 생각에서 바삐 퍼 넣고 있는데 누님이 미닫이를 열고 들어섰다.

"아이쿠 깜짝이야."

"아니 웬일이냐? 나야말로 깜짝 놀랐다."

"밥을 먹어요."

"밥을 먹는 거야 누가 모를라구…… 병빈이가 와서 이부자리랑 가져가더니 웬일이야?"

"예. 예. 이부자리랑 가져갔지요."

"그런데 거기 안 있구 왜 왔냐?"

"거기서 지금 막 왔어요."

"뭘 가지려 왔냐?"

"안요. 그냥 왔지요."

"인제 거기 안 가냐?"

"예. 가요."

"그런데 왜 갑자기 왔냐? 회사에도 안 나가구?"

"………."

"거기서 병빈이 하고 같이 조각이랑 한다더니?"

누님은 몹시 초조한 안색으로 나의 댓구를 기다리는 눈치였으나 나는 밥을 먹고 나선 아무 소리 없이 이불을 펴 덮고 누어 버렸다.

"아니 회사에 안 나가니? 너 또 쫓겨난 모양이구나. 아이고 기가 차서 못 살겠네. 이 일은 어쩐단 말이냐. 월급을 타면 물어 주기로 하고 구공탄이랑 찬기름이랑 잔뜩 외상을 들여 놨는데…… 내 팔자에 구공탄을 백 개씩 들이기가 잘못이지 아이고……."

누님은 훌쩍훌쩍 울고 있는 것이었다.

나는 이불을 더 버쩍 들어 올려서 머리까지 푹 뒤집어쓰곤

"아무 말도 말아요. 나 좀 자야겠어요. 누님두 거기 누어 주무십시요."
했더니 누님은

"속 터져 죽겠네. 네가 왜 내 속을 이렇게도 터뜨리는 거냐? 응?"
하며 뒤집어쓴 이불을 걷어 내리려 들었다. 나는 이불을 꽉 들어 잡고 필사의 힘을 기울였으므로 누님은 끝내 목적을 이루지 못하고 말았는데 이불을 벗기려다 벗기지 못한 누님은 이불 위로 나의 머릿팍으로부터 면상이며 어깨짬 등을 거저 마구 두들겨 패는 것이었다.

조금도 아프지는 않았다. 좀 아랫도리를 그렇게 두들겨 패줬으면 싶었다. 어깨짬만 하더라도 주먹이 와 닿을 때마다 개운할 뿐이었다.

숫재 이불을 걷어차 버리고 몸둥아리를 내맡기고 싶은 충동이 생겼다.

그러나 이불은 벗지 않았다. 이불을 벗으면 눈이 부실 일이 싫었다.

눈만 부시면 또 났겠다. 이불을 벗는다면 누님의 음성이며 주먹이 뚜렷할

것이 아니겠는가?

"너는 도대체 어떻게 된 거냐? 이 바보천치야. 천치야."

'바보천치'란 말에서 나는 주먹이 아니고 무슨 쇠뭉치 같은 것으로 막 두들겨 줬으면 좋겠다는 생각이 들었다.

65

그런 생각을 줄곧 계속하다가 잠이 들었던 것이다. 물을 아무리 먹어도 자꾸 먹고 싶은 꿈을 꾸다가 깨었더니 성당에서 종이 떠엉떵 울려 오고 누님은 수틀 앞에서 수를 놓고 있었다. 매부와 조카들을 콩나물 모양으로 빽빽히 눕어서 잠들어 있었다.

한구석에 놓인 물통에서 물을 팔딱팔딱 마시니까 누님은 술을 먹어서 갈증이 생긴 거라고 알았든지

"밤낮 술만 쳐먹고 네 신세도 기가 막히는구나."
하고 입을 떼었다.

나는 누님의 입은 밤에도 잘 떨어지는 입이라는 생각을 하면서 다시 자리 속으로 들어가 몸을 몇 번 비틀었다.

그새 벌써 누었던 자리가 좁아진 까닭이었다.

누님은 연신 무어라고 짓꺼렸다. 성당의 종소리도 그치고 오직 고요하기만 한 밤이어서 누님의 소리는 더욱 높게 들렸지만 나는 그다지 오래지 않아서 또 잠이 들어 버렸다.

아침 식사도 지낸 모양 같았다.

이불을 벗기며 일어나라고 하는 누님 소리에 후닥닥 일어났을 땐 활짝 밝은 낮이었다. 정상기 씨가 눈을 디룩거리며 방 한가운데 앉아 있었다.

"어이구 정 선생님이 어떻게……."

"자넬 만나려 왔네. 좌우간 어서 세술 하게."

"정 선생님, 형재가 회살 그만뒀읍니까? 어떻게 된 영문을 모르겠어요."

누님이 못 견디어 정상기 씨에게 물어보면서 들었다. 매부는 벌써 나갔는지 정상기 씨가 온 댐에 나갔는지 없었다.

"관두긴 왜 관둬요. 지금 같이 가자구 데리려 왔는데요."

"저것 보지. 내 예측이 맞았지 뭐애요. 그러니까 형재가 쫓겨나 왔댓구만요? 그렇죠? 정 선생님."

"아니지요. 쫓겨난 게 아니라 뭐 두루 거북한 일이 있었지만 인제 나하구 같이 가면 돼요."

미닫이 밖에서 이런 소리를 들으며 나는 세수를 하고 있었다. 세수를 하고 문턱에 발을 넘겨 놓자 누님은 흰 눈자위를 많이 내놓며

"너도 사람이냐? 왜 남의 속을 이다지도 썩히냐? 정 선생님을 봐서라도 인제 제발 좀 잘해야잖아……."

하고 핏대를 올렸다.

"누님은 뭘 그래. 아무것도 모르시면서……."

"내가 모를 줄 알아? 네가 회사에서 쫓겨난 걸 정 선생님이 다시 데리고 가서 교섭하시는 거지 뭐야? 애애 남의 속을 작작 썩혀라."

"너무 염려 마십시요. 쫓겨난 건 아니죠. 아니꼬운 꼴 보기 싫어서 허 군이 나와 버린 게죠. 돈 있는 놈들의 버릇이란 고약하잖아요. 그 아니꼬운 꼴 참 보아 내기 어렵거든요. 그렇지만 할 수 있나요 목구멍이 포도청이라구 먹어야 하겠으니 어쩝니까…… 하하하."

정상기 씨는 웃기까지 했다. 무엇이 우수워서 웃는지 알 수가 없었다. 젊은 사장의 아니꼬운 꼴을 보아 내기 어렵다는 말을 웃지 않고 할 수가 없는 심경이었든지 모르는 일이나 아무튼 웃음소리의 뒤가 몹씨 쓸쓸한 것만은 사실이었다.

66

정상기 씨와 같이 집을 나오려는데 누님은 정상기 씨 턱밑에 바싹 다가서서

"선생님 부탁합니다. 늘 폐만 끼쳐서 죄송하지만 제 고생을 봐서라도 선생님 잘 좀 부탁합니다. 형재 저게 철이 없어서…… 원……."

하며 허리를 몇 번씩 굽혔다.

나는 얼굴이 확 달아올랐다. 누님의 천덕스런 태도에 비위가 거슬렸던 것이다.

먼저 종종 걸어서 '해장집' 앞에 와 서 있었다. 한참 만에 정상기 씨가 허우적거리며 골목길을 빠져나오고 있었다.

"선생님. 여기 좀 들려 가십시다."

군침을 들이 삼키며 나는 턱으로 '해장집'을 가르켰다.

"자네 참 아침을 안 먹었겠다?"

이렇게 말하면서도 정상기 씨는 머뭇거리고 있었다.

"들어갑시다. 선생님한테 해장국 값이 있으면……."

"있긴 있어. 술을 먹어선 안 될 텐데……."

"선생님을 뵈니 술이 먹구 싶어요."

"에익 들어가세."

정상기 씨는 눈을 뒤룩거리며 결단을 내렸다. 김이 무럭무럭 나는 해장국을 가운데 놓고 정상기 씨와 마주 앉으니 술맛이 유별했다. 오래간만에 전신에 골고루 따듯한 피가 도는 것 같았다.

"이 사람아, 이 해장집이 유래가 있는 집일세. 삼대채 내려 이걸 하구 있는 거야. 도자기와 해장국이란 이름이 다르달 뿐이지 삼대를 이어 온 건 우리 가문이나 다름없지. 우리 조부가 내 선친한테 유업으로 물려주시고 내 선친이 내게 그걸 또 물려주신 것과 마찬가지로 이 집 조부가 그 아들에게 그 아들이 또 그 아들에게 물려줬거든. 지금 저 대머리가 그러니까 삼대란 말이지. 바루

나와 같은 위치에 있는 사람이란 말이지.”

정상기 씨는 대포 한 잔을 들이켜고 나서 다시 말을 계속했다. 정상기 씨도 술이 어지간이 도나 보았다.

“대머리는 선조의 유업을 받아 잘해 가는데 나는 그걸 못 받들고 말았단 말이야. 선조에 대해서 뵐 낯이 없단 말이야. 후유-.”

“선생님 드십시요.”

정상기 씨는 처량히 한숨을 쉬고 나더니 소매를 걷고 왔다 갔다 하는 대머리 쪽으로 고개를 기우뚱 돌리고 있으므로 나는 이렇게 독촉을 했던 것이다.

그러지 않아도 항상 눈물이 고여 있는 듯한 정상기 씨에 뒤룩거리는 눈엔 눈물이 들어나게 고여 있었다.

“선생님 이걸 드십시요.”

따라 논 대포 잔을 정상기 씨는 단숨에 들이켰다. 나도 그새 본이라도 딴 것처럼 단숨에 들이켰다.

“이 사람아 자꾸 이렇게 들이켜기만 함 어쩌나? 가야잖는가? 가야지.”

“도자기 회사 말씀입니까? 어디 말씀입니까?”

“그래. 그래. 거기 말이네. 자네가 그럭 하구 왔으니 가야잖는가. 내 면목두 있구 하니 가야 하네. 별수 있던가. 돈 있는 놈들의 덕을 보는 수밖에…….”

67

“선생님 그런 얘긴 집어치우고 술이나 드십시요. 그런 고리타분한 얘긴…… 푸! 푸!”

나는 이렇게 짓거리면서 정상기 씨에게 또 주전자를 기울였다.

“그만 따루게. 그만 따루게. 넘어가네. 그래. 자네 도자기 회사에 안 가겠단 말인가?”

정상기 씨가 철철 넘는 대포 잔을 받아들고 나의 기색을 살폈다.

“전 돈 있는 놈들의 덕을 보기 싫습니다. 안 볼 텝니다.”

“이 사람아 그러지 말구 나하구 같이 가잔 말이야. 그게 그 젊은 놈의 도자기 회사라구 생각 말구 이 정상기의 회사라구 생각해 주게……. 난 그렇게 생각하구 관련을 맺구 있네. 아닌 게 아니라…… 그 이마가 반들거리는 젊은 놈한테 한 달에…… 몇 푼씩 얻어 쓰는 게 아니꼽지만…… 그럴 때마다 내 회사라구 생각하니까…… 내 선조가 물려준…… 내 거야 내 거란 말이야. 난 죽는 날까지…… 정상기가 죽는 날까지 손을 안 뗄걸…… 손을 떼는 날이면 아주 남 되구 말 테니까……안 그런가? 이 사람아…… 그래서 자넬 구지 들여 논 거야…… 자— 그만하구 가세.”

“거길 제가 또 갑니까? 안 갈 텝니다. 술을 더 먹어야 하겠읍니다.”

“술은 나중 또 사줄께…… 사실은 자네한테…… 수가 생겼다네. 자네가 그린 화병 말이야…… 며칠 전에 외국 사람한테 고가로 팔렸어…… 자네 것하구 여자 화공 한 사람…… 또 있잖아? 화공이 아니지…… 그 여잔……화공이 아니지…… 훌륭한 기술자야…….”

“조영매 말씀입니까?”

“그렇지…… 조영매 말이야…… 그 여자가…… 그린 화병하구 자네 것하구만…… 싹 뽑아 갔다는군 그래…… 고가루…….”

“그럼 한 잔만 더 들구 가 보십니다.”

그동안 잊어벼렸던 조영매란 말에서 나는 가 보고 싶은 충동을 느꼈다. 회사에서 나오던 날 아무런 말도 없이 나온 일이 미안하기도 했던 것이다.

“어떡하는가. ……돈 있는 놈들의 덕 보는 수밖에…… 제에길할…….”

“그렇게 됨 돈 있는 놈들이 우리들 덕을 보는 셈이지요.”

“그렇게 생각함…… 그러기두 하네. 좌우간 가 보자구…….”

우리는 일어섰다 어지간히 취해 있었다. 다리에 힘을 주건만 몸을 가눌 수가 없었다. 정상기 씨도 이리 비틀 저리 비틀했다.

“여보게 우리 택시로 가세. ……제에기할 내 팔자에 돈을…… 모아 보겠나……."

정상기 씨는 비틀거리며 길다란 팔을 번쩍 쳐들었다. 번들거리는 차체가 미끄럽게 들어 닥쳤다. 택시 문이 닫치기도 전에 호기 있는 어조로 정상기 씨가

"영등포까지."

라고 명했다.

그다음엔 '해장집'에서 하던 삼대(三代)에 관한 이얘기를 또 터뜨리는 것이었다.

나는 몇 번간 적당히 댓구에 가까운 말을 하다간 잠이 들었던가 보았다. 정상기 씨가 쥐어 흔드는 바람에 눈을 떠 보았더니 도자기 회사 마당이었다.

68

택씨에서 내려서 공장 쪽으로 발을 돌리려는 나에게 정상기 씨가

"사무실부터 가야잖나."

하며 외투자락을 잡아 이끌었다. 이끄는 대로 어슬렁어슬렁 걸었다.

사장실 앞에 이르러 정상기 씨는 "헤엠" "헤엠" 하고 헛기침을 두세 번 했다. 기침 소리를 안에서 들었던지 비서가 문을 열어 주었다.

"선생님 오신 줄 알았서요. 기다리고 계셔요."

비서가 정상기 씨에게 눈웃음을 치면서 나의 기색을 살피는데 나한테도 적지 않게 부드러운 표시를 보였다. 자아식 집어 내던 땐 언제더냐?!

나는 속으로 이렇게 중얼거리며 문턱 안에 발을 들여 놓았다. 아직도 다리가 헛놓였다.

아니꼽게 굴면 전번보다 더 토해 놀 작정이었다.

"데리구 왔읍니다. 안 오겠다는 걸……."

정상기 씨는 그새 취기가 가신 모양인지 말소리랑 걸음걸이랑 분명했다.

"허 형, 다 잊어버리시요. 나두 다 잊어버렸소다."

사장이 날더러 허 형이라고 했다. 허 군이란 말에 동투가 난 줄 알았던 모양이었다. 반들거리는 그의 이마에 창으로 들이민 햇살이 가루질려 있었다.

"……"

"다시 같이 일하십시다. 젊은 놈이 이 큰 회사를 떠맡아 가지고 고생하는 걸 허 형 같은 분이 도아 안 주심 어떡합니까."

"……"

"도아 주려고 오잖았읍니까. 날 봐서라두 내 일같이 봐 달라구 단단히 말했읍니다."

정상기 씨가 사장의 말을 받아 주었다. 취기를 나타내지 않으려고 함에선지 잔뜩 긴장한 빛을 띠우고 있어 눈이 한층 뒤룩거렸다.

"공장에 가 보지요."

나는 정상기 씨를 건너다보면서 말했다.

"그럼 좀 진력해 주십시요."

사장이 자리에서 엉덩일 들고 있어났다. 본관 복도를 돌아서자 조영매의 상반신이 유리창으로 들려다보였다.

새초롬히 앉아서 일에 열중하고 있었다. 아름다워 보였다. 일손에 열중하고 있는 여자처럼 아름다운 것은 없다고 한 말이 머리에 떠올랐다.

조영매는 우리가 곁에 가기까지 모르고 있었다.

"너무 열심이십니다."

나의 말에 얼굴을 든 조영매는 눈을 한 번 껌뻑하고 나서 다시 쳐다보았다.

"어쩜. 왜 그동안 안 나오셨어요."

숨이 차는 듯한 어조로 말하는 것이었다.

"오늘부터 나옵니다."

정상기 씨가 대꾸해 주었다.

"아무튼 잘됐어요."

조영매가 여전한 어조로 또 이렇게 말했다.

“어서 옷 갈아입구 앉게.”

정상기 씨가 나를 꾹 찔으며 말했다. 나는 정상기 씨의 말을 좇기라도 한 것처럼 웃저고리를 벗어 걸고 까운을 입었다. 나의 것이 제자리에 그냥 걸려 있었다. 일자리도 그냥 벌려져 있었다.

<h1 style="text-align:center">69</h1>

“다시 오시리라고 믿구 기다렸어요.”

내가 일자리에 앉자 조영매가 고개를 기우뚱해 가지고 말하는 것이었다. 정상기 씨는 이 말을 듣고 나더니

“난 가 보겠네. 헤엠…….”

헛기침까지 하면서 나에게 눈을 찔끔해 보이고 나갔다.

“저분이 데리려 갔었댔어요?”

정상기 씨가 나간 뒤에 조영매는 눈으로 그의 뒤를 좇으며 이렇게 물었다.

“데리려 갔다기보다 내가 온 거죠.”

술기운으로 말이 술술 나왔다.

“잘 생각하셨어요. 우리 일만 하면 되잖아요? 허 선생님이 나가신 사흘 만에 외국 사람이 여기 와서 화병이랑 여러 가질 사갔는데 허 선생님 것 하구 제가 한 걸 가져갔대요.”

“나두 들었읍니다. 그게 뭐 그리 장한 일이 될 거야 있나요.”

“크게 장하달 껀 없지만 이런 것이 우리 문화를 세계에 소개하는 기회가 되는 게 아니겠어요?”

“행복하십니다.”

“왜 남의 일처럼 말씀하세요? 이 일을 통해서 우리 문화를 세계 수준에까지 끌어올리시겠다고 허 선생님이 그러시지 않았어요?”

“지금은 그런 생각을 안 합니다.”

“사장이 비위에 거슬려서요? 그것쯤은 문제 할 것 없잖어요? 일만 하면 고만 안예요? 못마땅한 일이 있더라도 이건 내 일이거니 하고 꼭 참으면 되잖어요? 우리는 일감과 장소를 이용해서 우리의 일을 하잔 말씀이에요. 말하자면 사장의 일이 아니고 우리 일이라고 주장하잔 말씀이에요.”

그럴듯한 소리였다. 정상기 씨의 삼대론(三代論)보다 진보된 주장이라는 생각이 들었다.

정상기 씨의 삼대론은 자기 가문(家門)을 중심 삼아서 생긴 것이지만 조영매의 주장은 국가를 머리에 두고 하는 소리였다. 이렇게 어떤 주장을 세우고 살아가는 조영매가 행복되다는 생각도 들면서 부럽기까지 했다.

“행복하십니다.”

나는 이 말을 하면서 그에게 머리를 꾸뻑해 보였다.

“허 선생님은 불행하세요?”

조영매가 방긋이 웃으며 나의 얼굴을 들여다보았다. 그러나 그는 오래 보고 있지 않았다. 주위의 사람들을 꺼려하는 눈치를 보이며 시선을 거두었다.

“난 불행을 감득할 수조차 없어요. 내겐 진땀 나는 시간의 연장만이 있을 뿐입니다.”

“그 진땀 나는 시간 시간을 물리칠 순 없으세요?”

“그걸 어떻게 물리칩니까?”

“전 허 선생님 말씀을 알아듣긴 하지만 이해는 못하겠어요. 불행이란 것 행복이란 것 이게 어디서 굴러오는 거라고 생각하십니까?”

나는 대꾸를 못하고 그를 껌벅껌벅 보고 있었다. 행, 불행이 어디서 굴러온다고 할 수도 없고 그렇지 않다고 할 수도 없었던 것이다.

“전, 행복을 창조하는 것도 자기 힘이요 불행을 창조하는 것도 자기 힘이라고 봅니다.”

조영매는 하고자 하던 말을 했다는 듯 눈을 가늘게 떠 허공을 쳐다보았다.

70

“훌륭하십니다.”

“저를 비꼬시는 말씀입니다.”

“비꼬는 말이 아닙니다. 남자가 그런 말을 한다면 비꼬아 줄지 모르지만…… 거짓말이니까요. 우리 또래의 남자들이 그런 말을 할 수 있어요? 다들 불안 속에서 진땀 나는 시간 시간을 보내구 있느라구……. 그렇지만 여자들은 무슨 소리라두 할 수 있어요. 어디든지 마구 싸다닐 수도 있으니까…… 여자들은 사람인걸요. 신분증 없이 어디든지 마구 다닐 수 있잖아요? 신분증이 없어두 사람 행셀 할 수 있잖아요?”

나의 어성이 높아졌던 모양이다. 주위의 사람들이 모두 이쪽으로 고개를 돌리는 것이었다.

“허 선생님 말씀을 인제 알아듣겠어요. 저의 오빠두 허 선생님하고 같은 소릴 해요. 현대 청년들은 갈 데가 없다고, 불안과 공포 속에 떨고 있다고 그래요. 그런데 전 이런 생각을 가진 분들에게 말하고 싶어요. 왜 제 힘으로 그 불안과 공포를 물리치지 못하느냐고 하고 싶어요. 저의 오빠한테도 줄곧 이런 말을 하지요. 그러면 오빤 선생님하고 비슷한 소릴 하세요. 여자들은 맘 놓구 살아도 괜찮게 돼 있으니까 그따윗 소릴 한다나요.”

“오빠가 뭘 하시는데?”

“아무것도 안 하세요. 줄곧 집 안에 들앉아 침울하게 계셔요.”

“신분증이란 없는 게지요.”

“왜요. 그런 건 다 있어요. 저업때 몽땅 잊어버린 걸 제가 다니면서 다시 수속해 만들어 드렸지요.”

“나두 좀 수속해 다시 내 주십시요.”

나는 조영매 말에 묻어 들어가서 나도 모르게 이런 말을 하고 말았다.

“앗차 실수했구나.”

하고 돌리려는데 조영매가 재빠르게도

"그러세요. 허 선생님도 잃으셨어요?"

하고 물어보길래 나는 이왕 쏟아진 물이니 할 수 없다고 생각했다.

"접때 잃었어요."

"아, 참 접때 쓰릴 맞으실 때 한테 맞으셨군요?"

"예. 예."

상대방에게 정확히 알리고자 해서 두 번 곧 대답을 한 것이 아니었다. 되는 대로 주서 대는 일이 두루 귀찮다는 생각이 들면서 그리 되었던 것이다.

조영매는 나를 증명할 수 있는 일체의 증명서를 며칠이 안 걸려서 해다 주었다.

"위대한 힘을 가지셨어요."

나는 그에게 고맙다는 인사말보다 이런 말을 하지 않을 수 없었다. 그처럼 나를 괴롭히던 거사(巨事)를 조영매는 쉽사리 해결해 주었던 것이다.

"아는 분들한테 사정을 해서 의외로 쉽게 됐어요."

"고맙습니다. 나를 사경에서 구해 준 셈이 됩니다."

"뭐가 그리 대단한 일이라구요?"

"난 그걸 다시 낼 수가 없었어요. 너무 거창하구 복잡하기 때문에. 생각만 해두 죽구 싶어지는 걸요."

"아이구 선생님두…… 애기 같은 소릴 하시네……."

조영매는 소리를 내어서까지 웃었다.

71

'애기'라는 말에서 나는 어머니를 생각하게 되었다. 오랫동안 잊어버리고 있은 어머니였다. 아니다. 잊고 있은 것이 아니다. 잊어버리려고 했던 것이다. 신분증이나 제이국민병수첩을 잃어버리고 난 뒤에 줄곧 그것을 다시 내야 한

다 한다 하면서 그 생각을 머리에서 덮어 버리려고 한 것처럼 어머니의 생각
이 떠오르면 항상 나는 덮어 버리려고 애를 썼던 것이다. 오늘날 나의 인생이
어두어진 원인의 팔 할은 어머니 때문인지 모른다. 자기를 싫어하고 무서워하
는 아버지 때문에 햇빛을 보지 못하고 골방에서만 살았다. 햇빛만 못 본 것이
아니다. 누님과 나의 얼굴조차 구경할 수가 없었다. 조모님은 어머님을 골방
에서 일체 나오지 못하게 했으며 우리 남매를 골방에 들어가게도 못 했다. 어
머니와의 거래를 딱 끊어 놓았던 것이다. 조모님은 우리들에게 죽은 에미거니
만 여기라고 일러 주었다. 사내가 가까이 못 가는 예편네란 죽은 것과 마찬가
지라고도 하시고 어머니한테엔 남편이나 자식에게 해로운 '살'이 붙어 있다는
것이었다.

아버지가 어머님을 싫어하고 무서워하는 원인이 이 '살' 때문이라는 것이었
다.

어느 이른 봄날이었다. 눈 녹은 물이 도랑을 지어 흘러내리고 나무 가지 위
엔 아지랑이가 맴돌고 있었다.

그것이 내가 아홉 살 때였다. 그날 나는 어머님이 더욱 그리웠다. 꼭 한번만
어머님이 계신 골방에 들어가 보고 싶었다. 나는 뒤울 안으로 돌아서돌아서
어머님이 계신 골방 앞에 가 섰다.

"어머니. 어머니."

소리를 죽여서 불렀다. 안에서 이어 버스럭 소리가 나고 문 벳기는 소리가
났다.

나의 몸뚱아리가 어느새 문턱 안에 들여 놓였다.

어머니의 재빠른 거동과 나의 신속한 거동의 일치에서였다.

그대로 어머니는 나를 껴안고 웃었다.

소리를 죽이느라고 그러시는지 얼굴이 함지박만 해지면서 그것이 또 굉장히
씰룩거리는 것이었다. 그런 얼굴을 나에게 돌려대고 부비는 것이었다.

나는 버둥질을 해 어머니 팔 안에서 빠져나왔다.

"할머니 야단치실 거야."

나는 이런 말을 하면서 골방 문을 쏜살같이 열어 제치고 밖으로 나와 버렸다.

그 뒤에 몇 달 만에 어머니는 그 골방에서 세상을 떠나셨다. 어머님의 골방에서 빠져나온 뒤에 다시 어머님을 보지 못한 일이 가슴 아팠으며 그 뒤로는 어머님을 그리워하지 않고 있은 일이 뉘우쳐지기도 했다. 전까지는 어머님이 지어 보내신 때때옷을 입을 때면 어머님의 따뜻한 체온이 몸에 베어드는 것 같음을 느꼈으며 어머님이 만지신 옷에서 어머님의 냄새를 맡아 보려고 몰래 몰래 코를 벌룽거렸던 것이었다.

장례식 날 조부님의 누님 되시는 백댓골 할머님께서 오셔서 조모님을 꾸짖는 말씀을 듣고서야 어머님이 생죽음을 하신 것을 알았다.

72

백댓골 할머님께서는 나의 조모님을 안에 불러 앉히시고

"내가 올 수 없는 걸음으로 겨우 온 건 말 한마디만 하자고 온 거야."

한 다음 좀 숨을 돌리시곤

"생사람을 죽였지. 생사람을……."

하시었다. 외가에선 아무도 오시지 않았다. 어머님이 없어진 대신 새어머니가 얼마 안 되어 우리 집에 들어왔다. 이 새어머니는 골방에 있지 않고 아버지와 줄곧 같이 계시다싶이 했다. '히사시가미'를 하고 '학생 치마'를 입고 외출할 때면 구두를 신으시다. 조모님은 새어머니하고도 가까이하게 못했다.

"그 잘난 갈보 같은 년."

하시며 새어머니를 못마땅히 여기셨다. 아버지가 맘대로 얻어 들인 여자라고 했다. 조모님이 새어머니한테 가까이하게도 못 했지만 새어머니는 우리 남매를 눈에 티같이 싫어하는 눈치였다. 아버지하고 우리들 까닭에 싸우는 것도 여러 번 들었다. 새어머니는 누님을 여우 같다고 했고 나를 능구렁이 같다고 나무랬다.

새어머니는 조모님을 변덕쟁이라느니 거세다느니 하고 막 대어들었다. 조모님도 새어머니한테는 꼼짝을 못 하시는 모양 같았다. 한 번도 대어들어 때리는 걸 보지 못했다. 나의 어머님은 그렇게 잘 때리시더니…….

"잘 돌아가셨지. 이 더러운 꼴을 안 보시고…….

날 두고 혼자 가시다니. 끌끌끌. 조모님은 이런 말씀을 곧잘 하셨다. 조부님이 돌아가신 일을 한탄하시는 말씀이었다.

"졸리세요?"

나는 이 소리에 눈을 떴다. 그동안 눈을 감고 있었던 것이다. 눈을 감았는지 떴는지 그것을 인식하지 못하고 있다가 조영매 소리에 깜짝 깨달았던 것이다. 몸이 부르르 떨리면서 오한이 스며들었다.

"추우세요?"

"예."

"졸리다가 깨면 그래요."

"나 좀 어떻게 해 주십시요. 춥지 않게 해 주십시요."

"……."

조영매는 눈을 깜박거리며 나를 살피는 것이었다. 나도 그를 멀뚱멀뚱 살피고 있었다.

그런데 나는 조영매를 살피고 있으면서 서강옥이 생각을 했던 것이다.

"왜 그렇게 보고 있기만 해요? 날 엉망진창이 되도록 좀 어떻게 해 달라는 말이오. 날 어떻게…….

나는 소리를 버럭 질렀다.

"허 선생님 취하셨어요. 숙직실에라도 가서 누우셨으면."

저쪽에 앉아 일하던 청년이 가까이 와서 꿉벅 머리를 숙이며

"숙직실에 모셔다 드릴께요."

하고 나를 이르켜 세우려 했다.

73

사람들의 시선이 몰려들었다. 적의(敵意)를 띤 시선도 있었다. 중에는 부드러운 시선도 있고 놀라는 시선도 있었다.

"나 취하잖았읍니다. 이대로 둬 주십시요."

내가 청년에게서 몸을 빼면서 지껄였더니 이번엔 조영매가 상큼 일어서면서

"제가 모셔다 드리지요. 저하고 같이 가십시다."

"이대로 있겠다니까."

"좀 쉬시는 게 좋 겝니다."

청년이 나의 팔을 다시 끌었다.

조영매가 앞을 서서 나가고 청년이 나를 부축해 주었다. 나는 이끌리워 갔다.

먼저 앞을 서서 숙직실에 들어간 조영매는 재빨리 이부자리를 펴 놓았다.

"좀 푹 주무세요."

청년이 나의 구두를 벗긴 다음 문턱 안에 들어 밀었다. 나는 이부자리 속으로 기어 들어갔다. 몹씨 취했거나 몹시 몸이 불편한 때와 같이 전신이 흐느적거렸다.

나의 몸둥아리가 왜 이처럼 흐느적거리는 것일까? 청년은 나가 버렸다.

나는 자리 속에 들어가자

"어머니 어머니."

하고 소리를 내어 울었다.

"정말 애기네."

조영매가 가려다 말고 나에게 이런 말을 했다. 그렇게 하는 조영매의 다리

를 나는 재빨리 끌어다 안았다. 조영매는 나의 몸둥이 위에 와 잘칵 쓸는졌다.

"조영매는 나가지 말구 날 어떻게 해 줘. 응? 날 어떻게 해 줘."

나의 몸둥이 위에 쓸어진 조영매를 마구 얼싸안으며 나는 날뛰었다.

"선생님두 이게 무슨 짓이예요. 이럭함 못 써요. 이거 놓세요."

조영매가 날새게 몸을 빼치며 물러났다. 그러나 그는 밖으로 나가지는 않았다. 좀 떨어져서 나를 내려다보며

"허 선생님은 생각하던 것관 딴판이셔. 이럭하는 법이 어디 있어요?"
하고 나무랬다.

나는 아무런 대꾸도 없이 조영매를 끌어안았던 팔을 그대로 나의 몸둥이를 쓸어안으며 어머니를 부르다가 서강옥이를 부르다가 했던 것이다.

"서강옥이가 누군데 자꾸 부르세요?"

내가 부르는 소리에서 조영매는 눈치를 챘던 모양이었다.

"누구면 어쩔 테야. 서강옥인 날 억망진창을 맨들었어.……조영매 까짓건 아무것두 안야. ……조영맨 우리 어머니를 생각해 내게 한 것뿐이야. ……조영맨 어머니와 같은 여자야. ……아무것두 안야. ……서강옥인 날 화알활 타게 하는 여자였어. 화알활 타게…… 화알활 타게 하는 여자였어. ……조영맨 어머니 같은 여자야…… 왜…… 날 자꾸 애기라구 하는 거야. 응 왜 자꾸 애기라구 하는 거야 어 엉엉……."

"허 선생님 진정하세요. 저 허 선생님이 인제 왜 우시는지를 알았어요. 아무 것도 아닌 여잔 그만 나가겠어요."

조영매는 이런 말을 남기고 나가 버렸다.

74

조영매가 닫고 나간 문소리에 가슴이 딱 마치는 것을 깨달았다.

"망할 년! 나감 나갔지 문은 왜 쌔려 닫는 거야? 췟!"

나는 문 쪽으로 입을 치켜 들고 욕설을 퍼부었다. 그리고 나선 다시 어엉엉 울었다.

"아니. 이 사람아 웬일이야? 응?"

눈물 속에서 쳐다보니 정상기 씨가 들어오고 있었다. 조영매가 나간 뒤에 나는 더 크게 소리를 쳤던 모양이었다.

"아니. 왜 이렇게 황소 고함을 지르느냐 말이야. 응?"

"……."

"해장술이 너무 지나쳤어. 내 그렇게 그만두자고 했지. 이 사람아 내 체면두 있고 하니 제발 그만 울게. 회사가 다 떠나가네. 떠나가."

그래도 그치지 않으니까 정상기 씨는 나에게 이불을 푹 덥허 씨우는 것이었다.

숨이 콱 막혔다. 나는 버둥거려서 일어났다.

"정 선생님. 숨이 막혀요. 나 숨이 콱 막혀요." 하면서ㅡ.

"울더라도 고함을 지르지 말게. 사장실에까지 들리네그려. 낮술을 먹구 이 럴함 내 체면이 어찌 되나?"

정상기 씨는 울상이 되어 나를 내려다보고 있었다. 나는 정상기 씨가 가엾다는 생각이 들었다.

"미안합니다. 그런 걸 생각할 새두 없이 울어 버렸어요."

"좀 좋아서 울겠나? 꽃 같은 색씨가 옆에 앉아 반겨 주겠다, 사장이 대견하게 생각해 주겠다, 좀 존가?"

정상기 씨는 안도의 숨을 내쉬며 나를 보았다. 나의 대답을 기다리는 눈치였으나 나는 할 말이 없었던 것이다.

"여보게 자네 인제 수가 터졌네. 사장이 자네 앞일까지 생각해 주마구 하네그려. 자네만 착실히 일해 준다면 집두 사주구 결혼두 시켜 주마구 하데. 내가 다 얘기했지. 자네 사정을……."

"선생님 저한텐 집두 소용 없구 결혼두 소용없어요."

"인제 그런 소릴 말구 제발 좀 정상적으로 걸어가란 말이야. 저 공장에 있는 여자하구 결혼해 가지구 깨가 쏟아지게 살믄 좀 존가? 그 여잔 자네한테 반했네. 반했어……."

정상기 씨는 디룩거리는 눈으로 공장 쪽을 가르키며 이렇게 말했다.

"그런 말씀 마십시요. 그 여자가 저하구 결혼하잡니까? 반하긴 뭘 반해요?"

"왜? 가만 눈칠 보니까 그 여자가 아주 맥을 못 쓰던데. 고게 깜쪽한 여자라 아주 막 덤벼들지 않을 뿐이지 반한 건만 사실이야. 자넬 보더니 화색이 막 돌잖아?"

"아니올시다. 그건 잘못 보시구 하시는 말씀입니다. 절 싫어합니다. 제가 끌어안았더니 마다구 뿌리치구 나간 걸요."

"그런 짓은 언제 벌써 했던가?"

"아까요."

"아니. 어디서? 어떻게 했단 말인가? 자세 좀 얘기해 보게."

"제가 아까 여기서 조영매를 끌어안았단 말씀입니다. 누어서 말입니다. 그 여자는 서 있구요. 누어서 서 있는 그 여자 다릴 끌어안았지요. 그랬더니 그 여자가 제 몸둥아리 위에 와서 팍 업퍼졌을 게 아닙니까?"

"저어런. 그랬어?"

정상기 씨는 매우 조급한 표정을 지으며 다조차 물었다.

75

"쓰러진 걸 그냥 끌어안았더니 요게 날쌔게 몸을 빼면서 이게 뭐냐구 제가 생각하던 것과 아주 딴판이라나요."

"그래서 어쨌나?"

"그리구 나가 버렸어요."

"아아니. 저런. 그래 놓쳐 버렸단 말인가?"

정상기 씨가 펄쩍 뛰었다.

"놓쳐 버리길 잘했어요. 저는 그 여자가 좋잖아요. 그 여잘 끌어안구 어쩌구 한 것두 좋다구 그런 게 아닙니다. 서강옥이 생각이……."

여기까지 말하다가 깜빡 깨닫고 말을 중단해 버렸다. 서강옥의 이야기를 정상기 씨한테 한 일도 없었거니와 서강옥의 이야기를 입 밖에 내고 싶지가 않았다.

그가 끝없이 그립긴 하면서도 그를 생각하거나 그의 이야기를 하게 되면 개울창에 빠졌을 때처럼 불유쾌했다.

"뭐? 서강옥이? 듣던 이름이야? 서강옥이?"

정상기 씨가 눈을 뒤룩거리며 생각에 잠기는 것이었다.

"아무것도 아닙니다. 공연한 소리올시다."

"옳아. 옳아. 인제 알겠어. 자네 장승을 안구 날뛸 때 짓거리던 이름이야. 장승을 안고 서강옥입니다. 서강옥입니다, 했어. 대체 그게 누구야?"

"아무것도 아닙니다. 다 가 버린 여잡니다. 벌써 가 버렸어요."

"자네 곡절은 단단히 있긴 있어. 장승을 안구 서강옥이라구 날뛰었지? 또 공장 여자는 서강옥이 생각이 나서 끌어안았다지? 속에만 넣구 혼자 끙끙 앓지 말구 나한테 말해 보라구…… 그 여자가 서울에 있나? 없나?"

"……."

"아. 이 사람아 어딜 보구 있는가? 속씨원히 말해 보라니까."

정상기 씨가 나의 어깨짬을 잡아 흔들었다.

"아무것두 아니래두 그러십니다."

아무것도 아니라곤 했으나 아무것도 아닌 것이 아니었다. 아무것도 아니라는 말을 하고 있는데 나의 몸이 부르르 떨리는 것이었다. 서강옥을 생각하고 내가 이렇게 부르르 떠는 일은 한두 번이 아니었다. 그를 생각하기만 하면 전신이 찌릿해지면서 저절로 떨리는 데는 어쩔 도리가 없었던 것이다.

"자네 추운가 보네?"

정상기 씨가 이불을 끌어다 씌워 주었다. 그리곤 그는 나의 눈을 들여다보는 것이었다.

"자네 아무것두 아니라면서 병은 골수에 들었단 말이야. 눈을 보면 알아 눈을……."

"정 선생님 그런 얘긴 고만 하십시다. 그런 얘긴 말아 주십시요."

"글세 그럴 일이 아니야. 그 못 잊어 하는 서강옥이하구 만나서 결혼함 되잖나? 내가 나서서 서들어 줄께 결혼을 하든지 연앨 하든지 함 되잖나? 그 여자가 어디 있나? 서울에 있나?"

"서울에 있긴 있지만 만날 수가 없어요."

"왜? 유부년가?"

"그렇지두 않아요."

"그런데 왜 만나? 어디 있는 것만 아르켜 주게. 내가 만나게 해 주지. 서울에 있기만 하든사 못 만날께 어디 있어."

정상기 씨는 자못 자신 있는 표정으로 돌아갔다.

<h1 style="text-align:center">76</h1>

그대로 나는 숙직실에 눌러 있었다. 숙직 당번의 대용품 노릇을 하고 있는 셈이었다. 누님 집은 방이 비좁기도 하려니와 나의 이부자리가 거기 없었다. 누님은 으레히 나에게 이부자리를 가져오라고 독촉할 것이다.

그런데 나는 도저히 이부자리 찾으려 갈 수가 없었다. 이부자리는 서강옥의 다방 '다다미'방에 있는 것이다. 나는 겨우 그 방에서 하루 밤을 잤을 뿐이다. 그것도 병빈 군과 같이 잤던 것이다.

잠을 잤다기보다 고통스런 하루 밤을 보낸 것이었다. 서강옥은 나간 채 다시 들어오지 않았던 것이다. 들어오려니 기다리려도 들어오지 않았던 것이다.

그 방엔 지금 병빈 군이 자고 있을 것이다.

서강옥이와 둘이서 '사랑하는 법'을 흐뭇이 실천하고 있을 것이다.

나는 숙직실에서 저녁마다 이런 생각을 하고 있었다. 이런 생각을 하고 있느라면 오장육부가 온통 뒤집혀지는 것 같았다. 으레히 십여 차씩 일어나 앉았다 섰다 밖으로 내달렸다 해야만 했다.

"아저씨 무슨 병이 있어요?"

어느 날 밤 나와 같이 숙직실에 유숙하고 있는 사동이 물었다. 쪼각달이 간사한 웃음을 내뿜으며 들이밀고 있는 밤이었다.

나는 아무 데도 아프지 않다고 대답해 주었다.

이 아이는 무엇을 질문해서 대답이 없으면 대답이 있을 때까지 몇 번이고 반복하는 버릇이 있기 때문에 구찮은 대로 응해 주는 수밖에 없었던 것이다.

"아저씬 댁에 색씨랑 없어요?"

"없다. 너는 자라."

나는 매우 역증 나는 어조로 사동에서 말했다.

"나 잘 테얘요. 아저씨두 주무세요."

사동이 이런 말을 한 뒤에도 나는 꽤 오래 일어났다 누었다 했다.

"아저씨. 공장에 있잖아요? 그럼 잘 그리는 여자, 그 여자하구 아저씨 결혼할 테요? 조영매 말이에요."

"너 엽때 안 자니? 자라는 데 왜 그래."

역증이 더욱 치밀었다. 더구나 소사 영감의 코고는 소리에 숙직실이 덜썩 떠나갈 지경이 아니냐 말이다.

소사 영감은 초저녁이면 이렇게 코를 골며 자다가도 새벽이면 일찍 깨어 가지고 기침을 쿨룩거렸다. 노인이라 괄세할 수도 없고 참으로 딱할 때가 많았다. 처자도 없이 외톨로 돌아다니다가 이 회사에 왔다는 것이었다.

조영매가 돌아가는 길에 숙직실에 들려서 나의 양말 손수건 등 빨 것을 가져가는 때면 소사 영감은 으레히 "존 때야." 하고 한마디 하는 것이었다.

"아저씨 나 한 번만 말하구 잘께. 소사 할아버지가 그러는데 아저씨하구 조영매하구 결혼할 꺼라구 그러던데. 다른 사람들도 그러구. 공장 사람들이 다 그래요.”

사동은 나의 역증을 당할 셈치고 제 할 말을 다해 보려는 심산인 듯했다. 말을 하고선 이불 속으로 쏙 들어갔다.

77

어느 날 정상기 씨가 허둥지둥 공장으로 달려왔었다.

“사장이 방을 얻어 주었네. 자네한테. 숙직실에 있어서야 되겠냐구 그러네. 내가 숙직실에 있는 게 안됐다구 얘긴 했지만 고맙잖어?”

내가 두어 달가량 숙직실에 묵고 있었을 즈음이었다. 연일 눈이 내려서 온 세상이 백설로 화하고 있었다.

자연의 변화가 심한 탓인지 나의 마음의 변화도 돗수가 높아만 갔다.

서강옥이를 한 번 보고 싶은 마음이 불붓듯 했던 것이다. 정상기 씨가 공장에 달려 들어오던 때만 해도 나는 처벅처벅 내리는 눈을 내다보고 있었던 것이다. 처벅처벅 내리는 눈은 마치 나의 가슴 위에 내리고 있는 듯했다.

가슴 위에 내리면 눈이 전신을 누르는 듯했다. 나는 눈 속으로 묻혀 버리는 착각을 일으키고 있었던 것이다.

저녁이면 늦게까지 신문에 보도되는 영동 지방의 설화 사건을 읽은 탓인지 모르겠다. 그러면서도 나는 서강옥이를 만나 보았으면 하는 의식만은 뚜렷했다.

“방이 이 뒤 바루 가까운 데라네. 오늘 당장 옮기겠끔 불이랑 때 놓라고 했다네.”

나는 가위에 눌렸을 때처럼 깁뜨려고 애를 썻다. 정상기 씨의 말소리가 들리고 그의 입이 펄럭거리는 것도 보이긴 하는데 댓구를 해 낼 수가 없었다.

“이 사람 왜 이래? 어리벙벙해 가지고…… 이부자리랑 가져와야 할 께 아닌가?"

이부자리란 말에 나는 깜짝 정신이 돌았다.

"이부리요? 나 숙직실에 그냥 있겠읍니다."

"그러지 말구 정신을 똑바루 차리게. 옆엣 사람들이 살도록 마련해 주자는데 왜 그러느냐 말이냐. 방을 얻어 임시 있다가 결혼함 집을 사 준다네."

정상기 씨는 결혼이란 대목에선 조영매를 힐끗 내려다보며 말하는 것이었다. 조영매는 정상기 씨의 시선을 인식했던지 귓볼이 빨개지며 저쪽으로 고개를 돌렸다.

"그 서강옥이란 여잔 아무리 찾아두 없어. 인제 아주 잊어버리게. 벌써 잊어버린 걸 가지구 내가 이런 말 하는지 모르지. 가슴속에 딴 사람이 들어앉은 걸 가지구 이러는지 모르지…… 헛헛허……."

정상기 씨는 조영매의 붉어진 귓볼을 더 붉게 해 보려는 심산인지 모른다. 아닌 게 아니라 조영매는 목덜미까지 빨개지는 것이다.

"아무튼 나 다녀올께. 옮길 생각을 하게."

정상기 씨는 이런 말을 하며 조영매와 나를 번갈아 보고 눈을 찔끔했다.

찔끔하는 데는 너무나 서툴은 눈이었다. 서툴다기보다 우습기까지 했다.

나는 그만 웃음이 터졌다. 혼자 껄껄 웃고 있었다.

78

"뭐가 그렇게 기쁘세요?"

나는 웃음을 무뜩 멈추고 말았다. 조영매가 이런 말을 하며 파드득 웃는 것이 아닌가?

"요사하게 웃는 건 뭐야?"

나는 웃음을 멈추고 눈을 부릅떴다.

조영매가 웃음을 뚝 그치고 주위를 살폈다. 설광(雪光)이 반사(反射)되어 그런가 조영매의 얼굴이 납촉같이 허여할 뿐 아니라 가죽이 밀어 둥둥 떠 있었다. 정상기 씨와 같이 공장에 다시 오던 날은 유리창 안의 조영매가 새초롬하니 아름답기까지 했는데 이건 꼭 문둥이와 같은 얼굴이었다. 그리고 보면 여자란 둔갑을 하는 모양인 게지.

"허 선생님은 저한테 너무 함부로 하세요. 요사스럽단 말씀 어떻게 하시느냐 말이예요."

조영매가 주위를 살피다가 견딜 수 없었든지 부릅뜬 나의 눈을 흘기는 것이었다.

나는 갑자기 어쩔 수가 없어서 침만 꿀컥 삼키며 그를 멀뚱멀뚱 보고 있었다.

"벌써 몇 번채세요? 어끄저께만 해도 그러시는 게 안예요. 그래 서강옥인가 뭔가 하는 여자만 사람이구 저 같은 건 아무래도 좋단 말씀이예요?"

조영매는 묵은 덥불을 뒤지려는 모양이었다. 어끄저께 눈이 내리기 시작하던 날이다.

숙직실에서 둘이 같이 점심을 먹으면서 조각론(彫刻論)이니 회화론(繪畵論)이니 하고 피차 이야기하던 중 조영매가 조각과 회화의 판이점이랄까 아무튼 조영매는 회화적인 형식의 특징을 들어 가지고 이야기했는데 내가 참지 못하고

"제발 건방지게 짓거리지 말아요. 여자가 뭐 안다구 짓거리는 것처럼 미운 건 없어. 여잔 무식해야 해. 무식한 게 미야."
해 버렸다.

조영매는 처음에 어리둥절했을지 모른다. 그러나 차차 부화가 끓어오르나 보았다.

"네. 알았어요. 허 선생의 여자관이 얼마나 유치하단 걸 알았어요. 그 오매불망인 서강옥이란 여자가 어지간히 무식한 모양이지요?"

조영매는 이렇게 말하며 도시락에 붙은 밥알을 저가락으로 다르락다르락

긁어 입에 넣는 것이었다. 다르락다르락 하는 소리에 신경이 아주 고추섰다.

"에익 그 다르락 소릴 제발 좀 내지 말아 줘요."

나는 저가락을 동댕일쳐 버리며 소리를 버럭 질렀다. 조영매가 젓가락을 도시락에 집어 넣며 일어서 나갔다. 그냥 나가지 않고 문을 콱 닫아 버리며 뭐라고 쫑알거렸다. 그리고 나선 조영매는 이어 풀어져서

"허 선생님하고는 페면을 할 수가 없어요 우수워서…… 그리고 가엽슨 생각이 들어요."

하곤 했다.

"내 존 여잔 달아나구 내가 싫은 여잔 쫓아오구 에익."

이번엔 내가 벌떡 일어나 밖으로 나와 버렸다. 밖은 눈만 그대로 처벅처벅 내리고 있었다.

<p style="text-align:center">

79

마당에선 소사들과 사동들이 눈을 치고 있다가 내가 그리로 지나가려고 하니까 나와 같이 숙직실에 묵고 있는 사동이 나에게 방 얻었다는 데로 가느냐는 것이었다.

"방 얻은 건 어떻게 알았어?"

나는 그에게 되물어 보았다.

"얘가 그래요. 사장실에 있는 얘가……."

턱으로 저만큼 떨어진 데서 눈을 밀고 있는 사동을 가리키며 말하는 사동에게 나는 눈을 부라리며 닫자곧자로

"안 간다."

고 고함을 질렀다. 사동이 뒤로 물러서며 음칫하는 것이었다.

다시 아무 말 없이 나는 정문을 향해 걸었다.

"아저씨하구 같이 있구 싶어 그러는데 뭘……."

사동이 나의 뒤통수에다 대고 한 말이었다.

나는 사동이 멍청히 서서 나를 보고 있으리라는 생각을 하며 골목 어구에 나섰다.

내린 대로 그냥 있는 눈이 발목을 묻었다. 발목을 묻는 눈을 밟아 나가느라니까 어디가 어딘지 분간하기가 어려웠다.

먼 데가 가까운 것 같고 가까운 데가 먼 데 같고 하늘과 땅의 위치(位置)도 바뀐 것 같았다. 나중엔 발로 걷는지 머리로 걷는지조차 알 수가 없었다.

점점 전신이 위축되어 오는 것을 깨달았다. 나의 몸덩이가 기름틀과 같은 데 눌리고 있는 것 같은 압박감에 사로잡혀 있었다.

한없이 있다간 새하얀 세상이 나의 몸덩이를 누르고 있는 것이었다. 기름을 짜듯 짜고 있는 것이었다. 나는 꼼짝을 할 수가 없었다. 숨을 쉴 수도 없고 손까락 한 개 까딱할 수도 없었다.

소리라도 처 보았으면 하다가 그것도 그만두었다. 소리가 나오지를 않을 것 같았던 것이다.

나의 의식은 여기서 끊어졌었다. 그것까지만 알 뿐이다. 그 뒤의 일은 모른다. 내가 병빈 군에게 업혀서 젊은 사장이 얻어 준 방에 가게 된 경로는 나중에사 알았다. 정상기 씨가 나의 이부자리 가지러 갔다가 병빈 군을 데리고 온 것이었다.

나는 눈 속에 묻쳐 있었다고 했다. 내가 쓸어진 뒤에 눈이 그냥 내리고 있었음으로 나의 몸둥이가 눈에 파묻쳐 있었던 것이겠지.

나는 눈을 뜨지 않았다. 꿈을 꾸고 있었던지 모른다. 꿈을 꾼 것도 아닐 것이다. 병빈 군의 음성을 들으면서 깨어났기 때문에 꿈을 꾸고 있은 것 같은 착각을 일으켰던 것이 아닐가 짐작된다.

나는 눈을 뜨기 전에 손을 더듬었다. 병빈 군의 손을 잡으려고 했던 것이다.

"뭘 찾나? 자네 뭘 찾아?"

더듬는 나의 손에 잡히는 것이 있었다.

나는 눈을 떴다. 벌써부터 뜨려고 애를 무척 쓰던 눈을 비로소 떴던 것이다. 무척 애를 써서 뜬 시야 속으로 병빈 군의 길다란 상반신(上半身)이 희미하게 들어왔다. 그 곁에 앉아 있는 정상기 씨도 알려졌다. 나는 시신경(視神經)에 힘을 모아 더 살폈다. 서강옥이를 찾았던 것이다.

80

병빈 군이 있는 곳이면 서강옥이가 있으리라는 확실을 가지고 찾았던 것이다. 구석에서 구석까지 삿삿치 살폈다. 서강옥은 있지 않았다. 벌떡 일어나 앉았다.

"어떻게 된 셈이야?"

"자네 큰일났네. 졸도만 자꾸 하구."

"아니 공장에서 뭣 하려 나왔던가?"

병빈 군과 정상기 씨가 거진 같이 나에게 한 말이었다.

"서강옥인 어디 있느냐 말이야? 왜 여기 없느냐 말이야. 자네 있는데 서강옥이가 왜 없느냐 말이야?"

"에헤. 참 또 서강옥이야? 제발 좀 그러지 말게. 서강옥인 죽었네. 죽었어."

병빈 군 말에 나는 눈만 멀뚱멀뚱하고 있었다. 말이 안 나왔다. 무엇이 목구멍을 콱 막아 놓는 것 같았던 것이다.

"아주 죽은 건 아니라네. 죽은 거나 마찬가지가 됐더군. 들어보니……."

나의 모양씨가 형편없어 되어 감을 알았던지 정상기 씨가 겁난 얼굴로 이렇게 서들어 주었다.

"아주 죽진 않구 거진 죽게 됐단 말인가? 어딜 앓쿠 있는가?"

"그까진 년이 앓긴 어딜 앓아. 앓기나 함 좋게."

"그럼 어찌 됐단 말인가?"

나는 병빈 군을 쏘아보았다.

"병빈 군. 속씨원히 알려 주게. 내 아까두 말했지만 밤낮 서강옥이야. 자네 한테 얘길 들으니 아무것두 아닌 걸 가지고 훌융한 여잔 줄 알았어. 허! 참."

정상기 씨가 눈을 뒤륵거리며 나와 병빈 군을 보며 말했다. 나는 더욱 궁금해서 병빈 군의 대꾸를 눈으로 독촉했다.

"양키하구 붙어 버렸네."

기다리고 있는 나의 시선을 피하면서 병빈 군이 이런 소리를 했다. 정상기 씨가 근심스런 낯색으로 나를 직히고 있었다. 내가 기절이라도 할 줄 알았던가 부다.

그런데 나는 뺄쭉 웃었다.

"양키하구?"

란 한마디를 웨치면서. 정상기 씨가 낯색을 화알 풀면서

"자네 웃네그려? 그래. 그래. 웃을 수밖에 없는 일이야. 웃어 버리는 수밖에 없는 일이야."

했다. 정상기 씨가 나의 심중(心中)을 알 턱이 있으랴? 나의 심중엔 서강옥이가 양키-하고 붙었건, 그 이상의 것하고 붙었건 상관이 없었다. 병빈 군 한테서 서강옥이가 떠나갔다는 사실이 기뻤던 것이다.

나는 병빈 군의 손을 잡았다. 다리 사추리 속에 끼인 것을 끄집어내어 가지고 퍽 잡고 흔덜었다.

"고마워."

"뭣이 또 갑자기 고맙단 말이야?"

"눈 오는 날 와 줘서……."

나는 속에 있는 소리와는 딴소리를 했다.

그러니 그의 따스한 손이 나의 그 따사로움은 다리 사추리에 끼었던 손이기 때문만이 아니었다.

"그래 그 여자가 언제 그렇게 됐나?"

"이삼 일 돼."

“얼마 안 되네그려.”

“사오 일가량 되겠군.”

“그전까진 자네하구 지냈지?”

“지내구 어쩌구 할 께 있나? 그런 여자하구 놀아본 거지.”

<h1 style="text-align:center">81</h1>

“이 사람들아 그런 줄 알았음 나두 좀 놀아 볼 걸 그랬네. 이야길 들으니 병빈 군두 놀아 본 모양이네그려.”

정상기 씨가 군침을 다시며 코를 벌눔거렸다.

“벌써 말씀하셨다면 제가 알선해 드리는 걸 그랬읍니다. 헛헛허”

병빈 군이 능숙히 받아넘겼다.

“다방은 하구 있을가?”

“그래두 미련이 남았네그려?”

“미련이 아닐세 장치랑 잘됐는가 해서?”

“장치는 서울서 일둘지야. 그만한 게 없을걸. 자네가 했음 더 좀 나았을걸 미안하이…….”

“인제 와서 미안할 게 있나?”

정상기 씨가 이렇게 둘의 말참견을 하고 일어섰다.

정상기 씨는 사장한테 간다고 했다.

“손님이 많아?”

“많아. 일급 손님일걸. 그래서 양키―들두 드나들게 된 거야.”

“망할 년. 하필 양놈을…….”

나는 그제사 분이 치받쳤던 것이다.

“자네 바볼세. 자네하구 지나던 여자가 자네 눈앞에서 양키한테루 가는 걸 그냥 보구 있었단 말인가? 죽여 버리던지 할 게지.”

"난 사랑하진 않았으니까. 데리구 논 것뿐이니까."

"자넨 그럼 서강옥이가 양갈보 된 데 대해서 아무런 감각이 없단 말인가?"

"양공주 하나가 더 불었다는 사실이 유쾌하진 않아. 양공주의 통계학상 숫자가 분명히 달라졌을 게 아니겠는가?"

나는 목을 길게 빼어 밖을 내다보았다. 눈이 그저 내리고 있었다. 점점 더 벙거지같이 굵은 것이 내리고 있었다.

"어허 참 잘 오는군."

병빈 군도 나와 같이 밖을 내다보고 있은 모양이었다. 하품을 섞어 가며 이렇게 중얼거리고 있었다.

"잘 오니 어쨌단 말이야?"

나는 이 말과 한가지로 병빈 군의 면상을 들입다 갈겼다. 주먹으로 갈겼던 것이다.

바루 정통에 가 들어맞은 모양으로 병빈 군 코에서 코피가 터져 흘렀다.

"이 자식아."

병빈 군이 나의 멱살을 잡았다. 나도 말없이 그의 멱살을 잡았다. 마주 잡고 보니 코피가 너무 흘러내리는 것을 알았다.

"이 자식아 코피나 씻어."

"나가자."

병빈 군은 나의 말은 들은 체도 않고 멱살을 잡은 채로 끌었다.

"나가."

나도 그렇게 했다. 주인집에서 아는지 모르는지 그런 건 상관하지 않았다.

더구나 여간 대문이 닫쳐 있어서 알 턱이 없을 상싶었다. 아직 나는 주인집 식구를 구경한 일도 없었던 것이다.

바깥 대문은 열려 있어서 우리들은 쉽사리 밖으로 나갈 수 있었다.

아무 소리 없이 병빈 군과 나는 어깨동무라도 한 모양으로 나란히 걸었다. 그럴 수밖에 없는 것이 우리들은 피차에 멱살을 잡히고 또한 잡고 있었으므로―.

82

멀지 않게 나가서 꾀 넓은 공지(空地)가 있었다. 누구의 집이 들앉았던 자리인지도 모른다. 눈이 덮여 있어서 밑바닥을 알아낼 재주가 없기도 했으나 그런 것을 알려는 생각이 있을 수가 없었다.

이때까진 발자최 하나 나 있지 않은 백설(白雪) 위에 병빈 군의 코피가 붉게 점점을 찍을 뿐인데 그것도 연신 쏟아지는 눈으로 해서 쉬이 흔적을 감추곤 하는 것이었다.

우리들은 약속이나 한 듯이 발을 멈추면서 잡았던 멱살을 놓았다.

그리고 좀 떨어진 거리(距離)를 가졌다.

병빈 군이 먼저 어깨를 쓰윽 치켜올리곤 허리를 굽히며 주먹을 부르쥐었다. 그것은 '럭비'나 축구 같은 '께임'을 하는 때의 '포오즈'에 흡사했다.

병빈 군은 중학에서 '럭비' 선수로 이름을 날린 일이 있다고 들었다. 대학에 와선 운동을 하지 않고 회화에만 열중했지만…….

병빈 군이 허리를 구핀 탓으로 코피가 더 쏟아졌다. 코피가 아니었더면 그렇지도 않았을지 모르겠는데 코피를 흘리고 있는 병빈 군은 무척 징그러운 인상을 보여 주었다. 목아지는 왜 또 그렇게 긴 것일가? 그런 중에 눈이 자꾸만 내려 덮이고 보니 더 뭐라고 말할 수 없으리만큼 병빈 군의 모양새는 형편없어 보였다.

내가 먼저 몇 발 닦아가서 병빈 군이 턱주가리를 주먹으로 치박아 주었다. 이때까지 나는 병빈 군의 운동선수에 흡사한 '포오즈'를 본이라도 딴것처럼 어깨를 쓰윽 치켜올리며 허리를 구핀 다음 주먹을 부르쥐고 싸움의 태세를 갖추고 있었던 것이다.

"이놈아 좀 더 때려라. 그걸 가지군 안 돼."

병빈 군이 이렇게 짓거리며 나의 아랫다리를 양팔 안에 끌어안더니 나를 벌떡 잡바뜨리는 것이었다. 땅바닥채로 이었다면 대갈통이 터졌거나 뇌진탕을 이르켰거나 했을지 모르지만 솜 방석같이 푹신푹신한 눈 위라 잡바질 때까지는 조금도 괴로움을 느끼지 않았다.

오히려 통쾌한 기분이었다. 어릴 때 보리집 위에서 땅재주 넘는 듯한 그 기분과 비슷한 것이기도 했다.

"야 기분이 상쾌하구나."

나는 벌떡 잡바진 채로 이렇게 소리를 질렀다. 그것은 병빈 군을 보고 한 소리가 아니었다. 아득해진 공간(空間) 속에 그냥 소리를 질러 본 것이었다.

소리만 지르지 않고 소리와 함께 나는 크게 웃기도 했다.

"딱 딱 딱딱 딱."

어느새 나의 허리를 병빈 군이 타고 앉아서 면상을 이처럼 무수히 갈겼다.

눈코 뜰 새가 없다는 말이 있더니 이거야말로 그러한 경지(境地)었다.

"아이쿠. 아이쿠. 아프구나. 그렇지만 더 때려라. 어디 싫건 맞아나 보자구나."

눈코 뜰 새 없었으나 나는 사각(四脚)을 버둥거려 가면서 이렇게 짓거리고 있었다. 가만있기가 싫다기보다 가만있고 싶지가 않았다.

83

그러나 그것도 어느 기간뿐이었다. 차츰은 아무 말 없이

"아이구. 아이구."

의 신음소리만 겨우 발할 뿐이었다.

왜냐하면 병빈 군이 나의 허리를 타고 앉아서 그냥 거져 내려 갈기고만 있으니 어쩌는 수가 없었던 것이다.

나의 코에서도 코피가 터진 모양이었다. 뜨끈뜨끈한 것이 감촉되었다. 눈뿐이면 뜨끈뜨끈할 리가 없을 테니까.

나의 코피를 감촉하자 병빈 군의 코를 올려다보았더니 병빈 군은 그새 코피

가 멈춰 버린 것이었다.

"나만…… 코피가…… 터지는구나.……나만…… 터지는 게…… 뭐냐? …… 이 자식아."

나는 양팔을 치켜들어 허우적거렸으나 도저히 병빈 군의 코피를 터뜨릴 수가 없었다. 더구나 숨이 딱딱 막히곤 해서ㅡ. 그 기인 놈이 사정없이 타고 앉았으니 숨이 안 막힐 리 있으랴.

"이 자식 네가 날 깔구 앉을 테냐 말이다?"

나의 양팔이 허우적거리는 바람에 병빈 군이 행동을 중지할 뿐 아니라 그와 동시에 나의 허리에서 일어날 태세를 취하는 것이었다.

"아! 후유!"

위선 숨이 화알 나와서 살 것 같았다.

"어디 좀 쳐 봐라. 맞아 보게."

병빈 군이 엉거주춤이 일어서면서 한 말이었다.

"이 자식아."

나는 엉거주춤이 일어서려는 병빈 군을 양각(兩脚)으로 탁 찼다.

"컥" 하고 뒤로 허공 넘어갔다.

"네까짓 게 럭비! 선수야. 쳇!"

나는 허공 나가자빠진 병빈 군에게로 재빨리 덤벼들며 그가 나에게 하듯이 그의 허리를 타고 앉았다. 그러나 나는 겨우 두서너 차례 쥐어박았을 뿐 도루 밑에 깔리고 말았다. 눈통을 쥐어박기가 잘못이었던지 모르겠다.

"이 자식이 때리라니까 아무 데나 막 때려?"

병빈 군이 이 말을 하며 꾸불텅하더니 그만 그는 나를 둘러메치는 것이었다.

깔고 앉은 것만 못하지 않게 고되었다. 정신을 차릴 수가 없었던 것이다. 내가 할 수 있는 말이라면 "어지럽다"는 것뿐일 텐데 나는 그 말조차 못 하고 둘러메치운 채로 나가떨어지고 있었다.

병빈 군의 손이 나에게 다시 닿았는지 어쨌는지 그것도 모른다. 나는 천지일색(天地一色)의 아득한 공간에 풀어진 시선(視線)을 던지고 있었을 뿐이다.

내가 정신을 차렸을 땐 쏟아지던 눈도 그치고 햇발이 눈부시게 내리쪼이는 한낮이었다. 나는 햇발이 눈부셨기 때문에 좀 더 빨리 깨어났던 것 같다.

난데없이 순이가 나타나서 거울 장난을 하므로 내가 눈이 부시다고 고함을 치며 도망을 치던 중에 눈을 떴으니까.

84

햇발이 꼭 무지개처럼 들이치고 있었다. 그 무지개처럼 들이치는 햇발 속에 병빈 군과 조영매가 앉아 있었다.

실상인즉 처음엔 그들이 누구인 것을 몰랐다. 거저 남자하고 여자하고가 앉아 있구나 하는 생각이 어렴풋하게 일 뿐이었다.

나는 눈을 벌려 떠 그들을 확인하고자 애를 썼다.

어렴풋한 생각 속에서도 그들이 서강옥이와 병빈 군이 아닌가 하는 생각이 들었다.

차츰 나의 동공이 확대되면서 나는 그들이 누구인 것을 알아내었다.

조영매는 내 쪽으로 향해 있다가 내가 깨어나니까 안도의 숨을 내쉬면서

"깨셨어."

하는 것이었다. 외침에 가까운 어조였다. 등을 돌려대고 있던 병빈 군이 조영매 소리에 이쪽으로 향했다.

"아아. 자네. 자네."

나는 말을 못 하고 병빈 군의 얼굴을 허굽 뜬 눈으로 올려다보며 고함을 쳤을 뿐이었다.

병빈 군의 얼굴이 온통 엉망진창인 것이다. 한쪽 눈언저리엔 검붉은 멍이 들어 있는 위에 그쪽 눈이 불룩 튀어나와 있었다. 나는 그제사 비로소 천지일

색(天地一色)을 이룬 아득한 공간(空間) 속에 그와 내가 맞겨누던 일이 머리에 떠올랐다.

"자네 말이 아니네. 얼굴이……."

병빈 군이 내 말에 기가 막히다는 듯 입을 쩌억 벌려 한참 웃고 나더니

"자네 상통은? 섹경 없나? 미안합니다만 섹경 좀……."

병빈 군이 나에게 말을 하다가 조영매께로 목을 돌리며 손을 내밀었다. 조영매가 핸드빽에서 화투짱만 한 손거울을 꺼내 병빈 군에게 주었다.

"한번 보아 주게. 그 상통을……."

병빈 군이 거울을 쥐어 주며 나의 손을 나의 얼굴께로 이끌어갔다.

거울에 반사되는 햇발, 그것은 방 안에 강렬한 태양(太陽)의 문채(文彩)를 뿌리는 것이었다. 어느 한 군데 정지해 있지 않고 벽과 천정을 마구 질주하는 것이었다.

나는 견딜 수 없어 눈을 감아 버렸다. 화투짱밖에 못 되는 것이 어쩌면 나를 이처럼 좌지우지한단 말인가?

낙수물 떨어지는 소리가 베개 밑으로 기어드는 듯 가까왔다.

"자네 또 자려나?"

병빈 군의 말소리도 듣긴 들었다.

"뭐 좀 잡수세야잖어요."

조영매의 소리도 듣긴 들었다.

병빈 군이 내가 자는 줄 알고 조영매한테로 돌아앉은 눈치인 것도 알긴 알았다.

병빈 군은 회화사(繪畵史)니 뭐니 하고 떠들어 대었다. 이때까지의 모든 회화가(繪畵家)들이 형상화(形象化)된 것 이상의 것을 표현하지 못했으나 자기는 그 이상의 것을 창조해서 새로운 회화사를 만들어 놓겠다고 했다. 그리고 그는 조영매의 미를 찬양했으며 조영매가 가진 이상의 미를 조영매로부터 발굴하리라는 말도 했다.

여기까지밖엔 병빈 군의 이야기를 듣지 못하고 나는 또 잠 속으로 들어갔던 모양이었다.

나의 고향 마을 어귓 길을 순이와 같이 걷고 있었다. '천하대장군'과 '지하여장군'이 우리들을 내려다보고 있었다. 순이는 진달래를 한 아름 안고 있었다. 순이의 몸둥이가 온통 노을빛에 잠긴 듯했다. 하늘이 몹씨 푸르던 것도 눈에 서언했다.

병빈 군과 조영매는 있지 않았다. 화투짱만 한 거울이 던지운 채로 있었다. 햇발도 나가고 없었다. 나는 손을 내밀어 거울을 집어 들고 들여다보았다. 가까운 탓으로 얼굴의 중심 부분만 드러났다. 좀 멀리 들고 보았다. 얼굴 전체가 드러났는데 그것은 틀림없는 '데스마스크'였다.

코언저리가 통통 부어 있기 때문에 더 그렇게 보였다. (끝)

전후 지식인의 불안과 니힐의 정서

이병순

　　최정희의 『떼스마스크의 비극』은 『평화신문』(1956.1.1~1956.3.29)에 총 85회 연재된 장편소설로, 1956년 1월달의 연재분(1~28회)은 국립중앙도서관에서, 2, 3월의 연재분(29~84회)은 국회도서관에서 구득하였다. 신문에 기재된 연재 횟수는 84회이지만, 46회가 두 번 기재(내용이 반복되는 것이 아니라 자연스럽게 연결되기 때문에 신문사의 오기로 보임)되었기에 사실상 총 연재횟수는 85회로 보아야 할 것이다.

　　최정희는 1950년대 총 7편의 장편을 연재한다. 『녹색의 문』, 『흑의의 여인』(속·녹색의 문), 『광활한 천지』, 『떼스마스크의 비극』, 『그와 그들의 연인』, 『인생찬가』, 『너와 나와의 청춘』 등이 그것이다. 이 중 『녹색의 문』과 『떼스마스크의 비극』, 『그와 그들의 연인』이 바로 신문연재소설들이다. 이 세 작품은 『서울신문』과 『평화신문』, 『국제신보』에 각각 연재되었고, 『광활한 천지』를 제외한 나머지 작품들은 모두 『여원』, 『여성계』, 『주부생활』 등 여성지에 게재되었다. 『떼스마스크의 비극』을 연재할 당시 최정희는 『흑의의 여인』과 『광활한 천지』를 함께 연재하여 3편을 동시에 창작한 것으로 보인다. 이후 『흑의의 여인』의 게재가 완료되자마자 바로 다음달부터 『그와 그들의 연인』의 연재를 시작하는 등, 1955년경부터 1959년까지 최정희는 유례 없이 왕성한 창작 활동을 펼친다. 이 시기 최정희는 『주부

생활』 주간(1956)으로 활동하는 한편 창작에 정진하며, 1958년에는 『인생찬가』로 서울시문화상 본상을 수상하기도 하는 등 문단 안팎에서 최고의 전성기를 누렸다.

『떼스마스크의 비극』은 『그와 그들의 연인』과 함께 한국전쟁 전후 젊은이들의 방황과 사랑을 그렸다. 630매 분량의 경장편소설로서, 조각으로 국전에 특선까지 한 허형재[1]가 전후 현실에 적응하지 못하고 방황하는 내용을 담고 있다. 형재는 누나 집에 얹혀 사는 무직 인텔리로 삶의 방향성을 찾지 못하는 인물이다. 그는 우연히 만난 서강옥에게 거의 병적으로 집착하는데, 즉흥적이고 소아병적인 형재의 성격으로 인해 둘의 관계는 곧 파탄에 이르고 만다. 1955년 현재 시점으로 서술되는 이 소설에서 전쟁은 주인공의 병적 불안과 우울한 일상의 원인을 제공한 배면으로 깔려 있어 작품 전체에 어두운 아우라를 드리운다.

주인공 형재의 시점에서 바라본 소설 속 등장인물들은 대부분 비정상적이다. 형재는 누이 부부는 물론 조카까지도 '떼스마스크'와 같다며 조소하고, 자신이 사랑하는 서강옥은 물론 자신을 아이처럼 챙겨주는 조영매, 나중에는 자신의 얼굴까지 떼스마스크라고 규정한다. 전쟁은 끝났지만 아직 전후 현실은 전쟁이 남긴 상처와 흔적에서 자유롭지 못한 상태이다. 그 현실을 마주한 주인공은 모든 것을 따분하고 지루하게 여기며, 그런 그가 영위하는 일상 역시 무덤 같은 곳으로 인식할 뿐이다.

형재가 무의미하게 일상을 살아가는 데는 예술가로서 자신의 정체성을 확인하지 못하고 인정받지 못하는 데서 비롯된다. 전쟁 직후 먹고살기조차 힘든 극심한 경제적 궁핍 상태에서 예술이란 한낱 '도깨비 장난'에 지나지 않는다.

　　아무도 나를 인정하지 않는다. 우리 가족 중에 나를 인정하는 사람은 하나도 없다.
　　그들은 내가 다른 일을 하지 않고 조각을 하는 데 한층 염증을 느끼며 바보 천

1　25회에는 '승재'로 표기되어 있다.

치라고 한다.(32회)

> 나는 작품은 고사하고 점토를 두어 둘 만한 장소도 없는 곳이다. 자잘구레한 손
> 장난을 하던 것까지도 둘 데가 없어서 누님이 수틀이랑 올려놓는 선반 위에 올려
> 놓았다간 혼이 나곤 하는 것이다.
> "밤낮 이건 뭐냐. 도깨비 장난같이."(44회)

미래에 대한 희망이 보이지 않고 현실에도 적응하지 못한 젊은이들이 탐닉한
것은 성에 대한 욕망뿐이었다. 형재는 대구 피난 시절 잠시 만났던 서강옥을 서울
에서 재회한다. 서강옥은 형재의 성적 욕망을 부추겨 주었을 뿐 사랑의 대상은 아
니다. "나 혼자 차지할 수 있을 것 같"(50회)아 결혼해야겠다고 작정할 뿐이지, "육
체만의 소유자"(39회)인 그녀에게서 정신적 휴식을 얻기 어렵다는 사실을 알고 있
기 때문이다. 따라서 서강옥에 대한 형재의 욕망은 실체를 갖추지 못한 채 상당히
감상적이고 몽환적으로 드러난다.

형재의 과잉된 감정은 빈번한 오열로 드러나 외적으로는 주변의 모든 사람들에
게 공격적인 성향을 보이고, 내적으로는 스스로의 감정을 통제하지 못하는 모습
을 보인다. 불행을 감득할 수조차 없는 그에게 현실은 그저 "진땀 나는 시간의 연
장"(69회)만 있을 뿐이다.

> 나에게는 아무것도 없다. 꺼풀뿐이다. 돈이 된다는 똥마저 없는 것이다.
> 서러웠다. 나는 통곡이 터지고야 말았다. 물소처럼 큰 소리로 엉엉 울었던 것이
> 다.(49회)

뿐만 아니라 형재는 정상기의 도움으로 간신히 취직한 후에도 여자를 찾기 위
해 무단 외출을 하는가 하면, 사장이 자신에게 '허 군'이라고 호칭했다는 이유로
바로 뛰어나오는 등 무책임한 행동을 반복한다. 조영매의 오빠도 마찬가지다. 그
역시 아무것도 하지 않은 채 집 안에만 침울하게 틀어박혀 있으며, 현대 청년들은
불안과 공포 속에 떨고 있다(70회)고 인식하고 있기 때문이다. 이렇게 소설은 전

쟁 직후 공포와 불안, 초조와 좌절 등 외상 후 스트레스에 시달리는 젊은 세대들의 병적인 징후를 그대로 형상화해냈다.

작품에 등장하는 여성 인물들은 주인공보다 훨씬 더 다양한 스펙트럼을 보여준다. 서강옥과 조영매, 형재 누나, 정상기 부인 등을 대표적으로 꼽을 수 있는데, 이 인물들의 묘사를 통해 주인공의 여성관, 나아가 작가가 견지한 여성관의 일면을 확인해볼 수 있다.

서강옥은 대구에서 다방을 경영하다 서울로 올라와 이후 양공주로 전락하는 인물이다. 육체를 자본 삼아 살아가는 여성으로 순간의 쾌락을 즐기면 그만일 뿐 진정한 관계를 형성하려 들지 않는 전형적인 아프레걸이다. 형재 누나 역시 마찬가지다. 남편이 국회의원이었을 때는 남편에게 복종하다가 그가 낙선하고 무위도식하자 남편에게 욕설과 폭행을 일삼는 속악한 여성이다. 이에 반해 조영매는 미대를 졸업한 인텔리로 "정신을 휴식시키는 사람"(39회) 즉 교양을 갖춘 여성으로 등장한다. 뿐만 아니라 형재는 영매를 자신이 기댈 수 있는 "어머니와 같은 여자"(73회)로 인식한다. 그러나 형재는 교양 있고 포용력 있는 영매를 서강옥과 끊임없이 비교하면서 결국 "육체만의 소유자"인 강옥에게 집착한다. "여자가 뭘 안다구 짓거리는 것처럼 미운 건 없어. 여잔 무식해야 해. 무식한 게 미야."(78회)라는 발언을 조영매 앞에서 할 정도로 형재의 여성관은 왜곡되어 있다.

그런가 하면 정상기의 부인은 남편을 위해 모든 것을 희생하고 인내하는 현명한 여성으로 그려진다. 정상기는 형재의 스승으로 취직까지 알선해준 조력자이다. "언제나 남편을 위해서만 사는"(21회) 정상기의 부인은 전통적인 아내의 모습을 간직한 인물이다. 형재는 자신의 누나를 정상기 부인의 "발치에도 가 설 수 없는", "기생충", "거지 근성"의 소유자로, "돈이나 권력으로써 사람의 인격을 다루는"(22회) 여성으로 규정하기도 한다.

이러한 인물의 묘사를 통해 작가는 이성적으로는 교양을 갖춘 현대적인 여성을 긍정적으로 보나, 현실적으로는 남편을 내조하고 가정을 지키는 전통적인 여성상에 더 큰 가치를 두고 있는 것이다. 전쟁 직후 남성들이 부재한 상태에서 사회로 진출한 여성들을 다시 가정으로 귀환시키고자 하는 가부장제 회복 프로젝트가 진행되고 있는 시점에서 이러한 여성관의 피력은 곱씹어볼 필요가 있다. 일제강점기와 해방 직후에 최정희가 보여주었던 지배 이념의 추종과 권력 지향적 행보를 이 소설에서도 확인할 수 있기 때문이다. 다시 말해 이 소설의 연재 당시 『주부생활』의 주간으로 활동했던 최정희가 소설을 통해 가정에 복무하는 전통적 여성상을 옹호하는 행위는 전후 사회질서 재편에 협력하는 것으로 풀이할 수 있다.

등장인물들은 집, 직장, 다방, 친구 집 등을 전전하며 술을 마시거나 타인을 의심하고 질투하며 무의미한 일상을 영위한다. "현대 청년들은 갈 데가 없다고, 불안과 공포 속에 떨고 있다"고 스스로를 진단하면서도 "아무것도 안 하"면서 "줄곧 집 안에 들앉아 침울하게"(70회) 하루하루를 버티고 있는 것이다. 이들에게 미래는 없으며 현재 또한 소진해버리면 그만일 뿐이다.

따라서 형재는 자신을 포함하여 대부분의 등장인물들을 '떼스마스크'에 비유한다. 이들의 삶은 계획과 반성으로 이어나가는 '살아 있는' 일상이 아니라, 불안과 의심과 질투, 오열 속에 간신히 버텨나가는 이미 '죽은' 삶이기 때문이다. 이는 1950년대를 바라보는 당대 지식인의 허무주의적 시각을 고스란히 보여주고 있다. 전후 혼란한 정치 현실과 무질서한 사회 분위기 속에서 미래를 전망할 수 없는 무기력함과 답답함이 자신과 타인들의 얼굴에서 '생기'를 걷어냈다고 판단한 것이다. 전쟁 직후 사회 전반을 드리운 불안과 니힐의 정서가 29세의 젊은 지식인의 미래를 '죽음'으로 몰아넣고 있음을 소설은 분명히 보여주고 있다.